웃으면서 죽음을 이야기하는 방법

Nothing to be frightened of

웃으면서 죽음을 이야기하는 방법

JULIAN BARNES

줄리언 반스 지음·최세희 옮김

일러두기

1. 주석은 모두 옮긴이 주다.
2. 본문 중 고딕체는 원문에서 이탤릭이나 대문자로 강조된 부분이다.
3. 책 제목은 겹낫표(『 』)로 표시했고 단편, 시, 노래, 영화, 연극, 오페라, 신문 기사 제목은
   홑낫표(「 」)로 표시했으며 잡지나 신문 이름은 겹화살괄호(≪ ≫)로 표시했다.

P. 에게

차례

나는 신을 믿지 않지만 신이 그립다. 누가 신에 관해 물으면 나는 이렇게 답한다. 옥스퍼드, 제네바, 소르본 대학에서 철학을 가르쳐온 형에게 내 발언에 대해 어떻게 생각하느냐고 물었다. 형은 딱 한 마디만 했다.

"질척해."

처음으로 이야기할 사람은 나의 외할머니, 넬리 루이자 스콜토크, 네 마셍*이다. 외할머니는 슈롭셔에서 교사로 일하다 나의 할아버지, 버트 스콜토크와 결혼했다. 버트램이나 앨버트의 애칭이 아니라 원래 이름이 버트다. 버트는 외할아버지의 세례명이었고 늘 그렇게 불렸으며 그 이름으로 화장되었다. 외할아버지는 교장선생님이면서 기계광이기도 했다. 그래

---

* née Machin. 프랑스어로 '아무개'라는 뜻의 여성형. 반스 외할머니의 처녀적 성이 '메이친machin'이기도 하다.

서 사이드카가 달린 오토바이를 탔고, 이후엔 란체스터를 몰았으며, 은퇴한 뒤에는 세 명이 앉을 수 있는 벤치형 앞좌석에 차 뚜껑을 내리면 일인용 보조석 두 개가 더 생기는 꽤나 허세 넘치는 트라이엄프 로드스터를 몰았다. 내가 외조부모를 알게 되었을 무렵 두 분은 외손주들과 가까운 곳에 살기 위해 남쪽으로 이사 와 있었다. 할머니는 제1차 세계대전부터 이어져 온 유서 깊은 여성단체에서 활동했고, 피클을 담가 병에 담았으며, 할아버지가 기른 닭과 거위를 털을 뽑아 구워냈다. 아담한 체격의 할머니는 주관을 뚜렷하게 내세우는 타입이 아니었고, 나이 든 사람들이 으레 그렇듯 비누를 쓰지 않으면 결혼반지를 뺄 수 없을 정도로 손마디가 굵었다. 두 분의 옷장은 손수 뜬 카디건들로 꽉 차 있었는데, 할아버지의 카디건은 좀 더 남성적인 밧줄무늬뜨기로 짠 게 특징이었다. 이들은 주기적으로 발 치료사를 만나고, 치과의사의 권고에 따라 이를 한꺼번에 다 뺐던 세대이기도 했다. 흔들리는 치아를 단번에 법랑 인공치아로 갈아치우는 것. 그래서 틀니가 달그락대는 소리 때문에 사람들 앞에 나서는 걸 부끄러워하게 되고, 잘 때는 침대옆 탁자에 틀니 세정제가 담긴 잔을 두고 잠드는 것. 당시에 이런 것들은 대다수의 사람들이 거치는 통과의례였다.

생니에서 틀니로의 변화는 형과 나 모두에게 매우 심각하고 상스러운 일로 다가왔다. 하지만 그 일 말고도 할머니의 삶에 아주 큰 변화가 일어난 적이 있었다. 물론 당신 면전에서는 일절 언급되지 않았지만 말이다. 넬리 루이자 메이친. 화학 공장 노동자의 딸로, 스코틀랜드 사람 태반이 영국 국교회 신자였을 때 감리교 신자로 자랐던 할머니는 성년이 된 어느 시점에 갑자기 믿음을 잃게 되었고, 그 신앙을 대체할 만한 것을 찾아냈으니 다름 아닌 사회주의였다. 나는 그 전까지 할머니의 신심이 얼마나 돈독했는지, 가족들의 정치 성향이 어땠는지 알지 못한다. 내가 아는 건 당신이 사회주의자로서 지방의회 선거에 출마했다가 떨어졌다는 것뿐이다. 내가 할머니와 친해진 건 1950년대인데 그때 할머니는 이미 사회주의자로 살고 있었다. 변두리 버킹엄셔*에 사는 노령연금 수령자 중에서는 드물게 《데일리 워커》**를 구독하는 사람이었다. 이 신문사의 군자금조달기구에 기금을 보내기 위해 할머니는 틀림없이 생활비를 요리조리 빼돌렸을 것이다. (형과 내 생각은 그랬다.)

1950년대 말에 중소 분쟁***이 있었고, 세계 각지의 사회주

* 잉글랜드 남부의 주. 보수적인 성향이 강한 지역으로 우익을 지향하는 사람들이 많았다.
** 1924년 뉴욕에서 창간된 좌익 신문.
*** 중소대립이라고도 하며, 1956년 소련 공산당 제20차 대회를 기점으로 소련과 중국의 공산당이 공산주의 이념을 놓고 벌인 분쟁.

의자들은 부득이하게 모스크바와 북경이라는 두 개의 선택지 중 하나를 골라야만 했다. 유럽의 신실한 공산주의자들 대부분에게 어려운 결정은 아니었으리라. 이는 《데일리 워커》도 마찬가지여서, 모스크바의 지령을 받으면서 동시에 자금도 받았다. 평생 외국에 나가본 일 없이 우아한 방갈로 돔*에서 살았던 할머니는, 알 수 없는 이유로 중국인과 당신의 운명을 함께하기로 결정했다.

나는 아주 솔직한 이기심의 발로에서 이 신비에 싸인 결정을 환영했는데, 이후 멀리 떨어진 대륙에서 발행된 이단 잡지 《중국재건》**에서 『워커스』 증보판을 내기 시작했기 때문이다. 할머니는 비스킷 같은 재질의 봉투에 붙은 우표들을 따로 뒀다가 내게 주었다. 그 우표들은 주로 산업상의 업적(교각과 수력발전을 위한 댐, 생산 라인에 짐을 내리는 화물차 같은 것들)을 자축하거나 평화롭게 날아가는 다양한 종의 비둘기들이 그려져 있었다.

나는 이런 선물을 두고 형과 경쟁할 필요가 없었다. 그보다 몇 년 앞서 우리 집에서 실시되었던 '우표수집 분리정책' 덕

---

* 단층집.
** 1949년에 창간된 중화인민공화국 정부 선전 잡지로 현재는 《차이나 투데이》로 바뀌었다.

　　　　　　　　　　웃으면서 죽음을 이야기하는 방법

택이었다. 그때 형은 대영제국의 우표만 모으겠다고 결심했었고, 나는 나름의 개성과 독립성을 추구하기 위해 '기타 세계'라고 명명한 지역의 우표만 모으겠다고 선포했다. 말이 좋아 기타 세계지 실은 형이 모으지 않는 지역 우표를 뜻하는 말이었다. 내가 이런 결정을 내린 게 형에게 대항하기 위해서였는지, 아니면 오히려 방어적이라서였는지, 그도 아니라면 단순히 실용적인 측면에서 그랬던 건지 지금 와서는 기억해 내기 힘들다. 내가 아는 건 당시 학교 우표동호회의 애티를 갓 벗은 우표수집가들과 내 수집품을 교환하는 민망한 거래가 몇 번 이루어졌다는 것뿐.

"그래, 반시,* 넌 뭘 수집해?"

"기타 세계."

나의 할아버지는 '브릴크림**맨'이었고, 애용하던 '파커 놀'***안락의자(등받이가 높고 할아버지가 쪽잠을 잘 때 기댈 수 있는 실로 근사한 윙 체어였다) 위의 덮개는 단순한 장식 이상이었다. 할머니보다 빨리 세어버린 머리는 짧게 치고 군대식 콧수염을 길렀으며, 카디건 주머니는 금속 설대의 담배 파이프와

---

* 줄리언 반스의 애칭.
** 영국에서 출시된 남성용 머릿기름의 브랜드로, 비틀스가 등장해 모든 유행의 대표주자가 되기 전 도회적인 남성미의 대명사를 자처했다.
*** 영국의 유명한 안락의자 브랜드.

담배 파우치를 넣고 다니느라 축 늘어져 있었다. 또 두툼한 보청기를 꼈는데, 이 또한 성인 세계의 한 단면(좀 더 정확히 말하면 성인기에서 더 멀리 떨어진 곳의 세계)이라 할 만했다. 때문에 형과 나는 할아버지 흉내를 즐겨 냈었다.

"뭐라고 하는 거냐?"

우리는 두 손을 모아 귀에 가져다 댄 채 비꼬는 의미로 서로를 향해 큰 소리로 외쳤다. 할머니 배 속에서 나는 우르릉대는 소리가 하도 커서, 가는귀가 먹은 할아버지까지 그걸 듣고는 "마누라, 전화 왔어?"라고 묻는 기묘한 상황을 고대하기도 했다. 그러고는 곧바로 민망한 나머지 끙 소리를 내며 다시 신문을 들여다보는 것이다. 할아버지가 그 남성적이고 위풍당당한 안락의자에 앉아 있을 때면 보청기에선 때때로 피리 소리가 울리고 담배 파이프를 빨아들이면 부글거리는 소음이 났으며, 그 가운데 할아버지는 《데일리 메일》을 읽다 고개를 설레설레 저었다. 그 신문이 '공산주의의 위협'이 세상의 진실과 정의를 끝없이 위기로 몰아넣는다고 설명하고 있어서였다. 그 시각, 상대적으로 더 푹신하고 여성적인 빨간 안락의자에 앉은 할머니는 《데일리 워커》를 읽으며 혀를 쯧쯧 찼는데, 신문에 '자본주의'와 '제국주의'가 새롭게 열린 세상의 진실과 정의를 끝없는 위기에 몰아넣는다고 써 있었기 때문이다.

그즈음 할아버지가 행하는 종교적인 의식은 텔레비전에서 틀어주는 찬송가를 듣는 정도로 줄어든 터였다. 할아버지는 목공과 원예에 취미를 붙였고, 당신이 피울 담배를 직접 재배해 창고 맨 위층에서 말리곤 했다. 달리아 덩이줄기와 오래된 《데일리 익스프레스》신문 더미도 털끈으로 묶어 창고에 보관했다.

할아버지가 가족 중에 가장 아꼈던 사람은 내 형이었다. 할아버지는 형에게 끌을 날카롭게 가는 법을 가르쳐주었고, 목공 연장들이 가득 담긴 궤도 물려주셨다. 반면 나한테는 뭐 하나라도 직접 가르쳐주거나 물려준 게 있었는지 도통 기억이 안 난다. 그래도 한번은 당신이 헛간에서 닭을 잡는 광경을 보게 해주었다. 할아버지는 닭을 한쪽 팔 밑에 끼고선 얌전해질 때까지 쓰다듬어주다가, 문설주에 나사못으로 고정해 둔 초록빛 철제 탈수기의 죔쇠 사이에 닭의 목을 얹었다. 그리고 핸들을 돌리면서 최후의 경련을 일으키는 닭을 더 단단히 부여잡았다.

형은 이 현장을 봐도 됐을 뿐 아니라 동참할 수도 있었다. 할아버지가 닭을 붙잡아 고정시키는 동안 형이 레버를 잡아당긴 적도 몇 번 있다. 그러나 헛간 안의 학살에 대한 형과 나의 기억은 서로 어긋나서 양립할 수가 없다. 내 기억 속에서 그 기계는 닭의 목을 비튼 게 전부였지만, 형에겐 소형 단두대였다.

"칼날 아래 놓여 있던 작은 바구니가 생생하게 기억나. (그만큼 생생하게는 아니지만) 닭 대가리가 뚝 떨어졌던 것, 피가 (그리 많이는 아니었지만) 났던 것, 할아버지가 목 없는 닭을 땅에 내려놓았더니 그게 몇 분 동안 이리저리 달리던 것도."

내 기억에서 유해한 부분이 삭제된 건가, 아니면 형의 기억이 프랑스 혁명을 그린 영화에 감염된 건가? 둘 중 어느 쪽이든 할아버지는 나보다는 형을 더 멋진 방식으로 죽음(과 그에 얽힌 추저분한 세계)에 초대했다.

"할아버지가 크리스마스 전에 거위를 어떻게 잡았는지 기억나? (나는 기억하지 못한다.) 곧 죽을 운명에 처한 거위가 우리 주위를 빙글빙글 도는데, 할아버지가 쫓아다니면서 쇠지레로 연신 때렸잖아. 결국 놈을 잡았을 땐 그때까지 때린 걸로도 모자랐던지 바닥에 눕히고 쇠지레로 목을 눌러버리더라. 그리고 머리통을 잡아당겼어."

형은 일명 '일기 읽어주기'라고 부르는 (나로선 한 번도 본 적이 없는) 하나의 제의를 기억한다. 할머니와 할아버지는 둘 다 일기를 썼는데, 때때로 저녁 시간이면 몇 년 전 바로 그 주에 각자 쓴 일기를 서로에게 큰 소리로 읽어주며 즐거운 시간을

웃으면서 죽음을 이야기하는 방법

보냈다. 실은 따분하기 그지없는 그 내용은 서로 엇갈리는 경우가 빈번했다.

> 할아버지: "금요일. 정원에서 일했다. 감자를 심었다."
> 할머니: "헛소리는. 하루 종일 비가 내렸다. 비가 너무 많이 와서 정원에서 일할 수 없었다."

또 형은 몸집이 아주 작았던 시절에 할아버지가 가꾸던 밭에 들어가 양파를 죄다 뽑아버렸던 것도 기억하고 있다. 할아버지는 형을 때렸고 급기야 형이 울어대자 평소의 당신답지 않게 얼굴이 하얗게 질려서는 어머니에게 이 일을 낱낱이 이실직고했고, 앞으로 어떤 일이 있어도 두 번 다시 아이에게 손찌검하지 않겠다고 맹세했다.

정작 형은 이 일화에 대해선 전혀 기억하지 못한다. 양파도, 또 맞은 것도. 단지 어머니가 되풀이해서 얘기해 줬을 뿐이다. 그리고 설령 생각난다 해도 형이 경계하는 건 당연하다. 철학자로서 형은 기억이란 틀릴 때가 많다고 믿고 있다. 상자 안에서 썩은 사과와 신선한 사과를 분리하는 작업을 예로 든 데카르트처럼, 모든 것을 비판적으로 의심하기 전에는 믿을 수 없다는 게 형의 지론이었다. 나는 그에 비해서는 기억을 신뢰하는 사람이거나 혹은 자기기만적인 인간일 테니, 내가 기억하는 모든 것이 진실인 양 얘기를 계속해 나가겠다.

내 어머니의 세례명은 캐슬린 메이블이었다. '메이블'이란 이름이 정말 싫었던 어머니가 할아버지에게 투덜거리자, 할아버지는 해명이랍시고 "옛날에 메이블이라는 정말로 멋진 여자가 있었지"라고 말했다.

나로 말할 것 같으면 어머니의 신앙심이 어떻게 전진했다가 퇴보했는지에 관한 내막은 전혀 모른다. 하지만 분명 어머니의 필체로 직접 쓴 기도서와 부드러운 갈색 스웨이드로 묶음 장정한 『고대 및 현대 찬송가』를 가지고 있다. 두 권 다 놀랍게도 녹색 잉크로 어머니의 이름과 함께 'Dec: 25ᵗʰ 1932.'라는 날짜가 적혀 있다. 나는 어머니가 쓴 구두점에 감탄한다. 마침표 두 개에 콜론 하나. 정확히 't'와 'h'의 중간 지점에 마침표가 찍혀 있다. 요즘 사람들은 그런 식으로 구두점을 쓰지 않는다.

어렸을 때 입에 담아선 안 되었던 이야깃거리가 세 개 있었다. 셋 다 전통적으로 금기시되는 주제였으니 바로 종교, 정치, 성이었다. 이런 사안들에 관해 견해를 주고받을 때(아, 종교와 정치에 한해서고 나머지 하나는 영영 대화의 주제가 되지 못했다)

웃으면서 죽음을 이야기하는 방법

어머니는 정치적으로 '진정한 파란색'*이었다. 그리고 내 짐작으로는 죽을 때까지 변하지 않았을 것이다.

종교에 대해 얘기하자면, 어머니는 "내 장례식에서는 되지도 않는 의식 같은 건 일절 없었으면 좋겠다"고 단호히 내게 말했었다. 그래서 어머니의 장례를 치르러 온 장의사가 화장터 벽에 붙은 '종교적인 상징들'을 떼길 바라느냐고 물었을 때, 나는 어머니라면 그러길 바라셨을 거라고 대답했다.

각설하고, 가정법 과거시제("……였던 게 아니었을까?")는 형이 대단히 미심쩍어하는 시제다. 장례식이 시작되길 기다리는 동안 우리는 언쟁이 아닌 (만약 언쟁을 했다면 가족 전통에 전적으로 반하는 행동이 되었을 테니) 논쟁 끝에 한 가지 사실을 입증하게 되었다. 나 줄리언 반스는 내 기준에서는 합리주의자일지 몰라도, 형의 기준에서는 다분히 박약한 합리주의자라는 것.

어머니는 뇌졸중으로 처음 몸을 못 가누게 된 후 손녀 C가 당신의 차를 쓰는 것을 흔쾌히 수락했다. 오랜 세월을 거쳐 순차적으로 교체된 '르노'의 마지막 주자였던 그 차는 어머니가 40년 넘도록 '프랑스 성애의 정절'을 바쳤던 모델이었다. 형과

---

* 영국 노동당(상징 색깔이 파란색)의 열렬한 지지자라는 의미. 흔히 육체노동자를 '블루 컬러'라 부르기도 한다.

Nothing to be frightened of

19

함께 화장터의 주차장을 서성이며 눈에 익은 프랑스 자동차의 실루엣을 찾고 있을 때, 조카가 남자친구 R의 차를 타고 도착했다. 나는 한마디 했다. 확실히 기억하는데 아주 조심스러운 투로.

"어머니는 C가 당신 차를 타고 오길 바라지 않으셨을까."

형도 역시 조심스럽게, 하지만 논리적인 태도로 내 말에 반박했다. 형의 표현에 따르면 '망자의 바람'이라는 게 있는데, 죽은 사람들이 과거에 원했던 것을 의미한다고 했다. 그리고 '가정상의 바람'이라는 것도 있는데, 이건 사람들이 현재 바라고 있거나 전에 바랐을지도 모르는 것을 지칭한다. '어머니가/바랐을 것'이란 말엔 그 두 가지가 합쳐져 있다는 게 형의 주장이었다. 즉 이미 죽은 사람이 바랐던 것을 가정하는 격이니 두 배로 의심스럽다는 뜻이다.

"우린 어머니가 원하는 게 아니라 우리가 하고 싶은 것만 들어드릴 수 있다고."

어머니라면 어땠을까, 라는 식의 가정에 빠져드는 건 과거에 품었던 욕망에 새삼 관심을 갖는 것만큼이나 비합리적이라고 형은 설명했다.

나는 그에 대한 대답으로 우리는 어머니가 바랐을 만한 것을 들어주려 애써야 한다고 제언했다. 그 이유는 1) 어쨌든 우린

웃으면서 죽음을 이야기하는 방법

뭔가 해야 하며, (어머니의 시신을 뒤뜰에 내팽개쳐서 썩도록 놔둘 게 아니라면) 그 '뭔가'엔 선택이 포함되기 때문이다. 더불어 2) 우리가 죽기 직전에 바랐을 법한 것을 다른 사람들이 들어주길 원하기 때문이다.

나는 형과 자주 만나는 편이 아니라서 그의 사고방식에 깜짝 놀랄 때가 많다. 하지만 형은 퍽 진솔하게 말하는 사람이다. 장례식이 끝난 후 형을 차에 태우고 런던으로 돌아가면서 우리는 형의 딸과 그 애의 남자친구에 대해 (나로서는) 정말로 색다른 의견을 주고받았다.

둘은 사귄 지 꽤 오래됐지만, 서로 소원해졌던 시기에 C가 다른 남자와 사귄 적이 있었다. 형과 형수는 대번에 이 침입자를 탐탁지 않게 생각했고, 형수는 불과 10분 만에 '그를 열외로 취급했다'. 나는 그 사정에 대해서는 자세히 묻지 않는 대신 이렇게 물었다.

"하지만 R은 인정하는 거지?"

"무슨 상관이 있겠어? 내가 R을 인정하건 말건."

형이 대답했다.

"그런 얘기가 아니잖아. C는 아빠가 자기 남자친구를 인정하길 바랄 수도 있다고."

"그와 반대로 내가 인정하지 않길 바랄 수도 있지."

"어느 쪽이건, 그러니까 아빠가 인정하건 인정하지 않건 걔한텐 '상관없는' 일은 아닐 거야."

형은 잠시 내 말에 대해 생각하더니 말했다.

"맞는 말이다."

당신은 이 대화에서 형(동생이 아니라)은 어쨌든 형이며 한 가족의 어엿한 아버지라는 점을 느낄 수 있을 것이다.

†

어머니는 당신 장례식 때 어떤 음악을 틀어달라고 특별히 언급한 적은 없었다. 나는 모차르트의 소나타 「E♭장조 K282」를 골랐다. 길고 품격 있게 진행되다가 되돌아가며, 기운찬 분위기에서도 장중한 느낌을 잃지 않는 곡이다. 레코드 해설지에는 7분이라고 적혀 있으나 실제 느끼기로는 15분 남짓한 것 같았다. 혹시 한 번 더 재생한 건지, 아니면 화장터의 CD 플레이어가 계속해서 튀고 있는 건지 문득 궁금해졌다.

장례식이 있기 1년 전에 나는 「데저트 아일랜드 디스크」*에 게스트로 출연했었는데, 그때 고른 음악이 모차르트의 「레퀴엠」이었다. 얼마 후 어머니가 전화를 걸어와 방송에서 내가 불

---

* BBC 4 라디오 채널에서 1942년부터 방송 중인 유서 깊은 방송이다. 매주 게스트 한 사람이 출연해 "당신이 만약 무인도에 떨어진다면 가져갈 음악과 책 한 권, 사치품 하나는 무엇인가?"라는 질문에 답하고, 그 이유를 설명하는 형식의 프로그램.

웃으면서 죽음을 이야기하는 방법

가지론자라고 밝힌 사실을 언급했다. 그러면서 아버지도 나와 똑같은 말을 했었다고 했다. 어머니로 말할 것 같으면 무신론 자다. 통화상 어머니의 말투는 불가지론자로 산다는 건 '실체 가 있는' 무신론과는 달리 이도 저도 아닌 애매한 자유주의의 입장을 취하는 거라고 지적하는 것처럼 들렸다. 어머니는 계 속해서 말했다.

"다 그렇다 쳐, 죽는 게 뭘 대수라고 그리 난리니?"

난 어머니의 그런 사고방식이 마음에 들지 않는다고 말했다.

"넌 어쩜 아버지랑 하나도 다른 게 없니?"

어머니가 대꾸했다.

"하긴 그 나이엔 그럴 만하지. 내 나이쯤 되면 연연하지 않 게 될 거야. 뭐니 뭐니 해도 난 인생의 단맛은 다 봤으니까. 중 세를 생각해 봐. 그 시대엔 사람들의 예상 수명이 얼마나 짧았 었니? 한데 지금은 일흔, 여든, 아흔까지도 살고 있으니……. 사람들은 죽음이 무서워서 신앙을 갖는 것뿐이야."

대화할 때 어머니는 늘 이런 식이었다. 명료하고, 독선적이 며, 반대 의견엔 노골적으로 성마른 반응을 보였다. 가족들을 쥐락펴락하며 세상사에 흔들리는 법이 없었다. 그 덕에 내 유 년기는 모든 게 명료하며 실리적이었고, 사춘기 땐 만사가 갑 갑했고, 성년이 된 후엔 지겹도록 반복적으로 느껴졌다.

어머니를 화장하는 절차를 마친 후 '오르간 연주자'에게서 모차르트 CD를 돌려받았는데, 왠지 요즘은 이런 연주자들이 CD에서 음악 한 곡 틀어주는 것만으로 연주비를 온전히 챙기는 게 분명하다는 생각이 들었다. 어머니보다 5년 앞서 다른 화장터에서 아버지를 보냈을 때, 그곳 오르간 연주자는 바흐를 연주한 후 정직한 노동의 대가를 받았다. 그게 '아버지가 바랐을 법한 것'이었냐고? 적어도 반대하지는 않았을 거라고 나는 생각한다. 아버지는 온화하고 관대한 성격이었고, 음악에 관심이 지대한 편은 아니었다. 또 살아가면서 생기는 거개의 문제들에 대해서는 (비록 은근히 비꼬는 말들을 던져대긴 했지만) 어머니에게 일임했다. 당신이 입는 옷, 함께 사는 집, 두 분이 몰았던 차 등등을 결정한 건 어머니였다. 지금보다 가차 없던 소년 시절, 나는 아버지가 나약하다고 단정했었다. 나중엔 어머니한테 잡혀 산다고 생각했고. 그 후로도 별로 달라진 건 없어서 아버지도 나름의 주관은 있지만 주장하길 꺼리는 것뿐이라고 믿고 살았다.

사촌의 결혼식 때문에 생전 처음 가족과 함께 교회에 갔을 때, 나는 신도석에 무릎을 꿇고 한 손으로 이마와 눈을 가리는 아버지를 깜짝 놀란 채 지켜본 적이 있다. 나는 건성으로 그 경건한 자세를 흉내내며 손가락 사이로 슬쩍 곁눈질하면서

웃으면서 죽음을 이야기하는 방법

'저런 건 어디 전통일까?' 자문해 보았다.

살다 보면 자기 부모에게 놀라는 때가 있기 마련인데, 그때
가 바로 그랬다. 부모의 새로운 면을 알게 되어서가 아니라 그
동안 부모에 대해 얼마나 몰랐던가를 새삼 깨닫게 되어 놀라
는 것이다. 아버지는 예의상 그렇게 했던 것뿐일까? 그냥 몸만
낮춰 앉으면 셸리 스타일의 무신론자*로 받아들여질 거라고
생각했던 걸까? 짐작조차 가지 않는다.

아버지는 현대식으로 죽었다. 의학이 생명을 연장해 주었
으나 '그렇게 얻게 된 삶이 무슨 의미가 있을까' 싶어질 때까
지 몇 달(실은 몇 년)을 살다가 병원에서, 가족 없이, 어느 간호
사가 최후의 몇 분을 지켜보는 가운데 눈을 감았다. 죽기 며칠
전 어머니는 아버지를 보러 갔다가 얼마 안 있어 대상포진을
앓았다. 마지막으로 병문안을 갔을 때, 아버지는 퍽 혼란스러
워했다. 화근은 어머니였다. 참으로 어머니답게도 이렇게 물
었던 것이다.

"나 누군지 알아보겠어? 지난번 왔을 때 못 알아봤잖아."

---

* 영국 시인 퍼시 셸리(Percy Bysshe Shelley, 1792~1822)는 옥스퍼드 재학 시절인 1811년,
'신은 하나의 가설이기 때문에 존재를 입증해야 한다'는 주장을 담은 팸플릿을 익명으로
출간했는데, 이 때문에 학교는 물론 아버지에게도 절연을 당했다. '셸리 스타일의 무신론
자Shelleyan atheist'라는 말은 이후 신의 존재를 믿지 않는 무신론자를 일컫는 하나의 관용어
구가 되었다.

아버지의 대답 역시 당신다웠다.

"아무래도 내 마누라지 싶은데?"

내 차로 어머니와 함께 병원에 갔을 때 병원에선 검은 비닐봉지와 크림색 커다란 여행 가방을 주었다. 어머니는 집에 가져갈 것과 병원에 줄 것(혹은 최소한 병원에 버리고 올 것)을 정확히 가려내서는 그 두 개에 신속하게 나눠 넣었다. 그러면서 몇 주 전에 당신이 사준 밤색의 큼직한 찍찍이 슬리퍼를 아버지가 한 번도 신지 못한 것이 안타깝다고 말했다. 나로선 이해가 가지 않았지만 어머니는 그 슬리퍼를 집으로 가져갔다.

어머니는 외할아버지가 죽었을 때 '아버지의 시신을 보겠느냐'는 질문을 받고서 공포를 느꼈다는 얘기를 했다. 그리고 외할머니가 '무능'해서 딸인 당신이 온갖 뒷수습을 했다고 했다. 단지 병원에서만은 예외였는데, 마음속에서 아내의 본분이나 본원적인 욕구가 갑자기 치솟았는지 외할아버지의 시신을 봐야겠다고 고집을 피웠다는 것이다. 어머니가 만류했지만 외할머니는 요지부동이었다. 모녀는 안내를 받아 영안실 내부가 들여다보이는 곳으로 갔고, 외할아버지의 시신이 그들 앞에 전시되었다. 외할머니는 딸을 돌아보며 말했다.

"어쩜 저렇게 흉하지?"

어머니가 죽었을 때 인근 동네의 장의사가 우리 가족에게 시신을 보겠느냐고 물었다. 나는 보겠다고 했고 형은 싫다고 했다. 아니 정확히 말하면, 내가 형에게 전화를 걸어서 어떻게 할 건지 물었다. 형의 대답은 다음과 같았다.

"미쳤어? 됐어. 그런 문제라면 난 플라톤 편이야."

형이 말한 그런 문제라는 게 뭔지 금방 떠오르지 않아서 내가 물었다.

"플라톤이 뭐라고 했는데?"

"고인의 시체를 반드시 봐야 하는 건 아니라고 했어."

나 혼자 장의사 사무실(이라고 해봤자 동네 택배 영업소 뒤편을 증축한 공간)에 갔을 때 장의사는 변명하듯 말했다.

"죄송하지만 현재 어머니께선, 그냥 뒷방에 계시거든요."

내가 못 알아듣고 쳐다보기만 하자 그는 자세히 설명해 주었다.

"병원에서 쓰는 이동침대 위에요."

나는 불식간에 이렇게 답하고 있었다.

"아, 어머니는 반드시 격식을 갖춰야 한다는 말씀은 안 하셨어요."

정작 이런 상황이 되니 어머니가 뭘 바랄지, 혹은 바라지 않을지 짐작 같은 건 할 수 없었다.

어머니가 누운 곳은 벽에 십자가가 걸려 있는 작고 깨끗한 방이었다. 들어가 보니 정말로 이동침대 위에 있었고, 뒤통수가 내 쪽을 향해 있어서 다짜고짜 얼굴을 마주하는 건 피할 수 있었다. 어머니는, 음, 정말 시체 같았다. 눈은 감고 입은 살짝 벌린 상태였는데 오른쪽보다 왼쪽이 좀 더 벌어진 모양이 영락없는 어머니였다. 생전의 어머니는 늘 오른쪽 입가에 담배를 문 채 왼쪽으로 말을 해서 담뱃재가 어디로 날릴지 알 수 없었다. 나는 어머니가 절명의 순간에 의식이 있었다고 상상해보았다. 실제로 퇴원 후 상주 요양시설로 옮겨진 지 몇 주 지나지 않았을 때 그랬다. 그즈음 어머니는 꽤 자주 망령을 부렸고, 두 가지 상태를 오락가락하는 치매 증세를 보였다. 그래서 어떤 경우엔 자기가 세상을 주관하는 책임자라고 믿고선 하지도 않은 실수를 두고 애먼 간호사들을 끝도 없이 나무랐고, 다른 경우엔 자신이 분별을 잃었음을 인정하며 어린 시절로 돌아가버렸다. 그러곤 이미 죽은 당신 어머니나 당신 할머니의 말을 철석같이 믿고 따랐다. 원래 나는 어머니가 읊조리는 유아독존 그 자체의 혼잣말에 무의식적으로 신경을 꺼버리기 일쑤였는데, 치매에 걸린 뒤 갑자기 당신이 하는 말에 극도로 흥미를 갖기 시작했다. 어머니가 주절대는 그 모든 얘기가 어디서 시작된 건지, 뇌는 어떻게 이런 가짜 현실을 만들어내는지에 대한 궁금증이 사라지지 않았다. 그리고 이런 상태가 되고 보니 어머니가 자기 이야기만 하고 싶어 한 것을 원망하기도 힘들었다.

죽음의 순간, 간호사 두 명이 어머니의 옆을 지켰고 생명이 '스르르 빠져나간' 직후, 어머니의 시신을 바로 눕히느라 바빴다는 말을 들었다. 나는 어머니의 마지막 생각은 자기 자신을 향한 것이었고 메시지는 '아, 갈 거면 빨리 가든가'였을 거라고 상상하고 싶다. 그래야 어머니답고, 또 사람은 자기가 산 방식대로 죽는 법이니까. 그게 내 지론이다. 하지만 어머니가 바랐을 법한 것(이나, 내가 어머니에게 바랐을 법한 것)이 뭐였을까 생각하는 건 감상주의의 발로일 뿐이다. 덧붙여 짐작건대, 어머니가 그 순간 뭔가 생각이란 걸 하고 있었다면, 자신이 다시 어린애가 되었다고 상상하고 있었을 것이다. 조바심치며, 초조한 상태로 오래전에 죽은 친척 둘이 자기 몸을 바로 뉘이고 있는 중이라 여겼겠지.

장의사 사무실에서 나는 어머니의 뺨을 몇 번 만졌고 머리선에 입을 맞췄다. 어머니가 너무도 싸늘했던 건 영안실에 있었기 때문일까, 아니면 원래 시체가 그렇게 차가운 법일까? 그래도 어머니는 흉측하지 않았다. 조금도. 화장이 보기 좋게 잘 먹었고, 당신이 알았으면 기뻐했을 만큼 머리도 그럴싸하게 매만져져 있었다. ("장담하는데 난 한 번도 염색을 한 적이 없어.

내 머리는 자연산이야." 어머니가 내 형수에게 이렇게 말한 적이 있다.) 인정한다, 효심보다는 작가 특유의 호기심에서 어머니가 죽은 모습이 보고 싶었음을. 그러나 오랜 세월 어머니에게 품었던 분노의 감정과 별개로, 내겐 작별의 절차가 필요했다.

"잘하셨어요, 엄마."

나는 어머니에게 나지막하게 말했다. 실제로 어머니는 죽음에 있어서 아버지보다 '한 수 위'임을 증명했다. 아버지는 잇단 뇌졸중에 시달렸고 몇 년을 질질 끌며 쇠락해 갔다. 반면에 어머니가 맨 처음 쓰러져 죽기까지의 과정은 아버지보다 효율적이었고 또 신속했다. 상주 요양시설(이 말을 들을 때마다 '비상주' 요양시설은 뭐라고 불러야 할지 늘 궁금했었다)에서 받아든 어머니의 옷 가방은 예상보다 가벼웠다. 맨 처음에는 따지 않은 '하비즈 브리스톨크림'* 한 병을, 그다음에는 어머니의 여든두 번째이자 마지막 생일에 동네 친구들이 가게에서 사온 생일 케이크가 고스란히 네모난 마분지 상자에 담겨 있는 것을 발견했다.

아버지도 여든두 살에 죽었다. 나는 아버지의 죽음을 받아들이기가 더 힘들 거라고 늘 생각했었다. 아버지를 더 사랑했

* 영국산 셰리주 상품명.

고, 어머니에겐 기껏해야 짜증 섞인 정을 느꼈을 뿐이니까. 정작 실상은 정반대였다. 여파가 덜할 거라고 예상했었던 어머니의 죽음은 더 복잡하고 더 위태롭게 다가왔다. 아버지의 죽음은 그냥 아버지가 죽은 것이었다. 하지만 어머니가 죽자 둘 다 죽은 것이 되었다.

그리고 이후의 집 정리 과정은 예전에 우리가 한 가족이었던 시기를 발굴하는 작업이 되었다. 내가 열서너 살을 넘긴 뒤, 우리가 진정한 의미의 가족이었던 적은 사실 없었으니까. 그리하여 생전 처음으로 나는 어머니의 핸드백을 뒤졌다. 흔한 소지품을 빼고 내가 발굴한 것은 《가디언》에서 오려낸 전후 영국 크리켓 타자들의 목록이었다(정작 어머니는 《가디언》은 일절 읽지 않았다). 또 형과 내가 어렸을 때 길렀던 골든리트리버 맥스의 사진 한 장. 사진 뒷면엔 낯선 필체로 '막심: 르 셩'*이라고 적혀 있었는데, 아버지의 대학생 어학교사** 중 하나였던 P가 1950년대 초반에 찍었거나 적어도 그 주석을 달았던 것이 분명해 보였다.

P는 코르시카 출신이었고 성격이 태평한 양반이었는데, 그런 성정은 내 부모에겐 월급을 받기 무섭게 탕진해 버리는 프

---

* '막심'은 맥스의 본명이며, '르 셩'은 프랑스어로 개라는 뜻.
** 외국에 나가 그 나라 학교에서 자기 나라 언어를 가르치는 대학생.

랑스인의 전형적인 버릇으로 여겨졌을 것 같다. 처음에 그는 살 곳을 마련할 때까지 며칠 밤 신세를 지려고 우리 집에 왔지만 결국 1년 내내 눌러앉게 되었다. 형은 어느 날 아침 목욕탕에 들어갔다가 낯선 남자가 면도용 거울 앞에 서 있는 것을 발견하게 되었다. 남자는 거품을 바른 얼굴로 형에게 얘기했다.

"여기서 나가주면 내가 미스터 비지위지 얘길 해줄게."

형은 그의 말대로 욕실에서 나왔다. 아닌 게 아니라 P는 미스터 비지위지에게 일어난 모험의 전체 시리즈를 알고 있었지만, 나는 어느 하나도 기억이 안 난다. 또 그에겐 예술적인 소양도 있어서 콘플레이크 상자로 기차역을 만들었고, 한번은 직접 그린 풍경화 소품 두 점(짐작건대 집세 대신)을 부모님에게 주었다. 이 그림들은 내 유년 시절 내내 집 벽에 걸려 있었는데, 내 눈엔 믿기 힘들 정도로 기교가 뛰어나 보였다. 그렇지만 그 나이 땐 조금만 사실적으로 표현하면 뭐든 다 그렇게 보였을 것이다.

맥스 얘기를 하자면, 그 사진을 찍은 후 얼마 되지 않아서 도망쳤거나, (우리 가족으로선 개가 우릴 저버리려 했다고는 상상도 할 수 없었기 때문에) 누가 훔쳐간 것 같다. 그리고 어딜 갔든 죽은 지 40년은 족히 됐을 것이다. 이후 아버지는 개를 기

웃으면서 죽음을 이야기하는 방법

르고 싶어 했던 듯하나, 어머니는 두 번 다시 기르지 않겠다고
했다.

†

우리 가족으로 말하자면 아버지는 신앙심이 약한 편이었고
어머니는 아주 확고한 무종교주의를 고수했으니, 내가 청소년
기의 반항심에서 독실한 신앙을 가졌을 수도 있었을 것이다.
그러나 아버지의 불가지론도, 어머니의 무신론도 제대로 발화
된 적이 없었을 뿐더러 하다못해 전형적인 태도조차 보인 적
없었으니, 두 분의 종교적 태도 때문에 반항심으로 독실한 신
자가 됐다고 말하는 건 어불성설이었을 것이다. 지금 생각하
기론, 그런 일이 일어났다면 유대교도가 됐을지도 모른다. 나
는 남학생 900명 가운데 150명가량이 유대교도인 학교에 다
녔다. 전반적인 면에서 그들은 사교적으로나 옷을 고르는 안
목에서나 더 앞선 것처럼 보였다. 그들은 더 좋은 신발을 신었
고(동년배 중에 옆면에 고무를 댄 첼시 부츠를 신은 애가 있을 정
도였다) 여자애들에 대해서 알고 있었다. 그런 데다 휴일이 더
많다는 건 두말할 여지 없는 장점이었다.

정말로 유대교도가 됐다면, 비슷한 연배와 계층의 사람들과
마찬가지로 저급한 반유대주의 정서를 지닌 내 부모에겐 꽤

유익한 충격을 안겨줬을 것이다. (텔레비전 극을 보다 마지막에 크레디트가 올라갈 때 '아론슨'* 같은 이름이 섞여 있으면 둘 중 한 명은 '웨일스 사람'**이 한 명 더 텔레비전에 나오게 된 것에 얼굴을 찌푸리며 유심히 쳐다봤을지도 모른다.) 그렇다고 두 분이 내 유대인 친구들을 볼 때 색안경을 꼈다는 소리는 아니다.

내 친구들 중에 알렉스 브릴리언트란 애가 있었는데, 이름값을 한다는 생각이 들었던 소년이었다. 담뱃가게 아들이었던 알렉스는 열여섯 살의 나이에 비트겐슈타인을 읽고 있었고 (심장우회혈관마냥 이중, 삼중, 사중의) 중의적인 의미들로 고동치는 시를 쓰고 있었다. 나보다 국어를 더 잘했던 그는 장학금을 받고 케임브리지대학에 입학했는데, 이후로는 한 번도 보지 못했다. 격조했던 몇 년 동안 나는 그가 정계에서 성공적으로 경력을 쌓고 있을 거라는 생각을 간혹 했었다. 그렇게 써댄 전기가 나태한 상상에 불과했다는 걸 알게 된 때는 내 나이 쉰 살이 넘었을 때였다. 알렉스는 20대 후반, 그러니까 당시 내 나이의 반도 채우지 못하고 자살했다. 여자 문제로 인한 음독자살이었다.

* '모세의 형' 아론Aaron에서 파생한 유대인 남자의 이름.
** 19세기 후반, 다수의 영국 유대인들은 당시 광산업이 꽃피기 시작한 웨일스로 이주했고, 현재에도 대규모의 지역사회를 이루고 있다.

웃으면서 죽음을 이야기하는 방법

나는 잃을 만한 믿음이란 게 애초에 있질 않았으니 그저 반항했을 뿐이다. 영국 교육이 날 신의 손에 맡기기 위해 동원한 성서 읽기, 아침기도, 성가, 세인트폴 대성당의 추수감사절 연례 미사 같은 온화한 체제에 보다 영웅적으로 반기를 드는 것 같아서 그랬다. 그리고 그것으로 끝이었다. 초등학생 때 성탄극에서 '두 번째 목동' 역할을 한 것만 빼고. 나는 세례를 받은 적도, 주일학교에 간 적도 없다. 심지어 그 흔한 예배를 본 적도 없었다. 세례식, 결혼식, 장례식에는 참석하고 있다. 요즘도 꾸준히 교회를 찾지만 어디까지나 건축에 대한 관심 때문이며, 더 폭넓게는 과거 영국성의 면모를 엿보기 위해서다.

서로 별 차이가 없기는 하지만, 그래도 형은 나보다 예배 경험이 많았다. '울프 컵'*이었던 형은 교회 정례 예배도 몇 번 봤었다.

"지금 기억으론 얼떨떨했던 것 같아, 식인종 사이에 낀 천진난만한 인류학자처럼."

믿음을 잃게 된 계기가 무엇이었냐는 내 질문에 형은 이렇게 답한다.

"잃었다는 말은 당치 않아, 처음부터 없었으니까. 굳이 꼽자

---

* 7세에서 11세까지의 남학생을 대상으로 한 보이스카우트의 하나.

면 1952년 2월 7일 오전 9시에 모든 게 다 개소리라는 걸 깨달았지. 더웬트호초등학교의 에버츠 교장이 국왕의 서거를 알렸을 때였어. 교장 말이, 왕은 하느님이 계신 천국의 영원한 영예와 행복 속에서 살기 위해 떠났다는 거야. 그러면서 우리 모두 한 달 동안 검은색 상장을 둘러야 한댔어. 그 말을 듣고 왠지 수상쩍다 싶었는데 내가 제대로 냄새를 맡은 거지. 눈에서 비늘이 떨어져 나간 건 아니었어.* 상실감이나 인생의 공백기니 뭐니 하는 것도 일절 없었고."

그리고 덧붙여 말한다.

"난 이 이야기가 진실이기를 바라. 정말 생생하고 잊히지 않는 기억이긴 하거든. 하지만 기억이란 게 어떤 건지 너도 알잖아?"

조지 6세 서거 당시 형의 나이는 기껏해야 아홉 살 정도였을 것이다. (나는 여섯 살이었고 형과 같은 학교를 다녔는데도 교장이 한 말도, 검은색 상장도 전혀 기억나지 않는다.) 내가 종교에 대해 남아 있는 감정이나 가능성을 마지막으로 떨쳐낸 때는 보다 더 나이를 먹은 후였다. 소년 시절 살던 집의 화장실에 쭈그려 앉아 책이나 잡지를 읽는 동안, 나는 신이 존재하는

---

* 성경의 「사도행전」 제9장 18절에서 예수의 힘으로 눈에서 비늘이 떨어져 나가 시력을 회복한 사울의 이야기를 빗댄 것.

웃으면서 죽음을 이야기하는 방법

건 불가능하다고 혼잣말을 되뇌었다. 왜냐하면 신이 내가 자위하는 걸 지켜볼지도 모른다고 생각하는 건, 더 나아가 내 조상들까지 줄지어 서서 지켜보고 있을지도 모른다고 생각하는 건 터무니없었기 때문이다. 물론 더 이성적인 논거들이 있었지만, '그분'의 존재를 부정할 때 가장 먹힐 만한 논거는 바로 이 강렬하리만큼 설득력을 지닌 감정이었다. 당연하지만 자기 본위적인 논거이기도 했다. 막 시작하려는데 할아버지 할머니가 지켜본다는 생각이 떠오른다면 심각할 정도로 손이 굳어버릴 테니까.

하지만 지금 이 기억을 기록하면서, 왜 더 많은 가능성에 생각을 열지 못했나 싶다. 설령 신이 지켜보고 있었다 해도, 왜였을까. 신이 내 스스로 씨앗들을 쏟아버리는 상황을 분명 못마땅해했을 거라고 철석같이 믿어버렸던 건. 나의 열의에 찬, 지칠 줄 모르는 자위행위를 저 위에서 목격했지만 그럼에도 하늘이 무너져 내리지 않은 건 그 짓이 죄라고 단정하지 않아서라는 생각은 왜 못 했던 걸까? 더군다나 죽은 조상들이 내 행동을 보고 하나같이 미소 지으며 이렇게 말할 거라는 상상 역시 해본 일이 없었다.

"뭘 망설이니, 아가야? 할 수 있을 때 즐기렴. 일단 영혼이 육신을 이탈하고 나면 할 게 그리 많지 않아. 그러니 우릴 위해서 한 번 더 해다오."

할아버지라면 천상의 담배 파이프를 물고 공범자 같은 투로 이렇게 속삭이지 않았을까.

"옛날에 메이블이라는 정말로 멋진 여자를 알았었는데 말이야."

✝

초등학교 시절, 우리는 목소리 테스트를 받았다. 한 명씩 차례대로 교실 앞으로 나가서 선생님의 반주에 맞춰 쉬운 곡조를 노래해야 했다. 그러고 나면 두 그룹 중 하나에 배정되었다. 고음 아니면 저음(음악계의 '기타 세계'). 우리가 변성기가 되려면 한참 남은 어린 소년이었다는 가정하에, 이런 꼬리표는 배려 깊은 완곡어법이었다. 그리고 내가 어떤 그룹에 소속되었는지 고했을 때 내가 마치 대단한 일을 해낸 양 아무것도 모르고 좋아하던 부모님의 모습도 기억난다. 마찬가지로 형도 '저음'부였다. 그러나 이후 더한 굴욕이 그를 기다리고 있었으니. 다음번 학교에서 목소리 테스트를 받았을 때는 A, B, C까지 있는 세 그룹으로 나뉘게 되었다. 형이 내게 알려준 바에 따르면 '월시인지 웰시인지 하는 재수 없는 인간'이 담당이었다고 한다. 형이 반세기가 넘도록 그칠 줄 모르는 반감을 품게

웃으면서 죽음을 이야기하는 방법

된 이유는 뭘까?

"그 자식이 날 위해서 특별히 그룹 D를 만들었어. 그 덕에 음악에 대한 원한을 씻는 데 몇 년이 걸렸지."

이 학교를 다니는 동안 음악은 하루도 빠짐없이 아침마다 천둥 같은 오르간 소리와 터무니없는 가사의 찬송가를 대동하고 왔다.

머나먼 곳 푸른 초원

성곽 없는 그곳에

우리 주 예수 십자가에 못 박히사

죽음으로 우리 모두를 구원하사

태반의 찬송가들에 비하면 멜로디가 그리 음울한 수준은 아니었다. 그건 그렇다 쳐도 푸른 초원 주변에 성곽을 쌓고 싶은 사람이 도대체 누가 있을까? 나중에 가사에 나오는 '없는'의 뜻이 '밖의'*임을 알게 되었을 때, 내 당혹스러운 감정은 '푸른'을 겨냥하게 되었다. '푸른 초원'이 있다고? 팔레스타인에? 교복 바지 길이도 길어진 터라 지리 공부를 좀 등한시하긴 했

* 원문 가사는 'without a city wall'로, 고어에서 'without'은 '없는' 외에 '밖의, 바깥'이라는 뜻으로도 사용되었다.

지만(똑똑한 사람은 다 포기했던 과목이다), 그래도 그곳 외곽이 모래와 돌 천지라는 것 정도는 알고 있었다. 식인종 사이에 낀 인류학자가 된 기분은 아니었지만(그즈음 나는 언제나 일정 수는 존재하게 마련인 회의론자 중 하나였다) 그래도 내가 알고 있는 단어들과 그에 붙은 의미들이 서로 거리가 있다는 것만은 확실히 감지할 수 있었다.

1년에 한 번씩 있던 '시장 표창일'에 우리는 「예루살렘」을 불렀다. 교가로 채택된 노래이기도 했는데, 남자애들 중 유독 천둥벌거숭이들(교정되지 않은 '저음' 패거리) 사이에선 정해진 순간에 악보를 무시하고 포르티시모 크기의 소리를 얼굴이 일그러질 정도로 내지르는 게 전통이었다.

"제 화살들을 가져다주소서. (잠깐 쉬었다가) 욕므아앙의 화살을!"

그 가사를 블레이크*가 쓴 건 알고 있었느냐고? 몰랐을걸. 하물며 그 언어의 미학을 통해 신앙심을 고취시키겠다는 생각을 했을 리 만무하다. 내가 바로 그 확실한 증인이다. 학교 선생 가운데 나이가 지긋하고 종종 본론을 빗나간 개인적 상념으로 비칠 만한 얘기를 늘어놓곤 했던 라틴어 선생이 있었

---

* William Blake(1757~1827). 17세기 영국의 시인이자 화가.

웃으면서 죽음을 이야기하는 방법

는데, 지금 와서야 그게 그의 계산된 전략이었다는 걸 알겠다. 그는 단정하고 건전한 목사처럼 굴다가도 지금 막 떠오른 듯 "그 여자앤 그저 그런 아랍인이었어. 하지만 아랍년은 피가 나야 제맛이란 말이야"라는 등, 농담이라고 해도 지독하게 외설적이어서 역시 교사였던 우리 부모님에겐 차마 들려주지 못할 말을 심심찮게 내뱉었다. 또 한번은 '문학으로 읽는 성서'라는 어리석은 책 제목을 두고 비아냥거리기도 했다. 우린 그를 따라 키득거렸지만, 반대 관점에서 생각하면 (지루한) 성서가 애초에 (흥미진진한) 문학으로 읽도록 고안되었을 리 없다는 뜻 아닌가. QED.*

명목상으로만 기독교인인 우리 중에도 독실한 친구들은 몇 있었지만 그들은 살짝 기괴해 보였다. 결혼반지를 끼고 있으며 쉽게 얼굴을 붉히던 선생 역시 보기 드물고 또 살짝 기괴한 존재였다. (그 선생 역시 독실한 신자였다.) 10대의 막바지에 나는 유체 이탈을 경험한 적이 한 번 있었다. 아, 두 번일지도 모른다. 몸이 천장으로 떠올라 임자 없는 내 육신을 내려다보았을 때의 느낌. 그 경험을 고무를 덧댄 부츠를 신고 다니던 학교 친구에게 말한 적이 있다. 부모에겐 말하지 않았다. 이 경

---

* 라틴어로 '이상이 내가 증명하려는 내용이었다'라는 뜻.

험에 은근한 자부심(대단한 일이 일어나고 있는 거야!)을 느끼면서도 정작 종교적인 것은커녕 특별한 의미가 있는지조차 추론하지 않았었다.

신은 공식적으로 죽었다는 니체의 보도를 전한 사람은 알렉스 브릴리언트였던 것 같고, 이에 우리 모두는 한층 명랑한 태도로 자위행위에 임할 수 있게 되었다. "네 인생 다 네가 자초한 거야, 안 그래?" 이것이 실존주의의 본질이었다. 게다가 젊고 멋졌던 우리의 국어 선생이 종교에 은근히 적대적이기도 했었다. 최소한 그는 「예루살렘」과는 정반대로 다가왔던 블레이크의 시를 인용한 적도 있었단 말이다.

"높은 곳에 임하시는 누구의 아버지도 아닌 아버지께선 방귀를 뀌었고 트림을 했고 기침을 하셨으니."*

신이 방귀를 뀌었다고! 신이 트림을 했다고! 신이 존재하지 않음을 증명한 것이 아니고 무엇인가! (여기서 또 한 번, 신이 가진 이런 인간적인 특성들을 보면 신성에도 인간과 공감할 수 있는 천성이 있기에 오히려 신의 존재를 증명할 수 있는 논거가 된다는 생각은 당시에는 전혀 하지 못했다.) 게다가 국어 선생은 엘리엇이 탄생, 성교, 죽음이라는 인생사를 절망적으로

---

* 윌리엄 블레이크의 시 「순수와 경험의 노래The Songs of Innocence and of Experience」 중 한 구절로, 신을 비판하는 대목.

요약한 것*도 인용했다. 천명을 다할 무렵 선생은 알렉스 브릴리언트와 마찬가지로 자살할 운명이었고, 아내와 더불어 약과 술을 동반한 자살 계약을 맺었다.

나는 옥스퍼드대학에 입학했다. 교목이 불러서 찾아갔을 때, 그는 장학생인 내게 부속 예배당에서 성경을 봉독할 권리가 있다고 설명해 주었다. 위선에 찬 예배의 강박에서 벗어난 지 얼마 되지 않았던 나는 이렇게 대답했다.

"죄송하지만 제가 행복한 무신론자라서요."

후환 같은 건 전혀 없었다. 벼락이 치지도 않았고, 학생 가운을 뺏기지도 않았으며, 못마땅해 입을 떡 벌리는 표정과 마주하지도 않았다. 나는 대접받은 셰리주를 다 마시고 자리를 떴다. 하루인가 이틀 후, 보트 클럽 회장이 내 기숙사 방문을 두드렸고 강에서 배를 타보겠느냐고 물었다. 교목을 해치우고 난 뒤라 아마도 기고만장했을 태도로 나는 대답했다.

"죄송하지만 제가 유미주의자라서요."

지금도 이렇게 대답한 것을 떠올리면 움찔한다(노를 젓지 않은 것도 후회된다). 하지만 그때도 후환 같은 건 전혀 없었다. 혈기왕성한 패거리가 내 방에 쳐들어와 있지도 않은 파란색

---

* 미국의 시인 T. S. 엘리엇(Thomas Stearns Eliot, 1888~1965)의 시 「황무지Wasteland」.

도자기를 깨부수려고 찾아대거나, 책만 가득 들어찬 내 머리통을 변기에 처넣는 일도 물론 없었다.

　내 입장을 표명할 수는 있었지만 쑥스러운 나머지 주장할 엄두는 내지 못했다. 만약 내가 생각을 분명히 표현했다면 (혹은 무신경했다면), 교목과 노 젓는 친구 모두에게 무신론자와 유미주의자가 상통하는 면이 많음을 설명했을지도 모른다. 그들 입장에선 근육질이면서 기독교도인 것과 완전히 똑같다. (그래도 여전히 스포츠에 비유하는 게 더 와닿을 것이다. 카뮈도 삶의 무의미함에 적절히 대응하는 방법은 축구를 할 때처럼 게임의 규칙들을 만들어내는 것이라고 말하지 않았던가?) 나라면 (환상 속에서나마 반박하면서) 그들에게 고티에*가 한 말을 인용했을 것 같다.

　신들은 멸종하였도다 Les dieux eux-mêmes meurent.

　그러나 시는 삼라만상을 초월해 Mais les vers souverains

　살아남으리라 Demeurent

　청동보다 강하기에. Plus forts que les airains.

* Théophile Gautier(1811~1872). 프랑스의 시인, 소설가, 비평가.

나는 종교적 환희가 미학적 환희에게 자리를 내준 지 오래되었다고 말한 후, 같잖은 냉소를 곁들여 '리지외의 성 테레즈 성당'*에 대한 이야기로 마무리하면서, 성녀 테레사 조각상의 그 유명한 황홀경에 빠진 표정은 신을 봐서가 아니라 대체로 육욕에 더 기운 감흥을 즐기고 있어서라고 설명했을는지도 모른다.

내가 행복한 무신론자라고 말했을 때, '행복한'이란 말은 '무신론자'라는 말에만 적용해 받아들여야지 더 나가선 안 된다. 난 신을 믿지 않기 때문에 행복했다. 그때까지 성공적으로 학업을 밟아가고 있음에 행복했다. 거기까지가 '행복한' 전모였다. 난 숨기려 했던 불안감 때문에 기진맥진했다. (입시 위주의 교육에 길들여졌을 뿐 아닌가 미심쩍은 가운데) 나는 지적으로 출중했는지 몰라도, 사회적인 면에서, 정서적인 면에서, 성적인 면에서는 미숙했다. 그리고 '누구의 아버지도 아닌 늙은 아버지'에게서 벗어나 기뻤다 하더라도, 그 결과에 대해서까지 태평한 건 아니었다. 신이 없으니, 천국도 없고 내세도 없을 것이었다. 그래서 죽음은, 아무리 먼 얘기일지언정 전과는 꽤 다른 의미의 의제가 되었다.

* 프랑스 리지외에 있는 로마 가톨릭 성당. 성지로 알려져 있다.

†

　대학 재학 중에 프랑스에서 1년을 살면서 브르타뉴의 한 가톨릭 학교에서 학생들을 가르친 적이 있다. 그때 함께 지냈던 사제들은 인간적인 면에서 속세의 사람들 못지않게 제각각이어서 무척 놀랐었다. 양봉을 하는 사제가 있는가 하면 드루이드*였던 사제도 있었다. 경마에 돈을 걸었던 사제, 반유대주의 사제도 기억난다. 젊은 사제 하나는 가르치는 학생들에게 자위행위에 대해 얘기했고, 또 나이 든 사제 하나는 텔레비전 영화 중독자였는데, 정작 다 보고 나면 "오락성과 도덕성이 떨어지네요"라는 거만한 말로 깎아내리길 좋아했다. 지적이고 세련된 사제들도 있었던 반면 아둔하고 어리숙한 사제들도 있었다. 의심할 여지 없이 독실한 사제도 물론 있었지만 신성모독에 가까울 정도로 회의적인 태도의 사제들도 있었다.

　식당에서 '반골' 마레 신부가 드루이드 칼바르 신부에게, 오순절**때 내려오는 성령들 중 누구네 고향 성령의 때깔이 더 좋으냐며 화를 돋우기 시작했을 때 테이블 주변 사람들이 술렁였던 것이 기억난다. 내가 처음으로 시체를 본 곳도 이 학

---

* 고대 켈트족의 성직자로, 예언자, 재판관, 시인, 마술사 등을 포함한다. 현대에도 드루이드 정신을 되살려 자신이 드루이드임을 자처하는 연구자들이 다수 존재한다.
** 부활절 뒤 일곱 번째 일요일의 성축일로, 성령이 신도들에게 직접 내려오는 날로 여겨진다.

교에서였다. 그는 젊은 교사 루젤 신부였고, 그의 시체는 학교 정문 옆 대기실에 안치돼 있었다. 학교에서 남학생들과 교직원들에게 그와 작별 인사를 할 것을 권했다. 나는 이중문의 유리 틈새로 응시한 것이 전부였고, 요령껏 잘했다고 혼잣말을 했지만 어디까지나 겁이 나서 그랬을 공산이 크다.

사제들은 친절한 편이라고 할 수 있었는데, 얼마간은 놀려대고 얼마간은 이해가 안 된다는 식으로 나를 대했다. "아, La perfide Albion."* 복도에서 마주치면 그들은 날 멈춰 세우고 내 팔을 슬쩍 건드리며 이렇게 말하곤 했다. 그중 하나가 위베르 드 게스브리앙 신부였는데, 위풍당당하고 귀족적인 그 브르타뉴식 이름은 추첨으로 받은 건가 싶을 정도로 눈을 씻고 찾아봐도 이름에 값하는 면모는 찾아볼 수 없었으며 둔했지만 심성은 고운 친구였다. 50대 초반의 나이로 투실투실하고 굼떴으며 몸에 털이 없고 가는귀가 먹은 사람이었다. 그가 주로 즐겼던 소일거리는 식사 시간에 소심한 성격의 학교 비서 로메 씨에게 짓궂은 장난을 치는 것이었다. 남몰래 포크나 나이프를 그의 호주머니에 찔러 넣거나 그의 얼굴에 대고 담배 연기를 내뿜거나 목을 간질이거나 그의 코밑에 느닷없이 겨자

---

* 프랑스어로 '불성실한 영국'이란 뜻으로 나폴레옹 1세가 영국을 매도해 쓴 호칭.

병을 들이댄다거나 하는 식으로, 하루가 멀다 하고 계속되는 이 진력나는 도발 행위에도 학교 비서는 인내하는 기독교도의 참된 모습을 보여주었다. 게스브리앙 신부는 처음에 나한테도 마주치는 족족 갈빗대를 쿡 찌르거나 머리카락을 잡아당겼지만, 내가 발랄하게 그를 '개자식'이라고 부르자 그만두었다. 그는 전쟁 통에 왼쪽 엉덩이에 부상을 입었고("도망치다 그런 거죠, 위베르!" "아니, 우린 포위돼 있었어요.") 그래서 할인된 운임으로 여행할 수 있었다. 또 《참전용사》란 잡지를 구독했다. 다른 사제들은 고개를 절레절레 저으면서도 그가 하고 싶은 대로 내버려 두었다. '못난 놈 위베르Pauvre Hubert.' 이건 식사 시간에 가장 흔히 듣던 말로, 혼잣말처럼 투덜거리거나 그의 면전에 대고 고함치는 식으로 표현되었다.

게스브리앙은 사제 서품을 받은 지 21주년을 막 넘긴 후였고, 자신의 신앙을 다분히 곧이곧대로 받아들였다. 마레 신부와 나의 대화를 듣다가 내가 그때까지도 세례를 받지 않았다는 것을 알게 된 그는 충격을 받았다. 그러기 무섭게 이 '못난 놈 위베르'는 날 대신해 걱정하게 되었고, 나에게 성경에서 말하는 온갖 끔찍한 결과들을 소상히 설명했다. 세례를 받지 않는다면 무슨 수를 써도 천국에 갈 수 없다면서. 하지만 제삼자라는 내 입지 때문이었는지 그런 그도 가끔은 성직자로 살면

웃으면서 죽음을 이야기하는 방법

서 좌절하고 갑갑할 때가 있음을 자백했다. 한번은 조심스럽게 이렇게 토로한 적도 있었다.

"설령 죽음 다음에 천국이 없다 해도 내가 지금 이 길을 계속해서 갈 거라고 생각하지 않지? 그게 자네 생각이지?"

그때 나는 그런 실리적인 사고방식에 얼마간 감동했고, 또 헛된 희망으로 허비한 삶과 마주한 것에 조금 오싹해졌다. 그러나 게스브리앙 신부의 이런 추정에는 이미 눈부신 역사가 존재했으니. 잘 생각했더라면 그것이 파스칼의 저 유명한 내기의 생활 버전임을 알아챘을 법도 하다. '파스칼의 내기'는 퍽 단순한 얘기처럼 들린다. 신을 믿는 사람은 신이 존재하는 것으로 판명될 때 내기에서 이긴다. 신을 믿지만 존재하지 않는 것으로 판명되면 내기에서 진다. 그렇지만 믿지 않는 쪽을 택한 다음, 죽은 후 신이 존재함을 알게 되는 사람에 비하면 반만 진 것이다. 이는 하나의 주장이라기보다는 프랑스 외교 사절단 버금가는 자기 본위적인 입장 표명에 가깝다. 하지만 신의 실존을 택한 첫 번째 노름꾼의 운명은 후자에 달려 있으며, 동시에 신의 본성을 택한 노름꾼에게 달려 있다. 만약 신이 상상한 것과 다르다면 어떻게 할 건가? 가령, 신이 노름꾼들을 내치는 건 물론이고 신을 믿는다고 주장하지만 정작 도토리 위에 얹은 컵 같은 정신 상태의 사람들은 더더욱 받아들이지 않는다면 어떻게 할 건가? 그리고 누가 승자와 패자를 가리는가? 확실한 건 우리는 아니라는 것이다. 신은 어쩌면 아첨하는 기회주의자보다 정직한 의심쟁이를 더 좋아할지도 모른다.

파스칼의 내기는 수세기 동안 경종을 울리며 내기에 응할 사람들을 늘 찾아내곤 했다. 여기 극단적인 행동파의 경우를 소개한다. 2006년 6월, 키예프의 한 동물원에서 한 남자가 밧줄을 타고 사자와 호랑이를 사육하는 섬의 울안으로 내려갔다. 내려가면서 그는 입을 떡 벌리고 바라보는 사람들에게 들리도록 큰 소리로 외쳤다. 목격자 중 한 명은 그가 "신을 믿는 자는 사자들 속에 있어도 무사할 것이다"라 말했다고 전했다. 또 다른 목격자가 들은 건 그보다 더 도전적이었는데 "신이 존재한다면 날 구해줄 것이다"라고 했단다. 이 형이상학파 '선동가'는 땅에 발이 닿자 신발을 벗고선 동물들 쪽으로 걸어갔다. 그러자 자극받은 암사자들이 그를 때려 눕혔고, 그의 경동맥을 물어뜯었다. 다음 중 이것이 입증하는 사실은?

1. 남자는 미쳤다.

2. 신은 존재하지 않는다.

3. 신은 존재하지만, 그런 비열한 속임수에 넘어가 사람들 앞에

웃으면서 죽음을 이야기하는 방법

모습을 드러낼 리 없다.

4. 신은 존재하며, 이는 자신이 풍자의 대가임을 입증한 사례다.

5. 위의 어느 항목에도 해당하지 않는다?

바로 여기, 내기처럼 들리지 않는 내기가 있다. 바로 "까짓 것, 믿어버려! 손해 볼 것 있어?"라는 것이다. 이른바 '묽은 홍차'* 버전이랄까. 형이상학적 두통을 앓는 남자가 했을 법한 이 피로한 넋두리의 출처는 비트겐슈타인의 『쪽지』**다. 만약 당신이 신이라면 이런 미적지근한 지지엔 다소 심드렁해질지도 모르겠다. 그러나 '손해 볼 것 없는' 때도 많을 것이다. 단, 진실이 아니라는 사실만으로도 신이 존재한다고 받아들일 수도 없고 재고할 만하지도 않다고 생각하는 사람들에게는 해당되지 않을 것이다.

한 가지 사례. 비트겐슈타인은 『쪽지』를 쓰기 20년 전쯤, 오스트리아 남쪽 지방의 몇몇 외진 마을에서 교장으로 일했다. 동네 주민들은 그가 근엄하고 별난 데가 있지만 학생들에겐 헌신적이라는 사실을 알게 되었다. 또 그 자신은 종교에 대한

---

* 여기서 쓰인 'weak-tea'는 묽은 홍차 말고도 허약한 노력, 설득력이 떨어지는 주장이라는 의미가 있다.

** 오스트리아의 철학자 비트겐슈타인(Ludwig Wittgenstein. 1889~1951)이 쓴 심리철학에 대한 고찰을 담은 책.

의심을 품고 있으면서도 기꺼이 주기도문으로 하루를 시작하고 마무리한다는 사실 역시 알게 되었다. 트라텐바흐에서 교편을 잡고 있던 기간에 비트겐슈타인은 학생들을 이끌고 빈으로 수학여행을 간 적이 있다. 가장 가까운 기차역은 20킬로미터가량 떨어진 글로그니츠에 있었기 때문에, 이 여행은 여정 중간에 있는 숲을 걸어가면서 어린 학생들에게 수업 때 배운 풀과 돌을 찾아보게 하는 교수법 차원의 하이킹으로 시작되었다. 빈에는 이틀 동안 머물면서 건축과 기술에 관한 똑같은 방식의 수업을 진행했다. 그런 뒤에 글로그니츠로 돌아가기 위해 다시 기차에 올랐다. 기차가 도착할 무렵엔 밤이 깊어가고 있었다. 그들은 다시 20킬로미터에 달하는 도보 여행을 시작했다. 비트겐슈타인은, 많은 아이들이 겁에 질려 있는 걸 알아차리고선 차례대로 옆으로 가서 나지막하게 말했다.

"겁이 나니? 음, 그런 거라면 하느님 생각만 해."

아이들은 사실상 한 치 앞도 안 보이는 숲속에 있는 것이나 다름없었다. 까짓 것, 믿어버려! 손해 볼 것 있어? 그리고 추정컨대 손해 본 아이는 한 명도 없었던 것 같다. 존재하지 않는 신은 존재하지 않는 요정들과 도깨비들과 나무의 악령들한테서만큼은 우리들을 보호해 주실 것이다. 실제로 존재하는 늑대들과 곰들(과 암사자들)한테서는 아니라 하더라도.

비트겐슈타인 연구자 중 하나는 이 철학자가 '신자'는 아니었지만, 그의 내면에는 '어떤 면에서 신앙의 가능성이 있었'음을 암시한다. 그러나 그의 이런 생각은 창조자에 대한 믿음보다는 죄의식과 심판에 대한 욕망에 더 기울어 있다. 비트겐슈타인은 "삶은 인간에게 신을 믿도록 가르칠 수 있다"고 생각했다. 마지막 쪽지 중 하나에서 그가 한 말이다. 또, "당신은 죽은 후에도 살아 있게 될 것인가, 아닌가"라는 질문을 받는 자신을 상상했고, 이에 "나는 말할 수 없다"고 대답하는 것을 상상했다. "당신이나 내가 제시할 만한 이유들 때문이 아니라, '나는 소멸하지 않는다'라고 말할 때 내가 무슨 말을 하는 건지 정확히 안 적이 한 번도 없었기 때문이다"라고 그는 설명했다. 하기야 우리 중에서도 저런 식의 말을 할 때 자신이 무슨 말을 하는 건지 제대로 아는 사람이 몇이나 있겠는가. 아주 특별한 보상을 바라고 자신을 공양하는 근본주의자 말고. 하지만 우리는 그 말이 암시하는 게 뭔지는 몰라도, 그 말의 의미가 얼마나 중요하고 무거운지는 분명히 파악할 수 있다.

†

스무 살엔 무신론자라고, 쉰 살과 예순 살엔 불가지론자라고 자칭한다 해서 내가 살면서 더 많은 지식을 습득했다는 뜻은 아니다. 다만 무지에 대해 좀 더 자각하게 되었을 뿐이다. 우리 스스로 '이 정도면 알 만큼 알았다'고 확신하는 것이 가당키나 한 일일까? 21세기 네오다위니즘*에 입각한 유물론자로서 삶의 의미와 구조는 1859년 이후**에야 비로소 명확해졌다고 확신하는 우리는, 신의 의도와 신이 주관하는 정연한 세계를, 부활과 최후의 심판을 믿었던 시간 속 티끌 같았던 사람들, 즉 귀가 얇아서 쉽게 무릎을 꿇었던 자들보다 단연 더 현명하다는 견지를 고수한다. 그러나 우리가 더 많이 알고 있다 한들 더 진화한 것은 아니며, 단언컨대 그들보다 지적으로 더 우수한 것도 아니다. 우리가 갖고 있는 지식이 궁극의 것이라 확신할 수 있는 근거가 무엇인가?

어머니라면 '내가 사는 시대'가 그 근거라 말했을 법하며 실제로 그리 말한 바 있다. 종말이 더 가까워졌기에 형이상학적인 신중함과 맹목적인 두려움이 끼어들어 내 결단력을 약하게 만들었다는 듯이. 그러나 어머니가 틀렸던 것 같다. 죽음에 대한 인식은 보다 일찍 찾아왔으니, 내 나이 열세 살인가 열네 살이 되던 때였다. 프랑스의 비평가로 이디스 워튼의 친구이

---

* 획득형질(후천적 형질)의 유전을 부정하고, 집단유전학의 논리를 이용하여 생물의 진화 현상을 설명하고자 하는 진화학설. '종합설'이라고도 하며 1930년대에 주로 영국과 미국의 연구자들이 확립하였다.

** 1859년은 찰스 다윈이 『종의 기원』을 출판한 해다.

　　　　　　　　　　웃으면서 죽음을 이야기하는 방법

자 번역가이기도 했던 샤를 뒤보스는 이 순간에 빗대어 쓸 만한 문구를 만들어냈으니 바로 '르 레베일 모르텔le réveil mortel'이다. 어떻게 번역하면 가장 좋을까? '죽음의 숙명을 알리는 모닝콜'이라 하려니 어쩐지 호텔 서비스처럼 들린다. '죽음에의 이해' '죽음에의 각성'? 둘 다 쓸데없이 독일풍이다. '죽음에 대한 자각?' 이 말도 특정한 종류의 가공할 타격을 가하기보단 하나의 상태를 암시할 뿐이다. 이런저런 면에서 첫 번째 허술한 번역이 그나마 뒤보스의 문구를 제대로 옮긴 것 같다. 그것은 낯선 호텔 방에서 이전에 묵었던 투숙객이 맞춰놓은 자명종이 울리는 바람에 야심하기 그지없는 시간에 느닷없이 잠에서 깨어나 암흑과 공포 속으로 내던져진 채, 현세가 잠시 세 들어 사는 세계임을 통렬히 자각하게 되는 것과 같다.

최근에 친구 R이 내게 얼마나 자주, 어떤 상황에서 죽음을 생각하느냐고 물은 적이 있다. 나는 잠에서 깨어 있는 하루 동안 적어도 한 번은 생각한다고 대답했다. 그런 후 간간이 일어나는 야간 침입들이 있다고도 했다. 외부 세계가 뚜렷한 평행선을 그릴 때, 저녁으로 접어드는 시간, 낮이 짧아질 때, 혹은 긴 하루 동안의 하이킹이 끝나갈 때, 자주 죽음의 필연성이 불청객처럼 내 의식을 비집고 들어온다.

좀 더 참신하게 말해보면 나의 모닝콜은 텔레비전에서 스포츠 경기가 시작될 때 성가시게 울어대는 때가 많은 것 같고, 왜 그런진 모르겠지만 5개국(이젠 6개국이 됐다) 럭비 경기 대회 때 유독 심한 것 같다. 나는 R에게 낱낱이 털어놓으며 행여 이 주제를 내 멋대로 곱씹는 것으로 비칠까 봐 해명했다. 내 말에 그가 대답했다.

"죽음에 대한 네 생각은 '건강한' 것 같은데. (우리 둘 모두의 친구인) G처럼 미친놈 같진 않잖아. 나도 미친놈인 건 마찬가지지. 언제나 '당장 저질러' 유형이었거든. 이를테면 입에 권총을 집어넣는 것이지. 템스 밸리 경찰이 와서 「데저트 아일랜드 디스크」에서 내가 그 말을 한 걸 들었다면서 내 12구경 산탄총을 압수한 이후론 장족의 발전을 했어. 이제 가진 총은 (아들 소유가 된) 공기총뿐이야. 무용지물이야. 쏴지지도 않거든. 그러니 난 너와 '함께 늙어갈 거야.'"

예전에 사람들은 죽음에 대한 얘기를 거리낌 없이 하는 편이었다. 죽음과 장차 맞이하게 될 인생이 아니라, 죽음과 절멸의 이야기를. 1920년대에 시벨리우스*는 헬싱키 캄프 식당의 단골이었고, '레몬테이블'이라고 칭한 모임과 어울렸다. 레몬은 중국에선 죽음을 상징했다. 시벨리우스와 정찬을 함께한

---

* Jean Sibelius(1865~1957). 핀란드의 작곡가.

친구들(화가들, 기업가들, 의사들, 법률가들)은 죽음에 관한 얘기를 해도 되는 정도가 아니라 해야만 했다. 파리에선 그보다 몇십 년 앞서서, 마그니 만찬*에서 일군의 작가들의 느슨한 모임이 있었다. 플로베르, 투르게네프, 에드몽 드 공쿠르, 알퐁스 도데, 에밀 졸라는 예의 바르고 사교적인 방식으로 죽음을 논했다. 모두 무신론자이거나 진지한 불가지론자였으며 죽음을 두려워했어도 회피하진 않았다. 플로베르는 이렇게 썼다.

"우리 같은 사람들은 절망의 종교를 가져야만 한다. 사람이란 모름지기 자신의 운명을 감당해야 한다. 말하자면 자신의 운명처럼 무감해져야 하는 것이다. '그렇군! 그런 거군!' 하고 말함으로써, 그리고 발아래 놓인 검은 구덩이를 응시함으로써 사람은 평정심을 유지하는 법이다."

나는 산탄총을 입에 넣어 맛보고 싶었던 적은 단 한 번도 없었다. 그에 비하면 죽음에 대한 나의 두려움은 수준 낮고, 타당하고, 실리적이다. 그리고 이 문제를 토론할 사람들을 모으기 위해 새롭게 레몬테이블이나 마그니 만찬을 만들기 어려운 이유 한 가지는 참석한 사람 중에 경쟁하려 드는 사람이 생길지 몰라서다. 죽음이 남자들이 자랑하는 자동차, 수입, 여자,

---

* 말 그대로 '마그니'란 이름의 식당에서 열린 저녁 식사 모임이었다.

성기 크기만큼의 대접을 받지 말란 법이 있나?

"밤에 식은땀을 흘리거나 비명을 지르는 거, 하! 그런 건 초등학교 때 졸업했어야지! 마냥 미루다 보면 결국 너는⋯⋯."

이런 식으로 우리의 사적인 고뇌는 비단 진부한 것만이 아니라 기진한 상태로 두드러질지도 모른다. 이렇게. 나는 당신보다 죽음을 더 두려워하기 때문에 당신보다 더 자주 발기할 수 있다.

반면에 당신이 남자들의 허세 대회에서 선뜻 밀려나고자 한다면, 이는 오히려 호기가 될 수 있다. 죽음을 인식하면서 위로받을 수 있는 몇 가지 중에 하나는 언제나 (거의 언제나) 자신보다 처지가 더 나쁜 사람이 있다는 사실이다. R만이 아니라, 우리 둘 다 잘 아는 친구인 G가 그렇다. G는 네 살 때 '르레베일 모르텔'에 눈뜬 후(네 살이라니! 이 개자식!) 지금껏 오랜 세월을 타나토포비아*의 금메달 보유자로 살아오고 있다. 죽음의 기별에 지우지 못할 깊은 영향을 받은 그는 영원한 비존재無와 무시무시한 무한성이 개입된 유년을 보냈다. 성년이 된 지금도 그는 나보다 더 어두운 죽음의 그림자 속에서 살고 있다. 그리고 더 뿌리 깊은 절망 속에서 살고 있을 듯싶다. '주

---

* 여기서 줄리언 반스는 의인화한 죽음 'thanatos'와 공포증을 뜻하는 'phobia'나 기피하는 사람이라는 뜻의 접미사인 'phobe'를 합성해 'thanatophobia(죽음 기피증)' 'thanatophobe(죽음 기피증자)'라는 말을 쓰고 있는데, 뉘앙스를 잃지 않기 위해 그대로 썼다.

요우울장애발현'*엔 아홉 개의 기본적인 기준이 있다. ('하루의 대부분을 우울한 기분으로 지내는 상태'부터 '불면증과 무가치함을 느끼는 상태'를 거쳐, '반복적으로 죽음을 생각'하고 '반복적으로 자살을 상상하는 상태'까지.) 2주 이상 종류와 상관없이 다섯 가지 증세가 계속될 경우 우울증 진단을 받게 된다. 10년쯤 전에, G는 아홉 개 전부를 충족하는 기록을 세운 끝에 병원에 입원했다. 나는 이 얘기를 해주는 그에게서 일말의 경쟁심도 느끼지 못했지만 (나로 말하자면 그와 경쟁하는 문제는 이미 포기한 지 오래였다) 어딘지 모르게 음산한 승리감은 느껴졌었다.

모든 타나토포브들은 최악의 사례를 본보기 삼아 일시적인 위안을 받길 바란다. 나에겐 G가 있고, G에겐 라흐마니노프가 있었다. 죽음을 두려워했고, 또 죽음 이후에도 생이 이어질지 모른다는 가능성을 두려워했던 남자. 「디에스이라이」**를 주제로 가장 많은 음악을 만들었던 작곡가. 「프랑켄슈타인」의 묘지가 나오는 첫 장면에서 알아들을 수 없는 말을 지껄이며 홀에서 뛰쳐나갔던 영화광. 라흐마니노프가 친구들을 놀라게

---

* 우울감과 절망감, 흥미나 쾌락의 현저한 저하, 저하되거나 증가된 식욕과 체중, 수면량의 감소나 증가, 신체적 초조 또는 활동 속도의 지체, 성욕의 상실이나 피로감, 부적절한 죄책감과 책임감, 무가치함, 집중력의 저하 또는 유유부단함, 죽음이나 자살에 대한 생각 등이 2주 이상 지속되고, 사회적·직업적으로 장애를 일으키는 증상을 말한다.
** Dies Irae. 진혼곡에서 불리는 라틴어 성가로 '최후 심판의 날'이라는 뜻.

할 때는 그가 죽음에 대해 이야기를 하고 싶지 않았을 때뿐이었다. 여기 한 가지 전형적인 사례가 있다. 1915년, 그는 시인 마리에타 샤기냔과 그녀의 어머니를 방문했다. 먼저 그는 샤기냔의 어머니에게 카드 점으로 자신의 운명을 점쳐달라고 부탁했는데, (당연하지만) 앞으로 얼마나 더 살아야 하는지 알고 싶어서였다. 그런 후 그는 자리를 잡고 앉아서 샤기냔에게 죽음에 관한 이야기를 했다. 그날 그가 택한 텍스트는 아르치바셰프*의 단편소설이었다. 손만 뻗으면 닿는 접시엔 소금을 뿌린 피스타치오가 담겨 있었다. 라흐마니노프는 한 움큼 먹고 죽음 이야기를 하다가 그릇 쪽으로 의자를 더 가까이 옮겨선 또 한 움큼 먹었고, 죽음 이야기를 했다. 그러다 갑자기 이야기를 중단하고 웃음을 터뜨렸다.

"피스타치오가 내 두려움을 날려버렸어요. 그게 어디로 가는지 아세요?"

시인도 그녀의 어머니도 이 질문에 답할 수 없었다. 그러나 라흐마니노프가 모스크바로 떠났을 때, 그들은 그가 '죽음에 대한 두려움을 치료할 수 있도록' 피스타치오가 가득 든 봉지를 주었다.

---

* Mikhail Petrovich Artsybashev(1878~1927). 러시아의 근대주의 소설가.

웃으면서 죽음을 이야기하는 방법

만약 내가 러시아 작곡가를 내세워 G와 맞붙어야 한다면 나는 라흐마니노프보다 더 뛰어난 작곡가이며 그 못지않게 죽음에 천착했던 쇼스타코비치*에 그와 똑같은 액수의 판돈을 걸겠다. (더 큰 돈을 걸 수도 있다.)

"우리는 죽음에 대해 더 많이 생각해야 한다." 쇼스타코비치가 말했다. "그리고 죽음에 대해 생각하는 것을 스스로 습관화해야 한다. 죽음에 대한 두려움이 예기치 못한 때에 엄습해 오는 일은 없어야 한다. 우리는 두려움과 친해져야 하며, 그 한 가지 방법은 글로 쓰는 것이다. 난 죽음에 대해 글을 쓰고 생각하는 게 나이 든 사람들의 전유물이라고 생각하지 않는다. 내 생각에 사람들이 좀 더 빨리 죽음에 대해 생각하기 시작한다면 어리석은 실수를 할 확률도 줄어들 것이다."

그는 이런 말도 했다.

"죽음에 대한 두려움이야말로 그 어떤 것보다 가장 강렬한 감정일 것이다. 그보다 더 깊은 느낌은 없을 거란 생각도 가끔 든다."

이는 공언된 견해가 아니었다. 쇼스타코비치는 죽음이 (영웅적 순교의 형태를 취하지 않는다면) 구소련의 예술에선 적절

---

* Shostakorich(1906~1975). 소련의 작곡가로 공산당의 탄압을 받는 중에도 수많은 걸작을 남겼다.

한 주제가 아니라는 걸 알았으며, '사람들이 보는 앞에서 훌쩍이며 소매로 코를 훔치는 것과 다름없는' 것임을 알았다. 그의 악보에서 「디에스이라이」를 불타오르게 하는 건 불가능했을 것이다. 그는 음악적인 위장술을 펼쳐야 했다. 그러나 이 신중한 작곡가는 점차로 자신의 내면에서 소매로 콧구멍을 슥 닦는 용기를 발견했고, 이는 그의 실내악에서 빛을 발했다. 그의 말년의 작품들엔 죽음의 숙명을 향한 느리고 명상적인 기도가 자주 등장한다. 베토벤 사중주의 바이올리니스트는 이 작곡가에게서 제15번*의 첫 번째 악장에 관해 이런 조언을 들은 적이 있었다.

"음악을 들은 파리가 허공에 뜬 채 죽을 수 있을 만한 연주를 해주십시오."

「데저트 아일랜드 디스크」에서 죽음에 관해 얘기한 후, 내 친구 R은 경찰에게 산탄총을 압수당했고 나는 여러 통의 편지를 받게 되었다. 그 편지들에는 나 자신의 내면을 들여다보고 믿음에 나 자신을 열어 보이고 교회에 가고 기도하는 법을 배우는 등등을 통해 두려움을 치료할 수 있을 거라는 조언이 담겨 있었다. 피스타치오가 담긴 신학이라는 그릇. 편지를 보낸

* 쇼스타코비치가 1974년에 작곡한 현악 사중주곡으로, 그의 마지막 사중주곡이기도 하다.

웃으면서 죽음을 이야기하는 방법

사람들은 딱히 가르치려 든 건 아니었지만(감정을 주체 못 하는 사람들도, 또 근엄한 사람들도 있었다), 내심 자신들이 제시한 해법이 내겐 듣도 보도 못한 것일 거라고 암시하는 양 다가왔다. 내가 열대우림의 부족민이기라도 하다는 듯. (설사 그렇다 하더라도 내 부족 나름의 전통 제식과 신념 체계가 있었으리라.) 하지만 내가 이런 말을 꺼낸 지금 이 시점, 기독교는 내 나라에서 멸종 위기에 처해 있다. 바로 내 가족처럼 한 세기 이상 기독교를 믿지 않게 된 가족들이 있기 때문이다.

†

앞서 말한 세기는 내가 최대한 거슬러 올라갈 수 있는 만큼에 해당하는 나의 가족사이기도 하다. 자연스럽게 나는 기록 보관 담당자가 되었다. 내가 지금 글을 쓰고 있는 자리에서 몇 미터 떨어져 있는 얕은 서랍 안에는 관련 문헌을 총망라한 전집이 있으니, 출생과 결혼과 사망 증명서, 유언장과 검인* 증서, 전문 자격증, 증빙서류 및 추천서, 여권, 배급표, 신분증(그리고 cartes d'identité**), 스크랩북, 공책, 유품 등등이다.

이 속에 아버지가 (학교나 회사 동료들이 께느른한 표정으로

* 유언장에 명시된 재산 처리를 집행자에게 위임하는 증서.
** 프랑스어로 '신분증'이라는 뜻.

앉아 있는 나이트클럽에서 야회복 재킷을 입은 채 피아노에 기대어 노래하는 용도로) 쓴 패터송* 가사들과, 그가 서명한 예정표, 극장 프로그램과 반 정도 기입한 크리켓 시합 득점표가 들어 있다. 이 속에 어머니의 가계부, 어머니의 크리스마스카드 목록과 채권과 주식 도표가 있다.

거기 더해 전보들이 있고 그 사이사이 전시의 항공우편용 봉함엽서들이 있(지만 편지지는 없)다. 여기엔 당신 아들들의 성적표와 신체검사 카드와 우등생 표창일 프로그램과, 수영과 육상경기 증서들(보니까 나는 1955년에 멀리뛰기에선 1등, 부츠 신고 달리기 경기에선 3등을 했고 형은 '인간 손수레' 경기**에서 디온 샤이러와 함께 2등을 한 적이 있었다)과 함께 초등학교 한 학기에 해당하는 개근상장처럼, 잊힌 지 오래된 성취의 증거들이 있다. 여기엔 또한 할아버지가 일절 언급하지 않는 시절인 제1차 세계대전 때 받은 메달들(1916년부터 1917년까지 프랑스군으로 참전했다는 증거)이 있다.

이 얕은 서랍은 이것들 말고도 내 가족의 사진 기록을 보관할 만큼 넉넉한 공간을 자랑한다. 아버지가 '우리들' '소년들'

---

* 오페라 용어로 '익살맞은 노래'라는 뜻.
** 한 사람이 물구나무를 서고, 다른 사람이 그의 다리를 받쳐주고 달리는 2인 1조의 경기.

웃으면서 죽음을 이야기하는 방법

'골동품'이라고 직접 쓴 묶음들. 여기에 교사 가운을 걸친 아버지, RAF* 제복 차림의 아버지, 검정색 넥타이를 맨 아버지, 등산용 반바지를 입은 아버지, 하얀색 크리켓 경기복 차림의 아버지가 대개 한 손에 담배를 들고 있거나 입에 파이프를 물고 있다. 여기엔 멋진 맞춤옷 차림의 어머니, 야하지 않은 투피스 수영복 차림의 어머니, 프리메이슨 디너 댄스파티 때 호화로운 옷을 입은 어머니가 있다.

여기에 '막심: 르 셍' 사진을 찍었을지 모르는 프랑스 대학생 교사와, 내 부모의 유골을 프랑스 서해안에 뿌리는 일을 도와준 그 뒤의 대학생 교사가 있다. 여기에 좀 더 젊었던 시절의 형과 나, 더 금발에 가까웠을 때의 형과 나, 다양한 손뜨개옷을 입고 있는 형과 나, 개와 비치볼과 어린이용 손수레 옆에 있는 형과 내가 있다. 여기 똑같은 세발자전거를 탄 채 마주보고 있는 우리가 있다. 여기 천차만별에, 닥치는 대로 찍은 사진들 속의 우리, 1950년 올림피아, 네슬레 유원지에 간 기념으로 찍은 마분지 액자 속의 우리가 있다.

또 여기에는 할아버지가 찍은 사진 기록으로, 1913년 8월 콜윈베이에서 산 붉은 천 장정 앨범에 '고속도로와 샛길 풍경'

* Royal Air Force. 영국 공군의 약자.

이란 제목을 달아놓은 것도 있다. 1912년부터 1917년까지 찍은 사진들을 모아둔 그 앨범 이후, 할아버지는 카메라를 영영 내려놓은 것 같다. 여기 버트와 그의 형 퍼시, 버트와 그의 약혼녀 넬이 있고, 이후 그 둘의 결혼식 날 사진이 있다. 1914년 8월 4일인 그날은 제1차 세계대전이 발발한 날이기도 하다.

그리고 그곳에서 세피아 톤의 빛바랜 인화지 속 신원을 알 수 없는 관계와 친구들 사이에 심하게 마모된 사진 한 장이 느닷없이 나타난다. 흰 블라우스 차림으로 접의자에 앉아 있는 한 여자. '1915년 9월'이라고 적힌 날짜 옆에 연필로 쓴 글씨(이름? 장소?)는 거의 다 지워져 버렸다. 그 여자의 얼굴은 누군가 잡아 뜯고 구멍을 뚫어놓아서 턱과 위타빅스* 같은 뻣뻣한 머리카락만 보일 뿐이다. 누가, 왜, 누구를 상대로 이런 걸까.

10대에 나 역시 사진을 직접 찍었던 시절이 있었고, 집에서 플라스틱 인화 탱크, 오렌지색 암실 조명, 밀착 인화 틀을 이용해 간소하게 현상도 했었다. 한창 열을 올리던 어느 땐가, 나는 한 잡지에서 밋밋한 흑백사진을 화려하고 생생한 색감의 컬러사진으로 바꿔준다는, 비싸지 않으면서도 마법 같은 상품

---

* 타원형의 비스킷처럼 뭉쳐서 빚은 시리얼의 상품명. 영국에선 머리 윗부분만 뚜껑처럼 덮인 머리를 위타빅스 헤어스타일이라고 부르기도 한다.

웃으면서 죽음을 이야기하는 방법

광고에 응했다. 부모님과 상의하고 난 후에 사진들을 보냈었는지, 장담과 달리 정작 도구를 받고 보니 작은 브러시와 인화지에 부착되는 색색의 직사각형 물감 몇 개뿐인 것에 실망했었는지는 기억나지 않는다.

그래도 나는 작업에 착수했고 가족의 화보 기록을 보다 생생하게, 심지어는 더 사실적으로 탈바꿈해 놓았다. 여기 흑백의 정원 앞에 노란색 코르덴 웃옷과 초록색 스웨터 차림을 한 아버지가 있다. 아버지의 스웨터와 완전히 똑같은 초록색 바지를 입은 할아버지, 물을 타서 옅어진 초록색을 띤 블라우스 차림의 할머니도. 세 명 모두 손과 얼굴이 초자연적일 정도로 붉게 달아올라 분홍빛을 띠고 있다.

형은 기억이 근본적으로 진실하다는 말을 믿지 않는다. 나는 우리가 기억을 윤색하는 방식을 믿지 않는다. 우리 둘 다 통신판매로 산 싸구려 그림물감 상자와, 각자 제일 좋아하는 색조가 있다. 이런 식으로 나는 몇 페이지 전에 할머니를 '아담한 체격의 주관을 뚜렷하게 내세우지 않는 사람'으로 묘사한 바 있다. 이 점을 상기시키자 내 형은 자신의 붓을 꺼내선 나와 반대로 '키가 작고 거들먹거리는' 사람을 그려낸다.

그리고 형의 마음속 앨범엔 1950년대 초반엔 보기 힘들었던, 삼 대에 달하는 가족이 함께 룬디 섬으로 놀러 간 날에 대한 나보다 더 많은 스냅사진들이 있다. 할머니에겐 거의 유일하게 영국 대륙을 떠난 날이었고, 할아버지에겐 1917년 프랑스에서 돌아온 후 처음이었다. 그날의 파도가 거칠어서 할머니는 애처로울 만큼 멀미로 고생했고, 정작 섬에 도착했을 땐 바다가 너무 험하니 배에서 내려선 안 된다는 말을 들었다.

내가 기억하는 이 모든 일화는 빛바랜 세피아색이지만 형의 기억의 색은 여전히 뚜렷하다. 형 말로는 할머니가 여행 내내 갑판 아래에 있으면서 플라스틱 비커를 연신 갈아 치우며 토했고, 할아버지는 납작한 모자를 눈썹 밑까지 눌러쓴 채 가득 찬 비커들을 연신 굳세게 받아 들었단다. 할아버지는 그 비커들을 비우는 대신, 할머니를 무안하게 만들 작정이었는지 일일이 선반 위에 일렬로 늘어놓았단다. 내 생각에 이 기억은 형이 유년을 통틀어 가장 좋아하는 것일 듯싶다.

아담했나, 그냥 키가 작았나, 주관이 뚜렷한 편은 아니었나, 아니면 으스대는 편이었나? 형과 내가 각기 다르게 떠올린 표현은 반쯤 잊힌 감정에 담긴 조각난 기억들을 반영한다. 내가 왜 할머니를 더 좋아했는지, 아니면 할머니는 왜 나를 더 좋아했는지 나로서도 이해할 길이 없다. 내가 할아버지의 권위주의를 두려워했기 때문에 (할아버지는 날 때린 적이 한 번도 없는데?) 그가 남긴 남성성의 사례들이 아버지가 남긴 것보다 더

웃으면서 죽음을 이야기하는 방법

거친 화질로 남아 있어서일까? 할머니에게 끌렸던 건 다만 내 가족에게선 극히 보기 드물었던 여성적인 태도 때문이었을까? 형과 나는 할머니와 20년을 함께했지만 당신이 한 말은 거의 한 마디도 기억하지 못한다. 형이 기억할 수 있는 일화는 두 가지뿐인데, 둘 다 어머니에게 격분했던 때와 관련이 있다. 아마도 그래서 할머니가 그때 한 말이 본래 담고 있는 내용보다 더 유쾌한 효과를 발했던 것 같다.

첫 번째는 어느 겨울 저녁, 어머니가 불가에서 몸을 녹이고 있었을 때 할머니가 일어나면서 한 말이다.

"그렇게 가까이 앉아 있으면 다리 덴다."

두 번째는 그로부터 거의 한 세대가 지나서 한 말이다. 당시 두 살이었을 형의 딸 C가 케이크를 한 조각 받으면서 감사하단 말 한 마디 하지 않자, 할머니가 말했다.

"'캄사'*라고 말해야지."

이에 어머니가 그런 잘못된 말을 굳이 했어야 했느냐며 노발대발했었다는 것이다.

그런 기억의 단편들이 할머니나 어머니, 내 형에 대해 더 많이 알려준다고 할 수 있을까? 그런 기억들이 할머니의 으스대

* 원어 'Ta'는 영국에서 'thank you'의 속어로 쓰인다.

는 성격을 나타낸다고? 할머니가 '주관이 뚜렷한 편은 아니었다'는 나의 증언을 뒷받침할 증거는 실상 어디에도 없다. 그러나 사전상의 의미로 따져보면 틀린 게 아닐 수도 있다. 그리고 내 기억을 뒤져봐도 내가 아이 적에 사랑했다고 생각하는 이분이 직접 한 말은 단 한 마디도 찾을 수 없다. 그저 전해 들은 말 한 마디뿐이다. 할머니가 죽은 지 한참 뒤, 엄마는 어머니에게서 전수받은 지혜를 내게도 한 조각 물려주었다.

"어머니는 늘 그러셨지, '이 세상에 나쁜 여자가 없으면 나쁜 남자도 없다'고."

그러면서 사뭇 비아냥거리며 할머니가 이브의 죄에 드러내 놓고 지지를 표했다는 이야기를 들려주었다.

†

부모의 방갈로를 청소하던 중 나는 1930년대부터 1980년대까지 보낸 엽서들이 담긴 작은 자루를 발견했다. 모두 외국에서 보내온 것들이었다. 영국에서 부친 엽서들은, 사연이 아무리 멋들어져도 일정 시점에 다 골라낸 게 분명했다. 여기 내 아버지가 30대 때 어머니에게 보낸 사연이 있다. "추운 브뤼셀에서 따뜻한 인사를 보내." "오스트리아에서 안녕!" 독일에 있던 아버지가 프랑스에 있던 어머니(당시엔 여자친구였나? 약

웃으면서 죽음을 이야기하는 방법

혼한 사이였나?)에게 보낸 사연. "내가 영국에서 보낸 편지들은
다 제대로 받았는지 궁금하네. 받았어?" 집에 있는 어린 두 아
들에게 보낸 엽서("공부 잘하고 엄마 말 잘 듣고 라디오로 '국제
우승 결승전'* 중계를 듣기 바란다")에서 날 위해선 우표를, 형
을 위해선 성냥갑을 샀다고 전하는 아빠. (그 전까지 형이 오렌
지색 종이들을 모았었다는 것만 기억하고 있었지 성냥갑에 대해선
전혀 기억 못 하고 있었다.) 그리고 형과 내가 보낸 카드들, 미
숙한 익살로 가득한 사연들. 프랑스에서 내가 형에게 보낸 카
드. "다섯 개의 대성당이 위풍당당하게 폭발하면서 휴일이 시
작되었어. 내일은 루아르 성이 순식간에 다 타버릴 거야." 아
버지가 수학여행차 데려다준 상페리에서 형이 내게 보낸 사연.
"무사히 도착했어. 햄샌드위치는 재앙이었지만. 아빠한테도
나한테도 즐거운 여행이었지."

　제일 오래된 엽서들이 몇 년도의 것인지 추정할 수 없는데
당연하지만 내가 수집하겠답시고 우표에 수증기를 쐬어 떼어
낼 때 소인도 지워져 버렸기 때문이다. 하지만 나는 아버지가
당신의 어머니에게 한 다양한 방식의 끝인사에 주목한다. '레
너드' '어머니의 아들, 레너드'부터 '사랑을 담아서, 레너드'와

* 영국 대 나머지 국제 팀으로 열리는 크리켓 경기.

심지어는 '사랑과 키스를 보내며, 레너드'도 있다. 어머니에게 보내는 사연에선 '핍' '당신의 핍' '당신의 영원한 핍' '사랑을 듬뿍 담아, 핍'과 '내 모든 사랑을 바치며, 핍'까지, 연애하면서 만나지 못하는 날들이 차곡차곡 감정을 상승시킨 결과로 내가 태어나게 된 것이다.

나는 바뀐 이름들의 자취를 따라 아버지를 좇는다. 그는 앨버트 레너드라는 세례명을 받았고 부모와 형제자매는 그를 레너드라고 불렀다. 학교장이 되었을 땐 앨버트가 되었고, 이후 40년 동안 휴게실에선 (그의 이니셜인 A.L.B.에서 딴 것일 수도 있을) '앨비'나 '앨비 보이'로 불렸다. 그리고 비꼬는 투로 '월리'라고 불릴 때도 가끔 있었는데, 아스널 팀의 윙하프였던 월리 반스에서 따온 것이었다. 어머니는 (월리는 물론이고) 앨버트와 레너드라는 이름을 좋아하지 않았고, 그런 이유로 아버지를 '핍'이라 부르기로 작정했다. 『위대한 유산』*에서 영감을 받았을까? 그러나 어머니가 에스텔라가 아니었듯, 아버지도 필립 피립과는 영 거리가 멀었다. 전쟁 때 공군으로 인도에 있었던 당시 아버지는 또 한 번 이름을 바꿨다. 나는 그 시절 아버지가 썼던 철필 두 자루를 갖고 있는데, 현지의 장인이 펜대

---

* 찰스 디킨스의 소설로 주인공 이름이 '핍'이고 핍의 본명은 '필립 피립'이다. 핍의 상대역이 '에스텔라'다.

웃으면서 죽음을 이야기하는 방법

에 손수 장식을 새겼다. 핏빛 태양이 첨탑 사원 위에, 그리고 아버지의 이름 위에 떠 있다. '리키 반스, 1944, 알라하바드'란 이름 위에, 리키란 이름은 어디서 튀어나와 어디로 간 걸까? 그 이듬해 아버지는 영국으로 돌아왔고, 다시 핍이 되었다. 아버지에게 아이 같은 면이 있었던 건 사실이지만 그가 예순, 일흔, 여든……이 되어가면서 그 이름은 차츰 그와 동떨어지게 되었다.

아버지는 인도의 여러 공예품을 집으로 가지고 왔다. 황동 쟁반, 상감 세공한 담배 상자, 끝에 코끼리 장식이 달린 상아 편지 칼, 자꾸만 넘어지던 접이식 사이드테이블 한 쌍. 그리고 유년 시절의 내가 이국적이면서도 정말 탐스럽다고 여긴 물건 하나가 있었으니, 둥근 가죽 푸프*였다. 악튼**에서 인도산 가죽 푸프를 갖고 있는 사람이 또 있었을까? 나는 시도 때도 없이 푸프에 몸을 날렸었다. 나중에 가족이 도심에서 더 멀리 떨어진 교외로 이사를 가고 애들 장난을 졸업하게 되었을 때도, 나는 사춘기에 달한 몸무게에 일종의 공세적 애정을 실어 여지없이 푸프를 깔아뭉개곤 했다. 그럴 때마다 나와 푸프의 가죽이 만나는 곳에서 공기가 빠져나오면서 은근히 방귀 같은

---

* 앉거나 발을 올려놓는 데 쓰는 크고 두꺼운 쿠션.
** 런던 자치구의 한 지역.

소리가 났다. 결국 이런 학대에 못 이겨 푸프의 실밥이 풀리기 시작하면서, 나는 정신분석가가 좋아할 만한 발견을 하게 되었다. 리키 반스가 알라하바드인지 마드라스에서 가져온 것은 당연히 속이 꽉 차고 푹신한 완성품 푸프가 아니라 다시 만들 수 있는 근사한 가죽 싸개였다. 그래서 그 속을 (이젠 다시 핍이 된) 그와 그의 아내가 부득이하게 채워 넣어야 했던 것이다.

부모님이 그 속에 채워 넣은 건 연애 시절과 신혼 때 주고받은 편지들이었다. 나는 이상주의적인 청춘이었으나, 인생의 참모습과 맞닥뜨린 후 단박에 냉소주의로 일탈해 버렸는데 이때도 그랬다. 그들은 어떻게 자신들이 주고받았던 (분명히 리본으로 묶어 보관했을) 연애편지들을 잘게 찢어 다른 사람들이 푸짐한 궁둥이로 깔고 앉는 걸 지켜볼 수 있었을까? 여기서 '그들'은 당연히 어머니를 지칭하는 것으로, 그렇게 실리적으로 재활용하는 행태는 내가 파악하는 어머니에게 걸맞지, 내가 판단하는 아버지의 보다 더 감상적인 천성과는 좀 거리가 멀기 때문이다.

그런 결정을 내리는 것과 그럴 때의 모습을 어떤 식으로 상상할 수 있을까? 그들은 함께 편지들을 잘게 찢었을까, 아니면 아버지가 일하는 동안 어머니 혼자 했을까? 그들은 그 문제로 다퉜을까, 합의를 본 걸까, 둘 중 하나는 슬며시 후회했

웃으면서 죽음을 이야기하는 방법

을까? 설령 합의를 봤다 해도, 어떻게 실행에 옮길 수 있었을까? 여기서 '당신이라면 어떻게 할까……?'란 질문이 들러붙는다. 당신이라면 당신이 쓴, 혹은 당신이 한때 사랑했던 사람이 쓴 사랑의 표현을 갈기갈기 찢어버릴 수 있을까?

다른 사람들이 있는 자리에서 그 푸프에 앉을 경우 나는 슬쩍 몸을 낮춰 앉았다. 혼자 있을 때면, 푸프가 공기를 뱉어내면서 청춘 시절의 아버지나 어머니의 필적을 담은 파란색 항공우편 편지지 조각들을 토해내지 않을까 싶은 마음에 힘껏 주저앉았다. 만약 이 상황이 소설이라면, 나는 가족의 비밀('하지만 그 아이가 당신 자식이 아니라는 건 아무도 모를 거야'라든가, '이제 그들은 절대로 칼을 찾지 못할 거야'라든가, '나는 언제나 J가 딸이길 바랐어'라거나)을 발견하게 될 것이고, 그로 인해 영영 인생이 바뀔 것이다. (사실 어머니는 내가 딸이길 진심으로 바라서, 조세핀이란 이름까지 미리 지어놨었으니 이건 비밀이라고 할 수도 없겠다.) 아니면, 아버지와 어머니가 서로에게 오로지 가장 아름다운 말을, 헌신과 진실이 담긴 더없이 다정한 말만 했음을 발견했을지도 모른다. 역시 미스터리는 없다.

푸프는 점점 납작해지다가 어느 시점에선가 강제 퇴출당했다. 그러나 쓰레기통에 처박히는 대신 정원 맨 밑바닥으로 던져졌고, 거기서 묵직해지고, 빗물에 젖어 날이 갈수록 변색되어갔다. 나는 오가며 가끔씩 그것을 걷어찼고, 내 웰링턴 부츠 밑에서 그것은 파란색 종잇조각들을 좀 더 토해냈고, 잉크마저 번져갔으니, 판독 가능한 비밀들이 누설될 확률도 확연히 줄어든 셈이었다. 나의 발길질은 상처받은 '몽상가'의 몸짓이었다. '그러니까 어떻게 해도 결국엔 다 이렇게 된다는 거지?'라는.

†

35년 후, 나는 아버지와 어머니의 삶이 남긴 마지막 잔재와 마주하게 되었다. 형과 나는 각자 갖고 싶은 게 몇 가지 있었다. 다음 선택권은 조카들에게 넘겼다. 그러고 난 뒤에 유품정리업자가 왔다. 그는 정직하고 박학한 친구로, 처리하는 물건들에 일일이 말을 걸었다. 나는 그 버릇이 고객에게 실망할 준비를 하라는 배려에서 시작됐지만 결국엔 그와 그가 처리하는 물건이 나누는 일종의 대화로 바뀐 것이 틀림없다고 생각한다.

그 사람은 또, 자기 가게에선 곧바로 냉정하게 흥정될 물건이 이곳에선 한때 누군가 손수 골랐고 함께 살면서 닦았고 먼지를 털어냈고 윤을 냈고 수선했고 사랑했던 흔적의 마지막

웃으면서 죽음을 이야기하는 방법

순간이라는 걸 알고 있었다. 그래서 나름의 성의를 다해 칭찬할 점을 찾아냈다.

"이거 멋지네요…… 비싼 건 아니지만 멋져요"라든가 "빅토리아 양식으로 주물을 뜬 유리잔이네요. 갈수록 희귀해지는 건데. 비싼 건 아니지만 점점 희귀품이 되어가고 있어요" 같은. 이제는 주인이 없는 물건들에게 양심적으로 예의를 지키면서, 비판이나 불호는 피하고 유감이나 장기적인 희망을 표현하는 쪽이었다. 1920년대산으로 짐작되는 멜바 유리잔에 대해 (나는 최악이라고 생각한 반면) 그는 이렇게 말했다.

"10년 전만 해도 대단한 유행이었는데 지금은 아무도 사질 않아요."

힐스*의 기본품인 초록색과 흰색의 체커보드 문양 화분 걸이에 대해서는 이렇게 평했다.

"이건 앞으로 40년은 기다려야겠는데요."

그는 팔 수 있는 것들을 챙긴 후 50파운드 지폐들을 놓고 떠났다. 그런 다음엔 차의 짐칸에 싣고 동네 재활용센터 몇 군데를 들르는 절차가 기다리고 있었다. 그 어머니에 그 아

---

* 영국의 가구 상표명.

들이라고, 나는 이에 대비해 초록색의 묵직한 비닐 자루를 넉넉히 사둔 터였다. 첫 번째 짐을 끌고 거대한 노란색 운반용 바구니 속에 넣을 즈음에야 (전에 없이 그 어머니의 그 아들답게) 나는 그 물건들이 내버리기엔 너무도 아깝다는 걸 깨달았다.

그런 이유로 나는 부모의 살림살이에서 마지막으로 남은 것들을 남몰래 비닐봉지에 넣어 방치하는 대신, 유품 정리업자가 탈락시킨 물건들을 운반용 바구니에 넣고, 비닐봉지들은 보관해 두었다. (어머니라면 이렇게 하길 바랐을까?) 마지막 물품 중 하나는 형이 실망스러운 햄샌드위치에 대해 썼던 여행지인 샹페리에서 아버지가 산 시시한 철제 카우벨이었다. 카우벨은 바구니 밑으로 덜커덕 떨어지면서 딩동, 소리를 냈다. 나는 내 밑에 펼쳐진 물건들을 바라보았고, 양심의 가책을 느끼거나 조금이라도 켕길 만한 게 없었음에도 왠지 저열해진 기분이었다. 마치 부모를 관에 안장하지 않고 종이 봉지에 담아 묻기라도 한 것처럼.

†

각설하고. 이것은 나의 '자서전'이 아니다. 그렇다고 '잃어버린 부모님을 찾아서' 따위의 이야기도 아니다. 나는 누군가

웃으면서 죽음을 이야기하는 방법

의 자식이라는 사실엔 핏줄이기 때문에 지긋지긋할 정도로 스스럼없이 굴게 되는 점과, 함부로 들어가서는 안 될 거대한 무지의 영역이 공존함을 안다. 그리고 그 푸프가 품은 기록에 대해 신경 쓰지 않는다 해도, 부모에게 대단한 비밀이 있었을 거란 생각은 들지 않는다. 내가 지금 이 글을 쓰는 것은 (불필요해 보일 수도 있지만) 그들이 어떻게 죽었는가를 헤아리려는 노력의 일환이다.

아버지는 1992년에 죽었다. 유전적 의미에서 그들은 두 아들과 두 손녀와 두 증손주 안에 생존한다. 은근히 외설적인 인구학적 질서가 아닐까. 철학적 의미에서 그들은 기억 속에 생존한다. 어떤 사람들은 그 무엇보다 기억을 신뢰한다. 우리가 집에서 뭘 먹었는지 물었을 때 형은 우선 기억의 기능에 의구심을 표했다. 오트밀과 베이컨 등등을 먹었다고 말한 형은 이어서 이렇게 말했다.

"적어도 내 기억 속에선 모든 게 그런 식으로 정해져 있어. 하지만 너는 다른 걸 먹었다고 기억할 것 같은데, 그래서 난 기억이 과거의 지침서라는 생각은 딱히 안 들거든. 내가 동료이자 절친인 자크 브륀스빅을 처음 만난 게 1977년이야. 샹티이에서 열린 회담에서 만났지. 기차를 탔다가 내려야 할 정거장을 놓쳐서 크레테유에서 내린 뒤 (어마어마하게 비싼) 택시를 타고 뒤늦게 회담 장소에 도착했는데, 자크가 날 반겨줬어. 내 기억 속에선 그 모든 게 놀라울 정도로 생생한데 말이야. 자크가 기념 논문집을 출간한 후에 응한 인터뷰에서, 자기 친구들에 대해 이런저런 이야기를 했는데, 나랑 처음 만났던 이야기를 하면서, 1977년이었고 샹티이의 회담이었고 기차에서 내리는 날 알아보았다고 말했어. 그의 기억 속에선 그 모든 게 놀라울 정도로 생생하지."

음, 당신은 철학이 직업인 사람들은 다 그럴 거라고 생각할지도 모르겠다. 자기들이 어느 기차역에 있는지를 인지하기 위해 추상으로 이론화하느라 바빠서 나머지 세상 사람들 모두가 거하는 비추상의 세계에서 무슨 일이 일어나는지는 전혀 알아차리지 못한다고 말이다.

프랑스의 작가 쥘 르나르는 "기억력이 대단히 좋은 사람들은 통상적인 생각은 하지 못할 수도 있다"고 고찰한 적이 있다. 르나르 말대로라면, 내 형은 신뢰할 수 없는 기억과 통상적인 생각을, 반면에 나는 신뢰할 만한 기억과 특별한 생각을 소유한 건지도 모른다.

내 얕은 서랍 안에는 나를 지원해 줄 가족의 기록 문서도 들어 있다. 가령, 내가 열다섯 살에 치른 O레벨* 시험 성적표를 들 수 있다. 기억에만 의존했다면 내가 가장 높은 성적을 받은 과목이 수학이었고, 가장 낮은 성적은 당혹스럽게도 국어였다는 건 결코 알지 못했을 것이다. 논문 시험은 백 점 만점에 77점을, 국어 에세이 시험은 50점 만점에, 부끄럽게도 25점을 맞았다. 두 번째로 점수가 낮았던 과목은 아니나 다를까 일반 과학이었다. 일반 과학 시험의 생물학 영역엔 토마토의 횡단면 그리기와 수술과 암술이 운우지정을 나눌 때의 수정 과정을 설명하는 문제가 있었다. 이는 집에서도 겪는 문제였으니, 나의 부모는 '퓨데르'** 때문에 그 과목에 관해선 한층 더 말을 아꼈다. 그 결과 나는 몸의 기능에 대해선 거의 무지한 채 자랐다. 그러니 성 분야에 대한 나의 이해는 여자 형제 없이 남학교를 다니는 독학자의 상상만 종횡무진하는 불균형 상태를 벗어날 수 없었다.

그리고 학교와 대학을 거치며 검증된 학문적 발전을 이룬 건 내 뇌 덕분이지만, 정작 몸속 기관들의 기능에 대해서라면 나는 생판 무지했다. 나는 살기 위해 인간의 생태를 이해하는 건 운전하기 위해 차의 역학적 구조를 이해해야 하는 것보다

---

* 과거 잉글랜드와 웨일스에서 16세의 학생들이 치던 과목별 평가 시험.
** pudeur. 프랑스어로 '성적 수치심'이라는 뜻.

불필요하다고 주제넘게 상정하면서 성년기를 맞이했다. 문제가 생기면 언제나 병원과 정비소를 찾으면 될 일이었다.

나의 체세포가 한평생 존속되지 못하고 주기적으로 알아서 교체된다는 사실을 알았을 때 놀랐던 기억이 난다. (하지만 자동차도 예비 부품들로 재조립할 수 있지 않나?) 나는 이런 변신의 주기가 어떻게 되는지는 알지 못했지만, 세포 재생에 대한 인식은 주로 '그 사람은 더 이상 그가 사랑했었던 여자가 아니었다' 같은 농담을 할 때나 힘을 실어줬었다. 그게 뜨악해할 문제라는 생각은 하지 못했었다. 어쨌거나 나의 부모와 조부모는 한 번, 잘하면 두 번 경신했을 게 분명한 데다, 엄청난 분열로 고생한 것 같지도 않았으니까. 과연 그들은 평생 동안 한결같은 정도를 걸었다.

당시의 내가 뇌가 몸의 일부이며, 그런 의미에서 뇌에도 몸과 똑같은 원칙을 적용해야 한다고 생각했었는지는 기억나지 않는다. 그때 내가 뇌의 기본적인 분자구조에 대해 알게 됐다면, 그래서 뇌가 필요할 즈음과 시점이 됐을 때 분별 있게 스스로를 갱신하기는커녕 실은 믿기 어려울 만큼 불안정하다는 것을, 지방과 단백질은 생성되자마자 부서진다는 것을, 한 개의 시냅스를 에워싸고 있는 모든 분자는 한 시간 간격으로 대체되며 어떤 분자들은 몇 분 만에 대체되기도 한다는 것을 알

왔다면 조금 더 뜨악해했을지도 모른다. 실제로 여러분의 뇌는 작년부터 지금까지 수차례 재건을 거듭했을 것이다.

유년기(최소한 내가 기억하기로는 그 시절이 맞다)의 기억이 문제가 될 일은 거의 없다. 비단 그때 일어난 하나의 사건과 그 사건을 기억하는 시점의 기간이 더 짧아서가 아니라 유년의 기억이 갖는 본질 때문이다. 그렇다. 유년의 기억은 일어난 일을 가공해 컬러로 바꾼 버전이 아니라 정확한 모사 또는 환영으로 젊은 뇌에 나타난다. 성년기가 되어서야 근삿값, 가변성, 의심이 생겨난다.

그래서 우리는 익숙한 이야기를 잠시 뜸을 들이고, 시간차라는 계산된 효과를 곁들여가면서 다른 방식으로 말하고, 이야기의 틀이 견고하다는 건 진실하다는 증거라 우기며, 의심받을 소지를 멀리하려 한다. 그러나 아이 또는 청소년은 자신이 간직하고 기념하는 과거의 선명하고 투명한 기억에 진실성과 정확성이 결여되어 있다고 생각하지 않는다. 그래서 그 나이에는 우리의 기억이 수화물 보관소에 보관되어 있으며 필요한 전표만 제시하면 되찾을 수 있다는 생각이 논리적으로 다가온다.

(혹시 이런 비유가 증기기관차와 여성 전용 객차를 연상시켜 고릿적 얘기 같다면) 이제는 간선도로의 특징이기도 한 개인 보

관창고*에 맡겨진 물건으로 생각할 수도 있겠다. 우리는 노년이 되면 외견상 모순적인 것들을 받아들일 것을 알기에, 잃어버린 젊은 날의 단편적인 기억들을 떠올리기 시작하면서 중반기의 기억보다 더 생생히 떠올리게 된다. 하지만 이는 우리가 그 기억에 다가갈 수 있는지 없는지와 무관하게, 실상은 모든 게 저기 저 정돈된 대뇌의 보관창고 안에 있음을 확인하는 것에 불과해 보인다.

형은 반세기 전에 자기가 디온 샤이러와 함께 인간 손수레 경기에서 2등을 했었다는 사실을 기억하지 못하고, 그런 이유로 둘 중 누가 손수레였고 누가 손수레를 끌었는지 확인할 도리가 없다. 마찬가지로 스위스 여행길에 엉망이 된 햄샌드위치도 기억하지 못한다. 대신 엽서에 차마 언급할 수 없었던 몇 가지 것들을 기억하는데, 형은 그 여행에서 아티초크를 생전 처음 봤고 생전 처음 '어떤 놈에게 성추행당할 뻔했다'.

또 지난 몇 년에 걸쳐 프랑스까지 가는 동안 있었던 일들의 순서를 온통 뒤바꿔 놓았음을 시인한다. 아마 별로 유명하지 않은 스위스의 샹페리(카우벨을 산 곳)와 좀 더 친숙한 프랑스의 샹페리(아페리티프를 마신 곳)가 헷갈렸을 것이다. 우리는

---

* 개인 및 사업체에 보관 용도의 공간을 단기 임대해 주는 서비스.

　　　　　　　　　　웃으면서 죽음을 이야기하는 방법

서로의 기억에 관해 이야기를 나누지만, 우리가 잊은 것에 대해 좀 더 많은 이야기를 나눠야 하는 건 아닐까? 설령 그것이 기술적으로 더 어렵거나 논리적으로 불가능하다 해도?

아무래도 독자 여러분에게 (특히 이 글을 읽는 분 가운데 철학자나 신학자나 생물학자가 있다면 더더욱) 이 책의 내용 일부가 여러분을 아마추어로 상정하고 "네 스스로 알아서 해"란 식으로 말할 수도 있음을 미리 일러두어야겠다. 그런데 우리는 누구나 자신의 삶에서는, 삶의 아마추어다. 방향을 틀어 다른 사람의 전문 영역 안으로 들어갈 때 우리는 우리가 엇비슷하게 이해한 결과의 그래프가 그들 지식의 그래프와 대체로 겹치기를 바란다. 그러나 그런 기대는 접는 게 좋다. 또 한 가지, 이 책에는 수많은 작가가 등장한다는 점도 미리 일러둔다. 그들 대부분은 죽었고, 상당수가 프랑스인이라는 점도. 그중 하나인 쥘 르나르가 이런 말을 남겼다.

"죽음과 마주할 때 우리는 어느 때보다도 책에 의지하게 된다."

작가 말고도 작곡가도 몇 등장할 예정이다. 그중 하나인 스트라빈스키가 이런 말을 남겼다.

"음악은 우리가 시간을 소화하는 최고의 방법이다."

이런 예술가(이런 죽은 예술가)들은 내가 일상을 공유하는 친구들이자 나의 선조들이다. 이들이야말로 나의 진정한 혈족들이다. (나의 형도 플라톤과 아리스토텔레스에게 똑같은 감정을 느낄 것이다.) 이 혈통은 (서자라든가 여타의 이유로) 직계가 아닐 수도 있고 입증할 수 없을지도 모르지만 그럼에도 내 생각엔 흔들림이 없다.

형은 햄샌드위치를 잊었고, 아티초크와 성추행을 기억하며, 지금껏 스위스의 기억을 억압했다. 하나의 이론이 대두하는 게 느껴지는지? 어쩌면 가시처럼 찔러대는 게 영 성가셨던 아티초크가 성추행의 기억에 절로 달라붙었을 수도 있다. 어느 쪽이건 그 연관성으로 인해 형은 아티초크(와 스위스)를 싫어하게 된 건지도 모른다. 물론 아티초크를 먹으며 제네바에서 몇 년을 근무한 적도 있었지만. 아하, 그렇다면 형은 오히려 그 성추행을 반겼는지도 모른다고? 게으르지만 흥미로운 질문들에 대한 답은 메일 한 통만 클릭하면 얻을 수 있다.

"내가 기억하는 한, 난 반가워하지도, 메스꺼워하지도 않았어. 그냥 특이하다 싶었지. 그 일이 있은 후 지하철을 탈 때마다 기하학 숙제를 하던 기억을 되살려 최대한 공간을 확보할 수 있었어."

확실히 형은 나보다 더 낙천적이고 실리적이었음을 짐작할 수 있는 사례다. 아침 시간, 욱여넣어지다시피 한 지하철 안에서 웬 정장 차림의 짐승이 정녕 달리 둘 데가 없어서인 양 자기 허벅지를 내 다리 사이로 비비적거리며 밀어 넣었을 때를 생각하면 그렇다. 아니면 여드름 투성이였던 선배 에드워즈(본명은 아니다)가 럭비를 하고 집으로 가는 서던 레전*의 객차 안에서 추행이라기보다는 공격에 가까운 의미에서 추근거렸던 일을 생각하면 그렇다. 나는 그게 달갑지 않은 정도가 아니라 속이 뒤집힐 만큼 싫었고 의심의 여지 없이 두려웠기 때문에, 그의 관심의 손길을 물리칠 때마다 내가 했던 말을 여태껏 토씨 하나 틀리지 않고 기억하고 있다. "야한 짓 하지 마, 에드워즈(다시 한번 본명이 아님을 밝힌다)." 이 말은 효과가 있었다. 그러나 내가 그 말을 기억하게 된 건 그 말의 효과보다는, 효과가 있었음에도 적절한 표현은 아니라고 생각했기 때문이었다. 그가 한 짓, 이를테면 한 손가락으로 바지 속 내 고환을 휙 내리치는 짓은 내가 야하다고 생각하는 짓과는 거리가 멀었기 때문에(내 기준에 맞게 야하려면 우선 젖가슴이 있어야 한다), 내 대답이 실제와 다름을 암시했다고 생각했던 것이다.

†

* 런던과 잉글랜드 남부 쪽을 운행하던 노선의 영국 철도.

옥스퍼드 재학 시절에 처음 몽테뉴를 읽었다. 죽음에 관한 우리의 현대적 사유가 시작되는 지점에 그가 있다. 그는 고대 세계의 현명한 본보기들과 우리가 우리의 피할 수 없는 종말을 현대적으로, 원숙하게, 종교를 초월해 받아들이고자 하는 노력을 하나로 이어준다.

"Philosopher, c'est apprendre à mourir.

철학자가 된다는 것은 죽는 법을 배우는 것이다."

몽테뉴는 키케로를 인용하고, 키케로는 이어서 소크라테스를 이야기한다. 죽음에 관한 그의 박학한 면모를 드러내는 유명한 저서들은 금욕주의적이고 문학적이며 일화가 많고 경구적이고 (어쨌거나 그가 의도한 바대로) 위안을 준다. 더불어 절박하다. 나의 어머니가 지적했듯, 옛날 사람들은 지금의 반도 살지 못했다. 역병과 전쟁을 감안하고, 치료해 준답시고 죽이기 일쑤였던 의사들을 생각하면 마흔 살만 넘겨도 대단히 오래 잘 산 셈이었다. '고령에 이르러 체력이 서서히 소모되다가' 죽는 것은 몽테뉴가 살았던 시대에는 '드문, 전례가 없는, 이례적인 죽음'이었다. 지금의 우리는 권리로 여기지만.

필리페 아리에*는 죽음이 진정한 두려움의 대상이 되기 시

* Philippe Ariès(1914~1984). 프랑스의 역사가.

　　　　　　　　　　웃으면서 죽음을 이야기하는 방법

작할 때 죽음에 대해 함구하게 되는 현상에 주목한다. 수명이 늘어나면서 이런 경향이 한층 심해진다. 즉, 죽음이 더는 눈앞에 닥친 절박한 상황이 아니게 되자 그것을 문제 삼는 것이 병적으로 나쁜 태도가 되어버린 것이다. 죽음에 대한 생각을 한사코 미루는 풍조를 생각하면 오랫동안 방영되었던 펄 보험회사의 광고가 떠오른다. 형과 나는 이 광고를 서로에게 예로 들길 좋아했었다. 연금이란 말은 의치와 발 치료사처럼 우리 나이에서 생각하기에는 너무 먼 일인 나머지 웃음만 자아낼 뿐이었다. 곧 하늘이 무너질 듯 수심에 찬 남자의 얼굴에 그려진 조잡한 주름살까지 곁들여져서 더 웃겼던 것 같다. 스물다섯 살에 그 얼굴은 활력이 넘치는 자족적인 표정을 띠고 있다.

"지금 직장 일로 연금 받긴 어렵다던데."

서른다섯이 되자 그 얼굴에는 희미한 의심의 그림자가 자리 잡기 시작한다.

"어쩌지, 지금 하는 일은 연금 보장이 안 되는데." 등등.

매번 '연금'이란 말이 경고처럼 회색 직사각형 한가운데에 자리 잡았고, 그러다 마침내 쉰다섯 살이 된 얼굴이 등장한다.

"연금이 없다면 앞으로 어떻게 살지 정말 모르겠어."

그렇다. 몽테뉴라면 "그러게 한시라도 빨리 죽음에 대해 생각했어야지"라고 말할 것이다.

몽테뉴가 살았던 시대에 그 질문은 (몽테뉴에 따르면 죽음이 존재하지 않는 것처럼 굴었던 민중의 치료제를 먹은 게 아니라면) 언제나 눈앞에 도사리고 있었다. 그러나 철학자들, 그리고 지적 호기심이 왕성한 사람들은 역사에 기대어, 고대인들에 기대어, 가장 훌륭하게 죽는 방법을 탐구했다. 그에 비할 때 오늘날 우리의 야심은 하잘것없어졌다. 라킨*은 죽음을 노래한 위대한 시 「새벽의 노래Aubade」에서 이렇게 썼다.

"용기는 다른 사람을 두려워하지 않는 것."

그러나 라킨의 시대에 용기란 단순히 다른 사람을 두려워하지 않는 것 이상의 의미를 가졌다. 그것은 다른 이들에게 몸소 영예롭게, 현명하게, 지조 있게 죽는 법을 보여줘야 한다는 것을 의미했다.

몽테뉴가 제시한 주요 사례 중에 키케로와 편지를 주고받았던 폼포니우스 아티쿠스**의 일화가 있다. 아티쿠스가 병에 걸린 후, 삶을 연장하려는 일련의 의료 행위들이 되레 고통만 연장시키자 그는 절식으로 죽는 게 최상의 해결책이라는 결론을 내렸다. 당시엔 자신의 '삶의 질'이 더는 손쓸 수 없을 만

---

* Philip Arthur Larkin(1922~1985). 영국의 시인.

** Titus Pomponius Atticus(B.C. 110~B.C. 32). 로마의 편저자, 은행가로 고상한 취향과 건전한 판단력의 소유자였으며 당대 유수 문인들과 교류하였다. 특히 키케로와 막역했다고 알려져 있다.

웃으면서 죽음을 이야기하는 방법

큼 악화되었다는 이유를 들어가며 법원에 청원할 필요가 없었다. '자유로운 고대인'이었던 아티쿠스는 자신의 뜻에 따라 친구들과 가족에게만 알린 후 곡기를 끊고 종말을 기다렸다. 그 과정에서 그는 상당한 혼란을 겪었다. 기적적으로 금욕이 그의 (병명을 알 수 없는) 상태에 최상의 치료제가 되었고, 얼마 지나지 않아 누가 봐도 뚜렷한 회복세에 들어섰기 때문이었다. 이에 축하와 잔치가 연이었다. 짐작건대 의사들은 청구서를 내밀 생각도 못 했을 성싶다.

그러나 아티쿠스는 주흥을 깨고야 말았다. 그는 "우리 모두 언젠가는 죽을 운명이며, 또한 나는 이미 그 방향으로 호기롭게 발을 뗐으므로, 이제 와서 가던 길을 돌아설 생각은 추호도 없다. 하여 가던 길을 마저 가겠노라"고 고했다. 그렇게 주변인들이 찬탄 섞인 경악을 금치 못하는 가운데, 아티쿠스는 내처 곡기를 끊은 채 죽음의 길로 떠나 귀감이 되었다.

몽테뉴는 죽음을 물리칠 수 없는 우리가 '죽음에 반격할 수 있는 가장 좋은 방법은 죽음에 대한 생각을 한시도 놓지 않는 것'이라고 믿었다. 너의 말이 넘어지거나 지붕에서 타일 한 장이 떨어질 때마다 죽음을 생각하라. 네 입안에선 언제나 죽음의 맛이, 네 혀끝에선 언제나 죽음의 이름이 감돌아야만 한다. 이런 식으로 죽음을 예견할 때 죽음의 예속에서 스스로 해방

될 수 있다.

더 나아가서, 다른 이에게 죽는 법을 가르쳐준다면, 실은 사는 법을 가르쳐주는 것과 같다. 이렇게 죽음을 늘 의식하는 것이 몽테뉴를 울적하게 하는 일은 없다. 오히려, 그는 보다 자주 기발한 꿈을 꾸고 몽상에 젖어든다. 몽테뉴는 자신의 동지이자 친구인 죽음이, 그가 일상적인 일(가령 그의 밭에 양배추를 심는 일)을 하는 중에 마지막 방문을 해주길 바란다.

몽테뉴는 로마의 시저와 그를 찾아온 고령의 노쇠한 군인에 관한 교훈담을 들려준다. 한때 시저 밑에서 복무했었던 늙은 군인은, 이제 짐스러운 삶에서 벗어나게 해달라고 그에게 청한다. 시저는 그를 위아래로 훑어본 뒤 장수의 그릇답게 무정한 재치가 깃든 질문을 던진다.

"(이렇게 늙은) 너에게 지금 (남은) 삶이라는 게 있다고 생각하나?"

몽테뉴에게는 흔하게 일어나는 일임에도 세상의 관심을 받지 못하는 청년의 죽음이 더 가혹했다. 우리가 상투적으로 '죽음'이라고 말하는 건 어디까지나 노년(그의 시대엔 마흔 즈음이고, 현대엔 일흔 이상)의 죽음이다. 노년의 저하된 생존 상태에서 비존재non-existence로 뛰어드는 것이 경솔한 청춘기에서 괴팍하고 후회 많은 나이로 교묘히 옮겨가는 것보다 훨씬 쉽다.

웃으면서 죽음을 이야기하는 방법

그러나 몽테뉴는 필요한 내용은 빠짐없이 담아내는 작가이기에, 설령 이 주장이 설득력이 떨어진다고 해도 그에겐 많은 대안이 있다. 가령 원만히 잘 살았고, 삶을 최대치까지 누린 사람이라 선뜻 삶을 내려놓기도 할 것이다. 반면에 궤도에서 어긋난 삶을 살았고 그래서 비참하다고 생각한 사람이라면 삶이 다하는 것에 아쉬워하지 않을 것이다. (내게는 완전히 뒤바꿔도 될 주장으로 보인다. 첫 번째 범주의 사람들은 그들의 행복한 삶이 무한정 계속되기를 바랄 수도 있고, 두 번째 범주의 사람들은 운이 바뀌기를 바랄지도 모른다.)

아니면 이런 건 어떨까. 단 하루 동안 참다운 의미의 삶을 살았다면, 당신은 삶의 모든 걸 보았다고 할 수 있다. (무슨 소리!) 흠, 그렇다면, 이건? 하루가 아니라 1년을 그렇게 살았다면 당신은 삶의 모든 걸 본 것이다. (이것 역시 말도 안 돼.) 어쨌거나, 다음에 올 사람들을 생각해서 이 세상에서 자기가 차지했던 자리를 내주는 게 인지상정이다. 다른 사람들도 당신을 위해 이미 그렇게 했으니까. (맞다. 하지만 난 그런 부탁을 한 적이 없다고.)

그리고 모두가 물러나는 마당에 왜 자기는 물러나선 안 된다고 불평하나? 당신과 같은 날 죽을 다른 숱한 사람들을 생각해 보라. (사실이다. 그리고 그들 중엔 내가 지금 막 열받으려는 것처럼 열받아 할 사람이 몇 있을 것이다.) 더 나아가서, 그리고 마지막으로, 당신이 죽음에 대한 불평을 늘어놓으면서 정확히 바라는 건 무엇인가? 지금에 해당하는 조건을 누리며 이승에서 불멸의 생을 누리고 싶은 건가? (주장은 이해하겠는데, 그렇다면 불멸의 일부분은 어떨까? 반? 좋아, 4분의 1 정도로 하자.)

✝

형은 세포 재생에 관한 첫 번째 농담이 기원전 5세기에 생긴 것임을 지적하며 '자신은 예전에 돈을 빌렸었던 놈과는 다른 인간이 됐기 때문에 빚을 갚지 못하겠다고 버티는 놈'도 관련이 있다는 말을 했다. 그는 나아가 내가 몽테뉴의 표어 'philosopher, c'est apprendre à mourir'를 잘못 해석했다고 지적했다. 키케로의 그 말은 꼬박꼬박 죽음을 생각하면 두려움을 덜 수 있다는 뜻이 아니라, 철학자는 철학적 사색을 통해 죽음을 연습한다는 뜻이라고 했다. 그런 의미에서 그는 자신의 정신으로 소일하고 있으며 죽음이 제거할 육체는 무시하고 있다.

플라톤학파는 죽은 후 인간은 순수한 영혼이 되어 육신의 장애를 벗어나기 때문에 더 자유롭고 명징하게 사유할 수 있다고 보았다. 그렇기 때문에 철학자는 살아 있는 동안 죽음 이후의 상황에 대비하기 위해 단식과 자학과 같은 기술을 연마해야 했다. 플라톤학파는 죽은 후에 모든 것이 좋아지기 시작한다고 믿었다. 반면에 에피쿠로스학파는 죽은 후엔 아무것도 없다고 믿었다. 듣자 하니(여기서 '듣자 하니'란 말은 '형이 말해준 또 한 가지는'을 의미한다) 이 두 개의 전통을 조합해 스스럼없는 고대인 특유의 '이것 아니면 저것'의 개념을 만들어냈다. 즉 '죽은 후 우리는 더 낫다고 느끼거나 아니면 아무것도 없다고 느낀다'라는.

나는 철학자가 아닌 대다수 사람들이 플라톤학파가 말하는 내세에 가면 어떻게 되는지 묻는다. 언뜻 생각하면 영혼을 지닌 존재들, 동물과 새들을 (어쩌면 식물까지) 포함한 모두가 방금 자신들이 마친 삶에서 행한 바에 따라 심판을 받게 될 것이다. 다시 한번 이승으로 돌아가 육신의 삶을 살 만큼의 점수를 받지 못하는 사람들은 아마도 어느 종의 위나 아래 단계(즉, 여우나 거위)를 밟거나, 아니면 같은 종 안에서 위나 아래 단계(예를 들면 암컷에서 수컷으로 승격)를 밟게 될 것이다. 형은 철학자가 자동적으로 유체이탈을 누리는 건 아니라고 말한다. 그러려면 인간적으로도 좋은 놈이어야 한다는 것이다. 그래도 그들이 정말 그런 경지에 오른다면, 철학자가 아닌 수많은 사람들보다 유리한 출발을 하는 것 아닌가. 연꽃과 민들레보다 유리함은 말할 나위 없고. 그들은 또한 궁극의 이상적인 조건에 먼저 다가가 있으니, 현생의 많은 것에서 우선순위를 차지한다. "그래." 형은 말한다. "너야 몇 가지 문제를 제기하고 싶을 수도 있겠지. (예를 들어, 영원토록 계속되는 경주에서 먼저 출발한다는 게 어떤 의미가 있지?) 그 문제로 곱씹다니 시간이 아깝다—그건 (전문적인 철학 용어를 빌리면) 100퍼센트 순 개소리야."

"나는 신을 믿지 않지만 신이 그립다"라고 내가 말했을 때 형이 "질척해"라며 묵살한 이유를 자세히 설명해 달라고 말한다. 형은 내 말을 어떻게 받아들여야 할지 잘 모르겠다고 시인한다.

"내가 생각하기엔 '나는 어떤 신도 존재할 거라고 믿지 않는다. 하지만 신이 존재한다면 좋겠다(아니면 '그래도 내가 신을 믿는다면 좋겠다'가 되겠지)'라는 뜻으로 말한 것 같은데. 사람에 따라 그런 말('신'의 자리에 '도도새'나 '설인'을 넣어봐)을 할 수도 있겠다는 건 이해하지만 내 입장에서 난 현상 그대로에 꽤 만족하는 편이거든."

누가 철학 교수 아니랄까 봐. 내가 특정한 문제에 대해 질문을 던지면 형은 그 제안을 논리적으로 해체한 다음, 대체 가능

웃으면서 죽음을 이야기하는 방법

한 명제들을 제시하는 것으로 내 제안의 부조리, 허약성, 감상적인 면모를 까발린다. 그러나 형의 대답도 내가 던진 질문 못지않게 이상한 것 같다. 나는 형에게 도도새나 설인(이나 심지어는 소문자에 복수형인 신들)이 아니라, 유일신을 그리워하는 사람을 어떻게 생각하느냐고 물었단 말이다.

나는 형이 단 한 번이라도 신앙심이나 종교적인 열망을 느낀 적이 있는지 확인해 본다. 없다. 그의 대답도 "없어"다.

"「메시아」*나 존 던**의 성스러운 소네트에 감동한 것까지 친다면 모를까."

형의 이런 확고부동한 태도를 이젠 30대인 그의 두 딸까지 물려받은 건 아닌지 싶다. 내가 종교적인 감정, 신념, 초자연적인 열망에 대해 질문을 던지기 무섭게 둘째 조카는 "아뇨, 절대요, 천만에요!"라고 대답한다.

"인도의 금을 밟으면 재수가 없으니까 안 밟으려고 했던 것까지 친다면 모를까."

우린 그건 포함하지 않기로 한다. 그녀의 언니는 한 가지를 시인했다.

---

* 헨델(Georg Friedrich Händel, 1685~1759)의 오라토리오.
** John Donne(1572~1631). 17세기 영국의 시인이자 성직자로, 대담한 연애시 외에도 「천부찬가」 같은 종교시를 썼다.

"열한 살 땐가 신앙을 가지면 좋겠다는 생각을 잠깐 했었어요. 하지만 그건 제 친구들이 신자였고, 전 갖고 싶은 걸 바랄 때 기도하고 싶었을 뿐이고, 또 '걸 가이드'*에서 기독교를 믿으라고 종용했기 때문이에요. 기도를 해봐도 응답이 없으니 그런 생각도 금세 사라져 버렸어요. 전 불가지론자인가봐요, 아니 무신론자라고 해도 될 것 같아요."

첫째 조카가 사소한 근거로 종교를 포기하는 가풍을 이어가고 있어서 기쁘다. 형은 조지 6세가 천국에 가지 않았다고 생각해서, 나는 자위하는 데 심란해지는 게 싫어서, 조카는 기도를 해도 바라던 물건이 곧바로 배달되지 않아서 종교를 단념하다니. 하지만 나는 그런 발랄한 비논리성이 지극히 정상적이라고 생각한다. 여기, 생물학자 루이스 올포트의 예를 보자.

"나는 신앙심이 깊은 아이였고, 하룻밤도 빠짐없이 기도를 올리며 이런저런 사정을 들어 하느님께 도움을 청했다. 그래봤자 도움이 되지 않는 것 같았고 결국 열여섯 살쯤 됐을 때 모든 것을 다 포기한 후 지금껏 무신론자로 살고 있다."

우리 중 누구도 그 후로 신(정말로 존재한다면)이 존재한다면

---

* 걸스카우트와 비슷한 영국의 소녀 단체.

그의 본업은 청소년의 도우미나, 물주나, 자위를 방해하는 자가 아닐지 모른다고 생각한 적이 없었다. 한번 등을 돌리고 나서 그걸로 끝이었던 것이다.

종교에 대한 태도를 조사하는 설문에서 흔히 '난 교회는 가지 않지만 신에 대해 나름대로의 견해가 있다' 같은 응답을 보게 된다. 이런 언명을 접할 때마다 나도 결국 철학자처럼 반응하게 된다. "질척해!"라고 버럭 소리 지르게 되는 것이다. 신에 대해 당신 나름대로의 견해가 있겠지. 하지만 신도 당신에 대해 나름대로의 견해가 있지 않을까? 중요한 건 그것이기 때문이다. 신이 하늘에 앉아 있는 흰 수염 기른 노인이건, 삶의 원동력이건, 사심 없는 주동자건, 시계 제조공이건, 여자건, 실체가 불분명한 도덕적 원동력이건, '아무것도 아님'이건, 중요한 건 당신이 신을 어떻게 생각하느냐가 아니라 그가, 혹은 그녀가, 혹은 그것이, 혹은 무無가 당신을 어떻게 생각하느냐는 것이다. 신성을 자신에게 소용되는 어떤 것으로 재정의한다는 생각은 얼토당토않다. 신이 존재한다는 사실 말고는, 신이 공정한지 자애로운지 하다못해 관찰력은 있는지(솔직히 그에 대한 증거도 놀랄 만큼 부족하지 않느냔 말이다) 등은 마찬가지로 중요하지 않으리라.

어렸을 때 내가 알았던 흰 수염의 노인은 증조부였다. 내 어머니의 아버지의 아버지 알프레드 스코틀록은 요크셔 사람이자 (필연적으로) 교장이었다. 이제는 어디인지 알 수 없는 뒤뜰에서 형과 내가 증조부 양편에 서서 찍은 사진 한 장이 있다. 형은 예닐곱 살, 나는 네댓 살쯤으로 보이고, 증조부는 산만큼이나 나이가 많아 보인다. 그의 수염은 만화에 나오는 신처럼 길고 치렁치렁하지 않고 짧게 잘라서 꺼칠꺼칠하다. (증조부가 아기였던 내 볼에 수염을 비벼댔는지, 아니면 그럴까 봐 내가 지레 겁을 집어먹었던 것이 기억에 남은 건지는 모르겠다.)

형과 나는 엄마가 흠잡을 데 없이 잘 다려준 짧은 소매의 셔츠를 입어서 말쑥한 데다 미소를 짓고 있다. (내가 형보다 더 활짝 웃고 있다.) 내 반바지엔 보기 좋게 주름이 잡혀 있는데 형의 바지는 사뭇 형편없이 구깃구깃하다. 증조부의 얼굴엔 웃음기가 없고, 내가 보기에는 살짝 아픈 것 같은데, 마치 자신의 죽기 직전 모습이 후세를 위한 기록으로 남겨지고 있음을 알고 있는 것 같다. 한 친구가 이 사진을 보고서 증조부더러 '중국인 선조'라 불렀는데, 그도 그럴 것이 증조부에게선 유학자의 풍모가 살짝 엿보인다.

과연 증조부는 그에 걸맞게 현명했을까? 나로선 아는 바가 전혀 없다. 어머니의 말에 따르면, 증조부는 손녀의 가족 중 남자들을 애지중지했고 상당히 지적인 독학자였다고 한다. 어

웃으면서 죽음을 이야기하는 방법

머니는 이를 증명하는 두 가지 사례를 무슨 의식이라도 되는 양 되풀이해 말했는데, 하나는 증조부가 독학으로 체스를 익혔으며 아주 잘하는 수준이었다는 것이다. 또 하나는 어머니가 버밍엄대학에서 현대 언어*를 수강하면서 교환 방문차 낭시에 갔을 때, 증조부는 손녀가 펜팔 친구를 데리고 집에 돌아오면 대화를 할 작정으로 진작에 프랑스어 책 한 권을 독학했었다는 것이다.

형은 증조부를 몇 번 만났지만 그에 대한 기억엔 사탕발림이 덜한데, 아마도 그래서 그 사진에서 나만큼 미소를 짓지 않았던 건지도 모른다. 증조부 가족의 유학자적인 풍모가 '어쩐지 섬뜩할 만큼 수상쩍었던' 것도 모자라, '독신에, 머리가 살짝 모자랐고, 온몸이 습진으로 뒤덮여 있었던 증조부의 딸(외고모할머니 이디)'까지 가세했기 때문이었다나. 형은 증조부가 체스를 뒀다거나 프랑스어를 했다는 건 전혀 떠올리지 못한다. 다만《데일리 메일》의 십자말풀이를 단 한 칸도 채우지 못하면서 붙들고 있던 용한 끈기만 기억할 뿐이다.

"점심을 먹으면 꾸벅꾸벅 졸면서, 가끔 '땅돼지'라거나 '제

---

* 여기에선 영국 대학에서 학과목으로 채택된 프랑스어나 스페인어 같은 유럽어를 의미한다.

부'*라는 말을 내뱉었지."

✝

"신의 존재 여부는 알 수 없지만, 존재하지 않는 편이 그의 평판엔 더 좋을 것 같다."

"신은 우리가 믿는 신을 믿지 않는다."

"그렇다, 신은 존재한다. 그러나 이제 신은 그 점을 우리만큼도 알지 못한다."

위의 다양한 추측을 내놓은 사람은 이미 죽었다. 그는 프랑스인이며, 피가 섞이지 않은 나의 친척 쥘 르나르다. 그는 1864년에 부르고뉴 북동쪽의 시골 동네에서 태어나 찾는 사람이 거의 없는 니에브르에서 성장했다. 건축업자였던 그의 부친 프랑수아는 훗날 그들이 살게 된 마을인 시트리레미네스의 시장이 되었다. 그는 입이 무거웠고, 교권 개입에 반대하는 입장이었고, 엄혹하리만큼 정직했다. 그의 어머니 안느 로사는 수다스럽고 몹시도 편협했으며 거짓말을 일삼았다. 첫아이가 죽자 프랑수아는 원한에 사무친 나머지 이후에 태어난 아멜리, 모리스, 쥘, 세 자식을 남의 자식 보듯 했다. 막

---

* 뿔이 길고 등에 혹이 있는 소.

내가 태어난 후 프랑수아는 안느로사와는 말을 섞지 않게 되었고 이후 죽을 때까지 30년 동안 말 한 마디 거는 일이 없었다. 이 무언의 전쟁 속에서 심적으론 아버지에게 동감했던 쥘은 자주 부모 사이의 중개자이자 '포르트 파롤'* 구실을 했다. 아이로선 달갑지 않은 역할이었지만 장차 작가가 될 것을 생각하면 유익했다.

이런 성장 과정의 상당 부분이 르나르의 가장 유명한 작품인 『홍당무』에서 제 길을 찾게 된다. 시트리 지역의 태반은 이 '로망 아 클레프'**를 탐탁지 않아 했다. 시골에서 태어난 빨간 머리 소년 쥘은 이후 파리로 가서 교양인이 되었고, 빨간 머리 시골 소년이 자기 엄마를 고발하는 내용의 소설을 썼다. 더 중요한 건, 온통 감상적이고 위고의 작품에 등장하면 제격일 자신의 유년을, 르나르 본인이 가차 없이 비난하고 있으며 매듭짓고자 노력하는 모습이 보였다는 점이다.

이 소설의 세계에선 일상화된 부당함과 본능적인 잔혹성이 규범이다. 목가적 아름다움을 묘사한 순간들은 예외다. 르나르는 옛날 생각을 하다가 자기 연민에 젖어 어린 시절의 분신을 어루만지는 일은 일절 하지 않았다. (통상적으로 사춘기에

---

* porte-porole. 프랑스어로 '대변인'이라는 뜻.
** roman-à-clef. '실화 소설'이라는 뜻의 프랑스어.

생겨나지만, 사람에 따라 평생토록 계속되기도 하는) 그런 연민은 유년기를 재가공해 가짜로 만드는 경우가 허다하다. 르나르에게 아이란 '작고, 필요한 동물이지만 고양이만큼도 인간적이지 못한' 존재였다. 이는 그가 1887년부터 1910년 죽을 때까지 썼던 걸작,『일기The Journal』에 등장하는 단평이다.

대도시에서 명성을 얻었음에도, 그의 뿌리는 니에브르에 있었다. 시트리에서, 그리고 성년이 되어 살았던 쇼몽*의 인근 마을에서, 그는 수세기를 이어온 방식을 고수하는 농부들과 알고 지냈다.

"농부는 시골을 좋아하지 않으며 그런 이유로 시골에 눈길 한번 주지 않는 유일한 인종이다."

그곳에서 그는 새, 동물, 곤충, 나무를 연구했고 장차 모든 것을 변화시킬 기차와 자동차의 도래를 목격했다. 1904년에 그는 아버지에 이어 시트리 시장으로 선출되었다. 그리고 학교 표창장을 수여하고 결혼식 연설을 하는 등 공직자의 직분을 즐겼다.

"내 연설을 듣고 여자들은 눈물을 흘렸다. 신부들은 내게 키스해 달라고 뺨을 내밀었고, 심지어는 입술을 내밀기도 했다.

---

* 프랑스 북동부의 니에브르 주에 있는 도시.

　웃으면서 죽음을 이야기하는 방법

키스의 대가로 나는 20프랑을 지불해야 했다."

그는 정치적으로 사회주의자, 드레퓌스파,* 교권 개입 반대
파였다. 그는 이렇게 썼다.

"시장으로서 나는 시골길을 유지보수할 책임이 있다. 시인
으로서 나는 시골길이 방치되는 것을 보는 게 더 좋다."

파리에서 그는 로댕과 사라 베르나르, 에드몽 로스탕, 앙드
레 지드와 알고 지내게 되었다. 보나르와 툴루즈 로트렉은 둘
다 르나르의 『박물지Histoires naturelles』에 수록된 삽화를 그렸고,
라벨은 그 책 일부에 곡을 붙였다. 한번은 어느 결투자의 후보
로 섰는데 상대편이 세운 후보가 고갱인 적이 있었다. 하지만
르나르는 그토록 용서를 모르며 비관적인 사람들과 섞여 있는
가운데에서도 한층 어두운 면모를 드러냈다. 그는 자신에게
친절했던 도데에게 이렇게 말한 적이 있었다.

"내가 당신을 사랑하는지 아니면 혐오하는지 모르겠어요,
mon cher maître."**

이에 도데는 당황하는 기색 없이 말했다.

---

* 1894년 프랑스의 포병대위 드레퓌스가 독일에 군사기밀 서류를 팔았다는 혐의로 종신
형을 선고받았을 때 드레퓌스를 옹호했던 정치가와 지식인 들로 인도주의, 자유주의, 공화
주의를 표방했다.
** 프랑스어로 '나의 사랑하는 선생님'이라는 뜻.

"Odi et amo."*

파리 사교계 사람들은 가끔 그를 속을 도무지 알 수 없는 사람이라고 생각했다. 한 교양인은 그를 '투박한 암호문'이라고 표현했다. 부랑자들이 자기들끼리만 판독할 수 있게 별채에 분필로 새긴 비밀 표시처럼.

플로베르와 모파상과 공쿠르와 졸라가 마치 거대한 프로젝트를 수행하듯 묘사와 분석을 통해 이 세계를 전부 소진시켜더는 픽션 장르가 할 수 있는 게 남지 않게 된 시점에, 즉 소설의 시대가 막을 내릴지도 모르게 되었을 때 르나르는 산문을 쓰기에 이르렀다. 돌파구는 오로지 요약, 주석, 점묘법을 통해서만 가능하다고 그는 결론을 내렸다.

사르트르는 『일기』를 거창하지만 다소 마지못한 태도로 상찬하는 글에서, 르나르가 제시한 해결책보다 그 딜레마에 더 큰 갈채를 보냈다.

"한 가지의 본질을 파악하려는 수많은, 더 현대적인 시도는 그 기원을 쥘 르나르에서 찾을 수 있다."

그리고 사르트르는 이런 말도 했다.

"그를 현대문학의 시작점으로 본다면, 그 이유는 그가 스스

---

* 프랑스어로 '애증인 거죠'라는 뜻.

로 들어가길 금했던 영역에 대해 어렴풋이 파악하고 있었기 때문이다."

마찬가지로 『일기』를 썼고 시기상 르나르의 『일기』와 몇 년 이 겹쳤던* 지드는 (아마도 경쟁심에) 르나르의 『일기』는 '강이 아니라 증류주 공장'이라고 볼멘소리를 했지만, 뒤이어 '열광 하며' 읽었다는 소회를 밝혔다.

양조장을 원하는가? 아니면 강을 원하는가? 삶이 독주에서 걸러낸 몇 방울 같기를 바라거나 노르망디 사과주 1리터 같기 를 바라는가? 이는 독자들이 선택할 몫이다. 작가는 개인의 기 질은 물론, 역사적 순간도 통제할 수 있는 바가 거의 없으며, 다만 작가 본인의 미학에 얼마간의 책임을 질 뿐이다. 증류주 같은 르나르의 글은 이미 사라진 문학에 대한 그 자신의 응답 이자 거리낌 없는 본성의 표출이었다. 1898년에 그는 이렇게 썼다.

"거의 모든 문학작품에 대해서 지나치게 길다고 말할 수 있 을 것이다."

이 단평은 1000페이지 분량의 『일기』에서 400페이지째에 등장하는데, 르나르가 사망한 후 그의 부인이 다른 사람들이

* 앙드레 지드의 『일기』는 1914년부터 1927년까지의 단상을 담고 있다.

보지 않길 바라는 페이지들을 골라 태워버리지 않았다면 『일기』는 1500페이지에 달했을 것이다.

『일기』에서 르나르는 고도의 정확성을 기해 자연계를 살피면서, 감정을 배제한 찬탄을 곁들여 묘사한다. 그리고 똑같은 정확성을 기해 인간계를 살피면서, 회의적인 태도와 아이러니를 곁들여 묘사한다. 그러면서도, 숱한 사람들이 이해하지 못하는 아이러니의 본질과 기능을 이해했다. 1899년 12월 26일, 아이러니라는 게 더할 나위 없이 필요해진 새로운 세기가 막 도래할 즈음 그는 이렇게 썼다.

"아이러니는 잔디를 시들게 하지 않는다. 다만 잡초를 태워 없앨 뿐이다."

†

르나르의 친구 중, 희곡작가이자 재담꾼이었던 트리스탕 베르나르는 지나가던 영구차를 보고 마치 택시나 되는 것처럼 멈춰 세운 적이 있었다. 영구차가 멈춰 서자 그는 쾌활하게 물었다.

"타도 돼요?"

마흔여섯 살의 나이로 죽기 전에, 르나르는 지척에서 죽음을 경험한 적이 몇 번 있었다. 다음은 그가 여느 때보다 신중

웃으면서 죽음을 이야기하는 방법

에 신중을 기해 죽음을 수습한 사례들이다.

1) 1897년 5월, 르나르의 형 모리스가 아버지의 침대 옆 테이블을 치운다는 핑계로 놓여 있던 회전식 연발 권총을 없애버린다. 이에 가족 간에 일대 언쟁이 벌어진다. 프랑수아 르나르는 아들의 처사와 변명에도 무심하다.

"저 애가 거짓말하는 거야. 내가 자살할까 봐 겁이 났던 게지. 하지만 정말 자살할 생각이라면 그런 도구에 기대진 않을 거야. 그래 봤자 불구가 되는 게 전부일걸."

쥘의 아내가 기함을 하며 항의한다.

"그런 말씀 마세요."

그러나 시트리 시장은 요지부동이다.

"아니, 난 헛짓거리로 시간 낭비 안 할 거다. 내 엽총을 쓸 거니까."

이에 쥘이 빈정댄다.

"차라리 관장제를 쓰시죠."

그러나 프랑수아 르나르는 자신이 불치병에 걸렸음을 안다. 혹은 믿는다. 4주 후, 그는 침실 문을 걸어 잠근 채 엽총을 들고 지팡이로 방아쇠를 누른다. 만전을 기하기 위해 두 개의 총열 모두에서 발사되게 한다. 쥘이 불려온다. 그는 문을 때려

부순다. 연기와 화약 냄새가 난다. 처음에 그는 아버지가 죽은 척하고 있는 게 틀림없다고 생각한다. 잠시 후 대자로 누워 있는 몸뚱이, 어디도 보고 있지 않은 눈, '허리 위쪽에 작은 불이 꺼진 것처럼 거뭇한 자리'를 보고 그는 마지못해 사실을 받아들인다. 그리고 아버지의 두 손을 잡는다. 아직 따뜻하고, 여전히 부드럽다.

프랑수아 르나르는 교권 개입에 반대했으며 자살했다는 이유로 시트리에서는 최초로 교회 의식 없이 묻혔다. 쥘은 자기 아버지가 영웅적으로 죽었으며 고대 로마인의 미덕을 보여주었다고 생각한다.

"이 죽음은 전반적으로 나의 자존감을 고쳐시켜 주었다."

장례식이 끝나고 6주 후에 그는 이렇게 덧붙여 글을 맺는다.

"아버지의 죽음이 나에게는 마치 아름다운 책을 쓴 것처럼 다가왔다."

2) 1900년 1월, 건강해 보이는 서른일곱 살의 고속도로 관리공단 직원 모리스 르나르가 파리 사무실에서 쓰러진다. 그는 줄곧 사무실 건물의 증기식 난방 설비에 불만을 토로했었다. 설치된 주요 파이프 하나가 그의 책상 바로 뒤에 있어서 툭하면 실내 온도가 섭씨 20도까지 올라갔다.

웃으면서 죽음을 이야기하는 방법

"이 회사가 난방으로 날 죽이려나."

시골뜨기는 이런 예언을 하지만 정작 더 큰 위협은 협심증으로 밝혀진다. 업무를 마치고 막 퇴근하려던 모리스는 책상에 앉은 채로 기절한다. 그는 의자에서 소파로 옮겨지고, 호흡곤란에 시달리다가 몇 분 후 말 한 마디 못 한 채 죽는다.

당시 파리에 있던 쥘이 다시금 불려온다. 그는 소파 위에 한쪽 무릎을 구부린 채 비스듬히 누워 있는 형을 본다. 진이 다 빠져 있는 그 모습에 쥘은 죽었을 때의 아버지를 떠올린다. 작가는 무심결에 죽은 형의 머리 밑에 쿠션 대신 임시변통으로 받쳐놓은 무언가에 주목한다. 파리시의 전화번호부. 쥘은 주저앉아 흐느낀다. 쥘의 아내가 그를 안는다. 아내의 품에 안긴 채 그는 다음엔 남편 차례일까 봐 두려워하는 아내의 마음을 읽는다. 그의 시야 한구석에 전화번호부 가장자리를 따라 검정색으로 인쇄된 광고가 들어온다. 멀리 떨어져 있는데도 그는 그걸 굳이 읽으려고 한다.

그날 밤 쥘 부부는 시신을 지킨다. 이따금씩 쥘은 형의 얼굴을 덮고 있는 손수건을 들춰 반쯤 벌어진 입을 보며 다시 숨쉬기를 바라고 기다린다. 시간이 지날수록 코는 속살이 차오르는 것 같고, 두 귀는 조개껍데기처럼 딱딱해진다. 그렇게 모리스는 온통 뻣뻣하고 차가워진다.

"그의 생명은 이제 가구 속으로 스며들어가 시시때때로 들릴 듯 말 듯 삐걱거리는 소리를 내고, 우리는 몸서리를 친다."

3일 후, 모리스는 시트리에 묻힌다. 신부는 연락을 기다리지만 거절당한다. 영구차 뒤에서 걸어가며 화관들이 가볍게 흔들리는 것을 보던 쥘은 말을 그날 아침 지저분한 검정색 페인트로 특별히 칠한 것 같다고 생각한다. 사람들이 가족묘의 깊은 구덩이 속으로 관을 내릴 때, 무덤가에서 기뻐하는 것 같은 통통한 벌레 한 마리가 그의 눈에 띈다.

"벌레가 뽐내며 걸어 다닐 수 있다면 이놈이 그럴 것 같다."

쥘은 이렇게 맺는다.

"내가 느끼는 건 죽음, 그리고 죽음이 부리는 아둔한 술수에 대한 분노. 오직 그것뿐이다."

3) 1909년 8월, 시트리 중심가에서 마차에 앉아 있던 한 작은 소년이 한 여자가 마을의 석조물 위에 앉아 있다가 갑자기 뒤로 넘어가는 것을 본다. 그 여자는 실성한 지 몇 년 된 르나르의 어머니다. 쥘이 세 번째로 불려온다. 그는 달려와 모자와 지팡이를 던지고 우물 안을 들여다본다. 그러곤 둥둥 떠 있는 치마폭과 '동물을 물에 빠뜨려 죽인 적이 있는 사람이라면

익히 봤을 잔잔한 소용돌이'를 본다. 그는 타고 내려갈 셈으로 두레박에 두 발을 집어넣지만 그제야 신고 있는 부츠가 터무니없이 길어서 부츠 끝이 들통에 담긴 물고기마냥 휘어지는 것을 알아차린다. 이윽고 누군가 사다리를 들고 온다. 죌은 두레박에서 나와 가로장을 딛고 내려가지만 애꿎은 발만 적실 뿐이다. 마을 사람 둘이 용케 내려가 시신을 건져낸다. 시신엔 생채기 하나 없다.

르나르는 어머니가 사고로 죽었는지 아니면 자살했는지 판단할 수 없다. 그는 어머니의 죽음이 '불가해하다'고 주장하며 그 논거를 제시한다.

"신을 이해할 수 없다는 사실이야말로 신의 존재를 가장 강력히 뒷받침하는 주장일 것이다."

그는 결론을 내린다.

"죽음은 예술가가 아니다."

†

브르타뉴에서 사제들과 함께 생활하면서 나는 벨기에 출신의 걸출한 싱어송라이터 자크 브렐의 음악을 발견했다. 초창기에 그는 설교하기 좋아했던 탓에 '아베* 브렐'이라 불렸다. 1958년에 그는 「만약 사실이라면Dites, si c'était vrai」을 녹음했는데, 노래라기보다는 으르렁거리는 오르간을 배경으로 바이브레이션을 살려 읊조리는 기도시에 가까운 음악이다. 브렐은 우리에게 '만약 사실이라면' 어떻게 될지 상상해 보라고 한다. 만약 예수가 정말로 베들레헴의 마구간에서 태어났다면…… 만약 4대 복음서의 말씀이 진실이라면…… 만약 가나 혼인 잔치의 '반전'**이 정말 있었던 일이라면…… 혹은 다른 '반전'으로 나사로의 부활은 어떨까……? 브렐은 그 모든 것이 진실이라면 우리는 '그렇다'라고 말하리라고, 그건 사람은 진실임을 믿을 때 더없이 아름답기 때문이라는 말로 맺는다.

이제야 나는 이것이 브렐 사상 최악의 노래임을 알겠다. 그런데 장차 이 원숙한 가수는 젊은 시절 진력날 정도로 신 타령하던 것 못지않게 조롱하듯 반종교적으로 변할 예정이었다. 그래도 초창기의, 좀 움찔할 정도로 진실한 이 노래는 제 할 말을 한다. 만약 사실이라면 아름다울 거란다. 그리고 아름답기 때문에 더욱 진실할 거란다. 그리고 더욱 진실하기 때문에

---

* 프랑스어로 '신부, 사제'라는 뜻.
** Coup de théâtre. 연극에서 '반전'을 뜻하는 프랑스어로, 여기에선 예수가 갈릴리 가나의 한 혼인 잔치에 갔다가 포도주가 모자란다는 말을 듣고 물동이에 담긴 물을 모두 포도주로 바꾸었다는 일화를 뜻한다.

웃으면서 죽음을 이야기하는 방법

더 아름답단다. 끝도 없다. "그래, 근데 사실이 아니거든, 이 멍청아." 내 형이 이렇게 참견하는 소리가 절로 들려오는 것 같다. 이런 밑도 끝도 없는 말은 죽은 어머니가 이러시길 바랐을 거라던 너의 가정보다 훨씬 더 나쁘다고.

옳소. 하지만 기독교가 이렇게까지 유구한 이유는 단순히 모두 믿었기 때문이 아니라 통치자와 성직자가 강요했기 때문이고, 사회적 통제 수단이었기 때문이고, 촌에서 들을 수 있는 유일한 옛날이야기였기 때문이며, 믿지 않을 경우 (대놓고 의심스럽다고 고할 경우) 머지않아 제명을 다하지 못했을 수도 있기 때문이다. 또, 아름다운 거짓말이기 때문에 유구한 것이며 등장인물들, 구상, 온갖 반전들, 쌍벽을 이루는 신과 악마의 갈등 구도가 뛰어난 소설의 소재가 되기 때문이기도 하다. 예수 이야기(고결한 사명, 압제자를 위압하는 태도, 박해, 배신, 처형, 부활)는 할리우드가 맹렬히 추구하는 것으로 유명한 서사의 완벽한 본보기, 바로 해피엔드의 비극이다. 짓궂은 노 교사가 우리에게 알려주려 했던 것처럼 성서를 '문학'으로 읽는 것은 성서를 진실, 아름다움이 보장하는 진실로 읽는 것과는 비교가 안 된다.

친구 J와 런던에서 열린 한 콘서트에 갔다. 함께 들었던 신성한 합창은 기억에서 사라졌지만, 이후 친구가 한 질문은 쉬이 잊히지 않았다.

"감상하면서 우리의 '다시 살아나신 예수'를 몇 번이나 생각했어?"

"한 번도 안 했는데."

나는 그렇게 대답했고, 한편 J가 우리의 '다시 살아나신 예수'를 생각했을까 궁금해졌다. 뭐니 뭐니 해도 J는 목사의 아들이었고, 헤어질 때 (내가 아는 사람들 중에서 유일무이하게) 버릇처럼 '신의 축복이 있기를'이라는 말로 인사했다. 혹시 남아 있는 믿음을 직설적으로 표현한 것일까? 아니면 독일 일부 지역에서 쓰는 '신은 당신을 환영합니다'*처럼 단순히 언어상의 잔재일까?

신이 그립다고 말할 때 나는, 종교예술을 접할 때 그 토대가 되는 목적과 신념 의식이 그립다는 뜻으로 국한한다. 이는 종교가 없는 사람을 늘 따라다니는 한 가지 가설이다. '만약 진짜라면 어떻게 될까?'라는 가설. 웅장한 대성당에서 모차르트의 「레퀴엠」(혹은 같은 맥락에서 절벽 꼭대기 파도에 젖은 예배당에서 플랑의 「어부의 노래」)을 듣고 복음성가로 가사를 접한다고 상상해 보라. 파도바의 예배당에서 지오토의 성스러운 만

* Grüss Gott. 독일 남부 지역과 오스트리아에서 만날 때 하는 인사말이다.

웃으면서 죽음을 이야기하는 방법

화*를 논픽션으로 읽는다고 상상해 보라. 도나텔로**의 작품을 보며 고통스러워하는 예수나 눈물을 흘리는 막달라 마리아의 실제 얼굴이라고 상상해 보라. 그럴 때 (조심스럽게 말하면) 각별한 활력이 더해지지 않을까, 아닌가?

이는 엉뚱하고 저속한 바람처럼 보일지도 모른다. 탱크에 휘발유가 더 많이 들어 있기를 바라고, 와인에 알코올 함량이 더 많기를 바라는 것처럼, 더 근사한 (아니면 어떻게든지 더 큰) 미적 체험을 바라다니. 그러나 그 이상의 의미가 있다. 이디스 워튼은 교회와 성당이 상징하는 바를 더는 믿지 않으면서도 찬탄하게 되는 감정(과 불리한 입장)을 이해했다. 그리고 그 감정을 이해하고 느끼기 위해서 수세기 전으로 거슬러 올라가 있는 자신을 상상하는 과정을 설명했다. 그러나 제아무리 생생히 과거를 상상하는 사람이라고 해도 (신을 믿지 않는다면) 기독교 신자가 브르주 대성당***에 새롭게 설치한 스테인드글라스를 우러러보거나 성토마스 성당에서 바흐의 「칸타타」를 듣거나, 렘브란트의 동판화에서 성경의 긴 일화를 다시 읽

---

* 이탈리아의 화가, 지오토(Giotto di Bondone, 1266?~1337)가 파도바의 스크로베니 예배당 벽을 서른여덟 개의 사각형으로 분할해 그린 프레스코 연작을 의미한다.
** Donatello(1386~1466). 이탈리아의 조각가로 「수태고지」, 「막달라 마리아」, 「유디트」 등이 대표작이다.
*** 프랑스 부르주에 있는 고딕 양식의 대성당으로 13세기 스테인드글라스로 유명하다.

을 때 느끼는 감정을 똑같이 느끼는 것은 불가능하다. 그런 기독교의 세계는, 짐작하건대 미학보다는 진실과 더 깊은 관련이 있었을 것이다. 아니면 적어도 그들이 한 예술가의 위대함을 평가하는 기준은 교리를 얼마나 유효하게, 독창적으로 (혹은 같은 맥락에서, 친숙하게) 전달하는가에 따랐을 것이다.

만약 우리가 종교예술을 통해 종교를 받아들인다면, 만약 우리가 종교예술을 단순히 색채, 구조, 소리, 유년의 어떤 기억만큼이나 아득한 소리, 그것들의 본질적인 의미들로 미학화하는 데 그친다면 문제가 될까? 아니면 우리에겐 선택의 여지가 없으니 그런 질문은 해봤자 무의미한 걸까? 모차르트의 「레퀴엠」이 흐르는 동안 우리가 없는 믿음을 가진 척하는 것은 셰익스피어 작품에 등장하는 '오쟁이 진 남편에 대한 농담'*이 재미있는 척하는 것과 같다. (비록 몇몇 연극 팬들은 여전히 굳세게 웃어대지만.) 몇 년 전에 버밍엄 시티 아트 갤러리에 갔을 때의 일이다. 전면 유리로 된 한쪽 모퉁이에, 예수가 자신의 상처를 보여주는 장면을 묘사한 페트뤼스 크리스튀스**의 작고 강렬한 회화 작품이 걸려 있었다. 예수는 검지와 엄지

---

* 셰익스피어가 살았던 시대에 부인이 바람을 피우면 남편에게서 뿔이 자란다는 우스갯소리가 유행했는데, 셰익스피어는 이를 〈한여름 밤의 꿈〉 같은 작품에서 인용했다.
** Petrus Christus(1420?~1473). 네덜란드 출신의 15세기 플랑드르의 대표 화가.

를 펴서 창이 박혔던 곳을 가리킨다. 심지어는 우리가 그의 상처의 벌어진 정도를 가늠하게 한다. 그의 가시면류관에선 싹이 터서 금박에 솜사탕 같은 영광의 후광을 이루고 있다. 각각 백합과 검을 든 두 성자가 예수의 시중을 들면서, 묘하게 가정적인 분위기의 앞무대에 드리워진 초록색 벨벳 커튼 뒤쪽으로 물러나 있다. 꼼꼼히 살펴본 후 물러나던 나는 운동복 차림의 아버지와 어린 아들이 예술을 꺼리는 활기찬 발걸음으로 내쪽으로 오는 것을 의식하게 되었다. 아들보다 더 좋은 운동화를 신고 더 원기 왕성한 아버지는 이쪽 모퉁이를 돌면서 아들보다 1~2미터 정도 더 유리한 자리에 섰다. 아이는 전시 케이스 안을 흘긋 들여다보며 버밍엄 억양이 진하게 섞인 투로 물었다.

"저 남자는 왜 자기 가슴을 잡고 있는 거야, 아빠?"

아버지는 걸음을 늦추지 않은 채 잠깐 뒤를 보더니 곧바로 대답했다.

"몰라."

우리를 위해 특별히 탄생한 비종교적인 예술에서 우리가 아무리 많은 기쁨과 진실을 끌어낸다 한들, 그것이 우리의 미학적 자아를 완전히 사로잡는다 한들, 그보다 앞서 존재했던 것에 대한 우리의 반응이 결국은 "몰라"로 축소되고 말았다면 유감스러운 일일 것이다. 물론 이는 지금 일어나고 있는 일이다. 미술관 벽에 붙은 캡션들은 그런 일화들을 점점 '성聖 수태고지'니 '성모승천'이라는 말로 설명한다. 정작 상징물을 든 성자 군단이 누군지 명시하는 경우는 거의 없다. 나라고 별반 다르진 않아서 누군가 페트뤼스 크리스튀스가 그린 두 수행자의 이름을 물었다면 성상 사전을 뒤져야 했을 것이다.

기독교 신앙이 죽은 종교들 중 하나가 되고, 대학에선 민속학 교과목의 하나로 기독교 신앙을 가르치게 된다면 어떻게 될까? 신성모독이 합법이냐 불법이냐의 문제로 다뤄지는 게 아니라 아예 신성모독이라는 개념 자체가 없어지게 된다면? 미래에는 어느 정도 그렇게 될 것이다. 최근 아테네에 갔을 때, 나는 생전 처음으로 키클라데스 제도*의 대리석 소상들을 보게 되었다. 이 작은 조각상들은 기원전 3000년에서 2000년경에 만들어졌고, 대부분 여성이며, 두 개의 주요한 유형으로 만들어져 있다. 하나는 반추상적인 바이올린 형태에 가늘고 긴, 근사한 몸을 자연주의적으로 재현하고 있다. 다른 하나는 전형적인 조각상으로, 방패 모양의 머리에 눈과 입 없이 긴 코만 있고 목을 쭉 뻗고 있으며 두 팔은 배 위로 꼬고 있

---

* 에게해의 그리스령 군도로 초기 청동기시대에 크레타 문명에 앞서서 독특한 문명을 이룬 곳이다.

웃으면서 죽음을 이야기하는 방법

는데 항상 왼팔이 오른팔 위에 있다. 음부는 삼각형으로 스케치했고, 두 다리는 금을 그어서 구분했으며 발꿈치를 든 자세다.

그 독특한 순수함과 근엄함, 아름다움의 이미지들은 숨죽인 콘서트홀에서 고요하게 계속 이어지는 하나의 음표처럼 다가온다. 이런 형상의 하나를 보는 순간, 대개 한 뼘 높이도 안 되는 것이 당신 앞에서 솟아오를 때, 당신은 그것들을 미학적으로 이해할 법도 하다. 그리고 그것들 역시 이런 마음가짐에 하나가 되려는 듯, 당신에게 역사고고학적 장벽의 정보 같은 건 모두 건너뛰어 버리라고 촉구한다. 이는 그 형상들이 부분적으로 매우 뚜렷하게 피카소, 모딜리아니, 브랑쿠시 같은 모더니즘 후손들을 떠올리게 하기 때문이다. 두 유형 모두 환기시키면서 또 뛰어넘는다. 모더니즘의 저 걸출한 폭군들보다 키클라데스 제도의 무명 석공 무리가 독창성에서 한 수 위임을 눈으로 확인하는 기분은 좋다. 또 예술의 역사가 직선으로 뻗으면서도 순환한다는 생각이 들어서 좋다.

어쩐지 권투 선수가 자축하는 것 같은 느낌이 드는 이 짧은 순간이 지나면, 마음을 가라앉히고 그 조각상들의 평온함과 상징적인 유예에 마음을 열게 된다. 이제 달리 비교할 마음이 생긴다. 가령 피에로*나 페르메이르** 같은 예술가들과 당신은 위풍당당한 소박함 그리고 초월적인 고요와 마주한다. 에게 해의 모든 깊이를 품고 있는 듯, 또 우리가 사는 매우 바쁜 현대 세계를 꾸짖는 듯한. 그 세계는 날이 갈수록 그러한 덕목들을 찬미해 왔고, 그래서 존재하는 것보다 더 많은 것을 가지려고 욕망해 왔다. 위선과 마찬가지로 위조 또한 악덕이 미덕에 표하는 존경의 형태라서, 그런 경우에도 아낌없는 헌사가 바쳐졌다.

　그러나 당신이, 아니 물론 내가 (그렇다, 이 문제에 대해서는 내가 잘못의 책임을 지는 것이 좋겠다) 지금껏 보고 있었던 것은 정확히 무엇인가? 그리고 내가 아무리 숨 가쁘도록 진정 어린 감상을 했다 한들, 내 앞의 오브제들에게 걸맞는 반응이었을까? (아니면 미학적 오브제는 시간이 지나면서 그것을 감상하는 우리의 반응이 되는 것일까? 아니면 우리의 반응만으로 축소되는 것일까?) 머리부터 발끝까지 보얀 크림빛은 참으로 고요한 분위기를 자아내지만 처음부터 그랬던 건 아닐지도 모른다. 아니라고 해도 최소한 머리 부분은 생기 넘치는 색으로 칠했을 것 같다. 미니멀리즘(과 프로토모더니즘) 스타일로 새긴 건 어느

* Piero di Cosimo(1462~1521). 이탈리아의 화가.
** Jan Vermeer(1632~1675). 네덜란드의 화가.

정도는 대리석이 조각하기 굉장히 힘든 재료라는 현실적인 결과에 기댄 것이다. 서 있는 자세(이 작은 이미지들이 발꿈치를 들고 마주하는 자세가 우리를 고요히 압도하는 듯한 분위기)는 대개 가로로 눕혀놓을 용도로 만들어졌다는 점에서, 큐레이터의 아이디어다.

꾸짖는 듯 고요한 그들 특유의 분위기는, 무덤의 정적과 준엄함에 힘입은 바가 크다. 우리는 키클라데스 제도의 조각상들을 미학적인 눈으로 바라볼 수도 있겠지만 (사실 그와 달리 볼 방도도 없다) 그것들의 용도는 부장품이었다. 우리는 박물관의 신중히 배치한 조명 아래 전시하는 것으로 그 가치를 평가한다. 조각상들을 만든 사람들은 죽은 자의 유령들 말고는 아무도 볼 수 없는 땅 밑에 묻음으로써 그 가치를 인정했을 것이다. 그리고 그들, 그런 물건들을 만들어낸 사람들이 믿었던 건 정확히 (아니, 하다못해 대략적으로라도) 무엇인가? 몰라.

†

물론 예술은 늘 그렇듯 하나의 시작, 하나의 비유에 불과하다. 라킨은 인적이 끊긴 한 교회를 방문하고서 '교회들이 완전히 무용지물이 되어버릴 때' 어떻게 될 것인지 궁금해한다. '몇몇 대성당을 줄기차게 전시할까?' (이 '줄기차게'란 말은 언제나 이 작가의 마음에 선망의 불을 지른다.) 아니면 '그런 덴 운이 다한 곳이니 발길을 끊을까?' 라킨은 우리는 계속해서 (언제나) 그런 버려진 곳들에 끌릴 것이라고 시사한다. "누군가는 언제까지나 그의 내면의 허기를 놀라게 하여/그 허기가 더욱 심각해지리라"라는 이유로 말이다.

이것이 그리움의 감정 밑에 깔린 것일까? 신은 죽었고, 신이 없으니 무릎을 꿇고 있던 인간은 마침내 일어나 허리를 꼿꼿이 펼 수 있다고? 허나 그렇게 몸을 쭉 펴봤자 난쟁이처럼 보일 것이다. 사전 편찬자, 무신론자, 유물론자(이며 히포크라테스의 번역자)였던 에밀 리트레는 "인간은 한없이 불안정한 복합체이며, 지구는 단연코 열등한 행성이다"라고 미루어 판단했다. 과거의 종교는 고역스러운 삶을 위무하고, 신자에게는 말년의 보상을 주었다. 그러나 이런 대접들 말고도, 종교는 인간의 삶에 맥락을 이해하는 감각을, 그리하여 진지함을 주었다. 그 덕에 인간은 더 예의 바르게 행동하게 되었나? 가끔은 그렇고 가끔은 그렇지 않다. 종교인이건 비종교인이건 범죄와 관련해선 저마다 기발하고 비열하다. 그러나 종교는 진실했을까? 아니, 그렇지 않다. 그렇다면 왜 종교를 그리워하는 걸까?

그건 종교가 최고의 허구였기 때문이며, 위대한 소설이 끝나가는 것에 상실감을 느끼는 건 정상이기 때문이다. 중세 때,

사람들은 동물들을 재판에 회부했었다. 작물을 망친 메뚜기, 교회 대들보를 아삭아삭 먹어댄 빗살수염벌레, 배수로에 누워 있던 주정꾼들을 저녁 삼아 먹어 치운 돼지들을. 때로는 동물을 법정에 끌고 가기도 했고, 때로는 (곤충 같은 경우) 부득이하게 '부재중에' 공판을 한 적도 있었다. 기소자 측과 피고 측이 참석한 정식 사법부 청문회가 열렸고, 법복을 입은 판사가 다양한 처벌(보호관찰, 추방, 심지어 파문까지)을 공표했다. 때론 사형을 선고하기도 했다. 재판정에서 장갑을 끼고 후드를 쓴 법원 직원이 돼지가 죽을 때까지 목을 매달고 있었을 수도 있다.

　모든 것이 (지금의 우리에겐) 소모적이며 어리석은, 중세식 요령부득의 사고방식처럼 다가온다. 그럼에도 그것은 지극히 이성적이고 지극히 문명화된 행동이다. 세계는 신이 만들었으며, 그렇기 때문에 세계 안에서 일어난 모든 일은 신의 의도, 혹은 신이 당신의 피조물에게 자유의지를 부여한 결과가 담긴 표현이었다. 경우에 따라 신은 동물의 왕국을 동원해 당신의 인간 피조물을 꾸짖었는지도 모른다. 가령 메뚜기 떼를 징벌하려면 법정에선 무죄를 밝혀야 할 법적 의무를 지켜야만 했다. 하지만 웬 얼빠진 술고래가 배수로에 빠졌고, 돼지가 그의 얼굴을 반은 먹어 치워버린 경우가 있고, 그 행위를 신의 의도로 해석하는 것이 불가능하다면 어떻게 해야 할까? 또 다른 해명을 찾아내야 할 것이다. 아마도 그 돼지는 악귀에 들렸던 것이고, 이에 법정은 사형을 지시할지도 모른다. 아니면 돼지는 자유의지가 결여되어 있음에도 여전히 사고에 대한 원인상의 책임을 질지도 모르겠다.

우리 눈엔 이것이 인간의 기발한 추악성을 한층 더 입증하는 것으로 비칠 수도 있다. 하지만 또 다른 시각이 존재한다. 다름 아닌 동물의 입지를 높이는 시각이다. 동물은 신의 창조물이자 의도의 일환으로, 단순히 '인간'의 쾌락과 사용 목적을 위해 지상에 보내진 게 아니라는 것이다. 중세의 권위자들은 동물을 재판에 회부해 그들 과실의 경중을 진지하게 따졌다. 현대의 우리는 동물들을 집단 수용소로 데려가 호르몬을 잔뜩 주사하고 토막 치는 것으로 그들이 한때는 꼬꼬, 매, 음매 하고 울었던 존재들임을 가급적 떠올리지 않으려 한다. 어느 세계가 더 진지한가? 어느 세계가 윤리적으로 더 앞서 있나?

범퍼 스티커와 냉장고 자석에 흔히 붙어 있는 문구들은 우리에게 '인생은 연습이 아니다'라고 상기시킨다. 우리는 서로를 격려하면서 세속적인 현대의 천국인 자기 충족감을 지향한다. 인격 함양, 우리를 규정하는 데 도움이 되는 대인 관계, 입지를 확보하게 해주는 직업, 물질적 재화, 재산소유권, 외국 축

웃으면서 죽음을 이야기하는 방법

제일, 예금 취득, 위업이라 할 만큼 끝내주는 성관계를 계속하기, 헬스클럽 가기, 문화 소비하기. 이 모든 것이 쌓여 행복이 된다. 그렇지 않나? 그렇지? 이것이 우리가 선택한 신화다. 그것도 기만이 부른 신화라기보다는 최후의 심판을 알리는 나팔 소리가 들리고 무덤이 활짝 열릴 때, 치유를 받아 완벽해진 영혼들이 성자와 천사의 무리에 합류할 때 마침내 이루어져 황홀경에 빠진다고 주야장천 주장해 대는 신화에 가깝다. 그러나 삶을 연습, 준비, 대합실, 아니면 어떤 비유를 선택해도 무방하지만 어쨌든 우발적인 것, 다른 곳에 있는 더 거대한 실재에 의존하는 것으로 본다면 삶은 전만큼 귀중하진 않지만 동시에 더 진지한 것이 된다. 종교가 빠져나가 버린 후, 이토록 짧은 시간이 우리가 가진 전부임을 대체적으로 인정하게 되는 세계의 영역들이 있다. 이 영역들은 전반적으로 대성당의 종소리를 듣거나 회교 사원 탑에서 시간을 알리는 사람을 보면 아직도 고개를 홱 돌리는 세계보다 더 진지한 곳이다. 전반적으로 볼 때 지금 이 세계의 사람들은 부산한 물질주의에 굴복한다. 비록 인간이라는 기발한 동물은 종교와 부산한 물질주의가 공존하는 (심지어는 문명이 토해낸 결과가 종교라고까지 보는) 문명을 세우는 능력이 출중하지만, 미국을 보라.

"그래서 어쩌라고." 당신은 이렇게 답할지도 모른다. 중요한 건 무엇이 진실이냐는 것이다. 당신은 진지함이라는 미명하에 행해지는 헛소리에 절을 하고 사제의 변덕에 맞춰 자신의 삶을 왜곡하고 싶은가? 아니면 진실과 자유를 기치로, 난쟁이 신세나마 온전히 자라서 당신의 모든 사소한 바람과 욕구를 채우고 싶은가? 이렇게 말하면 잘못된 이분법인가?

내 친구 J는 몇 달 전 나와 함께 간 콘서트에서 들은 음악이 하이든의 미사곡이었다고 기억한다. 이후 대화를 나누다가 내가 그 점을 넌지시 암시하자 그는 현자 같은 미소를 짓는다. 그래서 내 차례가 되어서 그에게 묻는다.

"그 음악을 들으면서 우리의 '부활하신 예수'를 몇 번이나 생각했어?"

"그분이야 낮밤 가리지 않고 생각하는데."

J가 대답한다. 그가 더없이 진지한 건지 더없이 까부는 건지 알 수 없는 나는, 내 기억에 어른이 된 친구 누구에게도 물어본 적이 없었던 듯한 질문을 던진다.

"너는 (어느 정도까지) 종교적인 거야?"

그와 알고 지낸 지 30년이 되었으니, 이런 건 확실히 해두는 게 최상이다. 그는 한참을, 나지막하게 낄낄대다 말한다.

"난 종교적이지 않아."

그러더니 정정한다.

"다시, 난 전혀 종교적이지 않아."

†

몽테뉴는 "종교의 가장 확실한 토대는 삶에 대한 경멸이다"
라고 말했다. 잠시 빌려 사는 이 세계를 낮게 평가하는 것은,
기독교도에게는 논리적이며 실로 본질적인 것이었다. 현세에
의 과도한 애착(말고도 죽지 않는 몇몇 육생의 형태를 욕망하는
것까지)은 신에 대한 무례였을 것이다. 영국의 몽테뉴라고 할
수 있는 토마스 브라운 경*은 이렇게 썼다.

"이교도에게도 삶을 사랑하게 될 동기들이 있겠지만, 기독
교도에겐 죽음을 외경하는 (즉, 두려워하는) 동기들이 있다. 기
독교도가 이런 딜레마를 어떻게 피할 수 있는지 나는 알지 못
한다. 그는 현세를 지나치게 잘 알고 있거나, 내생에 대한 희
망이 없을 텐데."

이런 이유로 브라운 경은 죽음을 경멸하는 모두를 찬미
한다.

"나는 죽음을 두려워하는 누구도 깊이 사랑할 수는 없을 것
이다. 이로써 나는 자연스럽게 군인을 사랑하며, 병장의 명령

---

* Sir. Thomas Browne(1605~1682). 영국의 의사이자 저술가로 신앙인의 입장에서 과학과
종교의 대립에 관한 글을 썼다.

에 기꺼이 죽을, 누더기를 걸친 연대를 존경한다."

브라운 경은 다음과 같은 점도 언급한다.

"죽음을 두려워하는 것은 우울의 한 징후이지만, 때로 죽음을 욕망하는 징후이기도 하다."

라킨은 또 한 번 죽음에 대한 두려움을 우울한 정서로 완벽하게 규정한다.

"이곳에 없게 될 것이다 / 어디에도 없게 될 것이다 / 그리고 얼마 안 있어 / 더는 무서울 것도, 더는 진실할 것도 / 없게 될 것이다."

그리고 다른 어디선가 브라운 경의 말을 확증하는 듯한 글귀를 읽은 적이 있다.

"이 모든 것의 기저에, 망각하길 바라는 마음이 깔려 있다."

처음에 이 글줄을 읽고 당혹했었다. 나 자신도 확실히 우울한 성향이라서, 삶이란 시간을 보내는 행위를 과대평가한 것이라고 깨닫곤 하지만, 더는 나 자신으로 살고 싶지 않았던 적도, 망각하길 바란 적도 결코 없었다. 나는 삶이 무가치하다고 철두철미하게 확신하는 편은 아니라서 새 소설이 성공할 가능성이나, 새로 알게 된 친구(혹은 오래전의 소설이나 오래된 친구)나 축구 중계방송(이나 예전 경기의 재방송)이 다시 한번 내 흥을 돋우는 일은 없을 것이다. 나는 기독교도가 아니라는 점을

웃으면서 죽음을 이야기하는 방법

제외하면, 브라운 경이 말한 불만족스러운 기독교도(현세에 대해 지나치게 잘 알고 있거나, 내생에 대한 희망이 없는 이)다.

†

어쩌면 종교인과 비종교인의 차이는 죽음을 두려워하는 사람과 두려워하지 않는 사람의 차이만큼 중요한 건 아닐지도 모른다. 그런 의미에서 우리 모두 네 가지 범주의 하나에 해당된다. 그리고 확실한 건 그중 두 개의 범주 속 사람들이 자기가 우월하다고 여긴다는 것이다. 바로 믿기 때문에 죽음을 두려워하지 않는 사람들의 범주와, 믿지 않음에도 죽음을 두려워하지 않는 사람들의 범주다. 이 두 범주는 도덕적 우위를 차지한다. 세 번째는 믿음이 있음에도 해묵은, 본능적이고도 합리적인 두려움을 떨쳐버리지 못하는 사람들의 범주다. 마지막으로, 메달권 밖에서도 말석을 차지하고 궁지에 몰려 있는 우리들, 죽음이 두려운데 믿음도 없는 사람들의 범주다.

나는 아버지가 죽음을 두려워했다고 장담하며, 어머니는 그러지 않았을 거라고 자못 확신한다. 어머니는 무력함과 예속을 더 두려워했다. 그리고 아버지가 죽음을 두려워하는 불가지론자이고 어머니는 두려움을 모르는 무신론자라면, 이 차이점은 그들 슬하의 두 아들에게 복제되었다. 형과 나는 둘 다 예순을 넘겼고, 나는 아주 최근에야 형에게 (몇 페이지 전에 나오듯) 죽음에 대한 생각을 물었다. 형이 "현상 그대로에 꽤 만족하는 편이거든"이라고 대답했을 때, 그 말은 자신이 절멸할 것에 적이 만족한다는 뜻이었을까? 그리고 철학에 몰두한 덕분에 인생의 단명성과, 그에게는, 말하자면 향후 30년 내에 찾아올 피할 수 없는 종말과 화해했다는 의미일까?

"아주 후하게 쳐서 30년이고." 형은 말한다. (실상 나는 형을 위한 것 못지않게 나 자신을 위해서 그 기간을 더 부풀렸었다.) "내 예상으론 향후 15년 내로 죽을 것 같은데. 그리고 그 사실과 화해했냐고? 내 집 창문으로 보이는 멋진 서어나무가 15년 내로 쓰러져 썩을 거라는 사실과 화해했냐고? 화해가 '모 쥬스트'*는 아닌 것 같은데. 앞으로 일어날 일이라는 것, 내가 달리 할 수 있는 건 없다는 것도 알아. 쌍수를 들어 환영하는 건 아니지만 그렇다고 걱정하지도 않아. 또 그보다 더 환영할 만한 게 뭔지 잘 상상이 안 돼. (성자와 함께 누리는 영생 비스무리한 건 확실히 아니겠지? 그만큼 매력 없는 게 또 있을까?)"

형과 나는 (같은 배에서 나고 같은 학교와 대학을 다녔으면서도) 어쩌면 이렇게 순식간에 의견차를 보이는 것인지. 그리고

---

* mot juste. 프랑스어로 '상황에 딱 맞는 말'이라는 뜻.

웃으면서 죽음을 이야기하는 방법

형이 피할 수 없는 죽음을 논하는 방식이 (두 가지 의미에서) 철학적이긴 해도, 그리고 서어나무를 빗대서 자신의 궁극적인 소멸과 거리를 두고 있어도, 그런 차이를 낳은 것이 그의 삶이 철학의 안에 있고 또 함께하기 때문이라는 생각은 들지 않는다. 오히려 형이나 나나 처음부터 이랬기 때문에 이런 문제들에 대해서도 우리 그대로의 모습을 보여주는 거라고 생각한다. 물론, 기분까지 그런 건 아니다.

당신은 세계 속으로 들어가고 주위를 둘러보고 어떤 추론을 내리고 과거의 헛짓거리에서 스스로 벗어나고 배우고 생각하고 관찰하고 결론을 내린다. 자신의 힘과 자주성을 믿으며, 성취한 대로의 존재가 된다. 그렇게 수십 년을 거치면서 내가 죽음에 대해 갖게 된 두려움은 나의 본질적인 일부가 되었으니, 상상을 발동한 결과라고 말하련다. 반면에 형에겐 죽음의 시선과 거리를 두는 태도가 그의 본질적 일부일 텐데, 그는 논리적 사유를 발동한 결과라고 말할지도 모른다. 그러나 다만 나는 아버지 때문에, 형은 어머니 때문에 이런 건지도 모른다. 유전자를 물려주서서 고마워요, 아버지.

"나는 (소멸보다) 더 환영할 만한 게 하나라도 있는지 도통 상상이 안 돼."

형은 이렇게 말하지만 과연? 나는 (형의 계산으론) 15년 내에, (아니면 형제애에서 우러난 나의 배려에 따라) 30년 내에 철저히 말소되는 것보다 더 환영할 만한 것을 얼마든지 상상할 수 있다. 우선 서어나무보다는 더 오래 사는 게 어떨까? 살 만큼 살았다는 생각에 죽고자 할 때 죽을 수 있는 선택권을 누리는 건 어떨까? 200년, 300년 살다가 자신이 택한 시점에 '아, 갈 거면 빨리 가든가'라고 안락한 죽음을 스스로에게 선고할 수 있다면? 위대한 철학자들이나 위대한 소설가들과 대화하며 보내는 영원한 유사 삶을 상상하는 건 어떨까? 아니면 모종의 환생(불교와 「그라운드호그 데이」)*의 합작을 누리게 되어서, 한 번 살았던 삶을 다시 살게 되고, 자신의 인생이 처음에 어떻게 풀렸는지를 알지만, 그것은 연습이었으니 수정할 수 있다고 상상하는 건 어떨까?

다시 살아볼 수 있고 또 다르게 살 수 있는 권리. 다음 생이 있다면 나는 형이 주장하는 우표 수집의 장자상속제에 반기를 들어 '기타 세계'와 차원이 다른 것을 수집할지도 모른다. 유대교도가 될 수도 있을 것이다. (아니면 유대교도가 되려고 노력하거나, 유대교도라고 허풍을 떨거나.) 더 젊을 때 집을 떠나, 외

---

* Gronndhog Day. 미국의 명절인 성촉절(2월 2일)을 의미하나, 같은 날을 계속 반복해 살게 된 남자를 주인공으로 한 동명의 영화를 의미하기도 한다. 여기선 '후자'로 해석했다. 국내에서는 '사랑의 블랙홀'이란 제목으로 알려져 있다.

국에서 살고, 자식을 낳고, 책은 쓰지 않고, 서어나무를 심고, 이상향을 꿈꾸는 공동체의 일원이 되고, 엉뚱한 사람들(아니면, 적어도 전생과는 다른 부류의 엉뚱한 사람들)과 자고, 약물중독자가 되고, 신을 찾고, 아무것도 하지 않거나. 새로운 종류의 실망감과 맞닥뜨릴 수도 있다.

할아버지가 인생에서 가장 괴로운 감정은 회한이라 말했다고 어머니에게서 들은 적이 있다. 그는 어떤 일을 두고 그런 말을 했던 걸까? 물어보니 어머니는 모른다면서, 할아버지는 철저할 정도로 정직했다고 말했다. (터져버린 푸프는 없었다는 뜻이다.) 그래서 (할아버지에게선 좀처럼 듣기 힘든) 이 말은 결국 영영 답을 들을 수 없게 되었다. 내 경우에 회한의 감정에 시달리는 법은 거의 없다. 비록 한창 싹트는 중이며, 그 와중에 회한과 한패인 후회, 자책감, 실패의 기억으로 임시변통하고 있는지도 모르지만. 그러나 지침이 없는, 그래서 지침으로 이끌 수도 없는 삶들에 대한 나의 호기심은 점차 커져가고 있으며 회한은 현재 제 그림자 속에 숨어 있는지도 모른다.

†

아서 케스틀러*는 자살하기 전에 남긴 짧은 편지에서 "몰개성적인 내세에 다소 소심한 희망을 품고"라고 피력했다. 그런 바람은 놀라울 것 없지만(케스틀러는 말년의 상당 기간을 초심리학에 매진했었다), 내게는 전혀 매력적으로 다가오지 않는다. (주중 사교 모임에서 얻는 통상적인 즐거움은 물론 차치하고라도) 주중의 친목 행사에 지나지 않는 종교에서 취지를 찾아보기 힘든 것과 다르지 않다.

그와 반대로 정확히 어떻게 살아야 할지, 어떤 게 모든 것을 물들이고 더럽히는지, 어떤 게 진지한 것인지 말해주는 종교라면, 나는 앞으로 가게 될 (그러니까, 나에게 주어진다면) 내세가 앞서 겪은 지상의 삶보다는 좀 개선된 것(가급적 실속 있는 것)이기를 바라겠지. 나로선 끈적거리는 분자들이 다시 섞인 속을 반의식 중에 헤매는 정도만 상상할 수 있을 뿐이지만, 이런 상태가 완전한 소멸보다 조금이라도 유리하다는 생각은 들지 않는다. 한데 소심하게라도 그런 상태를 바라는 까닭은 무엇인가?

이런, 애야, 지금 얘기하는 건 네가 바라 마지않을 상태가 아니라 진실로 밝혀지게 될 상태에 관한 거란다. 이를 주제로 아

---

* Arthur Koestler(1905~1983). 헝가리에서 태어난 영국의 소설가이자 언론인.

웃으면서 죽음을 이야기하는 방법

이작 바셰비스 싱어*와 에드먼드 윌슨**이 중대한 대화를 나눈 바 있다. 싱어는 사후에도 어떤 형태의 생존이 있음을 믿는다고 윌슨에게 말했다. 이에 윌슨은 그 자신에 국한하면 생존하고 싶지 않다면서, 말씀만은 고맙다고 답했다. 싱어는 이에 이렇게 답변했다.

"생존이 정해진 일이라면, 그에 대해 당신이 선택할 여지는 없을 겁니다."

부활한 무신론자가 화가 나 펄펄 뛰는 모습이라…… 놓치기 아까운 구경거리일 것이다. 이 주제로 이야기를 하다 보니, 성자들과 어울리면 정말 재미있겠다는 생각이 든다. 많은 성자들이 손에 땀을 쥐는 (암살을 가까스로 피했고, 압제자에 맞섰고, 중세 시대 길모퉁이에서 설교했고, 고문을 당했던) 삶을 살았고, 몸을 사린 경우에도 양봉, 라벤더 재배, 움브리아*** 조류학 등등에 관해 조언을 할 수 있었다. 돔 페리뇽****이 수도사였던 것을 보면 알 만하지 않나. 당신은 그보다 더 폭넓은 사교적 만남을 바랐을지도 모르지만, 만약 내세가 '정해진 것'이라면, 그때

---

* Isaac Bashevis Singer(1904~1991). 이디시어로 작품을 쓴 미국의 작가.
** Edmund Wilson(1895~1972). 미국의 문예비평가.
*** 이탈리아 중부의 현.
**** 샴페인을 최초로 만들었다고 전해지는 베네딕트회 수도사 피에르 페리뇽(Pierre Pérignon).

성자들은 당신의 예상보다 더 오랫동안 버티게 도와줄 것이다.

형은 절멸을 두려워하지 않는다.

"난 확신을 가지고 두렵지 않다고 말하는 거야, 그런 두려움을 느끼는 게 비이성적이라서만이 아니야. (미안, 잠깐 한마디만. 비이성적이라고 했어? 비이성적이라고? 이봐, 그건 이 세상에서 가장 이성적인 생각이라고! 이성이 이성의 종말을 비이성적으로 혐오하고 두려워하는 게 가능해?)

살면서 지금까지 '이렇게 죽는구나' 하고 확신했던 적이 세 번이야. (세 번째엔 소생실에서 의식을 회복했지.) 그리고 매번 감정적으로 대응했어. (한번은 그런 지경에 나 자신을 몰아넣은 것을 못 견디겠어서 이글이글 타오르는 분노를 느꼈고, 한 번은 처리해야 할 일을 엉망으로 해놓고 떠난다는 생각에 짜증 섞인 수치심을 느꼈지.) 하지만 두려움은 단 한 번도 느낀 적이 없어."

그는 임종 때 할 말까지 연습해 둔 터였다.

"가장 최근에 죽을 뻔했을 때, 내가 마지막으로 한 말은 '잊지 말고 베커*의 아리스토텔레스 전집은 벤에게 줘'였어."

그리고 형수가 이 말을 '좀 모자란 감이 있는 애정 표현'으로 생각했다는 말도 덧붙였다.

---

* August Immanuel Bekker(1785~1871). 독일의 학자로 1831년에 최초로 아리스토텔레스의 저서들을 전집 형태로 구성했다.

웃으면서 죽음을 이야기하는 방법

그는 요새 들어 예전보다 죽음에 대해 더 많이 생각하는데 '옛 친구들과 동료들이 하나둘 죽는 것과 어느 정도 관련이 있음'을 시인한다. 그는 일주일에 한 번 침착하게 죽음을 생각한다. 반면에 나는 몇 년의 시간을 들여 고투의 나날을 보냈으며 힘겨운 임무를 완수했고 그렇게 내게는 버거운 짐을 짊어졌건만 원숙미도 철학도 얻지 못했다. 죽음을 인식하는 데 도움이 되는 몇 가지 주장을 마련해 볼 수는 있겠지만 설득력이 있을지는 자신이 없다.

내가 죽음에 맞섰다고 해서 (아니, 이 말은 너무 능동적이고, 너무 영웅연하게 들린다. 수동적인 어법이 더 낫다. 내가 죽음과 맞닥뜨렸다고 해서) 죽음과 더 좋게 화해한 적도 없을 뿐더러, 더 현명해지거나 더 진지해지지 않았고 그 밖에도…… 무엇 하나 실제로 나아진 건 없다. 절멸을 상시적으로 인식해야만 삶의 참맛을 누릴 수 있다고 주장해 볼 수는 있다. 풍미를 살리려면 레몬즙을 짜 넣어야 하고, 소금을 한 자밤 뿌려야 한다. 그런데 죽음을 부정하거나 (혹은 신을 믿는) 내 친구들이 꽃다발, 예술 작품, 와인 한 잔의 참맛을 나만큼 알진 못한다고 진심으로 생각하느냐고? 천만에.

한편으로 이는 단순히 본능적인 감정의 문제가 아니다. 이는 (살을 찔러대는 막대기에서 정신이 아뜩해지는 공포까지, 낯선 호텔방에서 울려대는 무정한 자명종 소리부터 도시 곳곳에서 귀를 찢을 듯 울려대는 경적까지) 어떤 표명인지도 모른다. 그럼에도 나는 내가 이성적인 (그렇다, 난 이성적이다) 두려움에 시달린다고 반복해 말하고 우기겠다. 가장 먼저 알려진 '죽음의 춤'*은 1425년 파리 '아기들의 무덤' 벽에 그려져 있는데, 거기엔 '오 이성적인 존재여 / 영생을 바라는 존재여(O créature roysonnable / Qui desires vie eternelle)'로 시작하는 글귀가 적혀 있다. 이성적인 두려움. 내 친구이자 소설가인 브라이언 무어는 옛날 예수회가 인간에 대해 규정한 '존재할 정당한 이유가 결여된 존재un être sans raisonnable raison d'être'라는 말을 즐겨 인용한다.

죽음의 인식이 내가 작가라는 것과 연관이 있을까? 어쩌면 그럴지도. 그러나 정말 그렇다면 나는 굳이 알고 싶지도 않고 조사할 생각도 없다. 한 코미디언이 수년간 정신 치료를 받은 끝에 자신이 웃겨야 할 근거를 마침내 이해하게 된 사례가 기억난다. 그는 이해한 뒤에 그 일을 그만두었다. 난 그런 위험을 감수할 생각은 없다. 그래도 '당신이라면 어떻게 할까?'라는 선택의 상황은 상상해 볼 수 있다.

---

* 중세 시대 교훈극, 회화, 조각 등에서 등장하는 보편적인 테마로, 해골이 춤추는 광경을 표현했다.

웃으면서 죽음을 이야기하는 방법

"반스 선생님, 본 의료진은 선생의 상태를 진찰한 결과, 선생이 죽음을 두려워하는 감정이 작가로서의 선생의 습성과 긴밀한 연관이 있다는 결론을 내리게 되었습니다. 선생과 같은 작가에 관해 말하면, 그 습성은 죽음의 숙명성에 대한 사소한 대응에 지나지 않는 것입니다. 선생은 허구를 지어내기 때문에 물리적으로 사망한 후에도 선생의 이름, 또 선생의 개성 중에서도 규명하기 힘든 어떤 지분은 계속 명맥을 유지할 것이고, 그럴 거라는 기대가 선생에게는 위안이 될 겁니다. 그리고 죽기 전에, 아니 얼마 안 가 잊힌다 해도 무리가 아니라는 것, 모든 작가가 결국 잊히기 마련이고, 전 인류가 마찬가지임을 선생이 지성적으로 납득했다 해도 선생이 작가로서 살아온 건 뜻깊은 일일 것입니다. 선생에게 글쓰기가 이성에 대한 본능적 대응인지, 아니면 본능에 대한 이성적 대응인지 우리로선 알 수 없습니다. 그래도 선생이 고려해 볼 만한 방법을 제시하고자 합니다. 우리는 최근에 죽음에 대한 두려움을 제거하는 신개념 뇌 수술법을 고안했습니다. 절차가 간단해서 전신마취를 할 필요도 없습니다. 실제로, 환자는 화면을 통해 자신의 수술 과정을 지켜볼 수도 있습니다. 여기 이 불처럼 보이는 주황색 점을 계속 쳐다보면 점차 색깔이 옅어집니다. 물론 이 수술을 받고 나면 글쓰기에 대한 욕망까지 제거된다는 것을 발견하게 되지만, 선생이 아는 다른 많은 작가들은 이 치료법을 택한 후 더할 나위 없이 호전되었습니다. 사회에서도 작가들이 줄어들었다고 불만을 표한 일은 거의 없는 편이었고요."

당연하지만, 생각을 좀 해봐야 할 것 같다. 이전 출간 목록만으로 앞으로 계속 버틸 수 있을까 싶고, 다음번 구상이 내가 상상하는 것만큼 정말로 좋을지도 의문이다. 하지만 내가 거절하게 되길 바란다. 아니면 적어도 협상을 해서, 그들이 지금보다 더 많은 선택 사항을 추가하면 좋겠다.

"죽음에 대한 두려움 말고 죽음 자체를 제거하는 건 어때요? 그러면 대단히 구미가 당길 텐데 말이죠. 당신들이 죽음을 제거하면 난 글쓰기를 포기할게요. 그렇게 거래하는 게 어때요?"

✝

형과 나는 몇 가지 공통점을 물려받았다. 우리의 귀 네 개 사이엔 세 개의 보청기가 돋아나 있다. 나는 왼쪽 귀가 들리지 않는다. 쥘 르나르는 1892년 7월 25일자 『일기』에 이렇게 썼다.

"그는 왼쪽 귀가 먹었다. 심장 있는 쪽이 들리지 않는다."

(개자식!) 이비인후과 전문의가 내 상태를 진단했을 때, 나는 의사에게 만에 하나 내가 잘못해서 그렇게 된 거냐고 물었다.

"메니에르 병*은 자기가 잘못한다고 해서 생기는 게 아니에요." 그가 답했다. "유전병이거든요."

"아, 다행이네요." 나는 말했다. "부모님 탓할 거리가 생겼네요."

설마 부모 탓을 할까. 그들은 어디까지나 유전상 의무대로 자신들이 물려받았던 것, 온갖 해묵은 것들, 점액과 늪과 동굴을 거쳐 진화한 것들을 전수하고 있었을 뿐인데. 그 과정이 없었다면 툴툴거리는 나 자신은 존재할 수조차 없었을 것이다.

선천적으로 기능 불량인 귀에서 몇 인치 떨어진 내 두개골 속에는 죽음에 대한 두려움이 자리 잡고 있고, 내 형의 두개골 속에는 빈자리만 있다. 그 부근 어딘가 종교가, 혹은 그 빈자리가 있으려나?

1987년 미국의 한 신경과학자가 뇌 속에서 모종의 불안정한 전기가 종교적 감정들을 유발하는 정확한 위치를 찾아냈다고 주장했다. 이른바 '신의 지점God spot'이었으니 색다른, 훨씬 더 강력한 형태의 G-스팟이라 할 수 있겠다. 이 연구자는 한 걸음 더 나아가 최근에 '신의 헬멧God helmet'을 고안했는데, 약

* 현기증, 청력 저하, 이명 등의 증상이 동시에 발현되는 질병.

한 자기장으로 측두엽을 자극해 종교적 상태로 유도해 낸다고 한다. 그는 용감무쌍하게도 (아니면 저돌적인 건가?) 지구상에서 줏대 세기로 둘째가라면 서러워할 사람을 대상으로 이를 시험했으니 바로 리처드 도킨스*였고, 예상대로 도킨스는 '어디에나 계시는 존재'의 빛은 단 한 번도 깜빡이지 않았다고 통보했다.

다른 조사자들은 '신의 지점'은 어디에서도 찾을 수 없다고 믿는다. 한 실험에서, 카르멜회** 수녀 열다섯 명에게 각자 가장 심오했던 신비 체험을 기억하는지 물었다. 정밀 검사 결과 그들의 뇌 속에서 적어도 각기 다른 열두 지점에서 전기 활동과 혈중 산소 수준이 급증했다. 그렇다 하더라도 신경역학은 결코 신을 찾아내지도, 입증하지도 (논박하지도) 못할 것이며, 신을 믿는 인류에 대한 근원적인 사유를 확립할 수도 없을 것이다. 이는 진화심리학이 종교의 적응력이 유용함을 개인과 단체에게 펼쳐 보일 때 가능할지도 모른다. 그러나 그렇게 한다고 신, 그 위대한 탈출곡예사가 눈이나 깜짝할까? 방심해선 안 된다. 그는 그간 150여 년 동안 자행해 왔듯, 이 우주에서 정밀 검사가 불가능한 곳으로 전술상 후퇴를 감행할 것이다.

---

* Clinton Richard Dawkins(1941~). 『이기적 유전자』 등을 집필한 영국의 진화생물학자.
** 가톨릭 수도회의 하나로 12세기에 팔레스티나의 카르멜 산 수도원에서 시작되었다.

웃으면서 죽음을 이야기하는 방법

"신을 이해할 수 없다는 사실이야말로 신의 존재를 가장 강력하게 뒷받침하는 주장일 것이다."

형과 나의 차이. 내가 한창 청소년다운 감수성이 예민했던 시기에, 부모의 한 친구가 내가 있는 앞에서 아버지에게 두 아들 중 누가 더 똑똑하냐고 물었다. 아버지는 (온화하고 아량이 깊은) 눈으로 나를 보며 신중하게 답했다.

"조나단이 더 똑똑하지 싶은데. 줄리언은 좀 더 팔방미인이랄까. 네 생각도 그렇지, 주?*"

나로선 부득이하게 그 판단의 공모자가 되어야 할 판이었다(어쨌거나 동의했겠지만). 하지만 그 말이 완곡어법이라는 것 또한 알아차렸다. 기타 세계, 저음부, 팔방미인. 흥.

형제간의 차이점이라면 나는 어머니가 관찰한 쪽이 더 마음에 들었다.

"쟤네들이 어렸을 때, 내가 아프면 줄리언은 슬그머니 침대로 기어 들어와 내 옆에 누웠어. 쟤 형은 나한테 차를 한 잔 갖다줬고."

어머니가 말해준 차이점이 하나 더 있다. 형이 바지에 똥을 싼 적이 있었는데 "다시는 안 그럴게요"라고 말한 후 실제로

* 줄리언의 애칭.

Nothing to be frightened of

다시는 그런 일이 없었단다. 반면에 나는 젖먹이 시절 배변 조절에 실패한 후 마루청의 갈라진 틈새에 신이 나서 똥을 바르고 있었더란다. 그러나 내가 가장 좋아하는 차이점은, 그보다 훨씬 더 훗날 어머니의 삶에서 일어났다. 그즈음 당신의 두 아들은 각자 다른 분야에 정착해 있었다. 어머니는 그런 두 아들에 대한 뿌듯함을 이렇게 표현했다.

"한 아들은 내가 읽어도 이해할 수 없는 책을 쓰고, 다른 아들은 내가 이해는 하지만 읽을 수 없는 책을 써."

형과 나의 서로 달랐던 기질을 돌이켜 생각할 때마다 나는 출산 시의 세부적 정황에서 그 원인을 찾곤 했다. 형을 낳은 후 어머니는 연쇄구균에 감염되는 바람에 모유를 먹일 수 없었다. 그래서 어머니는 1942년 전시의 영국에서 구할 수 있었던 병에 든 귀리죽을 먹여 형을 키웠다. 나는 의학적 합병증이 없었던 1946년에 태어났기 때문에 어머니가 모유 수유를 했으리라고 확신한다. 형제간에 경쟁하는 분위기가 되면, 나는 이런 본질적인 사실에 기댔었다. 형은 똑똑했고 얼음처럼 차갑기 그지없는 지성과 실리에 따라 행동하며 똥을 잘 참고 차를 갖다주는 아이였다. 나는 팔방미인에 살갑게 다가들고 똥칠을 하는 아이였고 감정에 치우치는 성격이었다. 형은 대영제국을 차지한 것처럼 두뇌를 차지했다. 나는 세상의 그 많은

웃으면서 죽음을 이야기하는 방법

다양한 자질 가운데 '기타 세계'를 점했다. 이게 궁상맞은 환원주의란 점을 부정할 생각은 없다. 그리고 평론가들과 해설자들이 이와 비슷한 해석을 예술에 적용할 때마다 (엘 그레코*를 난시의 한 사례로, 슈만의 악보를 광기에 이르는 기호로 단순화할 때마다) 나는 극도로 짜증이 났었다. 그러나 이런 환원론이 필요하다 싶을 땐 기꺼이 나 자신에게 적용했다. 감정적인 내 인생을 지켜본 사람들이 내가 기타 세계를 수집한다는 의미가 노르웨이와 페로스 제도의 희귀한 소인만 취급할 정도로 특별하고 대단한 게 아니라는 결론을 내렸을지도 모르는 때에.

✝

죽음에 대한 두려움은 신에 대한 두려움을 갈음한다. 그러나 신에 대한 두려움(인생의 위험 요소와 기원이 밝혀지지 않은 천둥 벼락에 속수무책인 우리의 성정을 고려해 보건대, 전적으로 분별 있는 초창기의 신조)은 최소한 타협의 여지를 남겨두었다. 우리는 신에게 얘기해 '복수의 화신'의 자리에서 내려와 '무한히 자비로운 신'으로 브랜드 이미지를 쇄신케 했다. 성서에도 구약이 있고 신약이 있으며, 노동당에도 구 노동당과 신 노동

---

* El Greco(1541~1614). 그리스 태생의 에스파냐 화가로 그의 작품 속 색채 감각은 그를 시각 장애인으로 오인받게 하는 요인이 되었다.

당이 있듯이, 옛날 신을 새로운 신으로 바꾸었다. 우리는 그의 우상을 지렛대로 떠내서, 경주마들에 싣고 보다 화창한 곳으로 끌고 갔다.

죽음에 대해선 이렇게 할 수가 없다. 죽음에게 있던 자리에서 내려오라고 하거나 다른 용도로 활용할 수가 없다. 죽음은 협상 테이블로 오라는 제안을 일언지하에 거절할 것이다. 죽음은 불타는 복수심이나 자비의 탈은 물론, '무한히 무정한 존재'의 탈조차 쓸 필요가 없다. 죽음은 무례에도, 불만에도, 겸양에도 움직이는 법이 없다. "죽음은 예술가가 아니다." 덧붙여 예술가라 주장하지도 않을 것이다. 예술가는 믿을 수 없다. 반면에 죽음은 절대로 실망시키는 법 없이 연중무휴로 대기 중이며, 즐거이 여덟 시간 교대제 연속 근무에 임한다. 죽음이 주식시장에 상장되어 살 수 있다면 누구나 살 것이다. 도박이라면 승산이 아무리 희박하다 해도 죽음에 판돈을 걸 것이다.

형과 내가 성장기일 때 바바라 무어 박사라는 그리 유명하지 않은 명사가 있었다. 장거리 경보 선수였고, 자신이 자연과 맞서 싸워 이길 수 있다고 생각하며 선전해대던 채식주의자이기도 했다. 한번은 신문 인터뷰에서, 다소 야심만만한 태도로 자신은 백 살에 아이를 낳고 백오십 살까지 살 거라고 말한 적도 있었다. 정작 그녀는 그 반도 살지 못했다. 그녀는 일흔세 살에 죽었는데, 노심초사한 마권업자 손에 죽었다거나 한 것도 아니었다. 기묘하게도, 그녀는 죽음의 직무를 받아들였으니 절식 끝에 사멸했다. 그날은 죽음과 삶을 맞바꾸기엔 화창한 날이었다.

도덕적으로 우월한 (신도 없고, 두려움도 없는) 제1범주의 무신론자들은 신이 없다는 이유로 우리가 우주에 대해 느끼는 경외감이 줄어드는 일은 절대로 없어야 한다고 즐겨 말한다. 신이 특별히 우리를 위해서 우주를 펼쳐놓은 거라고 상상했을 때, 눈송이의 조화로움과 시계꽃의 복잡하게 암시적인 모양새부터 일식의 장쾌한 쇼맨십에 이르기까지, 모든 것이 기적적이면서 사용자 친화적으로 보였을 수도 있다.

그러나 설령 모든 것이 '주동자'가 없는데도 여전히 움직인다 한들, 어째서 우주가 예전만큼 경이롭거나 아름다워선 안된단 말인가? 어째서 우리는 일일이 알려줄 선생이 필요한 어린애여야 하는가? 신이 텔레비전에 출연한 야생동물 전문가의 우월한 버전도 아닌데. 예컨대 남극펭귄은 다윈 이전에도 이후에도 변함없이 당당하면서 우스꽝스럽고, 우아하면서 어쭙잖다. 철 좀 들자. 그리고 이중나선 구조의 매력을, 어둠에 잠긴 먼 우주 공간에서 가물거리는 빛을, 무한히 적응하는 것으로 진화의 법칙을 증명하는 깃털을, 그리고 인간 두뇌의 충만한, 포착하기 힘든 구조를 함께 검토해 보자. 그런 것들에 경탄하는 데 굳이 신의 힘을 빌려야 하나?

그럴 필요 없다. 아무렴. 그럼에도 외계가 무無에서 오는 것이라면, 모든 것이 누구도 정한 적 없는 프로그램에 따라 기계적으로 펼쳐지고 있다면, 그리고 우리가 외계를 인식하는 건 다만 생화학적 활동상의 극미한 찰나들, 시냅스 몇 개가 찰칵대고 딱딱거리는 것에 지나지 않는다면 그때 이 경이의 감각은 어떤 상태에 이르는 것일까? 우리는 그 문제에 좀 더 의혹을 품어야 하지 않을까? 당연하지만 쇠똥구리도 자기가 굴리는 거대한 쇠똥 공에 경이로워하는 근본적인 감각을 갖고 있다. 우리가 경탄하는 건 그보다 상등의 감각에 지나지 않는 것일까? 아마도, 라고 제1범주의 무신론자는 답할지 모르지만 적어도 그 근거는 기정사실을 알고 있다는 데 있다. 멜론 껍질의 줄무늬가 신이 손수 세공한 것이라고 주장하며 '질척한' 환상을 품었던 루소의 제자와 비교해 보라. 전능한 신이 유모처럼 당신의 자녀들을 위해 공정하고 균일한 비율로 과일에 표시를 한다고? 당신은 그런 말도 안 되는 생각으로, 미식가의 궁상맞은 허위로 되돌아가고 싶은가? 진실을 포착하는 당신의 감각은 어디 간 건가?

아직 버티고 있기를 바란다. 그래도 (어디까지나 흥미 차원에

웃으면서 죽음을 이야기하는 방법

서) 무신론자가 우주에 대해 느끼는 경이의 감각을 정량화할 때 과연 유신론자 못지않게 엄청날지 그 여부를 알 수 있다면 도움이 될 텐데. 그런 감각들을 (지금은 안 된다면, 조만간이라도) 계량하지 못할 이유가 없다. 우리는 여자와 남자가 오르가슴을 느끼는 동안 (경쟁심이 강한 놈들에겐 나쁜 소식이겠지만) 불붙는 시냅스의 개수로 비교할 수 있다. 그렇다면 비슷한 테스트를 해보지 말란 법 있나?

시계꽃이 예수의 고통을 형상화한다고, 그래서 나뭇잎은 창을, 다섯 개의 꽃밥은 다섯 개의 상처를, 덩굴손은 채찍을, 씨방 줄기는 십자가 기둥을, 수술은 쇠망치를, 세 개의 암술대는 세 개의 못을, 꽃 속의 다육질 실들은 가시면류관을, 꽃받침은 후광을, 하얀 색조는 순수를, 파란 색조는 천국을 상징한다고 아직까지도 믿고 있는 은자를 찾아보라. 그 수도사는 시계꽃이 정확히 사흘 동안 꽃을 피우는데 하루가 예수의 사역에서 1년을 상징한다고도 믿을 것이다. 그와 텔레비전에 나오는 식물학자 한 명을 나란히 앉혀놓고 전선을 연결한 후 누가 더 많은 시냅스를 불태우는지 보자. 그리고 전선 장비를 콘서트홀까지 가져가서 '신앙심 희박한' 내 친구 J에게 연결하고 또 그에 견주어 하이든의 미사곡이 위대한 음악작품, 혹은 영원한 진실을 남김없이 표현한 작품이라며 경청할 한 종교인에게 연결해 보자. 그러면 우리는 눈으로 확인하고 측정할 수 있을 것이다. 종교예술에서 종교를 분리하고 우주에서 신을 분리할 때 어떤 일이 일어나는지를.

오로지 신의 수공예품이 아니라는 이유로 과학 법칙의 아름다움에 훨씬 더 열광하는 냉정한 정신의 소유자들에게 이는 상당히 절박한 문제일 수도 있다. 하지만 이 말이 혹여 노스탤지어처럼 들린다면, 그때 그건 나로선 금시초문의 것(인정하건대, 더 유독한 종류의 것)에 대한 노스탤지어다. 어쩌면 내 상태의 이면에선 신심을 저버리는 게 신선하고 젊고 대담하고 위험하던 때, 신심을 저버린 (아니면 갖게 된) 사람들을 부러워하고 있는지도 모른다. 스스로 목숨을 끊었고 교권 개입에 반대했던 프랑수아 르나르는 사제의 도움이나 위무를 받지 않고 최초로 시트리 공동묘지에 묻힌 사람이었다. 1897년의 외진 부르고뉴에서 얼마나 큰 충격을 받았을지 상상해 보라. 불신앙의 자부심을 상상해 보라. 어쩌면 나를 괴롭히는 건, 음…… '역사적인 회한'이라고 부르자. 내 할아버지가 공감할 수 있도록.

†

'행복한 무신론자.' 내가 대학 교목과 보트 클럽 회장에게 내

세우며 한 방 먹였을지도 모를 그 개념이 생긴 중대한 순간이 있으니, 종교적 경이가 미학적 황홀에 자리를 내주기 시작한 그날은 1811년 1월이었다. 장소는 피렌체였고 스탕달*이 스물여덟 번째 생일을 며칠 앞둔 날이기도 했다. 아니, 그가 필명으로 이름을 바꾸기 전이니 앙리 벨의 스물여덟 번째 생일이라고 하자. 벨/스탕달은 신을 믿지 않았고 신의 존재에 대해서는 논리적 무지를 가장했다.

"신께서 그 모습을 드러내시길 기다리면서, 나는 그분의 수상prime minister인 '운명Chance'이 이 슬픈 세상을 신만큼이나 올바르게 관장하고 있음을 믿는다." 그는 계속해서 말했다. "나는 스스로 정직한 사람이라 생각하고, 그렇지 않은 삶은 도저히 살 수 없을 것이다. 이는 존재하지 않는 '하느님'의 마음에 들기 위해서가 아니라, 나 자신을 위해서다. 나는 내 나름의 습성과 편견을 안고서 평화롭게 살아야 하고, 또한 내 인생에 목적을 부여하고 내 생각에 자양분을 주면서 살아야 하기 때문이다."

1811년의 벨은 빈곤에 시달리며 여기저기서 표절해 쓰는 음악가 전기 작가였고, 그에 앞서 이탈리아 회화사에 관한 집필

---

* Stendhal(1783~1842). 『적과 흑』 등을 집필한 프랑스의 소설가.

을 시작한 터였지만 결국 탈고하지 못할 터였다. 그는 열일곱 살 때 나폴레옹 군대의 장비 수송 열차를 타고 처음으로 이탈리아에 갔었다. 군대 주둔지를 따라가던 사람들이 이브레아*에 도착했을 때, 벨은 곧바로 그 도시의 오페라하우스를 찾아 나섰다. 그가 찾아낸 건 궁색해진 극단이 치마로사**의 「비밀 결혼」을 공연하고 있는 삼류 극장이었지만, 이는 그에게 하나의 계시로 다가왔다. 벨은 여동생에게 이렇게 감회를 밝혔다.

"Un bonheur divin(신성한 행복)."

그 순간부터 그는 이탈리아를 깊이 전율하며 찬미하게 되었고 이탈리아의 면면을 흡수했다. 몇 해 지난 어느 날, 밀라노로 돌아가다가 벨은 '길거리에 떨어져 있는 말똥에서 대단히 특이한 악취가 풍기는 것'에 감동해 눈물을 흘리기까지 했다.

그리고 이제 그는 생전 처음 피렌체에 오게 된다. 볼로냐에서 오는 길이다. 그가 탄 사륜마차는 아펜니노 산맥을 횡단해 도시 쪽 내리막길로 접어든다.

"심장이 내 안에서 격동하는구나. 참으로 아이 같은 흥분을 맛보는구나!"

---

* 이탈리아 피에몬테 주에 있는 지명.
** Domenico Cimarosa(1749~1801). 이탈리아의 오페라 작곡가.

웃으면서 죽음을 이야기하는 방법

굽잇길을 돌자 대성당, 브루넬레스키*의 유명한 돔이 시야에 들어온다. 도시의 관문에 이르자 그는 마차(와 짐까지)를 버리고 순례자처럼 걸어서 피렌체에 입성한다. 어느덧 산타 크로체 교회에 있음을 알게 된다. 여기에 미켈란젤로와 갈릴레오의 묘가 있다. 근방에는 카노바가 조각한 알피에리** 흉상이 있다. 그는 그 밖의 위대한 토스카나인들을 생각한다. 단테, 보카치오, 페트라르카.

"나를 덮쳐오는 감정의 물결이 어쩌나 깊은 곳부터 솟구쳐 오르는지 가히 종교적 경외감에 비견할 만했다."

그는 한 수사에게 니콜리니 예배당의 잠긴 문을 열어 그곳의 프레스코를 보게 해달라고 부탁한다. 그는 '예배용 접의자 발판에 자리 잡고 앉아 내내 천장을 쳐다볼 수 있도록 머리를 뒤로 젖혀 책상에 기댄다'. 그 도시와 도시의 명망 높은 자식들 가까이 있는 것만으로도 이미 벨은 무아지경에 빠져 있었다. 이제 그는 '숭고한 아름다움을 홀린듯 응시'하며, 예술이 신성을 암시하며 감정이 열정적으로 내뿜는 관능과 어우러지는 곳에서 감성의 최고조에 이른다'. 기울임체는 그의 말을 직접

---

* Filippo Brunelleschi(1377~1446). 팔각형 돔의 르네상스 건축양식을 최초로 도입한 이탈리아의 건축가.
** Vittorio Alfieri(1749~1803). 이탈리아의 비극작가.

인용한 것이다.

이 모든 게 신체에 영향을 미쳐 결국 그는 기절한다.

"산타 크로체의 포치에서 나타났을 때, 내 심장이 걷잡을 수 없이 고동치는 것에 속수무책이 되고 말았다……. 내 안에서 생명의 원천이 메말라버리는 바람에, 나는 넘어질지도 모른다는 끝없는 두려움에 사로잡힌 채 안으로 걸어 들어갔다."

(『로마, 나폴리, 피렌체에서』를 출간할 즈음엔 스탕달이 된) 벨은 자신의 증세를 설명할 수는 있었어도 그 상태를 명명하진 못했다. 그러나 후세는 명명할 수 있다. 후세는 언제나 가장 잘 알기 때문이다. 그래서 우리는 이제 벨이 1979년, 피렌체의 한 정신과 의사가 그 도시의 미술 명품들을 본 사람들이 현기증과 메스꺼움을 느낀 사례가 백 건에 달하는 것에 주목한 후 규명한 질환인 '스탕달 신드롬'으로 괴로워하고 있었음을 안다. 《피렌체 스페타콜로》*는 최근 호에서 이런 신드롬에 빠지기 쉬운 사람들이라면 피해야 할, 아니면 바로 그런 점 때문에 미학적으로 버티고자 하는 사람들이 찾아야 할 주요 장소들을 일목요연하게 열거하고 있다. 상위 세 곳이 '산타 크로체의 지오토의 프레스코가 있는 카펠라** 니콜리니', '미켈란젤로의 다

* 이탈리아의 잡지.
** 이탈리아어로 '예배당'을 뜻.

비드 상이 있는 아카데미아 미술관', 그리고 '보티첼리의 「봄
(프리마베라)」이 있는 우피치 미술관'이다.

회의론자라면 20세기의 관광객 백여 명이 현기증을 느끼
는 이유가 과연 격렬한 미학적 반응 때문인지, 아니면 현대 관
광객에겐 일상이 되다시피 한 도시 혼잡, 시간표대로 움직이
는 스트레스, 걸작에 대한 열망, 정보 과잉, 서늘한 에어컨 바
람과 뒤섞인 타는 듯 뜨거운 햇빛 같은 고난 때문인지 모른다
고 생각할 수도 있다. 골수 회의론자라면 스탕달 본인도 정말
스탕달 신드롬 때문에 괴로워한 건지 의심할 수도 있다. 그가
상술하는 것은 연이어 받은 강렬한 감명이 누적된 효과였는
지도 모른다. 산맥, 돔, 도착, 교회, 압도적인 망자, 위대한 예
술…… 그래서 결국 졸도한 것까지. 그리고 정신의학보다는
의학적 소견이 도움이 될 수도 있다. 머리를 뒤로 젖히고 앉아
서, 회화가 그려진 벽을 장시간 응시하고 있다가 자리에서 일
어나 교회 안 서늘한 어둠을 벗어나 밝고 탁하고 열광적인 도
시의 소용돌이 속으로 걸어 나가면, 살짝 어지러울 거란 생각
이 들지 않나?

그럼에도, 그 일화는 살아남아 있다. 벨/스탕달은 현대 예술
애호가의 창시자이며 타당한 원리다. 그는 피렌체에 가서 위
대한 예술을 보고 기절했다. 그는 교회 안에 있었지만 신심이

깊은 사람이 아니었고, 그의 황홀경은 순수한 의미에서 세속적이고 미학적이었다. 그리고 산타 크로체에서 지오토의 그림을 보고 기절하는 남자를 이해하고 부러워하지 않을 사람이 한 명이라도 있을까? 복제화에 먼저 물든 적이 없었던 마음과 눈으로 그 작품들을 보고 있었으니 그 감동은 더했을 것인데. 그 일화는 진실이다. 왜냐하면 무엇보다도 우리가 진실이기를 바라고 또한 진실이어야 하기 때문이다.

벨보다 5세기 먼저 산타 크로체에 도착한 순연한 순례자들은 지오토가 성 프란시스의 생애 주기를 주제로 완성한 지 얼마 안 된 프레스코화를 보며 그들에게 완전한 진실을 이야기해 주고, 그렇게 그들을 이승과 내세에서 구원해 줄 예술을 보았을 것이다. 처음 단테를 읽은 사람들이나, 처음 「팔레스트리나」*를 들은 사람들도 똑같은 경험을 했을 것이다. 진실하기에 더 아름답고, 아름답기에 더 진실하니, 이 기쁨에 찬 증식은 마주 놓은 거울 사이에서 영원히 계속된다.

세속의 세계, 위대한 예술 작품을 대할 때 우리가 순수 은유의 맥락에서 가슴에 십자를 긋고 한쪽 무릎을 꿇고 앉는 그곳에서, 우리는 예술이 우리에게 진실을 말한다고 믿기 마련

* 러시아 태생의 오페라 작곡가 한스 피츠너의 후기낭만주의 오페라.

웃으면서 죽음을 이야기하는 방법

이다. 다시 말해, 상대주의 우주에서 예술은 어떤 것보다 더 진실을 말해주며 결국 그 진실이 우리를 구원해 줄 거라고 믿는다. 그래서 비록 속세에서만 이루어질지언정 우리를 계몽하고, 우리를 감동시키고, 우리를 고양하고, 심지어 우리를 치유하기에 이른다고 믿는다. 지금에 비하면 그때는, 단순한 문법적 차원을 뛰어넘어 얼마나 간편했었던 걸까?

플로베르는 루이즈 콜레*를 놓고 '예술에 대한 애정'을 두고 비판했지 '예술의 종교성'을 두고 비판하지는 않았다. 어떤 사람들은 예술이 종교의 심리적 대체물이기 때문에, 지금도 그들 자신을 뛰어넘어 이젠 천국을 꿈꾸지 않게 된 영락한 피조물들에게도 세상의 의미를 전해준다고 본다. 현대의 비평가, 케임브리지대학의 교수인 S는 예술가가 '죽음의 진부한 민주주의'를 피해 불멸성을 지향하기 때문에 예술은 본질적으로 종교적이라고 주장한다. 이 거창한 언명에 반박한 옥스퍼드의 교수 C는 가장 위대한 예술도 지질학적 시간 속에선 눈 깜빡하는 찰나만 지속될 뿐임을 지적했다.

나는 그 두 서술이 상통한다고 보는데, 이는 예술가가 동기를 부여받을 때 그다음의 문제인 우주의 현실은 무시할 수 있

* Louise Colet(1810~1876). 프랑스의 시인으로, 플로베르와는 평생 서신을 주고받으며 우정과 사랑을 나누었다.

기 때문이다. 그러나 C 교수 역시 나름대로 거창하게 언명한 것이며, 그 말을 다시 풀어 쓰자면 '예술의 종교성은 문외한들로 치부된 사람들을 경멸하라고 부추기기 때문에 결과적으로 인성을 더 망가뜨린다'는 것이다. 이 주장은 일견 유의미하겠으나, 적어도 영국에서 더 크게 불거지는 문제는 그와 정반대의 이유로 그런 경멸을 받는다는 사실이다. 즉, 제멋에 겨운 속물들이 예술을 실천하고 아끼는 사람들을 경멸한다. 그런데도 그런 감정이 그들의 인성을 더 고양시킬까?

'예술의 종교성'이라. 플로베르가 그 표현을 썼을 때, 그는 예술을 헌신적으로 실천하는 걸 의미한 것이지 속물근성에 젖은 숭배를 의미한 게 아니었다. 가령 무릇 수도승이라면 헤어셔츠*를 입고, 행동 이전에 묵언 수행과 묵상을 해야 한다는 식으로. 예술을 굳이 종교에 비교해야 한대도 위에는 교황의 권위주의가, 아래엔 순종하는 예속이 있는 전통 기독교 유형과 무관한 것은 확실하다. 오히려 초창기의, 풍요롭고 무질서하고 종파분리적인 교회의 유형에 더 가까울 것이다. 주교마다 신성모독의 언사를 일삼는 사람이 하나씩 있고 교리마다 이교도가 있다. 지금의 예술에는 그때의 종교처럼 사이비 예언가와

---

* 과거 종교적인 고행을 하던 사람들이 입던, 털이 섞인 거친 천으로 만든 셔츠.

웃으면서 죽음을 이야기하는 방법

가짜 신이 넘쳐난다. (C 교수가 인정하지 않는) 예술 사제들이 부단히 배척하고자 한 끝에 불경한 것들은 밀폐된 지성주의와 범접하기 힘든 고상함 속으로 사라진다. (S 교수가 인정하지 않는) 그 반대편에는 위작과 상업주의와 유아적 포퓰리즘이 있다. 아첨하고 타협하고, 정치가들처럼 득표(와 돈벌이)를 위해 몸을 사리는 예술가들이 있다. 순수하건 불결하건, 고결하건 부패하건, 모두 (눈부신 소년 소녀 들도 굴뚝 청소부처럼*) 먼지가 되고 말리니, 그들의 예술은 이후 오래가지 못할 것이다. 아니, 그 전에 끝날지도 모른다. 그러나 예술과 종교는 둘 다 진실, 진지, 상상력, 공감, 도덕성, 초월성 같은 추상명사들을 환기하는 것으로 서로에게 줄곧 그림자를 드리울 것이다.

†

내게 신을 그리워하는 마음은 영국인으로 느끼는 감정과 비슷한 데가 있다. 주로 공격을 받으면 유발되는 감정이다. 내 나라가 남용될 때, 기면증까지는 아니더라도 잠들어 있던 애국심이 살살 발동한다. 그리고 신에 대해서라면, 나는 뭐랄까, 영국 교회가 싱겁게 머뭇거리며 나타내는 희망보다는 미학적

---

* 셰익스피어의 로맨스극 「심벨린」에 등장하는 구절로 신분의 귀천과 상관없이 인간은 모두 먼지로 돌아간다는 내용.

절대주의에 더 많은 자극을 받는다. 지난달엔가, 이래저래 이웃들과 저녁 식사를 할 일이 있었다. 우리 열두 명은 예수와 그의 제자들이 다 앉을 수 있을 만큼 기다란 테이블에 둘러앉아 있었다. 몇 개의 화제를 동시에 이야기하던 중에 몇 자리 떨어진 곳에서 갑자기 주장 하나가 제기되었고, 한 청년(그 집의 아들)이 신랄한 어조로 외쳤다.

"하지만 하느님은 왜 세상의 다른 나머지 사람들이 아니라 본인 아들에게 그랬던 거죠?"

나는 불식간에 하던 대화를 함부로 끊고 외쳤다.

"하느님이니까, 답답하긴."

이 대화가 다른 사람들에게도 퍼져 나갔다. 오래 알고 지낸 친구이자 악명 높은 합리주의자인 집주인 C가 아들의 지원사격에 나섰다.

"십자가형에서 살아남은 사람에 관한 책이 한 권 있는데, 십자가에서 끌어내렸을 때도 죽지 않은 사람들이 간혹 있었대. 백부장*이 뇌물을 받기도 했나봐."

나: "그게 지금 얘기하고 무슨 상관이 있어?"

C(사람 혈압 올리는 재주가 있는 합리주의자): "요는, 그런 일

---

* 고대 로마 군대에서 병사 백 명을 거느리던 지휘관.

웃으면서 죽음을 이야기하는 방법

은 일어났을 리 없다는 거지. 일어났을 리 없는 일."

나(그 합리주의에 역시 합리주의적으로 혈압이 올라): "하지만 그게 중요한 거잖아. 그건 일어났을 리 없는 일이라는 것. 요는, 자네가 기독교도라면 그건 일어난 일이라고."

그러면서 나는 그의 주장이 시대에 뒤떨어졌다고…… 그러니까 『보바리 부인』만큼이나 해묵었다고 덧붙였던 것 같다. 그 작품에서 편협한 물질주의자 오메*는 '예수 부활'의 개념은 '허튼소리'일 뿐만 아니라 '모든 물리학 법칙에 반대되는 것'이라고 선언한다.

상기한 과학적 반론과 '설명들(예수는 '정말로' 물 위를 걷고 있었던 게 아니라 얇은 얼음장 위를 걷고 있었던 것이며, 이는 특정한 기상 조건의 경우라면……)'은 젊은 시절의 나라면 혹했을 법하다. 지금은 이만저만이 아니게 생뚱맞게 들린다. 스트라빈스키가 말했듯, 종교에서 조리 정연한 증거(와 그런 이유에서 반증이)란 음악에서 대위법 연습곡에 지나지 않는다.

신념은, 밝혀진 모든 원칙에 의거해 보면 다름 아닌 '일어났을 리 없는 일'을 믿는 것이다. 처녀 잉태설, 부활, 바위에 발자국을 찍고 승천한 무함마드, 사후의 삶. 우리가 이해할 수 있

---

*『보바리 부인』에 등장하는 약제사로 어리석고 편협한 19세기 부르주아 지식인을 상징한다.

는 선에선 도저히 일어났을 리 만무하다. 그러나 일어났다. 또는 일어날 것이다. (아니면, 당연히 일어난 적 없고, 단언컨대 앞으로도 일어나지 않을 것이다.)

작가들은 다분히 상투적인 질문에 대해선 다분히 상투적으로 대답할 필요가 있다. '소설의 역할이 무엇이냐'는 질문을 받으면 난 이런 식으로 말한다.

"소설은 아름답고 균형 잡힌 거짓말로 힘겹고 빈틈없는 진실을 봉합합니다."

우리는 허구, 연극, 영화, 재현적인 회화를 즐기기에 앞서 명심해야 할 태도에서 불신은 보류*해야 한다고 말한다. 사실 그것들은 어디까지나 종잇장 위의 단어들, 무대나 스크린 위의 배우들, 캔버스 위의 색깔들에 지나지 않는다. 이 세계의 사람들은 존재하지 않으며, 존재한 적도 없고, 설령 존재한다 해도 단어들, 배우들, 색깔들의 단순한 복제, 일시적으로만 설득력을 갖는 시뮬라크르에 불과하다. 그런데도 우리는 책을 읽는 동안은, 우리의 눈으로 탐사하는 동안은 존재한다고 믿는다. 그래서 엠마는 살고 죽고, 햄릿은 라에르테스**를 죽이고, 로

---

* 낭만주의 시인 새뮤얼 콜리지(Samuel Taylor Coleridge, 1772~1834)의 문학론에서 나온 말로, '소설 같은 허구를 접할 때는 우선 의심을 품지 말고 작품의 내용을 믿어야 몰입하고 즐길 수 있다'는 뜻.

** 셰익스피어의 「햄릿」에서 햄릿의 약혼녀인 오필리아의 오빠.

토*의 음울한 남편과 양단 드레스 차림의 그의 아내는 그림 속에서 걸어 나와 우리에게 16세기 브레시아 이야기를 이탈리아어로 들려줄지도 모른다. 그런 일은 단 한 번도 일어난 적이 없고, 일어났을 리 만무하지만, 우리는 일어났으며 일어날지도 모른다고 믿는다. 그렇게 불신을 보류하는 태도와 믿음을 적극적으로 인정하는 태도는 서로 많이 다르지 않다. 나는 지금 소설을 읽으면 종교에 대한 태도가 유연해질지도 모른다고 암시하는 게 아니다. 반대로, 전혀 딴판으로 종교는 소설가들이 최초로 거둔 위대한 발명이었다는 말을 하고 있는 것이다. 혼란스러울 수밖에 없는 영혼들을 위해 이 세상을 설득력 있게 재현하고 그럴듯하게 설명해 주는 종교. 아름답고 균형 잡힌 이야기에 담긴 힘겨운, 빈틈없는 거짓말들.

또 다른 주에 있었던 또 다른 식사 모임. 작가들 일곱 명이 소호의 한 헝가리 식당 위층에서 만난다. 30여 년 전, 마찬가지로 금요일에 점심 식사 회동이 있었다. 기자들, 소설가들, 시인들, 만화가들이 또 한 번 주당 근무 시간에 모여 시끄럽게 떠들고, 따져대고, 줄담배를 피우고, 말술을 마셔댔다. 지난 몇 년간 회동 장소는 수차례 변동되었고, 참석 인원 역시

---

* Lorenzo Lotto(1480?~1556). 르네상스 시대의 이탈리아 화가로 여기서 언급하는 작품은 「남편과 아내」다.

재배치되고 죽는 회원도 생기면서 점차 줄어들던 터였다. 이젠 나를 포함해 일곱 명만 남았는데, 제일 나이가 많은 사람은 70대 중반이고, 제일 어린 사람은 (내일모레면 예순이 될) 50대 후반이다.

이 모임에는 남자들만 있다. 이 사실을 알면서도 내가 기꺼이 참석하는 유일한 남자만의 모임이다. 매주 한 번씩 모이던 것이 차츰 뜸해지면서 연례행사가 되어버렸다. 가끔은 그 옛날의 모임을 추억하는 행사 같기도 하다. 지난 몇 년간 분위기도 사뭇 달라졌다. 전처럼 언성을 높이는 일도 뜸해지고 더 경청하게 되었고 자화자찬이나 경쟁적인 태도도 줄어든 대신, 짓궂게 농을 떨고 어지간한 일엔 눈감아주는 편이다. 이제 담배를 피우는 친구도, 여봐란 듯 취해보겠노라며 참석하는 친구도 없다. 예전에는 술을 마신다는 것만으로도 충분히 모일 이유가 되었는데 말이다.

우린 우리만 있을 별실을 요구하는데, 그건 우리가 잘나서, 우리가 흘린 명언을 행여 누가 엿듣고 훔쳐 갈까 봐 그런 게 아니라, 우리 중 반은 가는귀가 먹어서 그렇다. 그 사실을 공표라도 하듯 자리에 앉으며 엄지로 귀에 보청기를 꽂는 친구도 있지만, 아직 스스로 인정하지 않는 친구들도 있다. 우리는 날이 갈수록 머리숱이 줄어들고 안경을 쓴다. 우리의 전립선

웃으면서 죽음을 이야기하는 방법

은 서서히 부풀어 오르고 있어서, 층계 끝 화장실 수통은 과부하에 시달린다. 그래도 우린 대체로 쾌활한 편이며 여전히 일을 하고 있다.

이야기는 익숙한 흐름을 따른다. 가십, 출판업, 문학비평, 음악, 영화, 정치(몇몇은 우파로 제의적 전향을 했다). 이 모임은 레몬 테이블이 아니라서 수시로 주고받는 화제처럼 죽음에 대해 토론을 벌인 적이 한 번이라도 있었는지는 기억나지 않는다. 그런 점에서 볼 때 종교에 대해서도 마찬가지다. 그래도 P라는 친구가 있는데 그는 로마 천주교 신자다. 우리는 P가 몇년 동안 대답하기 곤란하고 도덕적 뉘앙스를 풍기는 질문들을 한다고 생각했다. 점심을 먹으면서, 유독 바람을 많이 피웠던 회원 하나가 최근에 와서 자신이 애처가가 되었음을 반추하고 있었을 때, P가 불쑥 끼어들어서 물었다.

"자네 생각에 사랑해서 그런 거야? 아니면 나이를 먹어서 그런 거야?"(슬프게도, 돌아온 대답은 나이를 먹어서 그런 듯하다는 것이었다.)

그러나 이번 모임에서는, 우리가 P에게 교리에 관한 퀴즈를 낸다. 마침 최근에 새로 선출된 교황(독일인)이 연옥 개념을 폐지하겠다고 공표하기도 했다. 우선 우리는 그에게 해명을 요구한다. 연옥이 무엇이었고, 어디에 있었고, 누가 그리로 보내쳤으며, 그리고 누구건 거기서 풀려나온 이가 있는지를. 토론이 잠시 곁가지로 흘러서 회화와 만테냐*(이제까지 연옥이란 주제는 인기 있었던 적이 거의 없었고, 천주교 화가들이 아직 있다 해도 그리 아쉬워할 것 같지도 않다) 얘기가 오가기도 한다. 우리는 이 '최후의 거처들'의 가변성에 주목한다. 지옥마저도 과연 있을 법한 곳인가, 또는 정말 그렇게 극악무도한가 하는 면을 생각했을 때, 그 약발이 떨어진 지 꽤 되었다. 우리는 화기애애한 분위기 속에서 '지옥은 타자다'라는 사르트르의 말이 허튼소리라는 데 동의한다. 그러나 우리가 P에게 정말로 묻고 싶은 건 그가 그런 도착지들이 정말로 있다고 믿는지, 믿는다면 어느 정도인지다. 그리고 특히, 천국을 믿는지도.

"그래." 그는 답한다. "그랬으면 좋겠어. 천국이 있으면 좋겠어."

그러나 그 믿음이 그에게 무조건적으로 위안을 주는 건 전혀 아니다. 그는 자신이 믿는 영원과 천국이 정말로 존재한다면, 자라면서 종교를 저버린 그의 네 자식과는 결별해야 할 수도 있다는 생각에 괴롭다고 한다.

문제는 자식들에서 끝나지 않는다. 그는 또 40년이 넘도록

---

* Andrea Mantegna(1431~1506). 이탈리아의 파도바파 화가로 성화를 많이 그렸으며, 그중에 〈림보로 내려가는 그리스도〉가 있다.

　　　　　　　　　　　　웃으면서 죽음을 이야기하는 방법

동고동락해 온 아내와 결별할 각오도 해야만 한다. 그럼에도 사람은 신의 은총에 희망을 걸어야 한다고 그는 말한다. 겉보기에 신자라고 해서 필연적으로 구원받을 리는 만무하다. 마찬가지로 비신자들과 배교자들이 아무리 착하게 산다 한들, 신앙을 가졌던 (하지만 신앙과는 별개로 실상은 완벽하지 않았던) 남편들과 조상들이 살고 있는 천국에서 다시 만나게 되지도 않을 것이다. 이때 P가 나는 전에는 알지 못했던 부부 간의 어떤 단면에 대해 얘기한다. P의 아내 E는 자랄 때 영국 국교회였는데, 열세 살 여학생 때 철학자 A. J. 에이어가 이끄는 무신론자들의 소굴이었던 한 산장에 (다니엘처럼)* 보내졌다. 그곳에 간 지 얼마 안 돼서 E는 신에 대한 믿음을 저버렸고, 이후 남편이 40년간 타의 모범이 된 것이 무색하게 그녀의 불가지론은 흔들리는 법이 없었다는 것이다.

바로 이 시점에서 내세에 대한 믿음을 투표로 결정하자는 제안이 나온다. 남은 여섯 명 중에서 다섯 명과 4분의 3이 전혀 믿을 수 없다는 데 표를 던진다. 4분의 3에 해당하는 친구는 종교를 '잔인한 사기'라고 말하면서도 "그래도 내세가 있다면 싫지는 않을 거야"라고 실토한다. 수십 년 전까지만 해도

---

* 선지자 다니엘을 시기한 바빌론 사람들이 그를 사자 굴에 집어넣었으나 하느님이 보호하여 살아났다는 〈다니엘서〉의 한 일화를 의미한다.

이런 태도는 우리 천주교 회원의 정감 어린 놀림거리가 됐을지 모른다. 하지만 지금은 어떤가? 그 친구에겐 적어도 구원과 천국에 대한 온건하고도 겸손한 희망이 있는데, 나머지 우리는 지금 믿고 있는 대로 죽으면 아무것도 없고 완전한 망각으로 들어간다는 게 눈앞의 현실로 다가왔다는 느낌이다. 그래서 나는 우리가 (이 사안까지 표결에 부치지는 않지만) 말은 하지 않아도 그를 부러워하고 있다는 생각이 든다. 우리는 믿음이 없고, 수십 년이 넘도록, 어떤 경우엔 반세기 이상을 굳세게도 믿음 없이 산다. 정작 우리 자신의 미래를 생각하면 개운치 않고, 미래에 대처할 만한 우리의 자산이라는 것도 생각만큼 미덥지 못하다.

내가 쥘 르나르를 인용하면 P에게 위로가 될지, 겁을 주는 게 될 지 잘 모르겠다. (1906년 1월 26일자 『일기』에서 르나르는 이렇게 말했다.)

"나는 당신들이 제안하는 족족 믿고 싶은 마음이 굴뚝같지만, 현세의 정의만 믿고 내세의 정의에 딱히 안심할 수 없으니 문제다. 나는 신이 마냥 실수를 할까 봐 두렵다. 그래서 사악한 영혼을 천국으로 반겨 맞아들이고 선한 영혼은 걷어차 지옥으로 떨어뜨리면 어쩌나."

그러나 내 친구 P가 처한 딜레마(나는 자신의 불투명한 내세

웃으면서 죽음을 이야기하는 방법

를 치밀하게, 그리고 슬픔에 겨워 추정하는 사람이 있다는 얘기는 들어본 적이 없다)를 접하고 나니 나 자신이 지금껏 (몇 페이지 전에서도 그러고 있었지만) 늘, 더없이 경솔하게 해온 주장을 재고하게 된다. 옆으로 비켜서 있는 불가지론자와 무신론자는 심성이 물러 터진 남자의 교리에 무심한 경향이 있다. 자기 자신과 신앙이 진지하지 않다면 (정말로 진지하게 진지하지 않다면) 종교가 자신의 삶을 채우고, 방향을 제시하고, 감화하고, 지탱해 주지 않는다면 신앙이란 게 무슨 소용인가? 그러나 대부분의 종교에서 '진지한' 것은 예외 없이 응징을 의미한다. 그래서 우리는 우리에게는 가급적 일어나지 않길 바라는 일이 다른 사람들에게 일어나길 바라는 것이다.

진지함이라. 예컨대 1840년대까지의 교황령*에서 태어난다는 건 나로선 바라는 바가 아니었을 것이다. 그때는 교육 수준이 지독히도 낙후돼 있어서 전체 인구의 불과 2퍼센트만 문맹을 면했다. 사제와 비밀경찰이 모든 걸 주관했다. '사상가들'은 생각을 하는 것만으로도 불온한 부류라는 낙인이 찍혔다. 그런 가운데 그레고리 16세는 '중세에 어울리지 않는 건 무조건 불신했기 때문에 철도와 전신이 자신의 통치권 안으로 침

* 1870년까지 교황이 지배한 중부 이탈리아 지역.

범해 들어오는 것을 금했다'. 이것이 진지하냐고? 천만에. 철저히 잘못된 방향에서 '진지하다'면 모를까. 이후 피우스 11세가 1864년에 제정한 '금서 목록'*의 칙령으로 갈무리되는 세계가 있다. 그 세계에서 왕은 교회가 과학, 문화, 교육 전반을 통제할 것을 주장했고, 다른 종교를 숭배할 자유를 배척했다. 천만에, 내가 이런 것에 끌릴 리 없다. 그들은 처음엔 종파분리론자를 추적할 것이고, 그다음엔 다른 종교들을, 그런 후 나 같은 사람들을 찾아 나설 것이다. 이럴진대, 거의 대부분 종교 체제하에서 여성으로 산다는 것은······.

자본주의가 독점을 좋아하는 것처럼, 종교는 권위주의를 좋아한다. 혹여 지금 이 말을 듣고 자동적으로 권위의 상징 같은 저 바티칸에 있던('보좌에 앉아 계시던'이라고 해야 하나?) 교황들이 떠오른다면, 그러지 말고 교황의 역사에선 악명 높은 적과 같았던 반가톨릭교도를 떠올려보라. 바로 로베스피에르** 말이다. 이 '청렴결백한 자'는 1789년 가톨릭교회의 사치와 세속성을 공격하며 국가적 명사로 떠올랐다. 삼부회***에서 행한 연설에서, 그는 사제들에게 투명한 수단을 동원해 모든 자산

* 로마 가톨릭 교회가 교리적인 근거에서 신도들에게 읽기를 금했던 서적 목록.
** Robespierre(1758~1794). 프랑스의 혁명 정치가.
*** 혁명 전의 프랑스 국회.

웃으면서 죽음을 이야기하는 방법

을 팔아 그 수익을 빈자들에게 분배하는 것으로 초기 기독교의 금욕과 미덕을 다시 배우라고 촉구했다. 그럼에도 교회가 저어한다면 혁명은 기꺼이 도울 것임을 넌지시 시사했다.

대부분의 혁명 지도자들은 무신론자이거나 진지한 불가지론자였고, 새 정부는 수립되기 무섭게 가톨릭 신과 그의 지방 대표들을 제거했다. 그러나 로베스피에르는 예외였다. 이 이신론자*는 무신론자인 공인은 미치광이나 다름없다고 생각했다. 그는 본의 아니게 신학과 정치학의 전문용어들을 뒤섞어 썼다. 그는 '무신론은 귀족적이다'라는 고준담론을 펼쳤다. 반면에 '하느님'이 인간의 천진함을 굽어보고 우리의 미덕을 수호하고 (더불어 짐작건대, 부도덕한 자들의 목을 치며 미소를 짓는다는) 개념은 "하나부터 열까지 민주주의적"이라고 말했다. 심지어는 볼테르가 (풍자할 의도로 말한) "신이 존재하지 않는다면 하나 만들어내야 할 것이다"라는 격언을 (진지하게) 인용했다. 이 모든 것에 비추어, 혁명은 최신의 종교 체계를 도입하는 것으로, 그가 바꾼 종교 체계의 극단주의를 피했던 것일지도 모른다. 새로운 종교는 합리적이고, 실리적이며, 심지어는 자유민주적이었을 수도 있다. 그러나 빛나는 새 '하느님'을

---

* 신을 우주의 창조주로 인정하나 우주는 신의 방임에 따라 자체의 법칙으로 움직인다고 보는 사상을 믿는 사람.

발명한 것은 결국 어떤 길을 갔던가? 혁명 초기에, 로베스피에르는 사제들의 학살을 주재했다. 혁명 말기에, 그는 무신론자들의 학살을 주재하고 있었다.

✝

20대 초반에 나는 서머싯 몸의 소설을 꽤 많이 읽었다. 나는 그의 명쾌한 염세관, 단편과 장편을 아우르는 지형성을 존경했다. 그리고 『서밍 업』과 『어느 작가의 노트』에서 예술과 인생을 분별 있게 고찰하는 것도 좋았다. 사실을 말하고 세련되게 냉소하는 그에게서 자극과 충격을 받는 것이 좋았다. 그의 부富나 스모킹 재킷*이나 리베라의 별장을 부러워한 적은 없다. (그의 미술 소장품이라면 모르겠지만.) 그러나 나는 그의 견식이 정말 부러웠다. 나는 나 자신에 대해 아는 게 거의 없었고, 그래서 무지가 부끄러웠다. 옥스퍼드에서 두 번째 학기를 앞두고 나는 현대어를 포기하고 좀 더 '진지한' 학문인 철학과 심리학을 공부하겠다고 결심했다. 나의 프랑스어 지도 교수이자 상냥한 성격의 말라르메 연구 학자가 정중하게 이유를 물었다. 나는 두 가지를 댔다. 첫 번째는 산문적이라는 이유였다(말 그

---

* 과거 남자들이 안락한 기분을 만끽하려 흡연할 때 입었던 벨벳 상의.

웃으면서 죽음을 이야기하는 방법

대로, 매주 상당한 분량의 영어 산문을 프랑스어로, 또 반대로 바꾸는 것이 따분해서). 두 번째는 내가 감당할 수 없게 강렬하다는 이유였다. 나는 그에게 「페드르」* 같은 희곡 작품을 예로 들면서, 그 작품에 묘사된 불같은 감정들을 전혀 알지 못하는 내가 무슨 수로 작품을 이해하거나 분별 있는 견해를 피력하게 될 거란 기대를 할 수 있겠느냐고 물었다. 그는 내게 비틀린, 현학자의 미소를 지었다.

"이런, 우리 중 누가 그런 기대를 할 수 있을까?"

이 시절에 나는 상자에 초록색 색인 카드들을 보관하고 있었고, 카드마다 짧은 풍자시, 재담, 대화 스크랩, 보관할 만한 잠언 따위들을 써놓았었다. 그중 몇몇을 지금 읽어보니 젊은 사람들이나 지지할 법한 겉만 번지르르한 일반론이라는 생각이 든다. (하지만 젊은 애들이란 원래가 그렇지.) 그래도 개중엔 다음과 같은 문장도 있다. 프랑스에서 쓴 글이다.

"노인들의 조언은 겨울 햇살 같아서, 빛나기는 해도 우리를 따스하게 해주진 못한다."

내가 조언을 들려줄 나이가 되었다는 점을 고려할 때, 이 말은 심오한 진실일 수도 있겠다는 생각이 든다. 그리고 몸의 명

---

* 장 라신(Jean Racine, 1639~1699)의 비극으로 프랑스 고전 비극의 정수.

언이 두 개 있는데, 내 딴엔 그 두 명제와 줄기차게 논쟁을 했기 때문인지 몇 년 동안 내게 울림을 주었다. 첫 번째는 '아름다움이란 따분한 것'이란 주장이다. 두 번째는 (초록색 색인 카드가 일러주기를) 『서밍 업』의 제77장에 나온다.

"인생의 크나큰 비극은 사람이 죽어 없어지는 것이 아니라 더 이상 사랑하지 않는 것이다."

당시 내가 이 말을 어떻게 받아들였는지는 기억나지 않지만, '그건 영감님한테나 그런 거겠지'라고 생각하지 않았을까.

서머싯 몸은 삶을 이끌 최상의 정신 상태는 '유머를 간직한 체념'이라고 생각했던 불가지론자였다. 『서밍 업』에서 그는 그때까지 사람들에게 신의 실재를 믿게 했던 온갖 미흡한 주장들을 (주요 원인부터, 설계부터, 완성부터) 숨 가쁘게 검토한다. 그가 생각하기에 이 주장들보다 더 설득력이 있는 것은 길고 유행에 뒤지는 주장인 'e consensu gentium', 즉 '만민의 합의를 얻었기 때문'이었다. 이 말은 곧 인간의 시대가 시작된 이래로, 천차만별의 문화가 배출한 최고의 위인들과 최고의 현자들까지 포함된 절대다수의 사람들이 모두 신에 대한 모종의 신념을 품어왔으니 신은 실재한다는 의미다. 그토록 광범한 본능이 충족될 가능성 없이 어떻게 존재할 수 있겠는가?

세계에 대한 실질적인 지혜와 지식, 그리고 명예와 부를 갖

춘 것이 무색하게 서머싯 몸은 '유머를 간직한 체념'의 정신을
고수하지는 못했다. 그의 노년은 평온함과는 거리가 멀었다.
모든 것이 앙심, 멍키 글랜드,* 적의에 찬 유서 작성으로 점철
돼 있었다. 그의 육신은 정력과 정욕 속으로 잠겨 들어가면서
심장은 더욱 딱딱해지고 정신은 미끄러지기 시작했다. 그렇게
나날이 공허한 부자로 전락했다. 행여 그가 자신의 (쌀쌀맞고
온기라곤 찾아볼 수 없는) 조언을 포함한 유언장에 내용을 추가
하고자 했었다면 '인생의 또 다른 비극은 우리가 제때에 죽어
없어지지 않는다는 것이다'가 아니었을까.

　몸은 의식이 투명했던 시절, 한 모임을 주선했으나 정말 아
쉽게도 그에 관한 세세한 상술은커녕 최소한으로 추려낸 개요
조차 남아 있지 않다. 독실했던 시대에 공주와 부유한 시민 나
리들은 사제와 고위 성직자를 주기적으로 불러 모아선 천국은
분명히 존재하며 신은 그들이 바친 기도와 헌금에 틀림없이
보답할 것임을 확인하고자 했다. 불가지론자였던 서머싯 몸은
그와 정반대로 했다. 그는 당대 최고의 석학이자 사회적 명망
도 높았던 철학자 A. J. 에이어를 불러서 죽음이 진정한 종결이
며, 죽음 후에는 아무것도 없고, 무無뿐임을 재차 보증할 것을

* 원숭이 고환 이식수술의 창시자로 유명한 러시아 출신의 의사, 보로노프가 동명의 수술
명을 따서 개발한 이른바 무병장수 칵테일.

요구했다. 『서밍 업』의 한 구절을 보면 그렇게 재보증받아야 했던 이유를 알 수 있을지도 모른다. 그 구절에서 서머싯 몸은 젊었을 때 신에 대한 믿음을 잃어버렸지만, 그럼에도 한동안 지옥에 대한 본능적인 두려움을 떨치지 못했으며, 그래서 애써 별것 아니라는 듯이 형이상학을 동원하여 두려움을 몰아냈다고 말한다. 어쩌면 그는 그 후로도 혹시 지옥에 떨어지진 않을까 소심하게 자기 뒤를 돌아보고 있었는지도 모른다.

1961년 4월, 에이어와 소설가인 그의 아내 디 웰스가 이 괴상망측하면서도 통절하기 그지없는 무상 휴가를 보내러 빌라모레스크에 도착했다. 이것이 단편이나 희곡이었다면, 이 두 주인공은 우선 서로의 의사를 타진한 후 이 만남의 규칙을 세우려 했을 것이며, 그런 후 이야기는 무르익어 서머싯 몸의 습작품 중 한 장면으로, 짐작건대 이틀째 되는 날 저녁을 먹은 후의 장면이 펼쳐졌을 것이다. 브랜디 잔에 술을 채운 후 휘휘 돌려 냄새를 맡는다. 우리는 몸에게 시가 한 대를 줄 수도 있다. 에이어에게는 노란색 종이에 둘둘 만 프랑스 담배 한 갑을 줄 것이다. 이 소설가는 자신이 오래전에 신을 믿지 않게 된 이유를 조목조목 이야기할 것이다. 이 철학자는 그 이유가 온당하다고 지지해 줄 것이다. 소설가는 감상적이게도 '만민 합의' 주장을 제기할지도 모른다. 이에 철학자는 미소를 띠고 그

웃으면서 죽음을 이야기하는 방법

주장을 해체할 수도 있다. 소설가는 신이 없으면 역설적으로 지옥도 없는 게 아닐까 궁금해할지도 모른다. 철학자는 (그 자신에 비추어 볼 때, 그런 두려움은 지워지지 않은 동성애적 자책감의 징후일 수도 있다는 생각에서) 소설가를 바로잡을 것이다. 브랜디 잔이 다시 채워지고 나면, 철학자는 자신의 발표를 완결하는 의미에서 (또 항공권 값을 하기 위해서) 신의 비존재와 삶의 유한성에 관한 근자의 가장 논리적인 증명들의 개요를 설명한다. 소설가는 다소 불안정한 모습으로 자리에서 일어나더니 자신의 스모킹 재킷에 묻은 담뱃재를 떨어낸 후 숙녀들을 다시 불러들이자고 제안할 것이다. 다시 모두와 어울리게 되자, 몸은 참으로 만족스럽다고 마음속으로 단언한 후, 그날 저녁 내내 경박스러울 정도로 명랑한 태도를 보일 것이다. 이에 에이어 부부는 이심전심의 눈빛을 주고받을지도 모른다.

(전문적인 철학자가 만약 이렇게 쓴 희곡을 본다면, 극작가가 에이어라는 인물을 불쾌할 정도로 속물로 그렸다 반발할지도 모른다. 옥스퍼드대학교 철학과 교수였던 에이어*는 모든 종교의 언어는 본질적으로 입증할 수 없다고 보았다. 그렇기 때문에 그에게 '신은 없다'라는 언명은 '신은 있다'와 마찬가지로 무의미했고 철학적 입증

* 영국의 대법관이자 주교로 윈체스터와 옥스퍼드대학에서 '뉴 칼리지'를 창립한 윌리엄 오브 위컴의 이름을 딴 논리학과 교수직이자 학회장의 명칭. 여기선 에이어를 지칭한다.

은 더더욱 불가능했다. 작가는 이에 대한 대답으로, 문학에선 필요하다고 주장할지도 모른다. 또, 에이어 쪽에서 비전문가이자 후원자에게 이야기하고 있다는 점을 참작해 세부 내용은 걸러내고 말한 것일 수도 있다고 반박할지도 모른다.)

그러나 이것은 삶이기 때문에, 더 정확하게는 전기 작가들에게 유효하게 될 삶의 잔재이기 때문에, 우리에겐 사적으로 주목할 청중이 있을지 확신할 근거가 없다. 어쩌면 아침 식사 자리에서 활기차고 명랑하게 재차 안심시켰을 수도 있다. 그러는 쪽이 더 좋은 단편을 쓰는 데 도움이 된다. (그런 식이라면 희곡을 쓰지는 못하겠지만) '중대한 사안'은 몇 마디로 묵살되는 가운데, 나이프는 쨍그랑거리고, 어쩌면 그날 있을 사교 모임(누가 니스로 쇼핑을 가고 싶은지, 그리고 그랑 코르니셰의 정확히 어디에서 몸의 롤스로이스가 그들을 점심 장소까지 데려갈 것인지)에 관한 논의가 동시에 대조적으로 오갔을지도 모른다. 그러나 상황을 막론하고 필수적인 대화는 오갔을 것이고, 에이어 부부는 런던으로 돌아갔으며, 몸은 이 흔치 않은 세속적 참회 이후 죽음을 향해 나아갔다.

†

나는 몇 년 전, 알퐁스 도데가 매독이 3기로 전이되면서 결국 죽으리라는 깨달음과 함께 쓰기 시작했었던 비망록을 번역했다. 그 기록의 어느 시점에 이르러 도데는 사랑하는 사람들에게 작별을 고하기 시작한다.

"안녕히, 나의 아내, 자식, 가족이여, 내 마음에 간직한 것들이여……."

그런 후 덧붙인다.

"안녕히, 나 자신이여. 날 아껴주었으나 이제는 너무도 흐릿하고 너무도 희미해진 존재여."

우리는 과연 우리 자신에게 미리 작별을 고할 수 있을까. 우리는 자신에 대한 애착과, 나는 특별하다는 떨쳐버릴 수 없는 의식이 예전만큼 남지 않을 때까지, 예전만큼 아쉽지 않을 때까지 저버릴 수 있을까? 그게 힘들다면 적어도 좀 솎아내기라도 할 수 있을까? 이것의 역설은 물론, 솎아내는 주체가 다름 아닌 '나'라는 사실이다. 뇌의 작용을 연구하려 할 때 쓸 수 있는 기구가 뇌밖에 없는 것과 같다. '작가의 죽음' 이론을 말하는 주체가 어쩔 수 없이…… 작가인 것과 같다.

'나'를 내려놓거나, 안 되면 솎아내기라도 하라. 두 개의 책략이 제 발로 나선다. 첫째, 삼라만상의 등급 안에서 '나'라는 존재의 가치가 얼마나 되는지 물어보라. 이 우주가 굳이 '나'라는 존재가 지속되길 바랄 까닭이 있을까? 이 '나'는 이미 수십 년의 생을 즐겨왔고, 대개의 경우 이제껏 살아왔던 그대로 계속 살 것이다. 그런데 무엇 때문에 이것이 단 몇 년이라 해도 더 살아야 마땅할 정도로 중요하다는 건가? 그런데다, '나'라는 것이 계속해서 한도 끝도 없이 지속된다면 나는 물론이요, 다른 사람들한테도 얼마나 따분해질지 생각해보라. (버나드 쇼를 「무드셀라로 돌아가라」*의 작가로서 보고, 또 구제불능의 허세와 지리멸렬한 자화자찬을 일삼는 늙은이로서 다시 보라.) 두 번째 책략. '나'의 죽음을 다른 사람들의 눈을 통해 보라. 단 당신의 죽음을 애도하고 당신을 그리워할 사람들 말고, 당신의 부고를 접하고 잠깐이라도 추모의 잔을 기울일 사람들 말고, 심지어는 '저런!'이라거나 '좋아한 적은 한 번도 없었어'라거나 '터무니없이 과대평가된 사람이야'라고 말할 수도 있는 사람들 말고. 그보다는 나를 듣도 보도 못한 사람들 (그래서 결국, 거의 모든 사람)의 관점에서 '나'의 죽음을 봐야 한다. 모르는 사람이 죽는다. 이에 애도를 표할 사람은 많지 않을 것이다. 그것이 세상의 다른 사람들 눈에 비칠 내 부고가 틀림없다. 그런데 우리가 뭐라고 자기중심주의에 탐닉하며 법석을 떠는 건가?

---

* 969세까지 장수한 무드셀라의 이야기에 빗대어 인간이 진정한 성숙을 맞이하려면 수백 년의 수명이 필요하나 그렇지 못하기 때문에 이상 사회는 실현될 수 없다는 내용의 희곡.

웃으면서 죽음을 이야기하는 방법

이런 스산한 지혜에는 간결하게 납득시키는 바가 있는 것 같다. 위 단락을 쓰면서 나 스스로도 설득당할 뻔했다. 세계의 무심한 태도가 그 누구의 자기중심주의도 줄어들게 한 적이 거의 없었다는 것만 빼면. 우리의 가치에 대한 우주의 판단이 우리의 판단과 일치하는 경우가 거의 없다는 것만 빼면. 살면 살수록 우리 자신만이 아니라 다른 사람들도 우리에게 지루해 할 것임을 우리 스스로 납득하지 못한다는 것만 빼면. (배워야 할 외국어와 악기가 얼마나 많은데, 도전해 볼 직업과 살아볼 나라 와 사랑할 사람들이 얼마나 많은데, 그러고 난 다음에도 언제고 탱 고와 장거리 경주와 수채화에 마음을 쏟으며 살면 되는데……) 그 리고 또 다른 책략은 자신이라는 자아, 바로 지금 당신이 미리 앞서 애도하고 있는 그 자아를 고찰하는 행위란 그런 자아의 의식을 강화시킬 뿐이라는 점이다. 그렇게 고찰하는 과정은 구멍을 파고 들어가 숨는 행위 중 하나겠지만, 그 구멍은 계속 커질 테고 끝내는 당신의 무덤이 될 것이다. 내가 갈고닦는 기 술은 또한 희석된 자아에 평온히 작별을 고한다는 개념과 반 대된다. 작가의 미학이 어떻든 (주관적이고 자전적인 미학부터 객관적이고 작가를 감추는 미학까지 전부) 자아는 작품을 만들어 내기 위해서 반드시 강화되고 밝혀져야만 한다. 그런 의미에 서 보자면, 지금 내가 이 문장을 씀으로써 나 자신을 마냥 쉽게 죽을 수 없게 만든다고 봐도 될 것이다.

당신은 이렇게 말할지도 모른다. 갈 거면 빨리 가든가. 개소리 말고 죽기나 해, 가는 김에 예술가인 체하는 백해무익한 자아도 데리고 가. 내가 예순 살 생일을 맞이하기 전 크리스마스 때 있었던 일이다. 몇 주 앞서 belief.net('동네에서 기독교인을 찾아보세요.' '매일 편지로 전하는 건강과 행복의 비결')에서 리처드 도킨스(해당 사이트의 구독자들이 지어준 별명으로 부르자면 '미스터 무의미Mr. Meaningless')에게 다위니즘이 불러온 결과에 절망을 느낄 일부 사람들과 관련해 질문한 적이 있었다. 도킨스는 다음과 같이 답변했다.

"다위니즘이 정말로 사람들에게 절망을 안겨줬다면, 야속한 일입니다. 우주는 우리에게 애도를 표하거나 위로해 줄 의무가 없으니까요. 우리의 마음속에 상큼하니 따스한 감정을 불어넣을 의무도 없어요. 그러니 사실이라면 사실이려니 하고, 짊어지고 살아야 하지 않겠어요?"

옳거니, 개소리 말고 죽으라는 거지. 물론, 도킨스는 자신의 주장 안에선 옳다. 그러나 로베스피에르도 옳았다. 무신론은 귀족적이다. 그리고 도킨스의 으스대는 말투에선 옛 기독교의 냉혹한 강경파들의 목소리가 들린다. 신은 네 일신의 안녕을 위해 이 우주를 배치한 게 아니다. 마음에 들지 않는다

웃으면서 죽음을 이야기하는 방법

고? 그래서 어쩌라고. 너(세례를 받지 않은 영혼)는 연옥으로 내려가라. 너(자위행위를 일삼아 신을 모독한 놈)는 곧장 지옥행이다. 곧바로 지옥으로 가라. 하늘이 무너진대도 너 같은 인간에게 줄 '감옥에서 해방' 카드 따윈 없다. 너(천주교를 믿는 남편)는 이쪽으로 가. 너(배교한 데다 무신론자인 에이어를 한 지붕 아래 재워준 아내)는 저쪽으로 가. 너희들에게 안락은 없다. 쥘 르나르는 다름 아닌 이런 연병장의 신을 상상했고, 결국은 용케 천국까지 도달한 인간들에게도 줄기차게 일깨웠다.

"알다시피 너희들은 여기 놀러 온 게 아니라고."

철 좀 들어라, 라는 것이 도킨스의 요지다. 신은 가상의 친구다. 당신은 죽으면 끝인 거다. 어떤 영적 경외감을 느끼고 싶은 거라면 망원경으로 은하수를 찬찬히 관찰하면 된다. 바로 지금 당신은 아이의 만화경을 빛에 비춰 보고 있는 것이며 그 색색의 마름모꼴들이 신이 집어넣은 거라 둘러대고 있는 것이다.

철 좀 들기를. 1891년 7월 17일, 알퐁스 도데와 에드몽 공쿠르는 아침 산책에 나섰고 내세의 희박한 가능성에 관해 이야기를 나누었다. 에드몽은 이미 죽은, 사랑하는 형 쥘을 간절히 보고 싶어 했음에도 우리 인간은 '죽음으로 완전히 절멸'하며, '하루살이보다 이삼일 더 살다 가는 덧없는 생물'이라고 확신해 마지않았다. 그런 후에 독창적인 주장을 내세웠는데, 서머 싯 몸의 '만민 합의'처럼 규모의 논리를 내세운 주장이었지만 결론은 정반대였다. 즉, 신이 존재한대도 신이 두 번째, 다시 말해 죽음 이후의 삶을 인류의 모든 일원 한 명 한 명에게 줄 거라는 기대는 신에게 말도 안 되게 방대한 부기簿記 업무를 부과한다는 결론이었다.

이는 아마도 설득력을 갖췄다기보다는 재담에 가까운 이야 기일지도 모른다. 만약 우리가 우선 하나의 신을 상상할 수 있 다고 할 때, 그 신이 우리를 보살피고자 (또한 부활시키고자) 유 념해 일람표를 만드는 능력이 직무 분석표 작성과 같을 거라 고 기대하는 건 얼토당토않다고 나는 생각했을 것이다. 아니, 그보다 더 설득력 있는 주장은 신의 무능에서 나오는 것이 아 니라 우리 자신의 무능에서 나오는 것이다. 서머싯 몸이 『어느 작가의 노트』에서 1902년의 첫 도입부에 이렇게 썼듯이.

"내가 생각하는 인간은 흔하고 평범해서 영생이라는 거대한 실상엔 걸맞지 않게 느껴진다. 열정도 부족하고 미덕은 차치 하고라도 악덕조차 부족해서 일상적인 세계에는 적당히 어울 릴지 몰라도, 불멸의 개념은 그토록 협소한 구조에 던져진 존 재들이 감당하기엔 너무도 광막하다."

작가가 되기 전에 수련의였던 서머싯 몸은 평온히 죽는 환자들과 비참하게 죽는 환자 모두를 보았다.

"그리고 나는 마지막 순간에 이르러 그들의 정신이 영원히 살 것임을 암시하는 어떤 징후도 본 적이 없다. 그들은 개가 죽는 것과 똑같이 죽는다."

가능한 반대 의견: 1. 개 역시 신이 창조한 일부다. (개Dog라는 단어가 신God이라는 단어의 철자를 거꾸로 늘어놓은 것과 마찬가지로.) 2. 왜, 육체에 집중하는 것이 업인 의사가 정신이 어디 있는지를 신경 쓰는 걸까? 3. 인간이 무능하다고 정신이 내세를 누리지 못할 이유는 무엇인가? 우리가 누구길래 우리 자신을 자격 미달로 단정하는가? 중요한 건 나아지리라는 희망, 신의 은총을 거쳐 구조되리라는 희망이 아닐까? 확실히 우리는 특별하지 않고, 갈 길이 먼 것도 사실이지만, 중요한 건 희망을 갖는 것 아닐까? 아니라면 천국이 다 무슨 소용일까? 4. 싱어의 입장에 기대어 말하면 '생존이 정해진 일이라면……'

그러나 서머싯 몸의 말이 맞다. 우리는 개가 죽듯 죽는다. 더 정확히 말해서 (1902년 이래 의학이 거둔 발전을 감안해서 말하면) 단정히 꾸미고, 든든한 건강보험증서 덕에 진정제를 넉넉히 맞게 된 개처럼. 그래 봤자 여전히 개 꼴에 지나지 않게.

†

교외 중심부에서 보낸 유년기 시절, 우리 집엔 검은색 흰색의 베이크라이트 무선 라디오가 있었다. 형과 나는 그 조절 장치에 손대는 게 금지돼 있었다. 전원을 켜고, 주파수를 맞추고, 제시간에 적절히 작동할 수 있을 만큼 따뜻해지는지를 확인하는 일은 아버지의 소관이었다. 그리고 나면 아버지는 파이프를 만지작거리다 쿡쿡 쑤셔서 담배를 눌러 채운 다음 스완베스타 성냥으로 칙 소리 나게 그어 불을 붙였던 것 같다. 어머니는 뜨개질감이나 수선할 바느질거리를 들고 나왔고, 인두로 지져 무늬를 새긴 가죽 덮개에 있는《라디오 타임스》*를 꺼내 보곤 했다. 이윽고 무선 라디오에서 「질문 있습니까?」라는 프로그램의 균형 잡힌 소견들을 소개했었다. 패널로는 입심 좋은 하원 의원들, 세속적인 주교들, A. J. 에이어 같은 직업적인 현자들, 그리고 자수성가한 아마추어 현인들이 나왔다. 어머니는 감탄을 섞어 그들을 인정해 주거나("거참 말 한번 잘했네!") 혹은 묵살했다("머저리 천치!"부터 "총을 맞아도 싸지"까지 뭐든). 또 어떤 날의 무선 라디오는《비평가들The Critics》을 토해냈는데, 정중한 예술 전문가 무리가 우리는 결코 보지 않을 연극들과 우리 집에선 결코 구경하지 못한 책들에 관해 끝도

---

* 영국의 텔레비전, 라디오 관련 정보를 제공하는 주간지.

　　　　　　　　　　　웃으면서 죽음을 이야기하는 방법

없이 웅얼거렸다. 형과 나는 어리벙벙한 가운데 권태에 사로잡혀 열심히 들었는데, 그렇게 권태를 느낀 건 단순히 당시 방송이 지루해서뿐만이 아니라 앞으로 우리가 뭘 하면서 먹고살지 이미 예견했기 때문이었다. 만약 그런 식으로 소견을 주고받는 게 어른이 되어 할 일 중 하나라면, 그건 단순히 실현 불가능한 것이 아니라 극구 피하고 싶을 것 같아서였다.

교외를 벗어날 즈음의 사춘기가 되었을 때 무선 라디오에게 경쟁자가 생겼으니, 경매에서 중고로 사 온 거대한 텔레비전이었다. 전면을 뒤덮은 호두나무에, 기능을 감추는 전면 쌍여닫이문이 달린 텔레비전은 난쟁이의 대형 옷장이라 할 만한 크기여서 가구 광택제를 들이붓다시피 해야 했다. 그 위에는 텔레비전만큼이나 특대형에 기만적인 가족 성서가 놓여 있었다. 그것도 원래는 다른 가족의 가족 성서였기 때문에 표지의 면지에는 우리 가족이 아닌 다른 가족의 계보가 새겨져 있었다. 그 책 역시 경매에서 사 온 것이었고, 아버지가 십자말풀이를 하다 실마리를 얻으려고 흥에 겨워 뒤져볼 때라면 모를까 일절 펼쳐지는 법이 없었다.

의자들은 바야흐로 서로 다른 방향을 향해 놓여 있었지만 의식은 변함없었다. 으레 파이프에 불이 붙여졌고, 바느질감, 아니면 손톱 손질 도구들(손톱 다듬는 줄, 매니큐어 리무버, 스플

리트 바인딩 테이프, 언더코트, 탑코트)이 등장했던 것 같다. 페어
드롭스* 냄새를 맡으면 모형 비행기를 만들던 시절로 되돌아
갈 때가 가끔 있지만, 더 자주는 손톱을 다듬던 생전의 어머니
에게 되돌아가게 되었다. 특히나 내 사춘기 시절을 상징할 만
한 순간들로. 부모와 함께 텔레비전에서 존 길구드**의 인터뷰
를 보고 있던 때가 그렇다. 더 정확하게는 길구드가 회담자의
질문에 대한 대답을 빙자해 정묘한, 자조적인 일화들을 늘어
놓는 걸 태평하게 보고 있었다고 해야겠다. 나의 부모는 아마
추어 연극은 물론 웨스트엔드***까지 즐겨 극장을 찾는 편이었
으니 틀림없이 『신들을 보고 쓴 노트』**** 시절의 길구드도 몇
번은 봤을 것이다. 길구드의 음성은 반세기 동안 런던 무대에
오른 가장 아름다운 악기로 손꼽혔다. 그것은 투박한 힘이 넘
치는 부류와 다른, 정제된 기동성을 갖춘 목소리로, 어머니는
비평적 근거는 물론 사교적인 근거에서도 찬탄해 마지않았다.
길구드가 자신의 점잖으면서도 살짝 키득거리게 되는 추억담
을 펼치는 동안, 나는 조용하면서도 집요하게 계속되는 소음

---

* 서양배 모양의 눈깔사탕.

** John Gielgud(1904~1946). 영국의 배우이자 연출가.

*** 영국 런던 서쪽의 극장 밀집 지역으로 뉴욕 브로드웨이와 함께 세계 뮤지컬의 양대 산
맥으로 꼽힌다.

**** 존 길구드가 20세기 초 연극을 배우던 10대 때 런던 극장을 다니며 보았던 당대 최
고이자 훗날 전설이 될 작가들과 제작자들, 연극 작품들에 관해 쓴 동명의 에세이.

을 알아차리게 되었다. 마치 아버지가 조심스럽게 스완베스타에 불을 붙이려고 하는데 매번 실패하는 것 같은 소리. 메마른 마찰음이 연이어 계속되는 듯, 길구드의 목소리에 낙서하듯 긁는 소리. 그건 물론 우리 어머니가 손톱을 줄로 다듬는 소리였다.

난쟁이의 대형 옷장이 무선 라디오보다 더 재미있었던 건 서부극을 연재해 줬기 때문이다. 이쯤해서 당연히 「론 레인저」가 나와야겠지만, 그것 말고도 데일 로버트슨의 「웰스 파고」가 있었다. 나의 부모는 「전장의 명을 수행하는 몽고메리 육군 원수」* 같은 어른들의 싸움을 더 좋아했다. 이 6부작에서 사령관은 독일군을 쫓아 북아프리카부터 유럽 전역을 누비다 마침내 뤼네베르크 히스에서 항복시킨 이야기를 들려준다. 그게 아니라면 내 형이 최근에 기억해 낸 바, '흑백 화면 속에서 좌충우돌 바보짓하던 섬뜩한 몬티 이야기'였다. 그리고 「두뇌 연합」**이라고, 「질문 있습니까?」의 대학원생 버전 격 (즉, 시청자를 바보 취급하는 데 한 술 더 떴던) 프로그램이 있었는데, 역시 A. J. 에이어가 출연했다. 보다 화합적인 성격으로, 가족들

---

* 제1차, 제2차 세계대전 때 무공을 세운 군인으로, 제2차 세계대전 당시 '사막의 여우'라고 알려졌던 독일의 롬멜 장군을 무찌르고 연합군에 승리를 안겨준 영웅으로 유명하다.
** 1940년대부터 1950년대까지 BBC 라디오와 텔레비전을 통해 방영되었던 교양 프로그램으로 전문가들로 구성된 패널이 방청객들의 질문에 답하는 내용으로 꾸며졌다.

이 다 함께 즐겨본 건 야생 생물에 관한 프로그램들이었다. 명랑 쾌활한 벨기에 억양에 사막에서 입는 주머니 많이 달린 옷을 위아래로 갖춰 입은 데니스 부부,* 오리발을 낀 쿠스토 선장,** 덤불 사이에서 숨을 헐떡이던 데이비드 애튼버러.*** 그 시절에 시청자들은 흑백 화면 속 초원이나 해저나 정글 속을 흑백으로 위장한 것 같은 동물들이 가로지르는 동안, 정신을 바짝 차리고 보지 않으면 안 되었다. 오늘날, 우리는 손 하나 까딱 않고 색깔과 클로즈업의 극진한 대접을 받으며, 신의 시점에서 신이 없는 우주의 복잡한 삼라만상과 아름다움을 보는 호사를 누린다.

최근에 와서 황제펭귄이 유행인데, 영화와 텔레비전에서 해설하는 목소리들은 우리에게 의인화를 부추긴다. 두 발로 어설프게 걷는 모습이 사랑스럽기 그지없는 그들을 좋아하지 않고 버틸 재간이 있을까? 그들이 귀엽게도 서로의 가슴에 기대어 쉬고, 엄마나 아빠 펭귄이 소중한 알을 두 발 사이에 옮겨가며 품고, 우리가 함께 장을 보듯 함께 먹이를 찾아 나서는

---

* Armand Denis(1896~1971), Michaela Denis(1914~2003). 각각 벨기에와 영국 출신의 야생 다큐멘터리 감독이자 부부.
** Jacques Yves Cousteau(1910~1997). 프랑스의 해양탐사가로 1943년에 스쿠버 장비를 혁신한 아쿠아렁aqua-lung을 제작해 해양탐사의 혁신을 이끌었다.
*** David Attenborough(1926~). 영국의 동물학자이자 방송인으로 수많은 다큐멘터리 영화 해설을 맡았다.

웃으면서 죽음을 이야기하는 방법

모습을 보라. 눈보라를 견디기 위해 다 함께 몸을 옹송그려 모여 있는 것으로 사회적 이타주의를 입증하는 모습을 보라. 몸바쳐 알을 품고, 허드렛일을 나눠 하고, 공동 양육을 하며, 계절에 따라 파트너를 바꾸지만 어쨌든 일부일처제를 준수하는 이 남극의 황제들은 묘하게 우리와 닮지 않았는지? 그럴지도. 하지만 어디까지나 우리에게서 별다를 것 없이 그들의 모습을 떠올리게 되는 정도에 지나지 않는다. 그들이 신의 창조물로 통할 때에나 우리와 비슷할 뿐이지, 한편으로 우리는 인정사정없는 진화의 충동에 매질과 꼬드김을 당하는 가운데 있지 않나. 상황이 이러함을 감안할 때 (또 한 번) 우리 스스로 가공해 만들어낸 신이라는 친구의 작품에 대해 느끼는 놀라움을, 자연발생적이지만 공허한 우주에 대한 놀라움으로 완전히 대체한다는 이러한 제안에 대해 어떻게 생각하는가? 자신을 진화상 종種으로 의식하는 단계에 이른 이상, 우리는 펭귄이 아니라 그 어떤 것으로도 되돌아갈 수 없다.

과거에, 경이란 아낌없이 베푸는 창조주의 아량에 횡설수설 감사를 표하거나 신의 경천동지할 능력 앞에서 오줌을 지릴 정도로 두려워하는 것을 뜻했다. 이제, 혼자가 되었으니 우리는 신이 없는 가운데 느끼는 경이의 목적을 생각해야만 한다. 그 경이로움은 그 자체가 정의로울 수는 없으며 다만 더 순수하고 더 진실할 뿐이다. 그 경이로움에는 반드시 어떤 기능이, 어떤 생물학적 쓸모가, 어떤 실용적인, 생명을 구하거나 연장하기 위한 목적이 있을 것이다. 어쩌면 우리가 이 행성을 돌이킬 수 없는 지경으로 망가뜨린 날에도 버티고 살 수 있는 다른 곳을 찾아 나서게 해주려고 있는 건지도 모른다. 그러나 경우를 막론하고, 있던 신이 없어지는 감소 상태를 무슨 수로 막는단 말인가?

여기 하나의 질문과 하나의 역설이 있다. 우리의 역사는 개인주의가 부침을 거듭하면서도 점진적으로 진보해 오는 것을 보았다. 짐승의 무리에서, 노예 사회에서, 사제와 왕이 쥐고 흔드는 다수의 교육받지 못한 무리들에서, 개인이 더 큰 권리와 자유(행복, 사적인 생각, 자아실현, 방종을 추구할 권리)를 누리는 더 느슨한 그룹들로. 동시에 사제와 왕이 세운 원칙들을 떨쳐버리면서, 과학의 도움으로 우리가 사는 더욱 진실한 조건들을 이해하게 되면서, 우리의 개인주의가 보다 더 크게 그리고 더 이기적인 방식으로 스스로를 표현하게 되면서(그렇지 않다면 자유가 다 무슨 소용인가?) 우리는 또한 이러한 개인성, 혹은 개인성에 대한 환상이 우리가 상상한 것만 못하다는 것을 발견하게 된다.

우리가 발견하는 건 놀랍게도 도킨스가 인상적으로 피력했

웃으면서 죽음을 이야기하는 방법

듯, 우리가 '생존 기계(유전자라고 알려진 이기적인 분자들을 보존하도록 맹목적으로 프로그래밍된 로봇 자동차)'라는 것이다. 역설적인 건 우리가 개인주의(자유롭게 사유하는 예술가들과 과학자들의 위업)를 거쳐 자신을 인식하는 상태에 이르렀지만, 그로 인해 이제는 우리 자신을 유전적으로 순종하는 구성단위로서 본다는 사실이다. 내가 사춘기 때 이해한 자아의 구조(막연히 영국식으로, 실존주의적으로 바랐던 자주성)만 가지고선 진실에서 단 한 발자국도 나아갈 수 없었을 것이다. 나는 성장이라는 지난한 과정을 거쳐 마침내 홀로 서게 된 한 인간(키가 다자란 '호모에렉투스', 궁극의 혜안을 갖춘 '호모사피엔스')으로서 자신을 위해 채찍을 휘두를 수 있을 때 존재가 완결된다고 생각했다.

이런 이미지는 다른 걸로 바꿔야 한다. (사실 이 이미지는 내가 얼마간 멜로드라마화한 것이며, 그런 깨달음과 자기투사란 늘 불안정하고 일시적인 것이다.) 내가 휘두를 채찍을 갖게 되기는 커녕, 오히려 내가 그 채찍의 끝에 있고, 날 후려치고 있는 것은 어깨를 으쓱하거나 맞서 싸워 치워버릴 수 없는 유전상의 소재를 땋아서 만든 길고 피할 길 없는 밧줄이라는 의식으로 말이다. 그럼에도 여전히 나의 '개인성'을 느끼고, 또 유전학적으로 입증할 수 있을지 모르지만 그것은 한때 내가 짐작했던 성취와 전혀 반대되는 것일 수도 있다.

그 점이 역설적인 것이다. 여기서 질문이 생긴다. 우리는 예전에 느꼈던 경이를 새로운 경이로 갈아 치워 성장한다. 맹목적으로 예기치 않게 우리를 만들어낸, 맹목적이고 우연한 과정에 경이로워한다. 안 그런 사람도 있겠지만 우리 중 누군가는 이에 의기소침해지지 않으며 도킨스 자신이 그렇듯 오히려 '신나 한다'. 우리는 도킨스가 인생을 살 만하게 해준다면서 제시한 목록(음악, 시, 섹스, 사랑과 과학)을 즐기는 가운데, 서머싯 몸이 옹호한 '유머를 갖춰 체념하는 법'을 연습하고 있는지도 모른다. 우리가 이러한 모든 것을 하게 되면, 우리는 장차 더 잘 죽을까……? 당신은, 나는, 리처드 도킨스는 수백 수천 년 전에 살았던 우리의 선조들보다 더 잘 죽게 될까? 도킨스는 다음과 같은 소망을 피력한 바 있다.

"죽을 때, 나는 전신마취 상태에서 내 생명을 제거하고 싶다. 마치 못 쓰게 된 맹장을 떼어내는 것과 똑같이."

불법이긴 하나, 퍽 명확하다. 그러나 죽음은 우리가 나름대로 고안해 낸 해결책을 완강히 거부하는 태도를 보인다.

의학적인 관점에서 (그리고 우리가 이 행성 어디에 사는지에 따라) 우리는 잘 죽을 수 있고 또 얼마간 개죽음을 모면할 수 있을 것이다. 그건 계산에 넣지 마라. 더불어 죽음과 혼동할

웃으면서 죽음을 이야기하는 방법

만한 것, 가령 후회도 회한도 없는 죽음 같은 것도 생각하지 마라. 만약 우리에게 주어진 시간을 즐겼다면, 우리 자식들을 위해서도 대비책을 세웠다면, 그래서 슬퍼할 게 거의 없다면 인생을 되돌아보는 편이 좀 더 견딜 만할 것이다. 그러나 그것은 목전에 닥친 현실을 즐거운 마음으로 기다리는 것과는 사안이 다르다. 완전한 소멸을 즐거운 마음으로 기다린다고? 과연 우리가 그런 현실에 조금이라도 더 성숙하게 대처할 수 있을까?

나로선 굳이 그래야 할 이유를 모르겠다. 나로선 우리의 명석함이나 자기 인식이 왜 상황을 악화시키기보다 개선시켜야 하는지를 모르겠다. 군말 없이 우리를 품어 떠받드는 저 유전자들이 우리의 공포마저 없애줘야 할까? 유전자가 공포에도 관심을 가져야 한다고? 우리가 죽음을 두려워하는 이유는 죽음 자체가 두려워서가 아니라 그 두려움이 우리에게 유용하기 때문은 아닐까. 아니, 사실은 우리의 이기적인 유전자에게 유용하기 때문이 아닐까? 그도 그럴 것이 만약 우리가 죽음을 충분히 두려워하지 않는다면, 이전의 다른 사람들처럼 위장한 호랑이의 속임수에 홀린다면, 혹은 우리의 혀가 우리에게 먹으면 안 된다고 가르쳤던 (더 정확하게는, 치명적인 시행착오를 거쳐 혀 스스로 먹으면 안 되겠다고 터득한) 그 쓴 풀을 먹는다면, 그 이기적인 유전자들이 전해질 리 없을 테니까. 우리가 임종 때 위안을 받아봤자 이 새로운 주인인 유전자에게 도대체 무슨 쓸모가 있으며 무슨 이득이 있겠는가?

†

"사람이란 모름지기 자신의 운명을 감당해야 한다. 다시 말해서 운명처럼 무감해져야 한다. '그렇군! 그런 거군!' 하고 말함으로써, 그리고 발아래 놓인 검은 구덩이를 응시함으로써 사람은 평정심을 유지하는 법이다."

플로베르에게 구덩이를 응시하는 경험은 일찍 찾아왔다. 그의 아버지는 병원 외과의였다. 그의 가족은 병원 위층에 살았다. 아쉴 플로베르는 수술대에 있다가 곧바로 저녁 식사 테이블에 갈 때가 잦았다. 소년 구스타프는 창살 세공을 기어 올라가 그 안의 아버지가 의학도들에게 시체 해부하는 법을 가르치는 모습을 들여다보았다. 파리 떼에 뒤덮인 시체들을 보았고, 자기들이 잘라내고 있는 시체의 팔다리와 몸통 위에 아무 생각 없이 불붙은 시가를 올려놓는 의학도들을 보았다. 아쉴은 위를 올려다보았다가 창문가에서 아들의 얼굴이 보이면 해부용 메스를 든 손을 휘저어 쫓아버렸다. 후기 낭만주의풍의 병적 성향이 플로베르의 소년기를 잠식했다. 그렇지만 그

웃으면서 죽음을 이야기하는 방법

는 다른 사람들은 시선을 회피하는 곳을 바라보는 현실주의자의 책임과 권리를 저버리는 일은 추호도 없었다. 그것은 작가의 의무는 물론이요, 인간의 의무였다.

1848년 4월, 플로베르가 스물여섯 살이 되던 해, 그와 청년기를 함께했던 문인 친구 알프레드 르 푸와트뱅이 죽었다. 최근에 와서야 알려진 사적인 비망록에서, 플로베르는 자신이 이 죽음을 어떤 시선으로 바라보았는지, 그리고 죽음을 바라보는 자신은 또 어떻게 바라보았는지를 기록했다. 그는 죽은 친구를 위해 이틀 밤을 내리 경야經夜했고, 르 푸와트뱅의 젊은 아내에게 줄 머리칼 한 줌을 잘라냈으며, 친구의 시신에 수의를 입히는 것을 거들며 시신이 부패하면서 뿜어내는 악취를 맡았다. 장의업자가 관을 들고 도착했을 때, 그는 친구의 관자놀이에 입을 맞추었다. 그로부터 10년이 지난 후에도 그는 그 순간을 기억하고 있었다.

"시신의 이마에 입을 맞추고 나면 그때부터 입술에 늘 뭔가 남아 있게 된다. 아련한 쓴맛, 무엇으로도 지울 수 없을 공허의 뒷맛이."

이는 내가 어머니의 이마에 입을 맞추었을 때와는 다른 경험이었다. 그러나 그때 나는 플로베르보다 두 배는 더 나이가 많았으니, 그런 쓴맛은 그 전부터 이미 내 입술에 배어 있었을 것이다.

르 푸와트벵이 죽고 21년 후, 플로베르의 성년기 때 문인 친구, 루이 부예가 죽었다. 또 한 번, 플로베르는 자신의 행동과 반응을 기술하는 사적인 비망록을 작성했다. 친구의 부고를 들었을 때 그는 파리에 있었다. 그래서 루앙으로 돌아와 부예의 집으로 갔고 죽은 시인 친구의 내연의 처와 포옹했다. 당신은 (구덩이를 응시한 경험이 효력을 발했다면) 예전의 경험 덕에 이번엔 좀 더 수월할 거라고 생각할지 모른다. 그러나 플로베르는 차마 볼 수 없었고, 시신 곁을 지키지도, 안지도 못했으며, 수의를 입힐 수도, 생전에 '내 왼쪽 불알'이라고 부를 정도로 막역했던 친구에게 입을 맞출 수도 없는 자신을 발견했다. 그는 그날 밤 정원에 있었고 땅바닥에서 두어 시간 눈을 붙였다. 그러고는 뚜껑을 덮은 관이 집 밖으로 실려 나올 때까지 친구에게 다가가기를 극구 피했다. 비망록에서 그는 두 죽음에 임하는 자신의 능력을 구체적으로 비교했다.

"나는 그를 차마 쳐다보지도 못했다! 나는 20년 전보다 더 나약해진 것 같다…… 나의 내면엔 강인함 같은 건 전혀 찾아볼 수 없다. 나는 핍진해진 기분이다."

구덩이를 응시하는 행위는 플로베르를 평온이 아니라 신경쇠약으로 이끌었다.

웃으면서 죽음을 이야기하는 방법

†

알퐁스 도데의 죽음에 관한 비망록을 번역하고 있을 때, 두 친구가 각각 내게 '그 일을 하면 분명히 우울해질 것'이라고 넌지시 말했다. 천만에. 나는 적정선에서 성인이 구덩이를 응시하는 이 본보기(정확한 일별, 정확한 언어, 죽음을 과장하지도, 축소하지도 않는 태도)에 신나 하는 것을 느꼈다. 평온과 거리가 다소 먼 노년기에 관해 쓴 단편들을 한 권으로 묶어 출간했던 당시 쉰여덟의 나는 그런 얘기들을 쓰기엔 스스로 아직 미숙하지 않나 자문하곤 했다. 이 책의 첫 50페이지를 친한 (또 책을 꼼꼼히 읽는) 친구 H에게 보여주었을 때 그녀는 걱정스러운 듯 물었다.

"이게 도움이 돼?"

아, 작가의 삶이 그대로 작품에 반영된다고 믿는 데다 내가 이렇게 하면 나아질 거라고 믿었다는 얘기군. 그딴 생각은 아무리 취지가 좋다한들 내겐 짜증을 불러일으킬 뿐이다. '죽은 사람이 바랐을 것'이라고 가정하는 태도가 형을 짜증 나게 만드는 것만큼. 당신의 인생에서 뭔가 좋지 않은 일이 일어난다. 아니, 죽음의 경우는 일어나도록 예정되어 있다. 당신은 그걸 주제로 글을 쓴다. 그런 후 그 상서롭지 못한 것에 대한 생각이 좀 더 나아짐을 느낀다. 대단히 협소한, 지엽적인 정황에서 나는 이런 게 적용된 상황을 상상해 볼 수 있다. 쥘 르나르의 『일기』에서 1903년 9월 26일자의 내용을 보자.

"문학의 아름다움. 내 소 한 마리가 죽는다. 나는 그 소의 죽음에 대해 글을 쓰고, 그 덕에 다른 소를 살 수 있을 만큼의 돈을 번다."

그러나 이것이 더 폭넓은 의미에도 적용될 수 있을까? 특정한 종류의 자서전에서는 가능할 수도 있다. 당신은 상처 많은 유년을 보냈다. 아무도 당신을 사랑하지 않는다. 당신은 그 이야기를 책으로 쓰고 그 책이 성공하면서 많은 돈을 벌고 사람들이 당신을 사랑하게 된다. 해피엔드의 비극! (하지만 헐리우드에서 소재로 삼을 만한 이런 시점들은 모두 어김없이 다른 방향으로 흘러갈 수 있다. 이렇게: 당신은 상처 많은 유년을 보냈다. 아무도 당신을 사랑하지 않는다. 당신은 그 이야기를 책으로 쓰지만, 출간하기 곤란한 책이어서 여전히 누구도 당신을 사랑하지 않는다.) 하지만 허구나 다른 종류의 변형적인 예술은 어떨까? 나로선 그렇게까지 해야 하는지, 예술가가 그런 것을 지향해야만 하는지 잘 모르겠다. 브람스는 말년에 작곡한 피아노 간주곡을 '내 눈물로 쓴 자장가'라고 불렀다. 그러나 우리는 그 음악들이 브람스에게 손수건 구실을 했을 거라고는 생각하지 않는다. 그럴뿐더러 내가 죽음에 관해 글을 쓴다고 죽음에 대

웃으면서 죽음을 이야기하는 방법

한 두려움이 작아지거나 커질 거라는 생각도 들지 않는다. 그렇지만 모든 것을 봉하며 전조를 드리우는 어둠 속에서 소스라쳐 잠을 깰 때, 나는 한시적이긴 해도 한 가지 이점이 있다고 자신을 속여 넘기려 애쓴다. 그래서 이렇게 혼잣말을 한다. 이건 '죽음에 대한 두려움'* 때문에 또 한바탕 끌탕하는 것하곤 달라. 이건 네 책을 위한 연구야'라고.

플로베르는 말했다.

"모든 것은 학습을 요한다. 독서부터 죽음까지."

그러나 우리는 죽음을 딱히 많이 연습하지 않는다. 뿐만 아니라 몽테뉴가 열거한 모범적인 죽음의 사례들에 대한 우리의 태도는 전보다 더 회의적이 되었다. 왜 있잖은가. 존엄, 용기, 다른 사람들을 배려하는 마음을 보여주고, 위안이 되는 마지막 말이 발화되고, 실소할 여지가 끼어드는 법 없이 침울한 행동을 펼치는 장면들 말이다. 도테를 예로 들면, 그는 저녁 식사 자리에서 가족들이 지켜보는 가운데 죽었다. 그가 스프 몇 수저를 뜨고 집필 중이던 희곡 작품에 대해 기분 좋게 수다를 떨고 있을 때, 죽음이 덜커덕거리는 소리가 들리더니 그가 의자에 앉은 채 뒤로 쓰러졌다. 공식적으로 알려진 바론 그런데,

---

* timor mortis. 중세 스코틀랜드와 영국의 시에서 자주 등장한 라틴어 경구 'timormortis conturbat me(죽음에 대한 두려움이 나를 심란케 한다)'에서 '죽음에 대한 두려움'.

그의 친구 졸라가 설명한 '아름다운 죽음une belle mort', 거인의 손가락이 짓누른 벌레처럼 느닷없이 으깨어져 죽는 것에 가깝게 느껴진다. 실제로도 그런 편이라고 할 수 있다. 그러나 부고 담당 기자는 도데가 죽은 직후에 일어난 일은 기록하지 않았다. 의사 두 명이 불려 왔고, 한 시간 반 동안 (한 시간하고도 30분을!) 당시에 유행했던, 혀를 리드미컬하게 잡아당기는 인공호흡법을 시도했다. 놀라울 것도 없지만 이 방법이 실패로 끝나자 그들은 원시적인 방식인 전기충격으로 바꿨으나 안 하느니만 못했다.

나는 이 일화에서 모종의 난폭한 직업적 아이러니를 느낀다. 도데에게 명성을 안겨준 랑그*와, 의사들이 그를 되살리기 위해 잡아당긴 랑그라는 아이러니. 아마도 도데는 그 점에 대해 (마냥) 고맙게 여겼을지도 모른다. 내 생각은 그의 숨이 끊어지는 순간까지만 호상好喪이라는 것이다. 물론, 그에 앞서 매독의 모진 고통에 시달렸다는 건 차치하고. 조르주 상드**는 군더더기 없이, 깔끔하게, 격려하듯, 목가적으로 평화로운 분위기 속에서 죽었다. 노앙의 자기 집에서, 수년 전에 직접 심

---

* langue. 프랑스어로 '언어'를 뜻하며, 언어학자 소쉬르에 따르면 한 언어가 갖는 추상적 체계이자 구성원 모두가 공유하는 사회적 약속이다. 프랑스어로 '언어'를 의미하기 전에 '혀'를 뜻하기도 한다.
** Georges Sand(1804~1876). 19세기 프랑스의 소설가.

　　　　　　　　　　　웃으면서 죽음을 이야기하는 방법

은 나무들을 굽어보다가. 이 역시 호상이다. 그에 앞서 손쓸 수 없는 암으로 인해 받았던 고통은 차치하고. 나는 자꾸만 조르주 브라크*의 호상을 믿고 싶은 심정으로 기우는데 (감상주의의 발로일지 모르지만) 그의 예술에서 엿본 것과 상통하는 듯하다는 생각이 주효하다. 그의 죽음은 '무관심보다 극기로 달성한 평정'이라고 표현할 수 있을 것이다. 의식의 안팎을 들락날락하는 가운데 죽음에 다가들면서, 브라크는 자신의 팔레트를 갖다달라고 했다. 그리고 '고통 없이, 조용히, 마지막 순간에도 자기 화방의 거대한 창문을 통해 보이는 정원수 맨 윗가지들을 흔들림 없이 응시한 채' 죽었다.

나는 그런 행운도, 그런 평정도 기대하지 않는다. 자기가 직접 심은 나무들을 내다보면서? 내가 심은 건 고작해야 무화과나무 한 그루와 구스베리 나무 한 그루인데 내 침실 창문에선 보이지도 않는다. 팔레트를 갖다달라 했다고? 만약 죽음을 눈앞에 두고 내가 IMB 196c 전동 타자기**를 갖다달라고 하면, 십중팔구 거절당할 것이다. 무거워서 아내가 들지도 못할 것 같다. 아마 나도 아버지처럼 병원에 있다가 한밤중에 죽을

* Georges Braque(1882~1963). 프랑스의 화가로 피카소와 함께 큐비즘을 창시하고 발전시켰다.
** 반스는 실제로 이 전동 타자기 두 대로 글을 쓴다고 밝힌 바 있다.

것이다. 간호사나 의사는 내가 '스르르 빠져나갔고' 마지막까지 사람이 옆을 지키고 있었다고 말할 것이다. 사실은 옆에 아무도 없었다 해도 말은 그렇게 하겠지. 죽음을 향해 떠나기 전에, 나는 극심한 고통, 두려움, 그리고 내 주위에서 오가는 불분명하고 에두른 말들에 격한 분노를 느낄 것이다. 나는 내 옷가지를 담은 쓰레기 봉지를 누가 받게 되건, 신어보지도 않은 밤색의 찍찍이 슬리퍼를 발견하는 일은 없기를 바란다. 내가 죽은 후 내 바지는 어디 공원 벤치나 음울한 쉼터에서 한두 철을 나게 될지도 모르겠다.

20여 년 전쯤에 쓴 일기장에서 이런 내용을 발견했다.

"사람들은 죽음에 대해서 '아무것도 두려워할 것 없다'고 말한다. 그들은 재빨리, 아무 생각 없이 그 말을 한다. 이제 그 말을 다시 해볼까. 천천히, 곱씹어서. '아. 무. 것. 도. 두려워할 것 없다.'"

쥘 르나르는 말한다.

"가장 진실한, 가장 정확한, 가장 많은 의미를 품고 있는 말은 '아무것도 아니다nothing'이다."

✝

마음이 표표히 자신이 죽을 때의 정황들을 생각할 때, 우리

웃으면서 죽음을 이야기하는 방법

는 으레 최악이나 최상의 상황, 둘 중 하나로 자석처럼 끌려간다. 내가 상상할 수 있는 최악의 상황엔 격리, 물, 그리고 임박한 죽음만이 유일한 상황을 견디는 기간이다. 예를 들면 뒤집힌 유람선 시나리오가 있다. 에어포켓, 암흑, 서서히 차오르는 물, 같은 배를 탄 힘없는 인간들의 절규, 그리고 숨 쉴 공기를 차지하려는 경쟁. 같은 상황의 '나 홀로' 버전도 있다. 당신은 (아마도 당신의) 자동차 트렁크에 구겨 넣어져 있고, 당신을 억류한 사람은 차를 몰아 현금인출기를 전전하다 마침내 당신의 신용카드가 지급 정지되자, 당신은 강둑이나 바다의 절벽에서 아찔하니 기울어져 물에 첨벙 빠지고, 당신을 탐하는 물살이 꿀렁꿀렁 들어온다. 아니면 이와 유사하되 좀 더 해괴한 '야생동물' 버전도 있다. 악어에게 물려 물속으로 끌려들어가 의식을 잃는데, 다시 정신을 차려보니 물 속 악어 소굴에서 물 위로 선반처럼 삐져나온 한쪽 끝에 누워 있고, 자신이 이 짐승의 식품 저장실 예비 식량이 되었음을 깨닫는 것이다. (믿지 않을까 봐 일러두자면, 이런 일은 실제로 일어난다.)

내가 줄곧 꿈에 그렸던 최고의 죽음은, 정확히 마지막 책을 쓸 수 있을 만큼의 기간과 명료한 의식만 남아 있다는 의사의 진단에 달려 있었다. 그래서 그 책에 죽음에 대해 내가 생각하는 모든 걸 담아내려 했다. 픽션이 될지 논픽션이 될지 나도 알 수 없었지만, 이미 몇 년 전에 구상하고 적어둔 첫 문장은 '이 죽음이라는 것을 정면 돌파해 보자'였다. 하지만 세상 어느 의사가 작가의 문학적 요건에 맞춤한 진단을 내려줄 수 있을까?

"유감입니다만 좋은 소식과 나쁜 소식이 있습니다."

"선생님, 단도직입적으로 말씀해 주세요. 전 알아야겠습니다. 얼마나 남은 겁니까?"

"얼마나 남았냐고요? 2백 페이지 정도 남았다고 말씀드리면 될까요? 선생님이 운이 좋다면, 아니면 빨리 쓰면 250페이지도 가능할 겁니다."

아니, 이런 게 성사될 리 없으니 진단이 내려지기 전에 책을 다 쓰는 것이 상책이다. 물론 (내가 이 책의 첫 페이지부터 바랐던) 세 번째의 가능성도 있다. 그러니까 책을 쓰기 시작한다. 거의 반을 다 쓴다. (가령, 바로 이쯤해서) 아까 말한 진단을 받는 것이다! 그즈음 해서 쓰고 있는 이야기가 다소 지지부진해질 수도 있으니, 그런 김에 가슴 통증, 실신, 엑스레이, 시티 촬영……을 받는 거다. 그러면 좀 작위적으로 보이려나?

(독자 모임에서 토론을 벌인다. "아, 난 그 작가가 결말 부분에서 죽을 거란 생각을 늘 했었어요, 그러니까, 결말이 난 다음에요. 당신은요?" "아뇨, 난 그가 허풍을 떠는 건지도 모른다고 생각했어요.

웃으면서 죽음을 이야기하는 방법

그가 아픈 건 맞나 싶은 적도 있었는걸요. 그걸 뭐라고 하죠? 메타 픽션?* 그런 거 아닌가 하고요.")

아무래도 이런 식으로 일이 풀릴 리 없을 것 같다. 자신의 죽음을 상상할 때, 상황이 최악이건 최상이건, 우리는 우리가 온전한 의식 속에서 죽을 거라고, 주변 정황을 (더할 나위 없이 명징하게) 의식하는 가운데, 우리가 느낀 바를 능히 표현하고 다른 사람들의 마음을 능히 이해하며 죽을 거라고 생각하는 경향이 있다. 생각은 앞뒤가 맞지 않고 오해가 빚어지는 상태에서 죽는다는 것(그리고 죽음이라는 사건 자체가 일어나기까지의 지난한 시간)을 우리가 무슨 수로 온전히 상상할 수 있을까? 두말할 것 없이 애초의 고통과 두려움을 가감 없이 느끼는 것도 모자라 바야흐로 혼란까지 한 겹 더 덧씌워서 생각해야 한다면 어떻게 온전한 상상이 가능하겠나. 누가 누구인지 알지 못하는, 누가 살아 있고 누가 죽었는지 알지 못하는, 자기가 어디 있는지도 알지 못하는 그런 혼란 속에 빠져 있는데. (뭐가 어쨌건, 무섭긴 더럽게 무서운 가운데.)

문득 노망이 난 친구를 보러 병원에 갔던 기억이 난다. 그녀

---

* 기존 픽션의 정형화된 형식과 기법을 거부하고 현실의 확정성을 파괴함으로써 픽션과 현실 사이의 관계에 의문을 제기하는 창작 형태로, 우리말로 자의식적 소설, 자기반영적 소설이라고도 한다.

는 날 돌아보더니, 내가 정말 좋아했었던 그 부드럽고 참으로 고상한 목소리로 이를테면 이런 말을 하곤 했다.

"장담하는데 네놈은 극악무도한 범죄자로 역사에 길이 기억될 거야."

그때 간호사가 지나갔던 건지, 친구는 재빨리 태도를 바꿔 내게 확언조로 말했다.

"두말하면 잔소리지만, 이 집 하녀들은 징그럽게 착해."

그녀가 그렇게 말하면 나는 어떨 땐 (그녀를 위해서, 나 자신을 위해서) 그냥 넘어갔고, 어떨 땐 (그녀를 위해서, 나 자신을 위해서) 정정해 주기도 했다.

"하녀가 아니라 간호사인데."

내 친구는 내가 순진해 빠진 것에 새삼 놀란 것처럼 교활한 표정을 지었다.

"간호사가 몇 명 있긴 하지." 그녀는 시인했다. "하지만 대부분 하녀들이야."

아버지는 뇌졸중으로 몇 년간 수차례 쓰러지면서 나와 똑같은 키의 꼿꼿한 남자에서, 처음에는 몸은 보행 보조기에 구부정하니 기대고 머리는 보행기 구조상 부득이하게 거북한 각도로 치켜든 채 한쪽으로 기울어진 자세가 되었고, 그런 후엔 얼마간 굴욕을 느끼면서도 어쩔 수 없이 휠체어에 의지하는 신세로 전락했다. 사회복지사들이 집에 와서 아버지의 노동 능력 상실 평가를 마친 후, 아버지가 침대에서 문까지 움직이는 데 의지할 난간이 필요하다면서 설치 비용은 지원해 주겠다고 말했다. 하지만 어머니는 그 제안을 물리쳤다.

"방에 그런 흉측한 물건을 들일 순 없어요."

어머니는 난간이 방갈로의 실내장식을 망쳐놓을 거라는 생각을 굽히지 않았지만, 지금 생각해 보니 이미 일어난 현실(그리고 당신 자신의 현실이 될지도 모르는 것)을 간접적으로 부인하느라 그렇게 고집을 부렸던 것 같다. 그래도 어머니는 한 가지는 허락했는데(나로선 놀랍게도), 아빠의 안락의자를 개조하는 것이었다. 초록색에 등받이가 높고 튼튼했던 이 파커 놀 의자에서 할아버지는 늘《데일리 익스프레스》를 읽었고 할머니의 배를 전화기로 착각하기도 했었다. 그래서 개조된 의자는 아빠가 좀 더 편하게 앉았다 일어날 수 있도록 네 다리에 금속 덮개를 씌워 길게 늘였다.

이렇게 서서히 진행된 육신의 쇠퇴와 나란히 아버지의 언어 능력도 부식되었다. 아버지는 발음이 불분명해지고 단어를 기억하지 못했다. (프랑스어 교사였던 아버지의 랑그*가 사라지

---

* 여기서 뜻하는 '랑그'는 더 정확히 인간의 머릿속에 저장된 사회 관습적인 언어의 체계다.

고 있었다.) 아버지가 날 배웅하려고 보행 보조기를 천천히 이리저리 움직이고 끌어당기며 라운지에서 정문까지 가던 모습이 다시금 눈에 선하다. 쭉 늘어난 채로 끝날 것 같지 않았던 시간, 그리고 대화로 나눴던 모든 화제가 철저히 기만적으로 들렸던 곳. 나는 우물쭈물하는 척하며, 살강 위의 꽃 항아리를 살피듯 쳐다보거나 잠시 뜸을 들이며 내가 한결같이 싫어했던 작은 장식품을 자세히 쳐다보곤 했다. 그래도 결국에 우리 셋은 현관문의 발깔개 위로 가서 섰다. 한번은 헤어지면서 아버지가 말했다.

"다음번에 올 때…… 같이…… 같이…….."

그러고는 말이 막혀버렸다. 나는 기다려야 할지, 아니면 알아들은 척 알겠다고 고개를 끄덕여야 할지 갈피를 잡을 수가 없었다. 그러나 어머니는 단호했다.

"같이 뭘?"

결함투성이가 된 아버지의 정신을 적절한 질문을 통해 교정하겠다는 듯 어머니가 되물었다.

"같이…… 같이…….."

아버지의 말투에서는 당신 자신에 대한 분노 섞인 좌절의 감정이 묻어났다.

"누구랑 같이 오라고?"

웃으면서 죽음을 이야기하는 방법

어머니가 재차 물었다. 나올 대답은 너무 뻔해서 굳이 확인할 필요도 없었고, 나는 그냥 문을 박차고 나가 차로 뛰어들어 거기서 떠나고만 싶었다. 그런데 갑자기 아버지가 실어증에서 벗어날 길을 찾아냈다.

"같이…… 줄리언의 처하고."

아, 한시름 놓았지만 개운한 건 아니었다. 그때 어머니가 내 귀엔 마냥 동정적이지만은 않은 말투로 말했다.

"아, P 얘기하는 거야?"

그렇게 어머니는 교장이었던 아버지를 낙제생으로 깎아내렸다.

어설픈 모양의 빈 철제 바구니가 클립으로 핸들에 고정된 보행기 위에 아버지는 몸을 쭈그린 채 정문 앞에 서 있곤 했다. 그의 머리는 마치 중력이 아래턱을 끌어내리지 못하게 애쓰는 듯 한쪽으로 기울어 있었다. 내가 가겠다고 인사한 후 10여 미터 떨어진 내 차 쪽으로 걸어가는데, 때마침 (필연적으로) 어머니가 뭔가를 '떠올렸고', 잰걸음으로 (아버지의 운신 불가능한 상태를 더욱 강조하는 다급한 걸음걸이로) 살짝 굽은 포장도로를 따라 내려와선 차창을 두드렸다. 나는 마지못해 창문을 내리면서, 당신이 무슨 말을 할까 짐작해 보았다.

"네 생각은 어떠니? 아버지가 더 나빠진 게 맞지, 맞지?"

내 시선은 어머니 너머의 아버지를 향했다. 아버지는 우리가 당신 얘기를 하고 있음을 알았고, 내가 이를 눈치챘다는 것 또한 알았다.

"아뇨."

나는 아버지에 대한 의리에서 늘 그렇게 대답했었다. 그렇지 않으면 큰 소리로 이렇게 말하는 것 말고는 달리 도리가 없었을 것이다.

"아버지는 뇌졸중에 걸리셨어요, 어머니. 제기랄, 뭘 기대하셨는데요? 배구라도 하실 줄 알았어요?"

그러나 어머니는 내 외교적인 대답이 부주의의 증거라고 단정했고, 내가 천천히 클러치를 풀고 포장도로를 따라 조금씩 차를 모는데도 차창을 붙잡은 채 내가 미처 보지 못한 악화의 실례들을 늘어놓곤 했다.

나는 어머니가 아버지에게 무정했다는 말을 하려는 게 아니다. 이런 말을 하는 이유는 다름 아닌 어머니가 아버지의 상태를 그런 식으로 다루어서 당신 자신의 불편과 고통을 가중시켰고, 한편으로는 아버지가 저렇게 고통받게 된 원인은 사람들이 생각하는 것 이상으로 아버지 자신의 책임임을 은연중에 드러냈기 때문이다. 어머니는 하소연하곤 했다.

"두말하면 잔소리지만 네 아버지는 넘어지면 허둥대고 난

웃으면서 죽음을 이야기하는 방법

리도 아니야. 그런데 어쩌니? 내가 힘이 있어야 일으키든가 하지. 그래서 동네 아무개한테 좀 도와달라고 부탁할 수밖에 없어. 하지만 네 아버지는 일어나질 못해서 난리를 치는 건데."

(감점 요인) 그런 뒤엔 병원 물리치료사가 준 페달식 기계가 문제가 되었다. 아버지는 파커 놀 안락의자에 앉아서 이 반짝이는 작은 자전거의 부품을 밟고 아래위로 움직여야 했다. 안락의자에 앉아 가짜 사이클링을 하는 게 아버지에겐 터무니없게 느껴졌는지, 아니면 그래 봤자 당신의 상태엔 하등 변화가 없을 거라고 단정했던 건지 나는 모르겠다. 하지만 어머니는 툭 하면 불만을 늘어놓았다.

"얼마나 고집불통인지 몰라."

물론 당신 차례가 되었을 때 어머니는 아버지 둘째가라면 서러워할 정도로 고집불통이었다. 어머니가 처음 뇌졸중으로 쓰러졌을 때 아버지가 처음 쓰러졌을 때와는 견줄 수도 없을 만큼 몸이 굳어버렸다. 어머니는 오른쪽 옆구리 아래쪽 대부분이 마비됐고, 언어 능력도 아버지보다 더 손상되었다. 어머니는 자신에게 일어난 일에 머리끝까지 분노했을 때 그 어느 때보다 논리 정연한 모습을 보였다. 성한 쪽 손을 뻗어 마비된 팔을 들어 올리며 어머니는 말했다.

"두말하면 잔소리지만, 이 물건은 아무짝에도 쓸모가 없어."

그렇게 말할 때만큼은 예전의 어머니 말투와 하등 다르지 않게 들렸다. '이 물건' 때문에 어머니는 아버지 못지않게 낙심했었다. 그러더니 아버지와 똑같이, 물리치료사에게 반신반의하는 태도를 보였다.

"날 밀었다가 잡아당겼다 한다고."

어머니는 불만을 늘어놓았다. 그들이 어머니를 밀었다 잡아당겼다 하는 건 당신의 회복을 돕기 위해서라고 말하자 어머니는 코웃음 치듯 말했다.

"어련하시겠어요, 선생님."

어머니는 감탄이 절로 나올 만큼 꼬장꼬장했고 당신 눈에 부질없이 의욕을 북돋으려는 것처럼 보이는 시도를 거부했다.

"나한테 이래라저래라 하고선 '아주 잘하시는 거예요'라는데, 다 헛소리야. 아주 잘하지 않았다는 걸 내가 모를까 봐?"

그래서 어머니는 그들 말을 따르지 않게 되었다. 어머니가 본연의 모습을 유지하는 방법은 직업적인 낙천주의를 조롱하고 회복될 거라는 추정에 코웃음 치는 것이었다.

한번은 조카 C가 어머니를 병문안한 적이 있었다. 내가 전화를 걸어서 어땠느냐고, 어머니는 괜찮았느냐고 묻자 조카가 말했다.

"도착해 보니 완전히 맛이 간 상태셨는데, 화장품 얘기로 대화를 트니까 아주 멀쩡해지시던데요."

조카의 평가에서 젊은이 특유의 가차 없는 태도를 어렴풋이 감지하면서 나는 (아무래도 딱딱한 어투였을 듯한데) 어떤 모습으로 '완전히 맛이 갔는지' 물었다.

"아, 삼촌 때문에 진짜 화가 많이 나셨더라고요. 삼촌이 할머니랑 테니스 치기로 해서 코트에서 기다리셨는데 사흘이나 바람을 맞혔다고요."

오케이. 완전히 맛이 가셨군.

그러나 C라고 어머니의 화살을 피할 수 있었던 건 아니다. 언젠가 어머니와 나는 격분에 찬 침묵 속에서 어떻게든 눈을 마주치지 않으려고 애쓰면서 20분에 달하는 불가사의한 시간 동안 앉아서 버텼다. 마침내 어머니가 C를 돌아보며 말했다.

"넌 예의를 알긴 하지만 천성은 천방지축이야, 암. 그래도 왜 내가 널 호되게 혼낼 수밖에 없는지 잘 알긴 할 거 아냐, 그렇지?"

그런 기상천외한 비난을 골고루 하사하면서 어머니는 당신이 스스로 삶을 통제한다는 망상을 품었는지도 모르겠다. 그러한 비난은 형에게도 미쳤는데, 프랑스에 있어서 당신 곁에 없는 건 해명도 면피도 되지 못했다. 어머니가 첫 발작을 일으킨 지 2주가 지나, 당신이 하는 말을 태반은 알아들을 수 없을 지경이 된 상태에서 함께 의논(아니, 내가 어머니에게 말했다고 해야겠지)하던 중에 어머니가 병원에 입원해 있는 동안 집안의 대소사는 나에게 맡기는 게 어떻겠느냐고 물었다. 나는 상의할 사람들을 열거하면서, 만에 하나 문제가 될 경우 언제든지 형의 '탁월한 두뇌'에 의지하면 될 거라고 덧붙였다. 말마디마다 고생스레 쉬엄쉬엄 끊던 어머니는 기어코 온전한 한 문장의 말을 해냈다.

"걔의 '탁월한 두뇌'는 일 말고는 뭣 하나 제대로 생각하는 게 없지."

병원에 있는 몇 달 동안 의료진에게 작정한 듯 어깃장을 놓았던 어머니는 운신의 폭은 조금도 넓어지지 않았으나 언어능력은 어느 정도 회복했다. 스스로를 기만하는 법 없는 사람답게 어머니는 집으로 돌아가 살 여력이 없음을 알렸다. C와 내가 어머니를 모시고 싶었던 요양소가 요구하는 기능 조건에 어머니가 부합하는지 평가하기 위해 샐리라는 정식 자격증을 갖춘 간호사가 방문했다. 어머니는 진즉에 그곳을 조사했고 '푸카'*라는 결론을 내렸다고 말했다. 그렇지만 내 짐작엔 어머니가 팸플릿을 한 부 읽고 '방문한 것'으로 쳤을 듯싶다. 어

---

* 인도 영어로 '신뢰할 만한' '적절한'이라는 뜻.

웃으면서 죽음을 이야기하는 방법

머니는 간호사 샐리에게 요양원에 가게 되면 밥은 방에서 혼자 먹겠다고 통보했다. 오른팔을 쓸 수 없기 때문에 요양원의 다른 사람들과 함께 먹을 수 없다는 게 그 이유였다.

"아, 뭣 때문에 그런 걱정을 하세요?" 간호사가 말했다. "그런 건 문제가 안 돼요."

어머니는 명령조로 답했다.

"내가 문제가 된다고 말하면 문제인 거예요."

이에 샐리는 영리하게 되받아쳤다.

"혹시 예전에 선생님이셨어요?"

†

젊었을 때 나는 비행기 타는 걸 무서워했다. 비행기에서 읽으려고 고른 책은 내 시체에서 발견될 법한 것들이었다. 파리에서 런던으로 가면서 『부바르와 페퀴셰』*를 챙겨 비행기에 올랐던 일이 기억나는데, 불가항력적으로 비행기가 추락할 경우 1) 신원 확인이 가능한 시신과 함께 그 책이 발견될지도 모른다. 2) 플로베르의 프랑스어 원서 페이퍼백은 충돌과 불길 속에서도 살아남을 것이다. 3) 그 책이 발견된다면, (설령 절단

---

* 플로베르의 유작으로 그가 일생을 천착한 '인간의 우매함'을 주제로 삼고 있다.

되었을지언정) 여전히 기적적으로 버티고 있는 나의 손이 움켜잡고 있을 것이고, 뻣뻣하게 굳은 나의 검지는 각별히 존경심을 표하게 된 한 문장을 가리키고 있을 것이며, 그로 인해 대대손손 주목받을 것이다, 라는 착각에 기댄 것이었다. 일어날 만한 사연이다. 그리고 비행기만 타면 혼이 나갈 정도로 겁을 먹는 내가, 어떤 식으로든 반어적 진실을 담고 있기 때문에 많은 젊은이가 읽기 꺼리는 소설을 집중해 읽었을 리 만무하다.

나의 비행공포증은 아테네 공항에서 상당 부분 치유되었다. 그때 나는 20대 중반이었고, 집으로 갈 비행기 시간에 잘 맞춰서 도착했다. (간절히 떠나고 싶은 마음에) 몇 시간 미리 가 있는 정도가 아니라, 무려 하루하고도 몇 시간을 더 일찍 가 있었다. 내가 산 항공권은 변경할 수 없는 것이었다. 도시로 돌아가 호텔에 숙박할 돈이 없어서 나는 공항 밖에서 야영을 했다. 다시금, 그때 들고 갔던 책(추락할 경우의 동반자)이 기억나는데, 더럴의 『알렉산드리아 사중주』*였다. 시간을 죽이려고 나는 공항 터미널 건물 옥상으로 올라갔다. 거기서 비행기가 차례대로 이륙하고, 또 차례대로 착륙하는 모습을 지켜보았다. 개중엔 정해진 항로가 위험한 데다 승무원들이 술에 취한 것

---

* 영국 소설가이자 시인 로렌스 더럴(Lawrence Durrell, 1912~1990)의 사부작 대하소설.

처럼 보이는 비행기도 몇 대 있었다. 그러나 그중 한 대도 추락하지 않았다. 추락하지 않은 수많은 항공기들을 보면서 나는 통계학이 아니라 이렇게 시각적으로 비행기의 안전성을 입증하는 것에 마음이 든든해졌다.

이 속임수를 다시 활용해 볼 수는 없을까? 만약 내가 (장의사의 조수나 영안실 직원으로 취직해서) 죽음을 더 면밀히 그리고 더 자주 지켜본다면, 친숙해졌다는 증거로 다시금 두려움을 떨칠 수도 있을까? 어쩌면. 하지만 여기에는 철학자인 나의 형이라면 곧바로 잡아낼 인식상의 오류가 있다. (그렇지만 형이라면 아마 저 묘사적인 문구는 지워버릴 것 같다. 내가 이 책의 첫 페이지를 형에게 보여주었을 때, 형이 기억을 신뢰하지 않는 이유가 '철학자적 입장'에서 보기 때문이라 여긴 내 생각이 억측이라고 말했다. "내가 그 모든 것을 '철학자 입장에서' 생각한다고? 그럼 내가 중고차 판매상 중에 믿을 사람은 단 한 명도 없다고 생각하는 것도 '철학자 입장에서' 생각하는 거란 말이야?" 그럴 수도 있겠다. 하지만 그의 이런 반대 의견마저도 나에겐 철학자의 반대 의견처럼 들린다.)

앞서 말한 인식상의 오류는 이런 것이다. 그러니까 아테네 공항에서 나는 수만 명의 승객들이 죽지 '않는' 것을 보고 있었다. 장의업소와 영안실이라면 최악의 상황에 대한 내 감이 맞았음을 확인하고 있을 것이다. 즉, 인류의 사망률이 백 퍼센트에서 눈곱만큼도 내려가지 않는다는 것을.

✝

내가 좀 전에 설명하던 '최고의 죽음 시나리오'에는 또 하나의 결함이 있다. 의사가 당신이 마지막 책을 다 쓸 수 있을 만큼 오래도록, 또 명징한 의식으로 살 거라 말했다고 가정해 보자. 누구나 온 힘을 다해 시간을 끌며 탈고를 미루게 되지 않을까? 셰에라자드*는 이야깃거리가 떨어지는 법이 없었다.

"이제 모르핀 주사를 놓을까요?"

"아, 무슨 소리예요. 아직 몇 장章이 더 남았단 말입니다. 실은, 제가 애초에 생각했던 것보다 죽음에 관해 할 말이 훨씬 더 많아져서 말인데요……."

이처럼 살고자 하는 당신의 이기적인 소망이 그 책의 구조에 손상을 가할 것이다.

몇 년쯤 전, 영국의 저널리스트 존 다이아몬드가 암 진단을 받은 후 자신의 상태를 주간 칼럼으로 연재했다. 가감 없이, 그는 기존에 썼던 글에서 보여주었던 활기찬 문체를 그대

---

*『천일야화』에서 살기 위해 매일 밤 새로운 이야기를 했던 술탄의 왕비.

로 유지했다. 가감 없이, 그는 호기심과 때때로의 용기 못지않게 비겁함과 공포 역시 느끼고 있음을 고백했다. 그의 이야기엔 도저한 진정성이 담겨 있는 듯했다. 이것이 암과 더불어 살 때 따라오는 현실이었다. 병에 걸린다고 다른 사람으로 바뀌는 건 아니다. 부부 싸움을 그만두게 되는 일도 없다. 수많은 독자와 마찬가지로, 나 역시 그가 매주 연재해 나가기를 말없이 응원했었다. 그러나 1년 남짓 지나자…… 특정한 이야기에 대한 기대치가 쌓이는 건 어쩔 도리가 없었다. '이럴 수가! 기적적으로 나았어!' 이런, 난 그냥 농담하고 있었던 건데? 아니, 둘 중 어느 쪽도 결말로 쓰이진 못할 것이다. 다이아몬드는 죽을 수밖에 없었다. 그는 시기적절하게 (서술 용어상) 제대로 죽었다. 그래도 (이걸 어떻게 말해야 할까?) 근엄한 비평가라면 그의 이야기가 결론으로 가면서 느슨해진다며 아쉬움을 표현할지도 모르지만.

당신이 이 책을 읽을 즈음 나는 죽고 없을지도 모른다. 그렇게 될 경우, 이 책에 어떤 불만이 뒤따르더라도 해결되지 못할 것이다. 반면에 (애초 당신으로 정했으니) 당신과 나 둘 다 지금은 살아 있다 한들, 당신이 나보다 먼저 죽을 수도 있다. 그럴 거란 생각을 한 적이 있는지? 이런 얘길 꺼내서 미안하지만, 가능한 일이다. 당장 앞으로 몇 년 안에 일어날지도 모른다. 그럴 경우 당신과 가장 가까운 사람들, 당신이 가장 사랑하는 사람들에게 심심한 위로의 말을 전하는 바다. 그리고 헝가리 식당의 금요일 점심 식사 모임에서 얘기가 오갔던 것처럼(실은 한 마디도 주고받은 적 없지만 가끔이나마 생각은 했을 듯한데), 내가 당신의 장례식에 가거나 당신이 내 장례식에 오게 될 것이다. 그런 경우는 늘 있어왔다. 그러나 엄혹할 정도로 고정불변한 '당신이 먼저 가든지 내가 먼저 가든지'의 가능성은 말년에 이를수록 더욱더 예민하게 다가올 것이다. 당신과 나의 문제에서 (당신이 이 책을 읽을 즈음 내가 벌써, 죽지 않는 게 확실하다고 가정하면) 십중팔구, 보험 통계상으로 당신이 나보다 더 오래 살 확률이 그 반대보다 더 높을 것이기 때문이다. 그래도 (내가 이 책을 쓰는 와중에 죽을) 다른 가능성은 여전히 존재한다. 이는 우리 둘 모두에게 달갑지 않을 것이다. 이야기가 중단되는 시점에 딱 맞춰서 당신이 책을 그만 읽으려는 게 아니라면 말이다. 나는 한 문장을 채 끝맺지도 못한 채 죽을 수도 있다. 어쩌면 단어 하나를 채 쓰지 못*

농담이다. 하지만 마냥 싱거운 농담만은 아니다. 첫 번째 책을 제외하고, 나는 책을 쓰다가 어느 시점에 이르러, 탈고하기

---

* 반스는 여기서 의도적으로 문장을 끊고 있다.

전에 죽을 수도 있다는 생각을 늘 해왔다. 전부 다 미신, 민속, 문학 업종에 대한 도취, 물신숭배적 호들갑의 일부다. 잘 맞는 연필, 펠트펜, 바이로 펜, 공책, 원고지, 타자기. 이런 필수품들 역시 균형 잡힌 정신 상태와 객관적으로 상관이 있는 것들이다. 지장을 줄 만한 것은 일체 배제하고, 중요한 것만 남을 때까지 초점을 모을 때 비로소 그와 같은 정신 상태에 이를 수 있을 것이다. 나, 당신, 이 세계와 책 그리고 할 수 있는 한 양질의 책을 쓰는 방도가 바로 중요한 것이다. 나 자신에게 죽음의 숙명을 일깨우는 것(아니, 더 진실되게 말하면, 죽음이 내게 존재를 시위하는 것)은 유용하며 없어서는 안 될 자극이다. 이전에 죽음의 세계에 발을 들인 적이 있는 사람들의 조언도 마찬가지다. 문학이나 은유의 핀을 꽂아 고정한 가르침, 경구, 금언도 그렇다.

윌리엄 스타이런*과 필립 로스**는 둘 다 플로베르가 스스로를 다잡기 위해 한 말을 금과옥조 삼아 글을 썼다.

"규칙적이고 평범하게, 부르주아처럼 생활할 것. 그러면 격렬하고 독창적인 작품을 쓸 수 있을지도 모른다."

---

* William Styron(1925~2006). 미국의 소설가로 역사소설 『냇터너의 고백』으로 퓰리처상을 수상했다.

** Phillip Roth(1933~). 미국의 소설가. 코맥 매카시, 토머스 핀천, 돈 드릴조와 함께 미국 현대문학의 4대 작가로 불린다.

당신에게도 미래의 비판적인 반응에 심란해지지 않을 마음의 여유가 필요할까? 여기 시벨리우스가 도움이 될 것이다.

"비평가의 동상 같은 건 유럽 어느 도시에도 없다는 사실을 한시도 잊지 마라."

하지만 나는 포드 매독스 포드*의 말을 가장 좋아한다.

"코끼리가 훌륭해 봤자 훌륭한 혹멧돼지는 될 수 없다고 말하는 건 쉽다. 대부분의 비평에 대해서도 그렇게 말할 수 있다."

많은 작가들은 쥘 르나르가 남긴 말에서 득을 볼 수 있을 것이다.

"거의 모든 문학작품에 대해 지나치게 길다고 말할 수 있을 것이다."

더 나아가서, 그리고 최종적으로 작가들은 오해받기를 바라야 한다. 이에 관해 시벨리우스가 또 한 번 금언과 같은, 아이러니한 가르침을 준다.

"날 바르게 오해하라."

처음 글을 쓰기 시작했을 때, 나 자신을 위해 (머리를 맑게 하고, 집중하고, 심리적으로 단장하고 충전하기 위해) 정한 법칙은

---

* Ford Madox Ford(1873~1939). 영국의 작가이자 비평가.

웃으면서 죽음을 이야기하는 방법

'내 부모가 죽었다고 생각하고 글을 써야 한다'는 것이었다. 이 기저에는 부모를 활용하거나 남용하고자 하는 뚜렷한 바람이 있었기 때문이다. 더 정확히 말하면 은연중에라도 그들에게 누가 되거나 그들이 뿌듯해할까 생각하는 게 싫어서였다. (그리고 이런 맥락에서 그들은 부모 자체로 끝나지 않았으며, 흑멧돼지는 고사하고 친구들, 동료들, 연인들까지 상징하고 있었다.) 기묘한 사실은, 내 부모는 이미 몇 해 전에 죽었는데도 지금만큼 그 법칙이 절실한 적도 없다는 것이다.

채 쓰지 못한 단‒, 아니면 4분의 3까지 쓴 소‒……. 나의 친구이자 소‒가 브라이언 무어도 이 점을 두려워했지만, 또 다른 이유가 있었다.*

"어디서 굴러먹다 온 건지도 모르는 놈이 나 대신 끝을 내면 어떻게 해?"

여기에 소설가의 '당신이라면 어떻게 할까……?'라는 질문이 제기된다. 당신이라면 책을 한창 쓰는 와중에 죽고, 어디서 굴러먹다 온 건지도 모르는 놈이 당신 대신 소설을 완결하길 바라는가. 아니면 이 세상의 어떤 잡놈도 자기가 대신 완결하

---

* '단‒'은 단어, '소‒'는 소설, '소‒가'는 소설가를 각각 의미한다. 이 대목에서도 의도적으로 미완의 문장을 쓰고 있다. 참고로 원문은 'Dying in the middle of a wo , or three-fifths of the way through a nov . My friend the nov ist Brian Moore used to fear this as well……'이다.

겠다는 생각은 엄두도 내지 못할 작품을 쓰다가 도중에 손을 놓고 싶은가? 무어는 랭보에 관한 소설을 쓰다가 죽었다. 여기에 하나의 아이러니가 있다. 랭보는 한 스탠자*를 쓰는 도중에, 한 단−**를 3분의 2까지만 쓰다 죽어버리지는 않겠다는 작정으로, 죽기 전 반생 동안 그냥 문학의 업을 저버린 채 살았다.

✝

어머니는 외동이었고, 지배 본능이 거의 없었던 가족 내 남자들 가운데 유아론唯我論에 눈뜬 유일한 여자가 된 뒤 나이를 먹어서도 그 입장을 관철했다. 남편과 사별한 후, 파커 놀 안락의자의 주인한테서 정중하고 다정하며 이따금씩 꼬인 데가 있는 반응을 이끌어낼 수 있었던 시절에 비해, 어머니는 혼자 떠들어대는 경향이 훨씬 더 심해졌다. 아나 다를까 한 말을 또 하는 버릇도 더욱 심해졌다. 어느 오후, 어머니와 함께 앉아서 반쯤 딴 데 정신이 팔려 있던 나는 어머니가 새롭게 마음먹은 생각에 깜짝 놀란 적이 있다. 어머니는 그간 자신에게 닥

---

* 4행 이상의 각운이 있는 시구.
** 역시 의도적인 미완의 문장으로 원문은 'two-thirds of the way through a mo　', 다. 불어로 '단어'라는 뜻의 'mot'를 쓰다 만 것.

　　　　　　　　　　웃으면서 죽음을 이야기하는 방법

칠 만한 온갖 노쇠의 양상을 곰곰이 생각했다면서 귀머거리가 되는 게 나을지 아니면 장님이 나을지 모르겠다고 말했다. 그 순간 나는 (순진하게도) 어머니가 내 의견을 구하는 거라고 생각했지만 기실 당신에겐 가외의 정보 입력은 필요하지 않았고, 귀머거리 쪽을 택하겠다고 말했다. 당신의 아버지와 두 아들에게 연대감을 표한 것으로 봐도 될까? 천만에. 어머니가 그 사안에 대해 혼잣말로 주장한 바는 이렇다.

"눈이 멀면 손톱은 어떻게 다듬으라고?"

죽음과 죽음에 이르는 과정만으로도 '당신이라면 어떻게 할까……?' 설문지의 모든 질문을 작성할 수 있다. 먼저 나오는 질문들. '만약 자신이 죽어가고 있다면 당신은 그 사실을 알고 싶습니까, 모르길 바랍니까?' '자신이 죽는 것을 보고 싶습니까, 보고 싶지 않습니까?'

서른여덟 살의 쥘 르나르는 다음과 같이 말했다.

"하느님, 절 너무 빨리 죽이지 말아주세요, 제발! 어떻게 죽어도 상관없으니까요."

그는 1902년 1월 24일자 『일기』에 이렇게 썼는데, 그가 파리에서 시트리로 와서 (조용한 몇 분 사이에, 난방 설비 문제로 불평하던 직원에서 파리 시 전화번호부를 머리에 괸 시신으로 탈바꿈한) 형 모리스를 무덤에 안치한 지 2주년이 되는 날이었다. 그로부터 한 세기 후, 의학사학자 로이 포터는 죽음에 대한 소견을 묻자 이렇게 답했다.

"사람이 죽을 때 의식이 있으면 재미있을 것 같습니다. 단 한 번도 겪어본 적 없는 엄청난 변화를 맞을 게 틀림없을 테니까요. 생각해 보니 제가 지금 죽어가고 있다면…… 전 하나도 빠짐없이 전부 다 의식할 수 있으면 좋겠어요. 그러지 않으면 대단한 걸 허망하게 놓쳐버리게 될 테니까요."

종말에 대한 이런 호기심은 좋은 전통이라고 할 수 있다. 1777년, 스위스의 심리학자 알브레히트 폰 할러는 임종 때 내과의사인 그의 형이 곁을 지켜주었다. 할러는 점차 희미해지는 자신의 맥박을 관찰했고, 마지막으로 유언에 필적할 말을 남기고 죽었다.

"친구, 동맥이 더는 뛰지 않는걸."

그보다 1년 앞서, 볼테르도 비슷하게 자기 맥박을 재다가, 마침내 그 순간이 되자 서서히 고개를 젓고는 몇 분 후 죽었다. 몽테뉴의 카탈로그에 들어가기 부족함이 없는 (곁을 지키는 사제도 없었던) 훌륭한 죽음이었다. 그렇다고 세상 모든 이가 감명받은 건 아니었다. 당시 파리에 있었던 모차르트는 그의 아버지에게 보내는 편지에서 이렇게 썼다.

"이미 아실지 모르겠지만 그 불경한 도적 두목 볼테르가 개

웃으면서 죽음을 이야기하는 방법

처럼, 짐승처럼 죽었답니다. 인과응보죠!"

확실히 개처럼 죽기는 했다.

당신이라면 죽음을 두려워하는 쪽을 택하겠는가, 아니면 두려워하지 않는 쪽을 택하겠는가? 언뜻 쉬운 문제처럼 들린다. 그렇다면 이런 건 어떨까? 당신은 죽음 같은 건 전혀 염두에 두지 않았고, 마치 내일이 없는 것처럼(여담이지만 내일 같은 건 없다) 살고, 도락을 좇고, 소임을 다하고, 가족을 사랑하고, 그런 후 마침내 죽음이 임박했음을 받아들일 수밖에 없는 때를 맞았다. 그런데 바로 앞 문장의 마침표를 찍으며, 지금까지 이어져 온 당신 인생사가 다 헛소리였음을 새로이 자각하게 된다면 어떻게 하겠는가? 애초에 언젠가 죽을 거라는 사실을, 그리고 그 사실이 지닌 의미는 무엇인지를 깨달았다면 전과는 다른 삶을 살았을까?

다음으론 정반대의 상황을 생각해 보자. 어쩌면 내게 해당하는 경우일 수도 있겠다. 만약 당신이 끊임없이 채워지는 구덩이를 보는 둥 마는 둥하며 예순이나 일흔까지 살다가, 죽음이 임박해 오는 가운데 결국 두려워할 건 아무것도 없음을 깨닫게 된다면 어떻게 할 것인가? 자연의 대순환의 일원(제 탄소 원자를 가져다 쓰셔도 됩니다!)인 자신이 만족스러워지기 시작한다면 어떻게 할 것인가? 만약 그런 태평스러운 은유들이 어느 날 갑자기, 아니면 심지어 차츰차츰 납득되기 시작한다면 어떻게 할 것인가?

앵글로색슨 시대의 시인*은 인간의 삶을 어둠 속에서 불이 환하게 켜진 연회장으로 날아 들어간 후, 다시 밖의 더 아득한 어둠 속으로 날아가는 한 마리의 새에 비유했다. 이런 이미지가 인간으로 태어나 필연적으로 죽음을 맞이해야 하는 고통을 잠재울 수도 있을 것이다. 다만 내게도 그럴 거란 말은 못할 것 같다. 그 광경은 참 예쁘지만, 내 안의 현학자는 따뜻한 연회장에 날아 들어간 새가 정신이 온전하다면 서까래에 앉아 죽어라 버티기 마련이지 곧바로 다시 밖으로 나갈 리가 없음을 지적하고 싶어 좀이 쑤셔 한다. 게다가 흥청거리는 홀에 들어오기 전 상태의 새와 나가고 난 상태인 새 둘 다 어쨌거나 여전히 날고 있지 않은가. 그건 '우리도 그럴 수 있다, 혹은 그렇게 될 것이다'라고 말해주는 것 이상의 의미를 갖는다.

내가 맨 처음 죽음의 필연성을 인식하게 되었을 때는 모든 게 단순했다. 넌 살아 있었어, 그러다 죽었어, 그래서 하느님에게 작별을 고했지. 갓바이Godbye. 그러나 나이가 우리에게 어떤 영향을 미치게 될지 누가 말해줄 수 있을까? 젊은 시절 저

---

* 영국의 역사가이자 신학자인 비드(Bede. 673?~735)를 일컫는 것으로, 이어지는 내용은 그의 저서 『영국 국민 교회사』에 나온다.

웃으면서 죽음을 이야기하는 방법

널리스트로 일하면서, 소설가 윌리엄 제르하르디*를 인터뷰한 적이 있었다. 당시 여든을 넘긴 나이였던 그는 노쇠했고 침대에서 살다시피 했다. 죽음이 머지않은 때였다. 인터뷰에 응하던 그가 침대 옆 탁자에 놓인 불멸을 주제로 한 선집을 집어 들더니 밑줄이 잔뜩 그어진 대목을 보여주었는데 유체이탈에 관한 이야기였다. 그는 그 이야기가 제1차 세계대전에 참전했을 때 자신이 직접 겪은 일과 똑같다고 설명했다.

"난 부활을 믿어요." 그는 단순명료하게 말했다.

"난 불멸을 믿어요. 기자 양반은 불멸을 믿나요?"

나는 어색하게 입을 다물고 있었다. (학생 때 유체이탈을 경험했던 기억도 그땐 미처 떠오르지 않았다.)

"안 믿지요? 하긴, 나도 당신 나이 땐 안 믿었었어요." 그는 공감을 표하며 말을 이었다.

"하지만 이제는 믿어요."

이런 점으로 미루어볼 때 (비록 여전히 부정적이지만) 나도 마음이 바뀔는지 모르는 일이다. 그보다는 앞으로의 선택이 모호해질 확률이 더 높다. 삶과 죽음의 대결 구도는 몽테뉴가 지적했듯 노년과 죽음의 대결 구도가 된다. 당신이 (그리고 내

---

* William Gerhardie(1895~1977). 러시아 출신의 영국 소설가.

가) 결사적으로 매달리게 될 것은 로스트치킨 냄새와 파이프*며 드럼의 활기찬 선율이 흐르는 남작의 따뜻한 홀에서 몇 분 더 보내는 상황이나, 몇 날 몇 시간이 더 늘어난 진짜 생활이 아니라, 몇 날 몇 시간이 더 살아 있으나 숨만 간신히 쉬고 있을 뿐 정신은 망가지고 근육은 소진되고 방광은 질질 새는 노구다. 몰인정한 카이사르가 과거의 부하 사병에게 말하지 않았던가.

"(이렇게 늙은) 너에게 지금 (남은) 삶이라는 게 있다고 생각하나?"

그럼에도 (더 고약한 것은) 바야흐로 망각 속으로 사라지는 걸 두려워하게 된 이 무너져 가는 몸(이라는 것)을 생각해 보라. 그 두려움의 크기는 건강하고 튼튼해서 심신의 활동을 할 때나 사회적 효용과 교우 관계를 함으로써 언젠가는 내가 망각 속으로 사라져 버린다는 문제를 깊이 생각하지 않을 수 있었던 때보다 훨씬 더 크다. 몸, 그 몸에 담긴 정신의 방들이 차례차례 닫히기 시작하면서, 총기가 사라지고, 언어가 사라지고, 친구들을 알아보지 못하게 되고, 기억이 사라지고, 그 빈자리에 예의 바른 원숭이들과 믿을 수 없는 테니스 파트너들의

---

* 작은 플루트처럼 생긴 악기.

세계가 들어선다. 남은 것(엔진의 마지막 부품은 아직 화력이 있으니 움직이는데)은 우리에게 죽음의 공포를 안겨주는 방 말고는 없다. 그렇다. 뇌 활동의 그 극미한 영역은 앞으로도 계속 힘차게 움직이고, 공포를 부풀리고, 오싹한 느낌과 공포심을 체조직 안으로 흘려보낼 것이다. 그들은 고통스러워하는 당신에게 모르핀을 줄 것이다. (얼마 후엔 당신에게 실제로 필요한 것보다 좀 더 많은 양을, 그다음엔 과량을 투여하는 게 불가피해질 것이다.) 그러나 어떻게 한다 해도 최후의 순간까지 당신을 벌벌 떨게 만들 (아니면, 정반대의 반응을 끌어낼) 이 엄혹한 뇌세포다발의 활동을 멈추게 하진 못할 것이다. 그때 우리는 르나르처럼 '하느님, 절 너무 빨리 죽이지 말아주세요, 제발!' 하고 생각했던 걸 후회하게 될지도 모른다.

조너선 밀러는 작가이자 감독이지만 전문의이기도 했다. 뻣뻣해진 몸을 해부하고 방금 생명의 숨이 끊어진 사람의 밀랍처럼 물렁물렁한 몸을 다뤄봤다. 그런데도 그는 40대가 되어서야 "비로소 '잠깐만, 이건 언젠가 내게도 닥쳐올 현실이야!'라고 생각하기 시작했다". 50대 중반에 응한 인터뷰에서 그는 장기적인 결과에 딱히 불안한 마음은 들지 않는다고 고백했다.

"다짜고짜 존재가 사라지는 게 무섭냐고요? 아뇨, 그런 건 전혀 못 느끼고 있어요."

그래도 그는 임종과, 그에 딸려올 것들에 대해선 두려워하고 있음을 인정했다. 번민, 정신착란, 고문과 같은 환각, 그를 떠나보낼 생각에 지레 비탄에 빠지는 가족. 그만하면 꽤 공정한 절차라는 게 내 생각이다. 그렇다고 대안이라고는 할 수 없다. 다만 '다짜고짜 존재가 사라지는 것'에 대한 적절하고도 어른다운 두려움의 부록일 뿐.

밀러는 '총체적 절멸이란 개념은 실제로 상상할 수도, 이해할 수도 없다'는 점에서 프로이트를 따른다. 그래서 그가 공포를 수용하는 능력은 처음엔 죽음에 이르는 과정과 굴욕으로 전이되고, 그다음엔 죽을 즈음이나 죽은 후에 발생할지 모를 준準존재semi-being나 반半존재almost-being 같은 있음직한 다양한 상태들로 전이된다. 그는 '완전히 꺼지지 않은 촛불처럼 잔존하는 이 의식'을 두려워하며 자신의 장례식을 몸소 지켜보고 있는 유체이탈을 상상한다. '아니면 실은 내 장례식을 지켜보고 있는 게 아니라 관 속에서 옴짝달싹 못하는 상태'를 상상한다. 나는 생매장에 대한 해묵은 공포를 살짝 변경한 이 버전을 마음속에 그려볼 수는 있지만, 그것이 딱히 해로운 건지는 잘 모르겠다. 설령 잔존하는 의식이 있어서 우리 자신의 장례식을 지켜보고 관 속에 갇힌 채 몸부림 친다 한들, 그 모습이

웃으면서 죽음을 이야기하는 방법

어째서 이대로 갇혀버릴까 봐 두려워하는 모습일 게 틀림없다고 생각하는가?

우리는 다들 죽음에 대해 '뭐, 차차 알게 될 날이 오겠지'식으로 생각했거나 말한 적이 있다. 정작 우리가 예상하는 비관적인 면을 '알게 될 날'이 요원하다는 것도 알고 있다. 어쩌면 그때까지 용케 남아 있던 잔존 의식이 우리에게 답을 줄지도 모른다. 그 의식은 '아니야'라고 부드럽게 말해줄지도 모른다. 아니면 허공을 떠돌며 매장되거나 화장되는 모습을 지켜보고, 우리의 성가신 육신과 그 안에 있었던 생명에 작별을 고하며, (그것이 아직까지도 자아에 어떤 식으로든 소속돼 있거나 자아를 대표한다고 상정할 때) '우리'가 지금 벌어지는 상황을 타당하다고 느끼게 해줄지도 모른다. 그것은 마음을 가라앉게 해주고, 쉬게 해주고, 위로해 주고, 다정한 작별 인사를 고하게 해주며, 존재론적인 나이트캡*을 만들어줄지도 모른다.

K란 스웨덴 친구가 있다. 그녀는 가혹할 정도로 오랫동안 암 투병을 했던 우리의 한 친구에게 참으로 다정하고 사려 깊은 목소리로 이렇게 속삭였던 적이 있다.

"이제 모든 것을 내려놓을 때야."

---

* 잠자리에 들기 전에 마시는 술.

그 이후로 나는 그녀에게 시도 때도 없이 지분댔다. 만약 누군가 내가 그토록 부드럽게 가다듬은 목소리와 몇 번이고 연습했을 조언을 한다면 내 신상에 정말로 나쁜 일이 일어났음을 단박에 알게 될 거라고 말하면서. 밀러가 두려워하는 잔존의식이란 것도 어쩌면 유용하고 자애로울지 모른다. 부드러운 스웨덴 억양으로 전해지는 이야기의 침적일지 누가 알겠는가.

†

이미 이야기한 바 있는 중세의 새는 어둠 속을 날아 불 켜진 연회장으로 들어왔다가 다시 밖으로 나간다. 죽음 불안*에 반론을 제기하는 '거참, 분별 있는 주장' 가운데 한 가지는 다음과 같이 전개된다. 우리가 만약 우리네 불 켜진 삶의 찰나에 차츰 다가드는 영원한 시간을 두려워하진 않되 증오한다면, 그럴 때조차 암흑의 두 번째 마법이 남다르게 다가오는 것처럼 느끼는 이유는 무엇일까? 그건 물론 첫 번째 암흑이 지속되는 동안, 우주(아니면 최소한, 그 우주에서 아주아주 하찮기 그지없는 일부)가 결정적으로 흥미로운 무언가를 창조하는 방향으로 나아가면서, 자신의 유전자 가닥들을 적절히 땋아 내려

---

* 심리학 용어로 죽음에 병적으로, 비정상적으로 집착적인 두려움을 보이는 증상.

선, 원숭이처럼 생기고 으르렁대며 도구를 다룰 줄 알았던 선조들을 대를 이어 거쳐 내려가다가, 마침내 그러한 시간들이 늘어나서 학교 교사를 삼대째 토해낸 끝에 비로소…… 나를 만들어냈기 때문이다. 그러니 그 암흑엔 어떤 목적이 있었던 것이다. 적어도, 내 유아론적인 관점에선 그렇다. 반면에 두 번째 암흑은, 그 점에 대해서는 말할 만한 게 전혀 없다.

그래서 첫 번째 암흑보다 더 나쁠 수 있다는 게 내 소견이다. 아마 100퍼센트 나쁜 쪽에 가까울 것이다. 그래서 얼마간 위로가 된다. 우리는 죽은 후의 심연 못지않게 태어나기 전의 심연을 두려워하는지도 모른다. 뜻밖이지만 얼토당토않은 건 아니다. 나보코프*는 자서전에서 '시간공포증'이 있는 사람은 태어나기 몇 달 전에 홈 비디오로 이 세계를 보며 공포를 느꼈던 사람이라고 정의한다. 그 세계에서 그 사람은 자기가 살게 될 집, 창밖으로 몸을 내밀고 있는 자기 어머니가 될 여자, 주인을 기다리는 빈 유모차를 보았다. 우리 중에 이런 걸 보고 불안해할 사람은 거의 없을 테고 기실 환호할 것이다. 그러나 시간공포증에 시달리는 이 사람 눈에는 오직 자기가 존재하지 않았던 세계, 자기 부재의 면적만 보였다. 게다가, 그러한 부

---

* Vladimir Nabokov(1899~1977). 『롤리타』를 집필한 러시아 출신의 미국 소설가.

재 자체가 불가항력의 힘으로 동원되어 그의 미래가 될 존재를 만들어내고 있었다는 점도 그에겐 전혀 위로가 되지 못했다. 이런 공포증이 그가 사후에 대해 느끼는 불안의 수위를 낮춰줬을지, 오히려 배가시켰을지, 나보코프는 설명하지 않는다.

'연회장으로 날아든 새'는 리처드 도킨스에 와서 더욱 복잡한 주장으로 발전한다. 우리는 모두 틀림없이 죽을 것이고 죽음은 절대적이며 신은 망상이지만, 그렇다 해도 그 덕에 우리는 행운아가 된다. 대부분의 '사람들(그러니까 태어날 가능성이 있는 절대다수의 사람들)'은 태어나지 못하며, 그 수는 아라비아 사막 모래알을 전부 다 합친 것보다 많다.

"우리의 DNA를 통해 태어날 가능성이 있는 사람들의 수는…… 실제 태어나는 사람들의 수를 압도적인 규모로 능가한다. 어안이 벙벙해질 정도인 이 확률이 무색하게, 이 세상에 존재하는 건 고작 평범한 당신과 나인 것이다."

이 말이 내겐 얄팍한 위로에 지나지 않는 건 왜일까? 아니 그 정도가 아니라, 몹시도 불쾌하게 다가오는 건 왜일까? 알고 싶다면 모든 진화의 작품을, 우주의 요행 가운데 기록되지 않은 모든 것을, 모든 의사 결정을, 대대손손 내려오는 집안일, 결국엔 나와 나의 유일성을 만들어내게 된 온갖 자질구레한 것들을 한번 보라. 나의 평범함도, 그리고 당신의 평범함도, 그

웃으면서 죽음을 이야기하는 방법

리고 리처드 도킨스의 평범함도. 그러나 그것은 유일무이한 평범함, 경이롭게 역경을 물리친 평범함이다. 이런데 어깨 한번 으쓱하고선 철학적으로 "뭐가 어쨌건, 하마터면 세상 구경 한번 못 해볼 뻔했으니, 딴 사람들은 누린 적이 없는 이 작은 기회의 특권을 즐기며 사는 게 좋지 않겠어?"라고 쉽게 말할 수 있을까? 더 어려우면 몰라도. 그리고 생물학자가 아닌 이상 태어나지 않은, 유전적 가정으로 끝나는 몇조의 사람들을 '태어날 가능성이 있는 사람들'로 생각하는 것도 쉽지 않다. 나는 사산아나 낙태아를 '태어날 가능성이 있는 사람'이라고 얼마든지 상상할 수 있지만, 태어날 가능성이 있었으나 태어나지 못한 그 모든 조합은? 미안하지만, 내가 인간으로서 가진 동정심엔 한계가 있다. 아라비아 사막의 모래알까지 셀 여력은 없다.

이런 이유로 나는 철학적이 될 수 없다. 철학자들은 철학적인가? 라코니아 사람들은 정말 말수가 적었고,* 스파르타 사람들은 정말 검소하고 엄격했을까? 나는 다만 상대적인 조건에서 예상할 수 있을 뿐이다. 내 형 말고 내가 잘 알고 지내는 철학자는 죽음의 그림자가 늘 따라다니는 친구 G이며, 그는 나

---

* 고대 그리스 국가 라코니아의 왕에게 페르시아 왕이 "페르시아 군이 라코니아에 입성하면 라코니아는 한 줌의 재가 될 것이다"라고 위협하자, 이에 라코니아 왕은 단 한 마디로 "만약에"라고 답한 일화에서 파생된 형용사 'laconic(간명한, 말수가 적은)'을 의미한다.

보다 10년 앞선 네 살의 나이에 죽음의 인식에 눈을 떴다. 한 번은 그와 자유의지에 관해 오래도록 대화를 나눈 적이 있었다. 다른 사람들도 마찬가지겠지만 (내 삶 안에서, 또 내 삶에 대해 아마추어인) 나는 내게 자유의지가 있다고 늘 생각해 왔고, 늘, 내 딴에는 내게 자유의지가 있는 것처럼 행동해 왔다. G는 전문가답게 나의 망상에 대해 설명해 주었다. 그는 우리가 원하는 대로 자유롭게 행동할 수 있다고 생각할지 몰라도, 정작 우리가 원하는 게 무엇인지를 밝혀낼 수는 없음을 지적했다. (그리고 우리가 의도적으로 어떤 것을 '원한다는 것을 원하기'로 작정한다면, 근본적인 '원함'은 과연 무엇이냐로 되돌아가는 문제가 심심치 않게 생긴다.) 어느 시점에서, 당신이 원하는 것은 필연적으로 당신이 받은 것이 될 수밖에 없다. 다시 말해, 태생적으로 물려받고 교육받은 결과물로. 그러므로 자신의 행동에 진실하고도 궁극적인 책임을 지는 사람이 있다는 생각은, 그가 누구건 상관없이 성립될 수 없다. 기껏해야 우리는 일시적인, 표면적인 책임을 질뿐이며, 그마저도 시간이 지나면 착각임을 알게 될 것이다. G라면 "우수한 통찰력과 완벽한 지성을 갖춘 존재가 있어서 인간과 인간의 행위를 지켜본다면 자유의지에 따라 행동한다는 인간의 착각에 실소할 것이다" 라고 했던 아인슈타인을 인용했을 법도 한데.

웃으면서 죽음을 이야기하는 방법

어느 시점에서, 나는 그 논쟁에서 졌음을 인정했지만, 그런 후에도 나는 예전과 조금도 다를 바 없이 행동했다(지금 돌이켜보니, 그것이야말로 G의 요점을 실속 있게 입증한 게 아닐까 싶다). G는 비록 자신의 철학적 견지에서 볼 때 우리에게 자유의지가 있을 리 없지만, 그것을 알게 되었다고 해서 우리의 행동 방식이나 행동 규범까지도 실질적으로 달라질 리 만무하다는 말로 날 위로했던 것이다. 그래서 나는 그 후로 지금까지도 이 망상에 찬 정신 구조에 계속 의지하고 있으며, 이는 죽음에 이르는 길을 거쳐 마침내 자유의지도, 또는 예속된 의지도 두 번 다시 발현될 수 없을 곳에 다다를 때까지 나의 버팀목이 되어 줄 것이다.

'우리가 사실이라고 알고 있는 (혹은 우리가 안다고 생각하는) 것'이 있고, '우리가 (신뢰하는 사람들의 확언에 근거해) 사실이라 믿는 것'이 있으며, 그럴 때 또 '우리가 행동하는 방식'이 있다. 기독교의 도덕성은 느슨하지만 여전히 영국을 지배하고 있다. 비록 신도들은 줄어들고, 교회 건물들은 ('진지해지려는 절박한 욕망'에 떨쳐 일어나) 돌이킬 수 없음에도 역사적 기념물로, 그리고 로프트*로 변모되는 길을 걷고 있지만. 이런 동요

---

* 예전엔 다른 용도였던 건물을 아파트로 개조한 것.

는 나 같은 사람까지도 흔든다. 내가 이해하는 도덕은 기독교 교육(더 정확하게는, 종교가 성문화한 기원전 부족의 행동 양식)의 영향을 받은 것이다. 그리고 내가 믿진 않지만 그리워하는 신은, 당연하지만 서유럽 기독교와 미국의 비 근본주의적 하느님이다. 내가 알라나 부처를 그리워하지 않는 건 오딘이나 제우스를 그리워하지 않는 것과 진배없다. 그리고 나는 구약성서의 하느님보다 신약성서의 하느님이 더 그립다. 나는 이탈리아의 회화, 프랑스의 스테인드글라스, 독일의 음악, 영국의 사제단회의장, 지금은 무너져 가는 돌무더기지만 옛날엔 어둠과 폭풍을 밝혔던 켈트 헤드랜드*의 상징적인 봉화를 만들도록 영감을 불어넣은 신이 그립다. 나는 또한 내가 그리워하는 이 신, 예술 작품들에 영감을 준 이 존재가 어떤 사람들한테는 앞서 내가 조소하고 있었던 '하느님에 대한 사적인 생각'이라는 남용된 주장만큼이나 부적절한 방종으로 비칠 수도 있음을 안다. 게다가 신이 정말로 존재한다면, 그는 자신이 존재한다는 것에 그토록 장식적인 축전을 바치는 행위를 경박하고도 과시적이라 여기고, 응징의 사안까지는 아니더라도 신적인 무관심의 대상으로는 볼 게 당연하다. 신은 프라

---

* 파도가 거친 해안 지형에서 불쑥 튀어나온 부분.

웃으면서 죽음을 이야기하는 방법

안젤리코*를 보며 깜짝을 떤다고 생각할지도 모른다. 그리고 고딕 대성당들에 대해서는 자신에게 깊은 인상을 남기려는 의도였겠지만, 정작 그가 선호하는 숭배의 방식을 가늠하지 못하고 사뭇 으름장을 놓는 분위기로 지어놓았다고 생각할지도 모른다.

✝

내 친구들 가운데 불가지론자와 무신론자들은 정직, 아량, 성실, 정절의 면에서 (혹은 이와 정반대 덕목에 있어서) 신을 믿는다고 공언한 친구들에 비해 의뭉스러운 구석이 있다. 내가 궁금한 건 이게 그들의 승리일까, 아니면 우리 쪽의 승리일까, 하는 것이다. 젊을 때, 우리는 우리 자신을 창조하고 있듯 세계를 창조하고 있다고 생각한다. 나중에 가서야 우리가 과거에 속수무책으로 얽매여 있음을 기실 과거에서 벗어난 적은 한 번도 없었음을 알아차리게 된다. 나는 점잖지만 덜떨어진 것처럼 보였던 내 가족에게서 벗어났으나, 결국 알아차린 건 나이를 먹을수록 내가 죽은 아버지를 닮아간다는 것이다. 내가 테이블에 앉을 때의 각도, 아래턱이 처진 모양, 머리가 벗

---

* Fra Angelico(1400?~1455). 중세 이탈리아의 화가. 성화를 많이 그렸으며, 훗날 수도원장이 되었다.

겨지기 시작하는 모양, 그리고 실은 즐겁지 않은데 예의 차원에서 웃을 때 드러나는 특색이 있다. 이런 것들은 (그리고 내가 알아차리지 못할 뿐이지 틀림없이 존재할 다른 특징들까지도) 유전적 복제들이지 자유의지의 표명일 리 만무하다. 나의 형도 마찬가지여서 날이 갈수록 아버지처럼 말하고 똑같은 은어들을 쓰며 말꼬리를 흐리는 자신을 발견한다. 그는 '아버지를 빼다 박은 것처럼 말하고, 생전에 아버지가 그랬듯 슬리퍼를 신은 발을 질질 끄는 것'을 알아차린다. 또 형은 아버지의 꿈을 꾸기 시작했다. 지난 60년간 어머니 아버지 누구도 형의 잠을 침범한 적이 없었건만.

할머니는 치매에 걸렸을 때, 당신 딸이 50년 전에 죽은 당신 언니라고 믿었다. 그다음 차례였던 내 어머니는 유년의 친인척들을 단 한 명도 빠짐없이 환대해 맞아들였고, 그들은 와서 어머니에 대한 우려를 표했다. 형과 내 차례엔, 우리 가족이 찾아올 것이다. (하느님, 다 괜찮은데 어머니만은 보내지 말아주세요.) 하지만 과거가 쥐고 있던 것을 실제로 놓아준 적이 단 한 번이라도 있을까? 우리는 더는 믿지 않게 된 종교 교리에 대충 맞춰 산다. 우리는 우리 자신이 마치 순수 자유의지를 지닌 피조물인 것처럼 산다. 철학자들과 진화생물학자들은 그건 대체로 허구라고 말하는데도. 우리는 마치 기억이 건물 구조가 튼튼하고 직원들이 능률적으로 구성된 수하물 임시 보관소나 되는 것처럼 산다. 우리는 마치 영혼(혹은 혼령, 혹은 개성 혹은 인성)이 뇌가 혼잣말로 꾸며낸 이야기라기보다는 인식 가능하고 위치를 찾아낼 수 있는 독립체인 것처럼 산다. 우리는 마치 천성과 교육이 둘 다 동일한 정도로 우리를 이끄는 것처럼 산다. 하지만 막상 드러나는 증거를 보면 우리를 내려치는 채찍은 물론이고 그걸 쥔 손 역시 천성에게 있다.

이러한 지식이 충분히 인식될 날이 올까? 앞으로 얼마나 더 기다려야 할까? 일부 과학자들은 우리가 의식의 수수께끼를 완전히 판독할 날은 결코 오지 않을 거라고 생각한다. 그건 우리가 뇌를 이해하기 위해 동원할 수 있는 건 바로 그 뇌 말고는 아무것도 없기 때문이다. 아무래도 우리가 자유의지라는 망상을 단념하는 날은 결코 오지 않을 모양이다. 자유의지에 대한 우리의 믿음을 무화하려면 자유의지에 따른 행동을 살펴야 하는데, 정작 우리에게 자유의지는 없다고 하니까. 그러니 앞으로도 우리는 우리가 내리는 모든 결정이 우리의 철저한 주관의 산물인 양 살아갈 것이다. (이 앞 문장에 대해서, 내가 쓰는 동안과 쓰고 난 후에도 시간과 생각을 들여서 문법과 의미를 이러저러하게 조절한 걸 놓고 '내가' 한 게 아니라고 '나 스스로에게' 납득시킬 수 있을까? 그 단어들, 그 단어들 뒤에 오는 이 삽입어구,

그 삽입어구 안에서 내가 상술하는 것, 그리고 가끔의 오타들, 그리고 그다음 단어를 다 썼건 반쯤 쓰다가 생각이 바뀌어 포기하고 그냥 '단 – '으로 남겨두었건, 그것들 모두가 논리 정연한 자아가 자유의지를 발현하는 과정을 통해서 내리는 문학적 결정이 아니라고, 내가 어떻게 믿을 수 있단 말인가?)

당신은 나보다 쉽사리 믿을지도 모르겠다. 혹시 당신도 믿지 못하겠다면, 당신의 사후 세대들에게는 쉬울지도 모른다. 그들 눈에 나(와 당신)는 라킨의 시에 나오듯 '퇴물에 어수선한 성정의 사내들(과 여자들)'로 비쳐질지도 모르겠다. 당신과 나는 이렇게 반은 추정에 기대고 반은 밝혀낸 죽음의 필연성에 기대어 우리가 살아가고 있는 거라 보지만, 후대는 이런 죽음의 필연성을 예스럽고 자기만족적인 것으로 여기게 될지도 모른다. 종교가 유럽에서 처음 와해되기 시작했을 때 (볼테르 같은 '불경한 도적 두목'이 활개를 치던 시절에) 죽음의 운명이 어디서 닥쳐올지 모른다는 자연스러운 불안감이 팽배했었다. 통치자가 사라진 상서롭지 못한 세상이 되었으니, 마을마다 카사노바가, 사드 백작이, 푸른 수염이 양산될지 모르는 일이었다. 당시 일부 철학자들은 제멋에 겨워, 또 적을 두고 있는 지성계의 입맛대로 기독교 신앙을 논박하면서도, 농군과 잡일꾼이 넘보지 못하게 지식을 사수해야만 사회구조가 무너지고 하인들이 통제 불능의 지경으로 문제를 일으키는 불상사를 미연에 방지할 수 있다고 믿었다.

그럼에도 유럽은 계속 기우뚱거렸다. 그래서 지금의 딜레마가 백척간두의 운명이라면, 확실성이 전에 없이 불투명해져 버린 이 텅 빈 우주에서 내 행동이 무슨 의미를 가질 수 있을까? 굳이 예의 바르게 행동할 필요가 있을까? 그냥 이기적으로 살고 탐욕을 취하면서 모든 잘못은 DNA 탓으로 돌리면 안 되나? 인류학자와 진화생물학자는 위안거리를 만들어낼 능력이 있다(신앙심이 있는 이들에게는 위로가 안 되겠지만). 종교가 어떤 주장을 하건 상관없이, 우리는 사회적 존재로 행동하도록 예정되어(유전적으로 프로그래밍되어) 있다. 이타주의는 진화 과정상 유용하다. (이런! 당신의 미덕―또 다른 망상―이 퇴화해 버렸네?) 그러니 천국과 지옥불이 엄존한다고 주장하는 사제가 있건 없건, 사회의 구성원으로 살아가는 개인은 십중팔구 전과 거의 똑같은 방식으로 행동한다. 종교는 인간의 행태를 개선하지 못하는 것과 마찬가지로 망가뜨리지도 못한다. 신자 못지않게 귀족적인 무신론자도 실망할지 모르는 얘기지만.

†

처음 프랑스 문학을 공부할 때, '악뜨 그라뛰'*의 개념이 잘 와 닿지 않았다. 내가 이해하는 선에서 그 개념을 풀이하면 다음과 같다. 우리가 지금 우주를 관장하고 있음을 주장하려면 우리는 언뜻 동기도 없고 정당한 이유도 없어 보이며, 인습적 도덕성을 벗어나 있는 즉흥적인 행동을 취해야 한다. 문득 기억하는 예가 있으니, 앙드레 지드의 『교황청의 지하실Les Caves du Vatican』에 등장하는 무상행위자로, 그는 생면부지의 인간을 기차에서 밀어 떨어뜨린다. 눈치챘겠지만 이는 곧 순수 행동이다. (그리고 이제 비로소 깨닫는 바, 세상 사람들이 자유의지의 증거라고 말하는 것이기도 하다.) 그때는 이해하지 못했었다. 이해했었다 해도 제대로 이해하지 못한 거다. 나는 은연중에 프랑스 시골 한복판에 내던져져 죽은 재수 옴 붙은 자식에 대해 생각하고 있었다. 어떤 철학적 주장을 입증하는 수단으로서의 살인(또는 아직도 기독교의 진구렁에서 헤어 나오지 못한 부르주아의 사고방식 때문에 살인이라 칭하기로 했을 법한 행위)은 어쩐지 지나치게…… 지나치게 이론적이고 지나치게 프랑스적이며 지나치게 혐오스러운 듯했다. 하지만 내 친구 G라면 그 무상행위자는 스스로를 기만하고 있었던 거라고 말할 것 같다.

* acte gratuit. 프랑스어로 '자유행동'이라는 뜻으로, 어떤 의미나 이해할 만한 동기가 없는 부조리하고 폭력적이며 파괴적인 행동을 뜻한다.

　　　　　　　웃으면서 죽음을 이야기하는 방법

(다만 무언가를 '원하기'를 원한 것이니까.) 그리고 그가 순수한 자유의지를 주장하는 것이 망상이라면 내가 보인 반응 또한 망상이었다는 생각이 든다.

우리는 전에 얘기한 남극펭귄들을 닮은 걸까, 아니면 남극 펭귄들이 우릴 닮은 걸까? 먹을 것을 구하기 위해서 우리는 슈퍼마켓에 가고, 펭귄들은 주르르 미끄러져 뒤뚱거리며 몇 마일에 달하는 빙판에서 트인 바다로 간다. 그러나 야생동물을 보여주는 프로그램에서 빠뜨리는 한 가지 세부 사항이 여기 있다. 그건 펭귄들이 물가 가까이 가면서 어정거리고 늑장 부리기 시작한다는 것이다. 펭귄들은 먹이 가까이 왔지만 위험 또한 그만큼 가까워졌다. 바다엔 물고기가 있지만 바다표범도 있다. 기나긴 여정의 결과가 먹는 것이 아니라 먹히는 것이 될 수도 있다. 먹힐 경우, 펭귄들이 옹기종기 모여 있는 곳에 두고 온 그들의 자식은 굶어 죽을 것이며 그들 자신의 유전자 풀도 끝장나고 말 것이다. 그런 이유로 펭귄은 다음과 같은 행동을 한다. 그들은 무리 중에서 남보다 더 배가 고프거나 조급한 한 놈이 빙판이 끝나는 지점까지 다가갈 때를 기다렸다가, 놈이 영양분이 풍부하지만 치명적인 바다를 내려다보고 있을 때, 바로 그때, 승강장에 있는 통근자 떼거지마냥 그 조심성 없는 새를 쿡 찔러서 바다에 빠뜨린다. 이봐, 그냥 테스트하는 것뿐이야! 이것이 그 사랑스러운, 의인화가 가능한 펭귄들의 '실체'다. 그래서 충격을 받는다 해도, 사람을 기차에서 밀어 떨어뜨리는 인간종의 무상행위자에 비하면 최소한 펭귄 쪽이 더 이성적으로 (더 실리적으로, 훨씬 더 이타적으로) 행동하고 있다.

펭귄에겐 '당신이라면 어떻게 할까?'가 없다. 그냥 뛰어들거나 죽거나가 (때론 뛰어들어 죽거나가) 있을 뿐이다. 그런 데다 우리네의 '당신이라면 어떻게 할까?'가 제시하는 몇 가지 경우도 결국에 가선 다 똑같이 가설에 그치고 만다. 결국 차마 생각할 수 없는 걸 단순화하고, 통제할 수 없는 걸 통제하는 척하는 방법에 지나지 않는 것이다. 어머니는 귀머거리가 되느냐, 장님이 되느냐 둘 중에 하나를 선택하는 문제로 꽤 심각하게 고민했다. 두 가지의 장애 중에 하나를 미리 점찍어 둔다는 건 다른 하나를 배제하려는 미신적인 방법 같다. 예외가 있다면, 이미 결과로 나타난 바지만 '선택'할 상황은 결코 없었다는 것이다. 어머니의 뇌졸중은 청력에도 시력에도 아무런 영향을 끼치지 않았다. 그러나 어머니는 여생 동안 다시는 손톱을 다듬지 못했다.

형은 할아버지처럼 죽기를 바란다. 할아버지는 정원 일을 하다가 뇌졸중으로 쓰러졌다. (몽테뉴처럼 양배추를 심기엔 너

무 이른 철이었고, 할아버지는 조작이 까다로운 로터베이터*의 시
동을 걸고 있었다.) 형은 다른 가족들의 사례는 두려워한다. 지
겹도록 오래 끌었던 할머니의 노인성 치매. 아빠의 굼뜬 유폐
와 굴욕. 엄마의 반 토막 난 자의식이 빚어낸 망상들. 그러나
우리가 선택할 다른 가능성들은 차고 넘치도록 많다. 아니,
이미 우리를 위해 선택이 완료됐는지도 모르지. 일률적으로
'출구'라고 표시돼 있어도 제각각으로 다른 문들이 차고 넘치
도록 많다. 이런 측면에서 볼 때 죽음은 복합적인 선택의 문
제지 '당신이라면 어떻게 할까?'의 문제는 아니며, 선택권에
있어서 호방하리만큼 민주적이다.

스트라빈스키는 말했다.

"고골은 절규하다 죽었고 디아길레프**는 껄껄 웃다 죽었
지만 라벨은 시름시름 앓다 죽었다. 라벨의 죽음이 가장 끔찍
하다."

스트라빈스키의 말이 옳다. 이제껏 광기, 공포, 진부한 부조
리(베베른***은 담배에 불을 붙이려고 공손히 포치에 올라섰다가 군
인이 쏜 총에 맞아 죽었다)로 점철된 더 격렬한 예술적 죽음의

---

* 회전식 날이 달린 경운기.
** Sergei Parlovich Diaghilev(1872~1929). 러시아의 발레단 기획자. 예술비평가.
*** Anton von Webern(1883~1945). 오스트리아의 작곡가.

사례들이 있었으나, 라벨만큼 잔혹한 경우는 거의 없다. 더욱 괴이쩍게도 그의 죽음에는 기묘한 예시(음악으로 말하면 프리에코*)가 있었으니, 그전 세대의 한 프랑스 작곡가의 죽음에서 찾아볼 수 있었다. 문제의 에마뉘엘 샤브리에는 1894년에 매독 3기로 무릎이 꺾이기 1년 전, 그의 생애 처음이자 마지막으로 도전했던 진지한 오페라 「그방돌린」을 파리에서 초연했다. 이 작품(18세기 영국을 배경으로 한 아마도 유일무이한 오페라)이 무대에 오르기까지는 10년이 걸렸다. 그 당시 샤브리에의 병은 말기였고 그의 정신은 환상의 나라에 가 있었다. 첫 공연 날, 극장 특별석에 앉아 있던 그는 쏟아지는 박수갈채에 '거의 영문을 알지 못한 채' 미소를 지었다. 이따금씩 그는 그 오페라가 자신의 작품이라는 사실을 잊어버렸고, 옆자리에 앉은 사람에게 중얼거렸다.

"좋은데요. 정말 대단히 좋아요."

이 이야기는 그의 후대 프랑스인 작곡가들에겐 익히 잘 알려진 일화였고, 라벨도 번번이 말했었다.

"처참하지 않나? 「그방돌린」 공연을 보러 갔는데 자기 음악이라는 것조차 기억하지 못하다니!"

---

* 음악이 재생되기 전에 들리는 전조음.

내 친구 도디 스미스*가 고령에 이르러 받았던 상냥한 격려조의 질문이 기억난다.

"자, 도디. 예전에 유명한 희곡작가였다는 것을 스스로도 기억하시죠?"

이에 도디는 대답했다.

"네, 그런 것 같은데요."

아버지가 어머니에게 "아무래도 내 마누라지 싶은데?"라고 말했을 때와 상당히 비슷한 말투였을 거라고 상상해 본다. 여성용 모자를 만들던 사람이 자기가 만든 모자를 못 알아볼지 모르고, 어떤 노동자는 자기가 만든 과속방지턱을, 어떤 작가는 자기가 쓴 문장을, 어떤 화가는 자기가 그린 그림을 못 알아볼지도 모른다. 부연의 여지없이 통렬한 일이다. 그러나 한 가지 고통이 더 있다. 자신이 만든 선율을 못 알아듣는 어느 작곡가를 바라보는 사람의 고통이.

라벨은 (5년에 걸쳐서) 시름시름 앓다 죽었고, 단연 사상 최악의 죽음이었다. 처음에 (뇌 위축의 한 형태인) 픽 병**으로 인한 신체 기능의 저하는 놀랍기는 했어도 특이하진 않았다. 언

---

* Dodie Smith(1896~1990). 영국의 아동문학가이자 희곡작가. 「101마리 달마시안」으로 유명하다.
** 전두엽의 진행성 퇴화로 기억상실, 정서 불안정을 겪게 되는 병.

어 기능은 퇴화했고 운동 기능도 전보다 떨어졌다. 포크를 거꾸로 집기 일쑤고 직접 서명할 수 없게 되었으며 수영하는 법을 잊어버렸다. 저녁을 먹으려고 외출할 때는 예방 차원에서 가정부가 그의 코트 안쪽에 주소를 적은 쪽지를 핀으로 꽂아주었다. 그러나 얼마 안 가서 병세는 악의적으로 특이하게 변해서 작곡가라는 정체성을 노렸다. 자신이 작곡한 현악 사중주를 녹음하러 간 라벨은 음향 조정실에 앉아서 몇 가지 수정을 제시하고 제안을 했다. 모든 악장을 녹음한 후, 다시 처음부터 끝까지 들어보겠느냐는 말에 그는 고사했다. 그래서 녹음은 일사천리로 진행되었고, 스튜디오 측은 하루 안에 다 끝낸 것에 만족을 표했다. 마지막으로 라벨은 프로듀서를 돌아보았다. (설령 우리가 이미 그가 할 말을 예상하고 있다 한들 그 충격이 덜할까?)

"정말 아주 좋았어요. 작곡가 이름 좀 알려줘요."

다른 날, 그는 자신이 작곡한 피아노 음악을 연주하는 콘서트에 갔다. 그는 공연 내내 사뭇 즐거워하며 앉아 있었지만, 홀의 관객들이 그를 돌아보며 박수갈채를 보냈을 때 그 대상이 자기 가까이에 앉은 이탈리아 동료라고 생각해 마찬가지로 그에게 박수를 보냈다.

라벨은 프랑스의 유수 신경외과 전문의 두 명에게 진찰을

웃으면서 죽음을 이야기하는 방법

받았다. 또 한 번의 '당신이라면 어떻게 할까?'인 셈이다. 첫 번째 의사는 그가 수술이 불가능한 상태라고 진단하면서 자연 법칙의 순리에 맡겨야 한다고 말했다. 두 번째 의사는 환자가 라벨만 아니었어도 그 말에 동의했을 것이다. 그렇지만 만에 하나라도 기회가 있다면(라벨이 몇 년이라도 더 살 수 있다면), 그래서 우리가 그의 ('시간을 소화하는 최상의 방법'인) 음악을 좀 더 들을 수 있다면……. 그런 맥락에서 그는 이 작곡가의 두개골을 열었고, 손상의 범위가 넓은 데다 치료할 수 없다는 사실을 눈으로 확인했다. 열흘 뒤, 여전히 머리에 붕대를 둘둘 감은 채, 라벨은 죽었다.

†

20여 년 전에, 죽음을 주제로 한 책을 위한 인터뷰 제안을 받은 적이 있다. 나는 작가로서의 사정을 핑계로 고사했다. 나중에 내 책에 필요할 수도 있을 소재를 말로 흘려버리고 싶지 않았다. 그 책이 출간되었을 때도 읽지 않았다. 그 책의 기고 자들이 한 얘기가 내가 천천히 노력해 나가며 써나가게 될 것 보다 더 좋을지도 모른다는 미신적인 (혹은 온당한) 두려움 때문이었지 싶다. 얼마 전에야 그 책의 첫 챕터를 조심스럽게 훑어보다가 '토마스'라는 사람의 인터뷰를 읽게 되었다. 처음만 그랬지, 한 페이지를 읽기 무섭게 이 '토마스'가 다름 아닌 나의 오랜 '죽음 강박' 친구이자 내 자유의지를 박멸하는 데 일조했던 G라는 사실을 한눈에 알아차렸다.

죽음에 관한 최초의 (그러나 역시나, 우리에겐 선택의 여지가 없는 질문인) '당신이라면 어떻게 할까?'의 내용은 무지 아니면 앎이다. 당신은 '르 레베일 모르텔'을 받아들이겠는가, 아니면 맹목의 누비이불 속에서 잠을 자겠는가? 질문이 쉽다고 생각할지도 모르겠다. 주저된다면 앎을 택하라. 그러나 그것은 손상이 뒤따르는 앎이다. 그 점에 대해 '토마스, 즉 G'는 이렇게 말했다.

"두려워하지 않는 사람들 대부분은 다만 죽음의 의미를 알지 못하는 것뿐이다. (……) 도덕철학의 표준 이론은 인간이 '인생의 절정'에서 갑자기 단절되는 것을 크나큰 해악으로 본다. 그러나 내게는 미래에 일어날 일을 아는 것이 해악이다. 알지 못하는 가운데 일어난 일이라면, 상관없을 것이다."

아니면 최소한, 우리는 전에 말한 펭귄과 흡사한 존재가 되겠지. 물가까지 뒤뚱거리며 갔다가 무상행위와 무관한 어떤 힘에 어깨가 떠밀리는 '얼뜨기'는 바다표범을 무서워할지는 몰라도 바다표범이 불러올 영원한 결과는 개념화하지 못한다.

G는 인간이 그토록 복잡한 존재임에도, 간단없이 영원 속으

로 사라진다는 것을 이해하거나 믿는 데 일말의 어려움이 없다. 아무리 복잡한들 모든 것은 '자연의 방탕'의 일부다. 모기 한 마리가 품은 마이크로 공학처럼.

"나는 그 복잡성은 이를테면 도를 넘어선, 타고난 재능을 마구 탕진하는 자연이라고 생각한다. 인류에 대해서도 이와 다를 바 없는 방탕이라고 할 수 있다. 이런 비범한 두뇌와 감각이 수백만 개까지 양산되었다가 아무것도 아닌 듯 버려져 영원 속으로 사라진다. 나는 인간이 특수한 경우라고 생각하지 않으며, 진화 이론이 모든 것을 설명해 준다고 생각한다. 매우 아름다운 이론이다. 생각해 보니 놀랍고 경이롭기까지 한 이론이 아닐 수 없다. 우리에겐 암울한 결과를 안겨주긴 하지만."

역시 내 친구야! 그런 김에 말하자면 죽음의 감각은 유머 감각과 비슷한 데가 있다. 우리는 모두 우리 자신이 갖고 있는 (아니면 갖지 못한) 감각이 인생을 제대로 이해하는 데 있어서 대체적으로 옳고 또 적절하다고 생각한다. 나는 죽음에 대한 내 감각이 (내 친구들 몇몇에겐 과장돼 보이겠지만) 꽤 균형 잡힌 편이라고 생각한다. 나에게 죽음은 인생을 정의하는 섬뜩한 사실의 하나다. 죽음을 줄기차게 의식하지 않는 한, 인생의 의미를 이해하는 첫발을 내디딜 수 없다. 흥청망청 즐기는 호

시절은 늘 계속되는 것이 아니며, 결국 와인은 산화되고 장미꽃도 냄새 나는 물속에서 갈색으로 시들어 전부 다 (꽃병까지) 버려질 것임을 알고 또 느낄 때에만, 무덤으로 가는 길에서 우연히 맛보는 기쁨과 흥미에 비로소 눈뜨게 된다. 그렇다 한들, 난 죽음이 섬뜩하다고 말하련다. 아무렴. 친구 G는 더 처참하게 죽는 사례를 들었고, 그래서 내겐 그의 노심초사가 과한 것 같다. 건강하지 못하다고는 할 수 없어도. (그래, 말이 나온 김에 죽음에 대한 '건강한' 태도에 대해 짚고 넘어갈 참인데. 도대체 어딜 가면 그런 걸 볼 수 있으려나?)

G에게 우리가 죽음에 맞서는 (더 정확하게는 다른 건 아무것도 생각할 수 없게 되는 위험에 맞서는) 방법은 단 하나, '단기적으로 걱정할 만한 것을 찾아내는 일'뿐이다. 그는 또한 60세 이후로 죽음에 대한 두려움이 급격히 줄어든다는 연구 결과를 위로하듯 인용한다. 흠, 그 친구보다 먼저 그 연령대에 진입한 내가 한마디 하자면, 나는 그 은혜가 언제 찾아와 주려나 아직도 기다리고 있다. 불과 이틀 전날 밤, 불안에 전염된, 또 불안을 예고하는 그 순간이 날 또 찾아왔고, 의식 속으로 질질 끌려나와 잠에서 깨어나보니 나는 혼자서, 처절히 혼자서 주먹으로 베개를 내려치면서 "안 돼, 안 돼! 안 돼!!"라고 고함을 치고 있었고, 그러는 내내 소리 내어 울고 있었다. 그 순

웃으면서 죽음을 이야기하는 방법

간(몇 분에 달하는 시간 동안)의 공포는 몸을 가누기 힘들 만큼 컸지만, 냉철한 사람 눈에는 과시욕이 있는 사람이 자기 연민을 망측할 만큼 보란 듯이 과시하는 모습으로 비쳤을는지 모른다. 그리고 제대로 표현을 못 하는 모습이 나타나기도 한다. 나는 가끔 내 입에서 나오는 말들이 서술이나 감응 능력이 현저히 떨어진다는 생각에 부끄러워진다. 창피하지도 않냐, 명색이 작가가, 라고 혼잣말을 한다. 너에겐 언어가 있잖아, 좀 갈고닦을 수 없어? 죽음을 제압할 수 없겠느냐고. (아, 그래. 평생을 가도 그렇게는 못 하겠지. 하지만 최소한 항의할 순 있는 거 아냐?) 지금 이 꼬락서니보다는 좀 흥미롭게 못 하나? 우리는 육체의 고통이 극한에 달하면 언어가 사라져 버림을 안다. 그리고 마음의 고통도 마찬가지라는 걸 알게 되면 맥이 빠진다.

나는 언젠가 졸라도 나와 비슷하게 자다가 소스라치게 놀라서 마치 발사되듯 잠에서 죽음의 공포로 날아간 적이 있다는 글을 읽었다. 아직 작가가 아니었던 20대 시절에, 나는 그런 그에게서 형제애를 느꼈고, 그러면서 또 불안해했었다. 만약 이것이 세계적으로 유명한 50대 작가한테도 일어나는 일이라면, 내가 계속 살아가면서 호전될 가능성은 희박하니 말이다. 일전에 작가 엘리자베스 제인 하워드가 그녀의 지인 가운데 죽음에 가장 천착하는 사람 셋을 말해준 적이 있는데, 그녀의 전남편 킹슬리 에이미스*, 필립 라킨, 존 베처먼**이었다. 이쯤 하면 이 문제는 작가들, 아니 남자 작가들의 문제라고 결론을 내리고 싶어진다. 에이미스는 남자들이 여자들보다 더 예민하다는 견지를 (그의 이력을 감안하면, 익살맞게) 고수했었다.

반면에 나는 다분히 회의적이다. 남자의 문제라는 견지에도, 또 작가의 문제라는 견지에도. '그냥' 독자였던 시절에, 나는 작가들은 진실을 찾아낼 수 있는 책을 쓰니까, 세계를 묘사하니까, 인간의 마음속을 들여다보니까, 특별한 대상과 일반적인 대상 모두를 포착하니까, 자유로우면서도 엄연히 구조화된 형상들을 재현하니까, 그리고 그들은 이해했으니까, 두말할 것 없이 다른 사람들보다 더 예민할 거라고 (또 허영이나 이기주의는 덜할 거라고) 믿었다. 그러다 작가가 된 후, 다른 작가들을 만나기 시작했고, 그들을 관찰한 끝에, 결국 작가와 일반인의 유일한 차이점, 작가가 더 낫다고 말할 수 있는 유일무이한 차이점은 글을 잘 쓴다는 것뿐이라는 결론을 내렸다. 작가들은 과연 예민하고, 직관력이 있고, 현명하고, 보편화와 특화를 잘할지도 모른다. 하지만 어디까지나 책상에 앉아 있을 때에만, 자기들이 쓰는 책 안에서만이다. 작가들이 위험을 무릅

---

* Kingsley Amis(1922-1955). 풍자와 해학이 담긴 작품을 주로 발표한 영국의 소설가.
** John Betjeman(1906~1984). 영국의 시인.

쓰고 세상으로 나올 때, 그들은 인간 행위에 대한 특유의 통찰은 원고 속에 다 두고 나온 것처럼 군다. 비단 작가들만의 이야기일까. 철학자들은 사생활에서도 과연 현자일까?

"철학자라고 해서 남보다 더 현명한 점은 눈을 씻고 찾아봐도 힘들걸." 내 형의 대답이다.

"아니, 반은 공인인 자기들 삶에선 더 젬병이야, 다른 대학 교수 부류의 반도 못 따라갈걸."

문득 버트런드 러셀의 자서전을 읽다가 금세 내려놓았던 기억이 난다. 불신이 생겨서가 아니라 섬뜩할 만큼 속속들이 믿겨서였다. 러셀은 첫 번째 결혼 생활이 끝나가기 시작할 무렵을 이렇게 설명하고 있다.

"어느 날 오후 자전거를 타고 나갔다가 시골길을 따라가던 중에, 느닷없이, 나는 내가 더 이상 알리스를 사랑하지 않음을 깨달았다. 그 직전까지도 그녀에 대한 사랑이 흐릿해지고 있는 것조차 알지 못했다."

이 대목에 대해서, 이 대목이 내포하는 것과 표현하는 방식에 대해서 논리적으로 대응할 수 있는 방법은 딱 한 가지, '철학자들은 자전거를 타지 못하게 해야 한다'는 것이다. 아니면 이건 어떨까. '철학자들은 결혼을 못 하게 해야 한다. 그들은 신과 진실을 논하는 일에만 정진해야 한다.' 바로 이 점에서 나는 러셀이 내 편이길 바란다.

†

예순 살 생일에 나는 T와 점심을 먹었다. T는 내 친구들 중
몇 안 되는 종교적인 친구 중의 하나다. 아니면 단순히 신앙이
있다고 공언한 친구라고 해야 하나? 어쨌거나 T는 국교회 신
자이며, 십자가 목걸이를 하고 다니며, 그의 예전 여자친구들
은 깜짝 놀랄지도 모르겠지만 침대 머리맡 벽엔 십자가를 걸
어뒀다. 그렇지, 그런 점은 내가 아는 한 신앙이 있다고 공언
하는 것보다 종교적인 태도에 더 가깝다. T는 곧 결혼할 예정
이며, 상대는 머리맡 십자가를 치워버릴 만한 영향력을 행사
할 수도 안 할 수도 있는 R이다. 그날은 내 생일이므로, 나는
내 멋대로 평소 때보다 질문의 범위를 넓혀서 그에게 (국교회
로 자란 건 차치하고) 무슨 이유로 자신의 신과 종교를 믿느냐
고 묻는다. 그는 잠시 생각하더니 대답한다.

"믿고 싶어서 믿는 거야."

내 형과 비슷한 대답처럼 들려서 나는 반박한다.

"만약 네가 '내가 R을 사랑하는 건 그녀를 사랑하고 싶어서
야'라고 말한다면, 난 그다지 감동받진 못할 것 같은데. R도 마
찬가지일 테고."

웃으면서 죽음을 이야기하는 방법

그날은 내 생일이므로 T는 내 얼굴에 술을 끼얹는 행동은 삼간다.

집에 돌아온 나는 집 문틈 사이로 밀어 넣어진 소포 하나를 발견한다. 처음에는 은근히 밀려오는 짜증을 느낀다. 그도 그럴 것이 이미 '선물 사절'이라고 분명히 표명했었고, 특히나 아낌없이 선물을 주는 것으로 정평이 난 이 친구에게는 누누이 알렸기 때문이었다. 소포 안엔 옷깃에 다는 배지가 들어 있었고, 배터리를 넣게 되어 있어서 파란색 빨간색 점점이 '오늘 60'이라고 번쩍거렸다. 짜증을 좋은 기분으로 단박에 바꿔버린 건 마분지 뒷면에 인쇄된 제작자의 문구였다. 이건 기꺼이 받을 만한 정도를 넘어 완벽한 선물이라는 생각마저 들었다. '경고: 심장박동 조절장치 작동을 방해할 수도 있습니다.'

내 생일 이후 '단기적으로 걱정할(만하다고 여길 만한) 가치가 있는 것'이 된 경험은 미국으로 책 홍보 투어를 가는 일이었다. 뉴욕의 공항에 도착해 도시로 가는 길에 내 생애 최대 크기의 광대한 묘지를 지나가게 되어 있다. 이런 제의적인 '메멘토 모리'*는 늘 즐기는 편인데, 내가 뉴욕을 좋아한 적이 전혀 없기 때문인 게 분명하다. 언제나 북적대고 나르시시즘

---

* 죽음을 상기시키는 사물이나 상징.

에 젖은 도시들에서 일어나는 모든 부산함은 종래 이리로 올 것이다. 수직으로 빽빽이 서서 맨해튼을 조롱하는 묘석들이 있는 이곳으로. 과거에는 단순히, 광활히 뻗은 묘지와 사망률 계산(에드몽 드 공쿠르라면 도저히 믿지 못할 '회계사 신'의 업무)에만 주목했었다.

바야흐로, 생전 처음, 뭔가 다른 것이 내 마음을 치고 들어온다. 바로 묘지에 사람이 아무도 없다는 사실이. 이 묘지들은 현대의 시골과 같다. 어디를 둘러보아도 몇 만 제곱미터에 달하는 적요만 있는 곳. 그리고 큰 낫을 든 촌놈이나, 울타리를 손보고 도랑을 파는 일꾼이나 돌담을 보수하는 일꾼이 있을 거라는 생각은 하기 힘든데, 대규모 산업형 농업화로 인해 예전과 달리 목초지와 목장과 산울타리가 둘러쳐진 들판에서 인간의 행위가 철저히 부재하게 된 것은 또 다른 유형의 죽음이다.

살충제가 농장 근로자들까지 박멸한 것과 마찬가지로. 그와 비슷하게, 퀸즈의 이 묘지에서도 움직이는 인간은(물론 영혼조차도) 단 한 명도 없다. 물론, 일리는 있다. 생전에 부산을 떨던 이 망자의 뒤를 이어 도시에서 새롭게 부산을 떨게 된 사람들이 부산을 떠느라 바쁜 나머지 묘지를 찾아올 짬을 내지 못하는 것이다. 하지만 묘지보다 더 울적한 곳이 하나라도 있다면,

웃으면서 죽음을 이야기하는 방법

그것은 단연 아무도 찾는 이 없는 묘지다.

  며칠 후, 나는 워싱턴으로 가는 기차에서 트렌턴의 남쪽 어딘가에 있는 묘지를 한 곳 더 지나치게 된다. 퀸즈와 다를 바 없이 적요하지만 그래도 을씨년스러운 건 덜하다. 철로를 넘보는 법 없이 나란히 뻗어나가면서도 분방한 모양새가, 죽어서 곰삭은, 그 찌든 비가역성과는 사뭇 느낌이 다르다. 이곳에서, 죽은 자는 잊힐 만큼, 새 이웃으로 환영받지 못할 만큼 죽음의 그림자에 매몰된 존재가 아니다. 그리고 보라, 이 다소곳하니 죽 뻗은 길의 남쪽 끝에 기운찬 미국적 순간이 놓여 있도다. '브리스톨 묘지: 묘소 부지 있음'을 알리는 표지판에. '부지'란 말의 재간은 의도된 것처럼 읽힌다.* 얼른 와서 함께해요. 여기엔 다른 데보다 훨씬 더 많은 자리가 있어요.

  '묘소 부지 있음'이라……. 죽음마저도 광고할 수 있다는 마음, 이것이 미국의 태도다. 서유럽에서 옛 종교가 마지막 내리막에 있는 반면 미국은 여전히 기독교 국가이니, 여전히 교의가 득세한대도 이상하지 않다. 사후의 삶이 있느냐 없느냐로 옛 유대교도들이 벌인 교리상의 논쟁을 일소한 기독교, 개인의 불멸성을 신학적인 판매 포인트로 집약한 기독교야말로

---

* 여기서 '부지'의 의미로 쓰인 'lots'엔 '운명'이란 뜻도 있고 '아주 많은' 이란 뜻도 있다.

이와 같이 할 수 있다는 태도, 보상에 혈안이 된 사회에 안성맞춤이다. 그리고 모든 경향이 극단에 끌려가는 미국답게 '극단주의 기독교'가 안착해 있다. 미국에 비하면 구 유럽은 느긋하게 '천국'의 마지막 도래에 다가갔다. 무덤 속에서 오래도록 썩힌 후에야, 때가 되었을 때에 비로소 부활과 심판을 받아들였다. 미국도, '극단주의 기독교'도 일을 몰아쳐 하기를 좋아한다. 주문을 약속받았으니 상품을 나중이 아니라 더 빨리 배달해 주면 안 되나? 여기서, 가령 '황홀경'의 환상이 생기기 마련인데, 그 환상 속에서 정직한 사람은 바쁜 일상을 계속하다가 어느 순간 곧바로 천국으로 올라가서, 예수와 적그리스도가 발아래 지구 행성의 전쟁터에서 끝장날 때까지 서로 싸우는 모습을 지켜본다. 세계의 종말을 주제로 행동파 주인공이 등장하는, X등급의 재난 영화 버전.

"죽음 뒤의 부활. 그 '해피엔드의 비극'의 결정판." 세상의 모든 위트 있는 말의 진원지라는 할리우드의 어느 감독이 한 말로 으레 생각될 구절일지 모르지만 내가 처음 이 말을 접한 건 이디스 워튼의 자서전 『뒤돌아보며』에서였다. 워튼은 자신의 책 『환희의 집』을 각색한 연극의 상연 첫날 밤, 극이 관객들을 사로잡지 못한 것에 대해 자신의 친구이자 소설가 윌리엄 딘

웃으면서 죽음을 이야기하는 방법

하우얼스*가 위로 차원에서 이런 신랄한 표현을 썼다고 밝히고 있다. 그리하여 이 말은 온갖 영화감독들이 재치 있는 농담을 만들어내기 전인 1906년으로 거슬러 올라간다. 워튼의 인생관이 미국의 희망에 찬 태도에 부응하는 면이 거의 없었던 점을 감안할 때, 그녀가 소설가로서 성공했다는 사실이 새삼 놀랍다. 그리고 새삼 존경스럽다. 그녀는 구원의 소소한 증거를 보았다. 그녀는 인생이 비극으로 끝나는 비극이라고 (그렇지 않다 해도 결국 암울한 코미디에 지나지 않는다고) 보았다. 그렇지 않으면, 가끔 드라마틱하게 끝나는 드라마. (그녀의 친구 헨리 제임스는 인생을 '죽기 전까지 처해 있는 곤경'이라고 정의했다. 그리고 제임스의 친구 투르게네프는 '인생에서 가장 흥미로운 것은 죽음'이라고 믿었다.)

워튼은 또 인생이 비극적이건, 희극적이건, 드라마틱하건, 필연적으로 고유하다는 개념에 혹하지 않았다. 우리가 고유하지 않다는 사실을 우리는 쉽게 잊어버린다. 언제나 매혹적인 우리 자신의 삶(우리한테는 말이다)을 굽어보는 동안. 내 친구 M이 더 젊은 여자 때문에 아내를 떠나면서 줄곧 투덜거렸던 말이 있다.

---

* William Dean Howells(1837~1920). 미국의 소설가 겸 평론가.

"다들 나더러 클리셰라는데. 내게는 클리셰로 느껴지지 않거든."

하지만 그것은 클리셰였고 지금도 마찬가지다. 우리가 더 멀리 떨어져서 (그러니까 아인슈타인이 상상했던 더 우등한 존재의 시점에서) 인생을 바라볼 수 있다면. 그때 우리 모두의 삶이 입증하게 될 것과 마찬가지로.

전기 작가인 한 친구가 좀 더 길게 내다보다가 내 삶을 책으로 쓰겠다는 뜻을 넌지시 비친 적이 있다. 이에 그녀의 남편이 비꼬듯 내 일상은 늘 똑같기 때문에 책이라고 말하기 민망할 정도로 짧은 얘기만 나올 거라고 말했다나. 그가 생각하는 책 내용은 이랬다.

"일어났다. 책을 썼다. 밖에 나가서 와인 한 병을 샀다. 집에 왔다. 저녁을 지었다. 와인을 마셨다."

나는 듣자마자 이 '단출한 삶'에 지지를 표했다. 이렇게 써도 다른 말만큼이나 내 인생을 잘 설명한 말일 거다. 또한 진실한 말이기도 하고. 이게 진실이 아니라면 길게 써봤자 역시 진실일 리 없을 테니.

포크너는 작가의 사망 기사의 합당한 예시를 이렇게 들었다. "그는 책을 썼다. 그런 후 죽었다."

웃으면서 죽음을 이야기하는 방법

†

쇼스타코비치는 죽음에서 비롯한, 그리고 죽음에 관한 예술을 만드는 것은 '소매로 코를 훔치는 것과 다름없는' 일임을 알았다. 조각가 일리야 슬로님이 그의 흉상을 만들었을 때, 완성된 작품을 본 구소련 예술 위원회 회장은 마음에 들지 않았다. "우리에게 필요한 건 낙천적인 쇼스타코비치입니다." 기관원은 조각가에게 (그리고 더 나아가 작곡가에게) 이렇게 말했고, 작곡가는 이 모순어법을 즐겨 반복했다.

죽음에 과도히 천착했던 것 말고도, 쇼스타코비치는 (어쩔 수 없이, 남 눈을 두려워하지 않아도 되는 곳에서만) 가짜 희망, 국가 선전, 예술의 찌꺼기를 비웃는 사람이었다. 그런 점에서 그가 공략하길 가장 좋아했던 것 중에 1930년대에 대히트를 친 연극 작품이 있었다. 이젠 망각 속으로 사라진 지 오래인 정부의 아첨꾼 프세볼로트 비시네프스키*의 작품으로, 최근 러시아의 한 연극학자는 그에 대해 이렇게 썼다.

"이 나라 문학사가 식물 표본처럼 별의별 작품이 다 있다지만 그 기준으로 봐도 이 작가는 가히 암종병 같은 표본이었다."

* Vsevolod Vitalevich Vishnevsky(1900~1951). 소련의 극작가.

비시네프스키가 쓴 문제의 희곡은 볼셰비키 혁명의 화물선을 배경으로 소련 정부가 상상한 대로의 세계를 탁월하게 묘사했다. 젊은 여성 정치위원 한 명이 도착해 아나키스트 선원들과 구파 러시아 관료들에게 설명을 하고, 기본 방침을 종용한다. 그녀에게 돌아오는 건 무관심과 회의론, 심지어 맹렬한 비난이다. 급기야 한 선원에게 강간당할 찰나, 그녀는 선원을 총으로 쏴 죽인다. 이렇게 솔선수범해 보여준 공산당의 패기와 즉각 재판 덕에 선원들을 제압하게 되고, 선원들은 갑자기 유능한 전투 부대로 거듭난다. 전쟁 도발자, 신의 숭배자, 자본주의자 독일군에 맞서도록 배치된 후, 그들은 웬일인지 포로로 잡히지만 자신들을 억류한 무리에 맞서 영웅적으로 분기한다. 봉기 중에 그들이 지닌 영감의 원천이었던 정치 위원이 살해당하는데, 죽으면서 그즈음 뼛속까지 소련인이 된 선원들에게 촉구한다.

"언제나…… 붉은 함대의…… 숭고한 전통을…… 수호하라……."

막이 내린다.

비시네프스키의 희곡이 쇼스타코비치의 유머 감각을 자극한 데에는 만화를 방불케 하는 순응적인 플롯이 아니라 그 제목의 힘이 컸다. 그 제목은 '낙천적인 비극'이었다. 소련 공산주의, 할리우드, 그리고 기성 종교 사이엔 그들의 예상보다 더 긴밀한 연관성이 있었고, 이 꿈의 공장들은 저마다 똑같은 환상들을 양산해 내고 있었다.

"비극은 비극일 뿐이며, 낙천주의는 이와 전혀 무관하다."

쇼스타코비치가 입버릇처럼 했던 말이다.

✝

살면서 죽은 사람을 두 명 보았고, 한 명은 손으로 만져보기까지 했지만 사람이 죽어가는 걸 본 적은 한 번도 없다. 나 자신이 죽는 것을 보지 않는 한, 또 보기 전까지는 누군가 죽어가는 걸 볼 일은 전혀 없을 것이다. 죽음에 대한 두려움이 현실적인 의미에서 처음 사라지기 시작하면서 세상이 죽음에 대해 더는 이야기하지 않게 된 거라면, 그런 후 우리의 수명이 더 늘어나면서 더더욱 이야기하지 않게 된 거라면, 죽음은 의제에서 또한 벗어나버린 것이다. 이미 죽음이 그 자리에, 우리와 함께, 집 안에 더는 있지 않게 되었기 때문이다. 현대에 와서 우리는 죽음을 가급적 보이지 않는 것으로 만들며, 또 절차의 일부로 만들어버린다. 그 과정에서 (병원의 의사부터 화장터의 장의업자까지) 전문가들과 관료들은 우리가 혼자만 남게 될 때까지 이래라저래라 지시하고, 그리하여 우리 중 살아남은 자들은 두 손에 술잔을 들고 서 있게 되고, 아마추어는 애도하는 방법을 배우게 된다.

하지만 그리 오래되지 않은 과거에, 사람은 죽을 때 자기 집에서 삶의 마지막 병치레를 했고, 가족들이 보는 가운데 숨을 거두었으며 같은 동네 여자들이 염을 하여 안치했다. 그런 뒤 옆에서 하루나 이틀 밤을 살갑게 지킨 다음 한동네의 장의업자가 입관하였다. 쥘 르나르처럼 우리도 말이 끄는 흔들리는 영구차 뒤에서 묘지까지 걷기 시작했을 것이고, 묘지에 다다라 땅 속으로 내려가는 관을, 그리고 무덤 가장자리에서 활보하는 통통한 구더기를 지켜보았을 것이다. 우리는 지금보다 더 주의를 기울였을 것이고 더 배려하는 마음이 되었으리라. (내 형은 고인이 바랐을 거라고 가정하는 것이라 지적하겠지만 그래도) 고인을 위해 훨씬 더 좋은 일일 테고 짐작건대 우리에게도 더 좋았을 것이다. 옛날의 체계는 살아 있는 단계에서 죽는 단계로 (그리고 죽은 단계에서 다시는 볼 수 없는 단계로) 가는 과정을 지금보다 더 위풍당당하게 밟아나갔다. 현대의 몰아치는 방식은 의심할 여지없이 우리가 이제 죽음을 어떻게 바라보는지를 더욱 진실하게 보여준다. 방금 전까지만 해도 당신은 살아 있었는데, 어느새 죽어버렸네, 진짜 죽은 거니까, 자, 다들 빨리 차에 올라타고 가서 후딱 해치워 버리자고. (누구 차를 타고 갈까? 고인이 타고 가주기를 바랐을지도 모르는 차 말고.)

스트라빈스키가 라벨의 시신을 보러 왔을 때는 입관 전이었다. 시신은 테이블 위에 검은색 덮개를 뒤집어쓴 채 놓여 있었다. 모든 것이 검정색과 흰색이었다. 검정색 정장, 흰색 장갑, 여전히 머리에 감겨 있는 흰색 병원 붕대, 백짓장 같은 얼굴의 거뭇한 주름살들은 '범접할 수 없는 장엄한 분위기'를 풍기고 있었다. 그리고 거기서 죽음의 숭고가 막을 내렸다. 스트라빈스키는 그때를 이렇게 기록한다.

"나는 장지에 갔다. 의전을 제외한 모든 것이 금지된 곳에서 행해지는 이런 시민장civil burial이라니, 마음이 애잔해졌다."

때는 1937년, 파리였고, 34년 후 스트라빈스키의 차례가 되었을 때, 그의 시신은 비행기에 실려 뉴욕에서 로마로 갔고, 거기서 다시 차에 실려 베네치아까지 갔다. 그리고 베네치아 어디나 자줏빛 성명문이 나붙어 있었다.

베네치아시는 위대한 음악가 이고리 스트라빈스키의 시신에 경의를 표합니다. 그는 생전에 뜨거운 우정의 표시로 자신이 가장 사랑한 이 도시에 묻어줄 것을 희망했습니다.

베네치아의 대수도원장이 SS 지오바니 에 파올로 교회에서 그리스 정교 미사를 집행한 후, 운구 행렬은 콜레오니 기마상을 지나서 수상 영구차에 실렸고, 연결된 네 척의 곤돌라가 노를 저어서 산 미켈레의 묘지 섬까지 싣고 갔다. 그곳에서 지하 납골당으로 내려가는 스트라빈스키의 관 위로 대수도원장과 스트라빈스키의 부인이 흙을 한 줌 뿌렸다. 플로베르를 연구한 위대한 학자, 프랜시스 스티그뮬러*도 그날의 행사에 참석했었다. 그는 창문마다 베네치아 시민들이 내다보는 가운데, 교회에서 운하까지 이어진 운구 '행렬cortège'의 광경이 '카르파초**의 행렬'에 방불했다고 말했다. 의전을 뛰어넘는, 가히 초월한 경지가 아닐까.

'나 자신이 죽는 것을 보지 않는 한, 또 보기 전까지는'이라고 앞서 나는 말했었다. 당신이라면 어느 쪽을 택할 것인가? 죽어가면서 의식이 있는 상태인가, 아니면 무의식의 상태인가. (세 번째이자 대단히 인기 있는 선택 사항도 있는데, 자신이 회복되고 있다는 망상에 빠지는 것이다.) 하지만 자신이 소망하는 바를 잘 살펴볼 일이다. 로이 포터는 바늘 끝처럼 의식이 명료하길 바랐다.

---

* Francis Steegmuller(1906~1994). 미국의 전기 작가.
** Vittore Carpaccio(1460?~1525?). 이탈리아의 베네치아화파의 한 사람으로 야외극, 행렬 및 공공 집회의 광경을 파노라마적이면서도 사실적으로 묘사한 것으로 유명하다.

웃으면서 죽음을 이야기하는 방법

"그렇지 않을 경우, 당연히 놓치는 뭔가가 있을 테니까."

그는 또 이렇게 덧붙인다.

"극심한 고통과 그에 따르는 모든 걸 반길 사람은 없을 것이다. 하지만 자신의 삶에 의미를 준 이들과 함께 있는 건 모두가 바라는 것이리라."

포터는 이러한 죽음을 바랐으나, 그를 찾아온 죽음은 다음과 같았다. 그는 쉰다섯 살이었고, 조기 은퇴를 한 지 얼마 되지 않아 다섯 번째 아내와 서식스로 이사 가서 프리랜서 작가로서의 삶을 막 시작한 터였다. 자전거를 타고 자신의 시골 농장과 집을 오가던 어느 날(버트런드 러셀이 자신의 결혼 생활에 대한 '아페르수'*에 이른 시골길이 쉽게 상상이 되는 대목이다) 그는 갑자기 심장마비의 맹공을 받았고 길가에서 홀로 죽었다. 그는 자신이 죽는 걸 볼 짬이 있었을까? 자신이 죽어간다는 건 알았을까? 병원에서 깨어날 거라는 희망이 그가 한 마지막 생각이었을까? 생의 마지막 날 아침을 그는 콩을 심으며 보냈다. (이로서 예의 프랑스산 양배추에 가장 근접한 사례로 볼 수 있으려나.) 그리고 꽃 한 다발을 가지고 집에 가던 중이었으니, 졸지에 길가에서 죽은 자신에게 헌화한 상황이 된 셈이다.

* aperçu. 프랑스어로 '통찰'이라는 뜻.

†

할아버지는 인생에서 가장 나쁜 감정은 회한이라고 말했다. 내 어머니는 그 말을 이해하지 못했고, 나는 어떤 경우들이 그 감정에 부합하는지 알지 못한다.

죽음과 회한 1: 프랑수아 르나르는 차라리 관장을 하라는 아들의 조언을 무시하고 대신 엽총을 썼고, 총열 양쪽에서 다 발사되도록 지팡이를 사용했으며, '허리 윗부분에 작은 불이 꺼진 것처럼 거뭇한 자리'가 생겼다. 쥘 르나르는 이렇게 썼다.

"아버지를 온전히 사랑하지 않은 것은 자책하지 않는다. 아버지를 온전히 이해하지 못한 것을 자책한다."

죽음과 회한 2: 에드먼드 윌슨의 일기를 처음 읽었을 때부터 지금껏 내 뇌리에 박혀 떠나지 않는 한 문장이 있다. 윌슨은 1972년에 죽었고, 그 사건들은 1932년에 일어났다고 한다. 내가 그에 관해 읽은 건 1980년, 『30대』가 출간된 해였다. 1930년대 초에 윌슨은 마거릿 캔비라는 여성과 두 번째 결혼을 했다. 캔비는 땅딸막하고 익살맞게 생긴 용모에 '샴페인에 조예가 있는' 상류층 여성이었다. 윌슨을 만나기 전에 그녀는 생계 때문에 일하는 남자는 만나본 적이 없었다. 윌슨은 그 이전 시기에 쓴 일기인 『20대』에서 그녀를 일컬어 '내 생애 최초이자 최고의 여자 술친구'라고 했다. 그런 점 때문에 처음으로 그녀

웃으면서 죽음을 이야기하는 방법

와 결혼할 의사를 비쳤고, 또 그런 점 때문에 응당 주저했다고 쓰고 있다.

"우리는 서로 잘 지내긴 했지만, 딱히 잘 맞는다고는 할 수 없었다."

그래도 결국 결혼을 했고, 처음부터 부정不貞과 일시적 별거로 점철된 술내 나는 전우애를 맺게 되었다. 윌슨이 캔비에게 의심을 품었다면, 캔비는 윌슨에게 그보다 훨씬 더한 의구심을 품었다.

"당신은 냉혈한에 의뭉스럽고 나병 환자 같은 인간이야, 버니 윌슨."

그녀는 그에게 이렇게 말한 적도 있었다. 이 말을 윌슨은 스스럼없이 토씨 하나 빼놓지 않고 자신의 일기에 옮겼다.

1932년 9월, 결혼 생활이 2년째로 접어들 즈음, 이 부부는 또 한 번의 별거에 돌입했다. 마거릿 캔비는 캘리포니아에 있었고 윌슨은 뉴욕에 있었다. 캔비는 파티에 참석하기 위해 하이힐을 신고 산타바바라에 갔다. 파티장을 떠나면서 그녀는 발을 헛디뎌 돌계단 한 층 아래로 굴러떨어졌고 두개골이 깨져 죽었다. 이 사건에 대해 윌슨은 일기에서 장장 40페이지를 할애해 유례를 찾아볼 수 없을 만큼 대단한 정직성과 자학적 도취가 묻어나는 추도사를 바치고 있다. 그는 자신이 탄 비행기가 서쪽으로 천천히 초저공비행하는 것에 대한 기록으로 글을 시작한다. 이렇게 강화된 문필 행위가 감정을 차단하는 데 도움이 될 거라고 생각한 건지. 그 후 며칠에 걸쳐서 이 비망록은 차츰 경의, 관능적인 추도, 회한과 절망에 찬 기이한 독백으로 그 지평을 넓혀간다. 어느 시점에서 그는 이렇게 쓰고 있다.

"참혹한 밤이었지만 지금 돌이켜보니 그마저도 감미로웠던 것 같다."

캘리포니아에 갔을 때 장모가 그를 설득하려 한다.

"버니, 불멸을 믿어야만 해, 믿어야만 하네!"

그러나 그는 믿지 않으며 믿을 수도 없다. 마거릿은 죽었고 돌아오지 않는다.

윌슨은 그 자신은 물론, 그의 독자로 추정되는 사람들도 무엇 하나 회피할 수 없게 만든다. 그는 캔비가 칼로 찌르듯 퍼부었던 비난을 하나도 빼놓지 않고 간직한다. 생전에 그녀는 비판적이고 불만이 많은 남편에게 그의 묘비명을 "가서 옷 입는 법이나 좀 배우고 오시지"라고 새기란 말을 한 적이 있었다. 그는 또 시도 때도 없이 그녀를 찬양한다. 침대에서, 술을 마시면서, 눈물을 흘리면서, 혼란스러운 와중에도. 그는 해변에서 그녀와 사랑을 나누다가 파리 떼를 쫓아버렸던 기억을 떠올리며, 팔다리가 뭉뚝한 그녀의 '기기묘묘한' 몸을 우상화한다. ("그렇게 말하지 말아요!" 그녀는 항의하곤 했다. "누가 들으면 내가 거북이같이 생긴 줄 알겠어요.") 그는 자신을 매혹시켰던 무지("문 위의 저것이 뭔지 이제야 알았어요. 렌틸콩이잖아요.")를 상기하고선 그녀의 줄기찼던 불평불만과 나란히 모신다.

"이러다 나 정말 박살 날지도 몰라요. 나 좀 어떻게 해주면 안 돼요?"

그녀는 그가 겔랑 향수라도 되는 양 자기를 사치품 취급한다고 비난했다.

"내가 죽으면 속이 시원하겠죠? 당신도 그럴 거라고 생각하잖아요."

윌슨이 결혼 전에도 후에도 아내를 홀대했었다는 사실, 그리고 마땅한 죄책감이 그의 비탄의 순도를 떨어뜨렸다는 사실은 이 애도에 찬 의식의 흐름에 원동력이 되어준다. 윌슨의 상태에 생기를 부여하는 역설은 그에게 냉혈한이라 비난했던 사람이 죽은 덕에 정이 넘치는 사람이 되었다는 것이다. 그리고 이제껏 내 뇌리에서 사라지지 않는 문장이 등장할 차례다.

"그녀가 죽은 후, 나는 그녀를 사랑하게 되었다."

버니 윌슨이 냉혈한에 의뭉스럽고, 나병 환자 같은 인간이었는지 아니었는지는 중요하지 않다. 그들의 관계가 오해였는지,

그들의 결혼이 재앙이었는지도 중요하지 않다. 중요한 것은 윌 슨이 진실을 말하고 있었고, "그녀가 죽은 후, 나는 그녀를 사 랑하게 되었다"고 말할 때 그 말에서 회한에 깃든 진솔한 목소 리가 들린다는 것뿐이다.

†

무지와 앎 중에 우리는 늘 앎을 택할 것 같다. 그리고 우리 가 죽을 때 의식이 있기를 바랄 것 같다. 마음이 평온한 가운 데 점차 쇠락해 가는 것을, 어쩌면 썰물처럼 멀어져 가는 맥 박에 손가락을 대고 관찰하는 볼테르가 등장하는, 최상의 시 나리오를 바랄 것 같다. 잘하면 이 모든 게 현실이 될 수도 있 을 것이다. 그렇다 한들, 아서 케스틀러가 입증한 사례를 염두 에 두는 게 좋겠다. 케스틀러는 『죽음과의 대화』에서 스페인 내전 때 말라가와 세비예의 프랑코 정권 형무소에 수감되었던 경험을 기록했다. 인정하건대, 정적 속 즉결 처형을 눈앞에 둔 젊은이의 상황과, 늘그막에 더 평온한 분위기에서 자신의 절 멸을 응시하는 노인과 여자들의 상황이 같을 리 없다. 그러나 케스틀러는 그들 (그리고 그가 단언한 바, 그 자신도 포함한 사람 들) 대다수가 죽음에 임박했을 때를 관찰한 후 다음의 결론을 내리게 되었다.

웃으면서 죽음을 이야기하는 방법

첫째, 누구도, 심지어는 사형수 감방에 있으면서 자기 친구들과 동지들이 총살당하는 소리를 듣는 사람조차도, 자신이 죽을 거라는 생각은 차마 하지 못한다. 사실 케스틀러는 이 사실이 얼마간 수학적으로 표명 가능하다고 생각했다. "자신이 죽지 않을 거라는 믿음은 죽음이 임박하는 정도와 비례해 커진다." 둘째, 인간의 정신은 자신에게 죽음이 임박했음을 깨달을 때 온갖 속임수에 의지한다. 다시 말해 우리의 정신은 '자비로운 마약이나 황홀경에 빠뜨리는 흥분제'를 만들어내서 우리를 속인다. 특히, 정신은 의식을 두 개로 분리하는 능력이 있어서 한쪽이 경험하는 동안 다른 한쪽은 냉정하게 살펴본다고 생각했다. 이런 식으로 '의식은 반드시 자신이 완전히 붕괴했음을 전혀 느끼지 못하게 만든다'. 케스틀러보다 20년 앞서 프로이트는 『전쟁과 죽음의 시대에 대한 고찰』에 이렇게 썼다.

"우리 자신의 죽음을 상상하는 것은 실로 불가능하다. 그리고 언제고 그 상황을 상상해 보려 한들, 우리는 그때까지도 기실 구경꾼으로 임해 있음을 인지하게 된다."

케스틀러는 임종 때 자신을 관찰하는 행위의 진정성에 의혹을 던진다. 설령 아무리 명철하고 합리적으로 보이는 정신이라고 해도.

"이 세계가 생긴 이래로 의식이 있는 상태에서 죽은 인간은 단 한 명도 없다는 것이 나의 지론이다. 소크라테스가 제자들 가운데 앉아서 독미나리가 담긴 잔에 손을 뻗었을 때 그의 의식의 최소한 반은 그렇게 행동하는 이유가 어디까지나 남 눈을 의식해서임을 알았을 것이다……. 물론 그는 이론상 독배를 마시면 죽는다는 걸 알았다. 그러나 그는 이 모든 게 그의 열렬하나 유머 감각은 없는 제자들이 상상했던 것과는 사뭇 다름을 분명히 느꼈을 것이다. 그 모든 것 뒤에서, 오직 그만이 알 수 있는 어떤 영악한 발뺌이 있음을."

『죽음과의 대화』의 결말에서 케스틀러는 다분히 영화적이고, 더없이 깔끔하고, 행여 그가 꾸며냈을 거라는 생각은 도저히 할 수 없을 만한 장면으로 끝낸다. 그는 프랑코 정권의 전투기 조종사 아내와 교환하는 조건으로 형무소에서 풀려나게 되고, 그 조종사가 그를 전투기에 태워 약속 장소까지 데려가는 임무를 맡게 된다. 그들이 탄 비행기가 광대한 허연 고원 위에 떠갈 때, 검정색 셔츠 차림의 조종사가 조종간에서 손을 떼더니, 그의 정적政敵에게 대화를 시도하고, 둘은 인생과 죽음, 좌파와 우파, 용기와 비겁에 관해 핏대를 올리며 갑론을박한다. 어느 시점에서 작가는 비행사에게 이렇게 호통친다.

"우리 모두는 태어나기 전에 죽어 있었다고요."

　　　　　　　　웃으면서 죽음을 이야기하는 방법

비행사는 동의하며 묻는다.

"그렇다면 인간은 왜 죽음을 두려워하는 겁니까?"

"난 한 번도 죽음을 두려워한 적이 없습니다." 케스틀러가 대답한다.

"다만 죽어가는 것을 두려워했을 뿐이죠."

"저에게 그 둘은 정반대입니다!"

검은색 셔츠를 입은 사내가 큰 소리로 되받아친다.

스페인어로 고함을 치고 있었다는 것만 빼면 틀림없이 이런 얘기가 오갔다. 죽음에 대한 두려움 혹은 죽어가는 것에 대한 두려움. 당신이라면 어느 쪽을 택하겠는가? 당신은 공산주의자에게 찬성하는가, 아니면 파시스트에게 찬성하는가, 아니면 작가에게 찬성하는가, 조종사에게 찬성하는가? 거의 모든 사람들이 둘 중 하나만 두려워한다. 마치 둘 다 두려워할 정신적 여유가 없는 것처럼. 죽음이 두렵다면 죽어가는 것은 두렵지 않다. 죽어가는 것이 두렵다면 죽음은 두렵지 않다. 그러나 하나가 다른 하나를 차단해야 할 논리적 근거는 없다. 정신이 얼마간 훈련을 받는다면 둘 모두를 아우르지 못할 이유 또한 없다. 끝이 죽음이 아니라면 죽는 것은 개의치 않을 사람으로서, 나는 어떤 식으로 죽는 것이 두려운지 얼마든지 설명할 자신이 있다.

나는 병원 침대 옆 의자에 앉아 평소 때와 사뭇 다르게 격분해선 나를 힐난했다가("어제 온다고 해놓고선!") 내가 당황해하는 걸 보고서야 비로소 혼동한 건 자신이라는 사실을 깨달았을 때의 내 아버지처럼 될까 봐 두렵다. 나는 자신이 아직도 테니스를 쳤다고 상상할 때의 어머니처럼 될까 봐 두렵다. 나는 어떻게든 죽겠다는 일념하에 어렵게 구한 치사량의 약물을 삼킨 적이 있다고 줄곧 털어놓았던 게 무색하게, 이제 와선 자기가 저지른 짓 때문에 간호사가 곤경에 처할까 봐 전전긍긍했던 한 친구처럼 될까 봐 두렵다. 나는 천생 신사였으나 노인성 치매에 매몰되면서 자기 아내에게 입에 담기 힘들 정도로 과격한 성적 판타지를 진력이 나도록 지껄여대서, 혹여 그녀에게 늘 하고 싶었으나 차마 말을 못 하고 속만 끓여온 건가 싶었던 어느 문필가 친구처럼 될까 봐 두렵다. 나는 여든을 넘긴 나이에 바지를 벗어 소파 뒤로 던지고는 러그에 오줌을 쌌던 서머싯 몸처럼 될까 봐 두렵다(그런 모습에서 나의 유년을 즐거운 마음으로 떠올리게 된다 해도). 나는 고아하고 비위가 약한 성격으로, 노인 요양시설을 찾아온 방문객들에게 간호사가 다가와 기저귀를 갈 시간이라고 말했을 때, 겁에 질린 동물의 눈빛을 띠던 나이 지긋한 내 친구처럼 될까 봐 두렵다. 나는 함께한 추억이나 낯익은 얼굴을 보고도 떠오르는 것이 없거나 기

웃으면서 죽음을 이야기하는 방법

억하지 못해서, 그 후론 내가 안다고 생각하는 대부분을 믿지 못하게 되고 결국엔 무엇 하나도 믿지 못하게 될 때, 불안하게 웃게 될까 봐 두렵다. 나는 소변줄과 계단 승강기가, 진액이 줄 줄 흐르는 몸과 고갈되는 뇌가 두렵다. 나는 이제까지의 나, 그리고 이제까지 내가 만들어낸 것을 알지 못하는 예로 샤브리에나 라벨과 같은 운명이 될까 봐 두렵다. 스트라빈스키가 고령도 훌쩍 넘긴 나이에, 방에서 큰 소리로 아내나 다른 가족을 줄곧 불러댔을 때, 아마도 그들의 종말을 생각했을 것이다.

"필요한 게 뭐예요?" 가족이 물으면 그는 이렇게 대답하곤 했었다.

"내가 살아 있다는 것을 확인시켜 줘."

확인의 절차는 손뼉을 치거나 키스를 하거나 제일 좋아하는 레코드를 트는 식이었는지 모른다.

아서 케스틀러는 노년이 되자, 자신이 만들어낸 재치문답에 자부심을 느꼈다.

"작가는 죽기 전에 잊히는 것이 더 좋은가, 아니면 잊히기 전에 죽는 것이 더 좋은가?"

(쥘 르나르는 자신이 할 대답을 알았다. "홍당무와 나는 함께 산다. 그리고 나는 홍당무보다 먼저 죽게 되길 바란다.")

그러나 '당신이라면 어떻게 할까?'라는 선택지에는 빈틈이 많은지라 세 번째의 가능성이 슬그머니 껴들 여지가 다분하다. 작가가, 죽기 전에 작가였던 기억을 모두 잃어버릴 가능성 말이다.

도디 스미스는 과거 자신이 유명한 희곡작가였던 것을 기억하느냐는 질문에 "네, 그런 것 같은데요"라고 대답했다. 그렇게 말했을 때의 그녀는 지난 수년간 수십 개의 질문에 대답할 때 내가 늘 보았던 모습(진실을 말해야 한다고 윤리적으로 의식하느라, 얼굴을 찡그리며 집중하는 모습)과 완전히 똑같았다. 즉, 그녀는 적어도 자신의 성격을 유지하고 있었다. 심신이 저하될 것이라는 두려움이 부쩍 다가오는 걸 뛰어넘어, 우리가 소망하고 우리 스스로 지키길 바라는 것도 이런 것이다. 우리는 사람들이 "그는 말할 수/볼 수/들을 수 없었는데도 죽는 순간까지 흐트러짐이 없었어"라고 말해주길 바란다. 과학과 자기 인식은 우리가 자신의 개성이 과연 어떻게 이루어져 있는지 의혹을 품게 만들었지만, 그럼에도 우리는 그 성격, 즉 우리 스스로 현혹된 나머지 우리의 것이며 또 우리만이 갖고 있다고 믿는 성격 속에 계속 머물기를 바란다.

기억은 정체성이다. 내가 이렇게 믿기 시작한 게 언제냐면…… 아, 내가 기억할 수 있는 시점부터다. 당신은 당신이 이제껏 행해온 바다. 당신이 이제까지 행한 바는 당신의 기억

속에 존재한다. 당신이 기억하는 것이 당신이라는 사람을 정의한다. 당신이 당신의 인생을 잊을 때, 당신은 설령 아직 죽지 않았다 해도 이미 끝난 존재다.

예전에 나는 장기간 알코올에 빠져 사그라져 가던 한 친구를 구제해 보겠다고 몇 년을 애쓰다 포기한 적이 있었다. 손만 뻗으면 닿을 만큼 가까이서 나는 그녀가 단기성 기억을 잃는 것을, 그런 후 장기성 기억마저 잃게 되면서 그 두 기억 사이의 대부분을 잃어버리는 것을 지켜보았다. 그것은 로렌스 더럴이 한 시에서 말한 '서서히 굴욕에 빠져드는 마음'의 무시무시한 사례였다.* 다시 말해 위신의 추락이었다. 그리고 그녀가 추락하는 중에(그녀의 정신이 모두를 소외시키고 오로지 자기와 그녀만 안심시키면서, 있지도 않은 얘기를 허무맹랑하게 지어내는 재간을 떠는 것으로 특정한 기억들과 잡다한 기억들을 지워버리는 등), 그녀와 알고 지냈으며 그녀를 사랑했던 사람들도 비슷하게 추락했다. 그녀에 대한 우리의 기억 (참으로 단순하지만 곧 그녀라는 사람) 그대로를 간직하고자 애쓰면서 '그녀'는 여전히 예전과 다름없다고, 구름에 가려져 있지만 이따금씩 진실하고 명징한 순간들을 불현듯 내보일 때가 있다고 우리 자신을 타

---

* 1964년에 발표한 시 「A Persian Lady」의 한 행.

일렀었다. 나는 내가 지칭하는 사람들 못지않게 나 자신을 설득하려는 마음에서 항의라도 하듯 이렇게 되풀이해 말했다.

"속은 전하고 똑같은 친구야."

나중에 가서야 나 자신을 속이고 있었음을, 그리고 그 '속'은 그때, 아니 그 전부터 눈으로 확인하는 겉모습과 똑같은 속도로 망가져 가고 있었음을 깨달았다. 그녀는 사라져 버렸고, 오직 그녀만이 확신하는 세계로 떠나버렸다. 다만 그 확신도 어쩌다 가끔 찾아올 뿐임을 확인하고 그녀는 경악했지만. 정체성은 기억이다, 나는 혼잣말을 했다. 기억이 정체성이다.

†

본연의 성격을 유지하며 죽는 것. 이와 관련한 교훈적인 사례가 하나 있다. 53세의 유진 오켈리는 미국 최고 회계 기업 중 한 곳의 회장이자 CEO였다. 오켈리가 자신을 설명한 바에 따르면, 그는 모범적인 성공 신화요, 2만 명의 직원을 거느린 'A형 행동 유형'*이며, 정신없이 바쁜 일정과, 그로 인해 자주 보지 못하는 자녀와, 그가 '나의 개인 셰르파'**라고 부르는 헌

---

* 심리학에서 인간의 성격을 유형별로 분류한 체계의 하나로 경쟁심, 적대감, 초조함, 높은 성취 동기, 공격성, 인내심 부족 등의 행동 특성을 보인다.
** 히말라야 등산객의 길잡이, 안내자.

웃으면서 죽음을 이야기하는 방법

신적인 아내가 있다. 다음은 오켈리가 설명한 '나의 가장 완벽한 하루'의 이모저모다.

고객과의 회의 일정이 두어 건 잡혀 있는데, 내가 제일 좋아하는 일이다. 내 팀 사람을 적어도 한 명은 만날 예정이다. 뉴욕과 전국 지사에 있는 동업자들에게 전화를 걸어서 내가 도울 일이 있는지 알아볼 것이다. 급한 불 몇 개를 끌 것이다. 가끔은 경쟁업체 사람 중 한 명을 만나서 사업상의 공통된 목표를 함께 이뤄나갈 수 있을지 논의할 것이다. 전자 달력에 입력한 수많은 계획들을 남김없이 완수할 것이다. 그런 후 3년 전, 동업자들이 나를 최고 자리에 선출했을 때 발전시키겠노라 결의를 다졌었던 세 분야 중에 적어도 한 곳에 진출할 것이다. 그리고 질적 향상과 위험부담 축소를 도모하며…… 우리의 사업을 성장시켜나갈 것이다. 그리고 나와 내 회사의 장기적 번영에 가장 중요한 사안으로, 우리 기업이 지금보다 훨씬 더 일하기 좋은 환경, 실로 윤택한 노동 환경이 되도록, 기업 식구들에게 보다 더 균형 잡힌 삶을 약속할 수 있도록 만들어나갈 것이다.

2005년 봄에 오켈리는 "백악관에서 부시 대통령과 함께하는 비즈니스라운드테이블* 초청을 받은 최고 CEO 50인에 뽑혔다네. 이 직종에서 나보다 더 운 좋은 사람이 누가 있겠나?"라고 말했다.

그러나 바로 그 순간, 오켈리의 운은 바닥을 드러냈다. 그의 생각엔 유독 고달픈 일정을 소화한 후 잠시 찾아온 피로가, 한쪽 뺨 근육이 살짝 처지는 증세로 바뀌더니, 안면신경마비를 의심할 정도가 되었고, 급기야 (어느 날 갑자기, 돌이킬 수 없게도) 수술 불가능한 뇌종양 판정을 받은 것이다. 이는 끌 수 없는 불이었다. 최고의 몸값을 자랑하는 전문의 누구도 맹렬히 치닫는 진실의 방향을 바꿀 수 없었다. 그 진실은 세 달 남았고, 거기서 단 하루도 더 살 가능성은 없었다.

이 선고에 오켈리는 '목적의식에 불타오르는 사람', 궁극의 경쟁업체 사람답게 대응한다.

"성공적인 중역이라면 모든 분야의 '승자'가 되기 위해 전략 면에서나 채비 면에서 혼신의 노력을 다하는 것처럼, 나는 내게 마지막으로 남은 100일을 체계적으로 보내기 위해 혼신의 힘을 다하겠다는 투지를 불태우겠네."

그는 자신의 시련에 'CEO의 기술들'을 적용할 계획을 세

---

* 미국 200대 대기업 최고 경영자로 구성된 협의체이자 이익 단체.

웃으면서 죽음을 이야기하는 방법

운다. 그는 자신이 '새로운 목표들을 반드시 찾아내야 함'을 깨닫는다. 그는 '내 인생의 새로운 정황에 적응하기 위해 개인으로서의 내 위치를 얼마만큼 신속히 바꿔야 하는지 파악하려고' 노력한다. 그는 '내 인생 마지막의, 가장 중요한 '할 일 목록'을 작성한다.

우선 사항들, 방법들, 목표들. 그는 순서대로 업무를 보고 재무를 처리한다. 그는 '완벽한 순간'과 '완벽한 하루'를 구성해 어떻게 친지간의 '회포를 풀지' 결정한다. 그는 '다음번 단계로 옮겨가기' 시작한다. 그는 자신의 장례식 계획을 짠다. 언제나 경쟁심이 투철했던 사람답게 자신의 죽음이 '가급적 최고의 죽음'이기를 바라며 '할 일 목록'을 완수한 다음 이렇게 결론을 내린다.

"이제, 죽음의 분야에서 성공하겠다는 의욕이 생겼다."

'100일만 남은 인생'은 아무리 아득바득대봤자 결국 종착역은 '워털루'*라고 생각하는 사람이라면 '죽음의 분야에서 성공하겠다'는 마음가짐은 기괴하고, 더 나아가 코믹하게 느껴질지도 모르겠다. 하지만 또 누군가에겐 모든 사람의 죽음이 코믹할 것이다. (살날이 고작 석 달 남았음을 알게 된 얼마 후 오켈

---

* 나폴레옹이 두 번째 권력 탈환을 도모하며 이끌었으나 전술의 실패로 패전한 워털루 전투를 의미한다.

리가 뭘 했는지 아는가? 단편소설을 썼다! 마침 이 세상에 단편 하나가 더 필요했던 참인 양……) 그런 후 부득이하게 유령 작가라고 불러야 할 사람을 써서 책을 써낸다. 당신도 마지막 교부일이 눈앞에 닥쳤을 때 쓰겠노라 결심할 죽음에 관한 책을 말이다.

오켈리는 회포를 풀 친구들을 목록으로 만들어 분류한다. 그가 각별한 친교의 범주를 언급하기도 전에, 그의 책엔 놀랍게도 1000명이나 되는 이름이 등장한다. 그러나 협상을 매듭짓는 게 일상이었던 사람답게 신속하고도 공세적으로 몰아붙인 지 3주 만에 과업을 완수한다. 때론 짧은 편지나 전화 한 통으로 대신하고, '완벽한 순간'을 담고 있을지 모르는 짧은 모임도 이따금씩 마련하면서. 상대적으로 더 가까운 친구들과 회포를 풀 때가 되자 산발적으로 인간적인 저항에 부딪친다. 친구 한두 명은 딱 한 번의 작별 인사, 공원을 한 바퀴 돌며 함께한 추억을 떠올리는 것으로 간단히 끝내고 싶지 않다. 그러나 진정한 CEO답게, 오켈리는 바짓가랑이를 붙잡고 늘어지는 감상주의자들을 뿌리치며 단호히 말한다.

"나는 이 방식을 고수하고 싶다네. 우리가 서로 회포를 풀 수 있도록 이렇게 명확히 설정한 거니까. 그리고 이 방법을 통해서 우린 완벽한 순간을 누렸어. 그러니 받아들이고 계속해

웃으면서 죽음을 이야기하는 방법

나가는 걸세. 또 만날 계획 같은 건 세우지 말자고. 완벽한 순간을 넘어서 봤자 아무 소용 없으니까."

아니, 나라고 해도 그렇게 말하진 않을 것 같다. 하지만 생각해 보니 지금껏 나는 오켈리 같은 위인은 단 한 명도 만난 적이 없다. 그가 10대의 딸과 '회포를 풀기 위해' 세우는 계획엔 프라하, 로마, 베네치아 여행이 포함되어 있다.

"우리는 자가용 비행기를 탈 걸세. 그러려면 한참 가다가 최북단 어디선가 재급유를 해야 하는데, 그런 김에 지나에게 이누이트족을 만나 거래할 기회를 줘야겠어."

이쯤 되면 본연의 성격을 간직한 채 죽는 것이라기보다는 희화화된 채 죽는 것 아닐까. 딸에게 작별을 고하는 중, 막간을 이용해 딸이 이누이트족과 거래할 기회를 마련해 주겠다고? 그렇다면 이누이트족에게 이런 경우 그들이 할 일이 특권이 된단 것도 알릴 텐가?

그런 순간들은 조소와 불신 어린 따가운 눈총을 받을 수도 있다. 그러나 확실한 건 오켈리는 자신이 살았던 방식대로 죽고 있었으며, 우리도 그럴 거라고 생각한다면 언감생심이다. 혹여 그가 조금이라도 속인 건 아닌가 하는 건 별개의 문제다. 이 CEO는 예전에는 정신없이 바쁜 일정 때문에 신과의 관계가 돈독한 편이 아니었다. 그래도 분명한 건 그가 고장 시 긴

급 출장 서비스처럼 신을 이용했었다는 사실이다. 그보다 몇 년 전에, 장차 이누이트족을 대상으로 무역업을 하게 될 아이가 아동관절염에 걸렸던 시절에, 아이의 아버지는 '다들 그해에 내가 부쩍 교회를 찾는다고 생각했을 것'이라고 회상했다. 그리고 마지막 협상이 마무리될 즈음, 오켈리는 다시금 저 높은 곳을 우러르며, 하늘에 계신 다국적 본사에 이런저런 사안을 위탁한다. 그는 기도하고 명상법을 배운다. 그는 '저편'에서 지지해 오는 걸 느끼고선 '이편과 저편 사이에 어떤 고통도 존재하지 않는다'고 공표한다. 그의 아내는 '두려움을 극복하는 건, 죽음을 극복하는 것'이라고 설명한다. 물론 그런다고 결국에 가서 죽지 않는 건 아니다. 오켈리가 숨을 거두었을 때, 그의 개인 셰르파가 전하는 바로는 '그는 평온히 받아들였고 진정한 희망을 품고 있었다'.

심리분석가들은 자신의 성격에 애착이 강한 사람일수록 죽을 때 심적 고통도 크다고 말한다. 오켈리의 A형 행동 유형, 나이, 급속도로 진행된 종말을 생각하면 그의 행위는 참으로 감동적이다. 그리고 짐작이지만 신은 급박할 때만 자신을 찾는 행태에 개의치 않을 것이다. 방관자들 생각엔 분별 있는 신이라면 어쩌다 한 번, 자기본위적인 이유에서 그를 주목하는 행태에 불쾌함을 느껴야 마땅할 수도 있겠다. 그러나 신은 우리

웃으면서 죽음을 이야기하는 방법

와 다른 방식으로 세상사를 볼지도 모른다. 그는 겸손하게도, 우리 인간을 매일 찾아와 일상을 가로막는 존재가 되는 건 바라지 않을지도 모른다. 그는 고장 수리 전문가, 보험회사, 롱스톱* 포지션을 즐길지도 모른다.

오켈리는 자신의 장례식에 오르간 음악이 나오는 건 바라지 않았고 플루트와 하프를 명시했다. 나는 어머니를 위해 모차르트를 틀었다. 어머니는 아버지를 위해 바흐를 틀었다. 우리는 우리 자신의 장례식에 쓸 음악을 생각하며 시간을 보내지만, 우리가 죽어갈 때 들을 음악에 대해 그만큼은 생각하지 않는다. 문득 신인 시절에 나를 응원하던 사람들 중 하나였던 테렌스 킬마틴이라는 문학 편집자가 계단 한 칸도 올라갈 수 없을 만큼 기력이 쇠한 탓에 아래층의 침대에 누워 대형 휴대용 카세트 라디오로 베토벤의 현악 사중주를 듣던 모습이 떠오른다. 죽음을 맞이한 교황과 황제는 전속 성가대와 연주자들을 불러 임박한 천국의 영광을 미리 맛볼 수 있었다. 그러나 현대 기술은 우리 모두를 교황과 황제로 등극시켰다. 설령 기독교의 천국을 거부한다 해도, 몸이 식어가는 동안 두개골 속만큼은 바흐의 「성모마리아 찬가」, 모차르트의 「레퀴엠」

---

* 크리켓 경기에서 후방에서 볼을 잡는 수비수 뒤에 서서 수비수가 놓친 공을 잡는 외야수.

이나 페르골레시*의 「슬픈 성모」로 훤히 밝힐 수 있다. 시드니 스미스**는 천국이 트럼펫 선율에 귀 기울이며 푸아그라를 먹는 곳이라고 생각했다. 나는 늘 그 선율이 조화롭기보다는 충돌 음에 가까울 거라고 생각했었다. 괘념할 필요 없다. 설령 포도당이 방울지며 들어가는 수액 튜브가 팔뚝에 꽂혀 있어도, 귓속에선 금관악기들이 열렬히 총집결한 구노***의 「장엄 미사」가 울려 퍼지게 할 수 있으니.

만약 원하는 대로 품위 있게 임종을 맞이할 때를 정할 수 있다면 나는 책보다는 음악을 고를 것 같다. 허구, 다시 말해 플롯과 캐릭터와 설정된 상황…… 등등을 갖춘 작품의 탁월한 전개 과정을 감당할 여유가 (혹은 정신이) 있을까? 아니, 나는 음악이 알맞게 정맥에 공급되기를 원할 것이다. 곧장 혈류 속으로, 심장 속으로 들어가는 음악을. '우리에게 주어진 시간을 소화하는 최상의 수단'이 죽음의 첫 단계를 소화하는 것도 도와줄지 누가 아나. 내게는 음악도 낙천주의로 이어진다. 이사야 벌린****이 노년에 이르러, 음악 공연 입장권을 몇 달 앞서 예매하는 일을 낙으로 삼았다는 얘기를 지면으로 접했을 때 나

* Giovanni Battista Pergolesi(1710~1736). 교회 음악을 주로 작곡한 이탈리아의 작곡가.
** William-Sidney Smith(1764~1840). 영국의 작가이자 성직자.
*** Charles Francois Gounod(1818~1893). 프랑스의 작곡가.
**** Isaiah Berlin(1909~1997). 영국의 역사가, 철학자, 정치 사상가.

　　　　　　　　　　　웃으면서 죽음을 이야기하는 방법

는 동질감을 느꼈다. (안 그래도 페스티벌 홀의 같은 특별석에서 그를 심심치 않게 봤었다.) 입장권을 예매해 놓으면 나중에 그 음악을 듣게 될 걸 보장해 줄 듯하고, 듣고자 돈을 지불한 음악의 마지막 화음이 잦아들 때까지만이라도 생명을 연장해 줄 듯하니까. 웬일인지, 연극장에선 이게 통할 것 같지 않다.

그러나 본연의 성격을 용케 유지한다면 이야기는 달라질 수도 있다. 맨 처음 최고의 죽음 시나리오(X달, 200~250페이지를 쓸 시간)를 구상했을 때만 해도, 나는 당연히 그렇게 될 거라고 생각했었다. 마지막 순간까지 내 본연의 성격을 유지할 것이며 또 본능적으로 작가의 소명을 지킬 거라고, 그래서 떠나는 순간까지도 이 세상을 묘사하고 규정하게 되길 간절히 바랄 거라고 생각했었다. 그러나 그 성격이란 것은 마지막 단계에서 느닷없이 덜컥거리고 과장되고 왜곡될 소지가 있다. 브루스 채트윈*의 한 친구는 채트윈이 점심을 샀을 때 이 작가가 중병에 걸렸음을 확신했다. 그 전까지의 채트윈에게선 좀처럼 볼 수 없던 행동이었기 때문이다. 자신의 종말이 눈앞에 다가왔을 때, 마음이 어떻게 반응할지 누가 예측할 수 있을까?

†

* Bruce Chatwin(1940~1989). 영국의 여행 작가.

몽테뉴는 밭에 양배추를 내다 심는 동안 죽기를 바랐으나 꿈은 성사되지 않았다. 회의론자이자 에피쿠로스학파, 아량 있는 이신론자, 무한한 호기심의 소유자이며 박식했던 이 작가에게 죽음이 찾아온 건 그의 침실에서 미사가 거행되고 있었을 때, 정확히는 (아니면 그렇다고 전해지는 바로는) 성체 거양*의 순간이었다. 가톨릭교회라면 귀감으로 내세울 만한 죽음이었으나, 정작 교회는 그의 작품들을 100년 동안 금서로 지정했다.

20년 전에 보르도 외곽에 있는 그의 생가에 (더 정확하게는 그의 '작가의 성'에) 갔었다. 1층에 예배당이, 2층에 침실이, 꼭 대기 층에 서재가 있었다. 철학자라면 누구나 알고 있는 사실 이겠지만, 그에 관한 사실도 그곳 집기들도 수 세기를 거쳐오 면서 진짜임을 입증할 수 없는 상태가 되어 있었다. 이 위대한 에세이스트가 앉았었는지도 모를 부서진 의자 한 개가 놓여 있었다. 뭐, 아니라고 해도 다른 비슷한 물건에 앉았을 것이다. 가이드북의 유려한 솜씨로 얼버무리는 프랑스어 설명에 따르 면 침실은 '그가 이 의자에서 죽었을지 모른다는 우리의 생각 을 가로막을 것은 아무것도 없'는 곳이었다. 서재의 대들보엔

---

* 미사에서 사제가 빵과 포도주를 축성한 다음 성체를 높이 들어 올려 신도들에게 보이는 예식.

　　　　　　　　　　웃으면서 죽음을 이야기하는 방법

그때까지도 그리스어와 라틴어 인용구가 남아 있었지만, 그전에 붓질을 거듭한 덕이었다. 반면에 몽테뉴에겐 우주나 다름 없었던 1000권의 책이 있던 도서관은 이미 오래전에 뿔뿔이 흩어져 버린 뒤였다. 하물며 책 선반들마저도 남아 있지 않았다. 남아 있는 건 선반들을 고정했었는지도 모를 D 모양의 금속 부품 두어 개뿐이었다. 이 정도면 적당히 철학적인 듯했다.

몽테뉴가 사제가 들어 올린 성체를 응시하다가 (하지만 그때 그는 양배추에 심혈을 쏟고 있었다 생각한다 해도 그런 우리를 막을 것은 아무것도 없는데) 숨을 거두었을지 모를 침대 바로 너머에 작은 단이 놓여 있었다. 거기 있으면서, 이 철학자는 사유를 방해받는 일 없이 밑의 예배당에서 열리는 미사에 참석할 수 있었을 것이다. 일곱 개의 계단이 있는 비좁고 각진 터널에 선 사제의 목소리가 또렷히 들리고 잘 보이기도 했다. 가이드와 다른 관광객들이 앞서간 뒤에, 나는 경의를 표하고 싶은 충동에 그 단 위에 올라가 섰고, 내처 이 가짜 계단을 기어 내려가기 시작했다. 두 계단째에서 나는 미끄러졌고, 순식간에 낙장거리했다가 측벽에 부딪치고는, 어느새 이 돌 깔대기에서 밑의 예배당으로 내쳐지지 않으려고 버둥거리고 있었다. 그 틈새에서 옴짝달싹 못 하면서, 나는 익히 꿨던 꿈(지하에서, 폭이 좁아지는 파이프나 튜브 안에 갇혀서 끝없이 어두워지는 암흑 속을 두려움과 공포에 사로잡혀 헤매는 꿈)에서 밀실공포증을 느꼈다. 그것이 죽음에 관한 솔직한 꿈이라는 사실은 굳이 깨어나지 않더라도 알 수 있다.

나는 꿈에 대해선 늘 의심을 품는 입장이었다. 아니, 고백하자면 꿈에 지나칠 정도로 천착해 왔다. 지인 중에 오랜 세월, 의심의 여지 없이 금슬이 좋은 한 부부는 매일 아내가 남편에게 그 전날 밤에 즐긴 꿈 이야기를 해주는 것으로 하루를 시작했다. 그들은 일흔이 넘어서까지도 변함없이 그렇게, 헌신적으로 살고 있었다. 나는 꿈 이야기라면 야박할 정도로 간명히 말하는 내 아내의 방식을 선호한다. 정말이지 무척 아낀다. 아내가 잠에서 깨어나 꿈꾼 것을 이야기하는 방식은 금언적으로 요약하거나("사막이 좀 보였어"), "상당히 혼란스러웠어"라든가 "빠져나왔으니 망정이지"처럼 딱 떨어지는 비평 감각이 돋보이는 평가를 하거나, 둘 중 하나다. 가끔은 묘사와 비평이 섞일 때도 있다. "해몽할 만한 꿈이었어. 길고 산만한 소설 같은"이라고 말할 때처럼. 그런 후 아내는 다시 잠들고 꿈은 깡그리 잊는다.

균형 잡힌 시각으로 꿈을 꿈답게 보는 태도가 아닐까? 맨 처음 소설을 쓰기 시작하면서 나는 스스로 두 가지 원칙을 세웠다. 그것은 꿈을 배제하고, 날씨를 배제한다는 원칙이다. 독

웃으면서 죽음을 이야기하는 방법

자로서 이미 오래전부터 '암시적인' 기상학(폭풍우 구름, 무지개, 저 멀리서 우르릉거리는 천둥)엔 역정이 났던 터였다. '암시적인' 꿈, 예감, 불시에 일어나는 일 등등에 넌더리가 난 것과 마찬가지로. 오죽했으면 첫 소설 제목을 '날씨 얘기는 그만'이라고 정했을까. 정작 쓰면서는 분량이 꽤 늘어났고 결국 애초에 정한 제목이 유보적으로 느껴지게 되었지만.

여러분도 짐작할 만하겠지만 나는 죽음에 대한 꿈을 자주 꾸는 편이다. 어떨 땐 생매장을 지향하는 듯, 지하의 밀폐된 공간이나 점점 좁아지는 터널 따위가 등장하는 꿈을 꾼다. 그렇지 않으면 좀 더 역동적인 전쟁 영화 시나리오를 활용한 듯한 꿈을 꾼다. 그럴 땐 쫓기고, 포위되고, 수적으로 또 병력상으로 열세에 몰리고, 총알이 다 떨어진 걸 알게 되고, 포로로 생포되고, 억울한 선고를 받아 총살형 집행대로 가게 되는데, 남은 시간이 상상한 것의 반도 남지 않았음을 알게 된다. 거의 예외 없이 이런 내용의 꿈을 꾼다. 그러다 몇 년 전, 주제를 변용한 꿈이 드디어 나를 찾아와 줬을 땐 한숨 돌리는 기분이었다. 그 꿈에서 나는 죽고자 하는 사람들에게 아량을 베푸는 어느 나라의 '자살 호스텔'에 묵고 있다. 이미 서식엔 기입을 했고, 아내는 자살이라는 모험에 나와 동참하기로 했거나, 보통은 같이 와서 내가 자살하는 걸 돕기로 했거나 둘 중 하나다.

그러나 막상 와서 보는 호스텔은 이루 말할 수 없을 정도로 우울한 곳이다. 싸구려 가구, 과거와 미래의 투숙객들의 냄새가 밴 허름한 침대, 타성에 젖어 나를 흔한 요식행위의 대상으로 취급하는 기관원들 사이에서 나는 내가 잘못된 결정을 내렸음을 깨닫는다. 나는 체크아웃하고 싶지 않다(심지어는 체크인도 하고 싶지 않다), 이것은 나의 실수다. 인생은 여전히 재미난 것들과 소소한 미래로 가득 차 있는데. 그러나 이런 생각이 들 때조차도 나는 일단 서명을 한 절차가 이미 시작된 이상 철회는 불가능하다는 것을, 그래, 그래서 내가 몇 시간 내로, 아니 어쩌면 몇 분 내로 죽을 것임을, 당장으로선 모면할 방도가 전혀 없음을, 케스틀러의 '영악한 속임수'에 기대어 빠져나올 방도 역시 전무하다는 것을 알고 있다.

이 새로운 꿈에 딱히 가슴이 뿌듯해지는 건 아니지만, 그래도 나의 무의식이 갱신되고 있었고, 여전히 세계의 발전상과 보조를 맞추고 있었다는 것에 최소한 기쁘기는 했다. 시인 D. J. 엔라이트의 마지막 시집에 수록된 「상흔의 시절」에서 그도 나와 거의 똑같은 꿈을 꿨음을 알았을 때는 그만큼 기쁘진 않았다. 그가 예약한 시설은 내가 묵었던 곳보다 좀 더 세련된 것 같았지만, 우울증 환자가 그리는 초현실적인 절경이 으레 그렇듯 부득이하게 불상사가 일어났다. 엔라이트의 경우, 자살 호스텔의 독가스가 동나버린 것이다. 그래서 호스텔 측은 엔라이트 부부를 위해 새로운 계획을 세웠으니, 그들을 밴에 태워 그 지역 우체국으로 보내려 했다. 그래서 엔라이트는 (참으로 그럴싸하게) 우체국의 편의 시설들이 인간에 대한 배려와 효율성 면에서 뒤떨어질까 봐 두려워했다.

지금 돌이켜 생각해 보니, 나는 그 꿈의 동시성에 대해선 그다지 신경 쓰지 않았었다. (꿈을 놓고 소유권을 주장하는 건 괴이한 허영일 것이다.) 그보다는 엔라이트 책의 다른 대목에서 다음과 같은 인용문을 발견했을 때 더 낙심했다.

"죽는다 한들 죽음으로 끝나지 않는다면 나로선 딱히 반감을 품지 않을 것 같다."

그 말은 내가 제일 먼저 했단 말이다. 몇 년 동안 그렇게 말하고 다녔고, 책에도 썼단 말이다. 보라고, 내 첫 책. '날씨 얘기는 그만'이란 제목을 붙이려다 말았던 그 책에 이렇게 나온단 말이다.

"죽는 것이라면 나는 전혀 개의치 않는다. 그 끝이 죽음으로 끝나지만 않는다면."

(저 문장을 다시 읽으면서, '끝'이란 말을 반복해 쓴 것에 면괴스러워해야 하나 싶다. 그래도 누군가 이의를 제기하면, '비가역성'을 의도적으로 강조하기 위해서였다고 주장할 거 같다. 실제로 그랬는

지 아니었지는 기억나지 않는다.) 그렇다면 엔라이트는 누구를 인용하고 있었던 걸까? 토마스 나이젤이란 사람이 쓴 『죽음에 관한 질문』이란 책에서다. 나는 그에 대해서 구글로 검색해 본다. 토마스 나이젤은 뉴욕대학교에서 철학과 법학을 가르친 교수였다. 책이 출간된 해는 1979년이었다. 내 책은 1980년. 이런 젠장. 그 소설을 출간하기 8~9년 전부터 썼다는 사실에 희망을 걸어볼 수 있겠지만, 대충 자살 호스텔의 꿈과 항의 얘기 반만이라도 진실성을 입증하면 다행일 것이다. 그리고 우리 둘 이전에 다른 사람이 벌써 거기 갔었을 게 뻔하다. 모름지기 내 형의 전문 분야라고 할 수 있을 고대 그리스인 중 한 명이 아닐까.

당신은 내가 '그 말은 내가 제일 먼저 했단 말이다'라고 썼을 때의 그 격한 기세, 나라는 사람, 그 끈질긴, 단호한, 굵은 글씨로 강조한 나를 새삼 주목했을지도 모른다. (연민까지 느꼈을지도 모르겠다.) 내가 야만적으로 들러붙어 있는 그 나, 그 나와는 반드시 작별을 고해야만 한다. 그럼에도 이 나, 아니 심지어는 통상 굵게 강조하지 않은 나의 그림자까지도, 내가 생각하는 나와는 거리가 멀다. 교목에게 나는 행복한 무신론자라고 단언했던 시절에 '인성의 전일성the integrity of the personality'이란 구절이 유행했었다. 이는 자신의 실존에 아마추어인 우리가 분

웃으면서 죽음을 이야기하는 방법

명히 있다고 믿는 것 아닌가, 안 그런가? 아이는 성인 남자나 여자의 아버지, 혹은 어머니라는 것, 느리지만 필연적으로 우리는 우리 자신이 된다는 것, 그리고 이 자아는 윤곽을, 명징함을, 인식 가능한 특질을, 전일성을 갖게 된다고 믿는다. 평생을 거쳐 우리는 고유한 성격을 이루고 또 성취하며, 그 성격의 울타리 안에서 죽기를 바란다.

그러나 우리 대뇌의 비밀을 꿰뚫어 보았고 그것을 선명한 색깔들로 펼치고 생각과 감정의 맥동을 좇을 능력이 있는 뇌 지도 작성자들이 우리에게 하는 말은 집에 아무도 없다는 것이다. 그 기계 속에 유령은 없단다. 뇌는, 한 신경심리학자가 말한 바, '고기 한 덩이'와 별반 다르지 않다. (나라면 고기라고 말하진 않겠지만, 내장이라고 하는 것도 적절치 못하다.) 나도, 아니, 저 앞에서 그토록 강조했던 나조차도 생각을 만들어내지는 못한다. 생각이 나를 만들어낸다. 뇌 지도 작성자들이 제아무리 자세히 살펴보고 숙고한들, '위치를 파악할 수 있는 자기라는 물질은 없다는 것' 말고 달리 내릴 수 있는 결론은 없다. 그런 고로 자신, 자아, 혹은 나, 아니면 (위치를 파악할 수 있는 나는 고사하고) 나조차도 우리가 기대어 사는 또 하나의 망상일 뿐이다. '자아 이론Ego Theory(우리가 참으로 오랜 세월을 참으로 당연한 듯 의지해 연명해 온 이론)'은 이제 '묶음 이론Bundle

Theory'으로 교체하는 편이 낫다. 우리가 대뇌 잠수함의 선장이자 자신의 인생사를 담당하는 주최자라는 개념은 폐기되고, 대신 우리는 다만 특정한 인과관계에 묶여 있는, 뇌의 연속적인 사건들에 지나지 않는다는 개념이 대두해야 한다. 궁극의, 또 가슴 아리는 (문학적일 수도 있는) 방식으로 다시 풀어 말해볼까. 우리가 좋아 어쩔 줄 모르는 그 '나'라는 것은 실은 문법 안에서만 존재할 뿐이다.

옥스퍼드대학 재학 당시 현대 언어를 포기한 후, 나의 여러 모습들 중 하나였던 촌스러웠던 나는 두 학기 동안 철학을 공부하였건만, 학기 막바지에 이르자 철학도가 되기엔 뇌의 역량이 부족하다는 말을 들었다. 매주 나는 한 철학자의 세계에 대한 신념에 관해 배웠고, 그다음 주에는 그 신념들이 왜 잘못된 것인지를 배웠다. 적어도 내 눈에 비친 교과과정은 그랬고, 나는 '그렇다면 참된 진실은 무엇인가'라는 본론으로 곧장 들어가고 싶었다. 그러나 철학은 내가 지레짐작으로 철학의 의의라고 본 목적보다는 철학적으로 해석하는 과정에 더 치중하는 것 같았다. 철학의 목적은 이 세계를 이루고 있는 게 무엇인지, 그리고 그 안에서 우리는 어떻게 하면 가장 잘 살 수 있는지를 알려주는 데 있었다.

부연의 여지 없이, 그런 생각은 순진한 기대였다. 그런 의미

웃으면서 죽음을 이야기하는 방법

에서 나는 윤리 철학이 곧장 적용할 수 있는 면모를 갖추기는
커녕, 가령 '선善'이 '노란색'과 대등한가 아닌가 논쟁하는 것
부터 시작했다고 해서 그렇게까지 실망해선 안 되었다. 그래
서 나는 제법 통찰력을 발휘해 철학은 형에게 넘겨준 후 다시
문학으로 돌아갔다. 문학은 이 세계를 이루고 있는 것이 무엇
인지 우리에게 가장 속 시원히 알려주었고, 지금도 그러하다.
문학은 또한 그 세계에서 어떻게 하면 가장 잘 살 수 있는지
도 말해준다. 다만, 그런 말을 하는 것 같지 않아 보일 때 실
은 가장 효과적으로 말해주고 있는 것이지만.

　세계를 '다음 주까지 고쳐 올 것'의 유형은 매우 많은데 그
중에 내가 배운 하나가 버클리*의 버전이었다. 버클리는 '집의
세계, 산의 세계, 강의 세계와 모든 분별 있는 대상들의 말 속
의 세계'는 전적으로 생각과 감각적 경험들로 이루어져 있다
는 견지를 고수했다. 우리는 저 바깥에 있는, 물질적인, 손에
만져지는, 선형적 시간 속에 존재하는 실제 세계라고 생각하
고 싶겠지만, 그것은 어디까지나 우리 머릿속에서 (초창기 영
화의 릴 테이프처럼) 펼쳐지는 사적인 이미지들에 지나지 않
는다. 그런 세계관은 그 자체의 논리에 기대선 반박할 수가

* George Berkeley(1685~1753). 영국의 철학자이자 주교.

없다. 나중에, 문학이 철학에게 한 답변을 보고 쾌재를 불렀던 게 기억난다. 돌멩이를 걷어차고 이렇게 고함치는 존슨 박사*가 그 답변이다.

"나는 그 문제에 이와 같이 반박한다!"

당신은 돌멩이를 걷어차고, 그 딱딱함, 그 옹골짐, 그 실재를 느낀다. 당신은 발이 아프고, 그것이 증거다. 우리가 퍽 영국적으로 뿌듯해하는 그 상식 앞에서 이론가는 무장해제되고 만다. 존슨 박사가 걷어찬 돌멩이는 결코 옹골진 게 아니었음을, 이제 우리는 안다. 대개의 옹골진 것들은 속이 비어 부실한 편이다. 옹골진 성질이 불침투성을 뜻한다면, 흙이야말로 결코 옹골지다고 할 수 없다. 중성 미립자는 극미한 입자다. 중성 미립자는 흙의 한쪽 끝에서 다른 한쪽 끝까지 거침없이 꿰뚫고 지나갈 수 있다. 중성 미립자는 존슨 박사의 돌멩이를 거침없이 뚫고 지나갈 수 있다. 또 뚫고 지나가고 있었다. 심지어 다이아몬드, 딱딱하고 불침투성의 성질로는 우리의 본보기가 되는 것까지도 실은 부삽하고 구멍이 숭숭 뚫려 있다.

그러나 인간존재는 중성 미립자가 아니기 때문에 설령 바윗돌을 뚫고 지나가 보려 한들, 우리에겐 하등 부질없는 짓이 될

---

* Samuel Johnson(1709~1784). 영국의 시인 겸 평론가. 문학적 업적으로 박사 학위가 추증되어 '존슨 박사'라 불렸다.

웃으면서 죽음을 이야기하는 방법

테며, 그때 우리의 뇌는 바윗돌은 옹골진 것이라고 우리에게 알린다. 그것은 우리의 목적에 부응하도록, 우리의 조건에 맞게, 옹골진 것이다. 이는 옳은 것이 아니라 차라리 우리가 알면 유익한 것에 가깝다. 상식은 유익한 성질을 끌어올려 인위적이지만 실리적인 사실로 만든다. 상식은 우리는 (대개가 일관된) 성격을 가진 개인이며 우리 주변 사람들도 똑같다고 말한다. 얼마간의 시간이 지나서야 우리는 우리의 부모를 '자아 따위'는 눈을 씻고 찾아봐도 없는 유전형질 묶음으로 생각하기 시작할 것이다. 우리의 삶이 되게 하는 서사 속에서 자아의 잡동사니로 뒤범벅이 되다시피 한 드라마틱하거나 코믹한 (잔혹하거나 소심한) 인물들이 아니라.

†

아버지는 50대 초반에 호지킨병 진단을 받았다. 그는 자기 몸에 이상이 생긴 거냐고 묻지 않았고, 그래서 아무 말도 듣지 못했다. 아버지는 치료를 받았고, 병원은 다시 그를 불렀다. 그리고 그렇게 20년에 걸쳐서 한 번도 병에 대해 묻지 않고 점차 검진을 받는 횟수를 줄여갔다. 어머니는 처음부터 의사에게 물었고, 대답을 들었다. 어머니가 호지킨병이 예외가 없는 치명적인 병이라는 말도 들었는지 안 들었는지 나로선 전혀 아는 바가 없다. 나는 아버지가 중병에 걸렸다는 건 알았지만, 본래 눈치가 빠르고 멜로드라마 같거나 자기 연민의 기질은 부족했던 아버지의 성향을 알기에 걱정하거나 상태가 심각하다는 생각은 미처 하지 못했다. 그러다 내가 운전면허 시험에 합격했을 즈음 어머니한테서 들었던 것 같다. 어머니는 내게 절대 입 밖에 내지 않겠다고 약속하라고 했다. 놀랍게도, 아버지는 죽지 않았다. 계속 교직에 임하다가 은퇴했고, 그 무렵에 어머니와 함께 런던 교외 외곽에서 옥스퍼드셔의, 예전보다 딱히 좋을 것도 없는 교차로 부근으로 이사를 갔고 거기서 죽을 때까지 살았다. 어머니는 아버지를 차에 태우고 연례 정기검진을 하러 옥스퍼드로 갔다. 몇 년 후, 주치의가 바뀌면서 새로운 사람이 들어왔는데 재바르지 못하게 기록들을 뒤적거리더니, 아버지가 어느 모로 봐도 지식인인 데다 십중팔구 죽을병에서 살아남았으니 이제 사실을 알아야만 한다고 판단했다. 차를 타고 집으로 돌아오는 길에 아버지는 여담처럼 어머니에게 말했다.

"이 호지킨인지 하는 게 좀 심각할 수도 있는 건가 봐?"

20년의 결혼 생활 동안 투지를 불태워가며 비밀에 부쳤던 병명을 아버지가 입에 담는 순간, 어머니는 하마터면 차를 배수로에 처박을 뻔했다.

웃으면서 죽음을 이야기하는 방법

아버지는 나이가 들수록 당신의 건강 문제로 입을 여는 일이 거의 없어졌다. 뭔가 반어적인 윤기를 부여할 만하면 모를까. 가령, 당시 아버지가 복용하던 와파린은 항응혈제였지만 쥐약으로 쓰였다든가 하는. 어머니는 당신 차례가 되었을 때 지치지도 않고 노골적으로 떠들어댔지만, 대화에서 가장 좋아한 주제가 늘 당신 자신이라는 사실을 생각했을 때 병치레는 도리어 얘깃거리를 하나 더 늘려준 셈이었다. 그런 데다 어머니는 당신의 아픈 팔을 '무용지물'이라며 질책하는 게 비논리적이란 생각도 하지 않았다. 내 짐작이지만 아버지는 당신 자신의 삶과 고생담이 딱히 흥미롭지 않다고 판단했던 것 같다. 다른 사람들에게, 그리고 아마도 당신 자신한테도. 나는 오랫동안 자기 몸에 어떤 이상이 있는지 묻지 않는 건 용기가 부족해서라고, 또 어디까지나 인간다운 호기심이 부족해서라고 넘겨짚었다. 지금에서야 그것이 (아마 지금까지 언제나) 쓸모에 준한 전략이었음을 알겠다.

나로선 단 한 순간도 내 부모가 자아 물질이 결여된 유전 형질 묶음이란 생각은 못 하겠다. 쓸모 있는 것은 (그래서 실리적인 방식에서 진실인 것은) 상식선에서, 돌멩이를 걷어차는 방식에서 그들을 생각하는 것이다. 그러나 묶음 이론은 또 하나의 있음직한 죽음의 책략을 제시한다. 구식의, 삶을 통해 구축한 자아, 사랑스럽지 않을지언정 그 주체에겐 최소한 필수적인 그 자아를 애도하기 전에, 만약 나라는 존재가 내가 상상하고 또 느끼는 것과 달리 실제로 존재하지 않는다면, 무엇 때문에 나, 혹은 나는 미리 비탄에 빠져야 하는가, 라는 주장을 숙고해 보라. 이는 망상을 애도하는 망상이며, 순전히 우연한 묶음이 분산되는 걸 두고 쓸데없이 심란해하는 태도가 될 것이다. 이런 주장이 설득력을 가질 수는 있을까? 이 주장이 행여 바윗돌을 뚫고 지나가는 중성미립자처럼 죽음을 뚫고 지나갈 수 있는 것으로 판명될 가능성이 있을까? 궁금하다. 좀 더 시간을 두고 봐야겠다. '다들 나더러 클리셰라고 하는데, 내겐 클리셰로 느껴지지 않거든'의 사례에 근거해서 지금 당장 반박할 생각이 들긴 하지만. 생각과 고민의 이론가라면 내게 이렇게 말할 수도 있을 것이다. 나의 죽음이란 게 딱히 망상이 아니라면, 아무리 좋게 말해도 그건 내가 안 그런 척하고 이랬으면 좋겠다고 생각하는 것보다는 미흡하면서 개인적인 무언가를 상실한 상태라고. 그렇지만 그때가 올 때, 나라는 이가 이런 식으로 느끼게 될 거라는 생각은 들지 않는다. 버클리가 어떻게 죽었던가? 어쨌거나, 사사로운 이미지들에 지나지 않았던 이론적인 위로가 아니라 종교의 충만한 위로를 받으며 죽지

웃으면서 죽음을 이야기하는 방법

않았던가.

†

  형은 내가 철학 공부를 계속했었더라면, 묶음 이론은 'D. 흄 이라는 자가 고안해 낸 것'임을 알았을 거라고 지적한다. 더 나아가 아리스토텔레스학파라면 누구나 내게 자아 물질 같은 건 존재하지 않으며, 기계 속의 유령은커녕 '기계 자체도 없다 고' 말해줬을 거란다. 그래도 나는 형이 모르는 것들을 알고 있다. 가령, 우리의 아버지가 호지킨병을 앓았었다는 사실 같 은 것. 형이 이 사실을 전혀 모른다는 것, 그게 아니라면 적어 도 전혀 기억하지 못하는 것을 안 나는 깜짝 놀랐었다.

  "(일종의 경고로서) 나 스스로에게 얘기하는 건 아버지가 일 흔이나 일흔두 살까지도 털끝 하나 아픈 데가 없었고 기력도 왕성했는데 어느 날 돌팔이 의사놈들이 손을 대자마자 내리막 길로, 그것도 초고속으로 치달았다는 거야."

  변종 격(더 정확하게는 전적으로 공상에 의존한 재발명)이라 할 만한 이 이야기를 거쳐서 여행깨나 한 이 아리스토텔레스학파 는 자신이 사는 크뢰즈 지역의 농부와 한통속이 된다. 프랑스 시골의 가장 고질적인 신화 중 하나가, 멀쩡하게 건강했던 사 람이 어느 날 산동네에서 내려갔다가 실수로 엄벙덤벙 진료소에 발을 들인다는 내용이다. 그런 후 몇 주 지나지 않아서 (누가 이야기를 전하느냐에 따라 때로 며칠, 심지어는 몇 시간 만에) 그는 묘지 말고는 달리 갈 곳이 없게 된다나.

형은 영국을 떠나 프랑스에 정착하기 전에 귀를 세척하러 병원에 간 적이 있었다. 한창 귀를 세척해 주던 간호사가 형에게 혈압을 재주겠다고 했다. 형은 거절했다. 간호사는 혈압 검진은 무료라는 점을 강조했다. 형은 그야 당연히 무료겠지만 그래도 검사받고 싶지 않다고 말했다. 마주한 환자가 어떤 부류인지 알 리 없었던 간호사는 그 정도 나이가 되면 고혈압이 있을 수 있다고 설명했다. 형은, 간호사가 태어나기 오래전에 방송됐었던 한 라디오 쇼에서 목소리가 웃겼던 사람을 흉내내며 자기 뜻을 관철했다.

"난 알고 싶지 않아요."

"그렇다고 내 혈압이 정상일 거란 생각은 안 했어." 형은 내게 말한다.

"정상이라면 검사해 봤자 시간 낭비잖아? 정상이 아니라고 해도 내가 할 수 있는 건 아무것도 없어. (난 약을 먹지도 않을 거고, 식습관을 바꾸지도 않을 거니까.) 가끔 공연히 사서 걱정만 할 거고."

나는 형에게 '철학자로서' '파스칼의 내기'의 맥락에서 그

웃으면서 죽음을 이야기하는 방법

문제를 고려했어야만 했다고 딱 부러지게 답한다. 그 맥락에서 세 가지의 가능한 결과가 도출되었다. 1) 선생은 아무 문제 없습니다. (좋음) 2) 선생 몸에 문제가 생겼지만 치료할 수 있습니다. (좋음) 3) 선생 몸에 문제가 있는데요, 어쩌죠, 유감스럽게도 우리로선 할 수 있는 바가 없습니다. (나쁨) 그러나 형은 가능성들을 이렇게 낙천적으로 독해하는 것에 반박한다.

"아니, 아니. '선생 몸에 문제가 생겼지만 치료할 수 있습니다'도 나쁨이야(난 고치고 싶지 않다니까). 그리고 '문제가 있는데 치료할 수 없다'는 걸 아는 건 모르는 것보다 훨씬 더 나빠."

내 친구 G가 말했듯 '미래에 일어날 일을 아는 것이 해악이다'. 그리고 알지 못하는 쪽을 선호한다는 점에서 이번만큼은 나보다 형이 아버지를 더 많이 닮았다.

예전에 프랑스 외교관과 이야기를 나누면서 형에 대해 설명했었던 적이 있다. "네, 형은 철학 교수고요, 쉰 살까지 옥스퍼드에 있다가 지금은 프랑스 중부에 살고 제네바에서 교편을 잡고 있습니다." 이렇게 말한 후 나는 본론을 꺼냈다.

"형의 특이한 점은, 한 가지 야심이 있다는 거예요. (철학적 야심이라고 말할 수도 있겠네요.) 바로 아무 데서도 살고 싶지 않다는 것이죠. 그는 아나키스트예요. 협소한 범주의 철학적 의미에서가 아니라 광범한 철학적 의미에서요. 그래서 형은 프랑스에 살면서 채널제도*에 은행 계좌를 트고 있고 스위스에서 교편을 잡고 있는 겁니다. 형은 아무 데서도 살지 않으면서 살기를 바라요."

"형이 프랑스 어디에 사시는데요?" 외교관이 물었다.

"크뢰즈요."

프랑스인 특유의 가가대소와 함께 답변이 뒤따랐다.

"그렇다면 이미 야심을 이루셨는데요! 그분이 사는 곳은 아무 데도 아니네요!"

이쯤하면 형이 어떤 사람인지 눈앞에 훤히 그려지지 않나? 좀 더 기본적인 사실들을 얘기해 달라고? 내 형은 나보다 세 살 많고, 결혼한 지 40년이 되었고, 슬하에 두 딸을 두었다. 첫딸이 처음으로 완전하게 구사한 문장은 "버트런드 러셀은 멍청한 늙은이야"였다. 형이 내게 말한 바론 '쟝티요미에르'**에 살고 있다. (예전에 난 실수로 '메종 데 메트르'***라고 말했었는데, 프랑스에서 집의 유형을 말로 나타내는 등급은 과거에 몸가짐이 헤픈 여자들을 형식적인 등급으로 분류했던 것만큼이나 복잡하다.) 형은 7000평이 넘는 땅을 소유하고 있고 여섯 마리의 라마를

* 프랑스 북서 해안 인근에 있는 영국령 제도.
** gentilhommière. 프랑스어로 '시골의 작은 성'이라는 뜻.
*** maison de maître. 프랑스어로 '호화 주택'이라는 뜻.

키우는 작은 방목장도 있는데, 크뢰즈에선 유일하게 볼 수 있는 라마들일 것이다. 철학에서 그의 전문 분야는 아리스토텔레스와 소크라테스 이전의 철학자들이다. 그는 수십 년 전에 내게 "체면치레는 진즉에 때려쳤어"라고 말한 적이 있는데, 덕분에 그에 관해 글을 쓰는 부담은 덜한 편이다. 아, 그렇고말고, 그래서 하는 말인데 형은 둘째 딸이 디자인해 준 18세기 의상을 자주 입는다. 그 차림새란 무릎까지 오는 반바지, 스타킹, 코 부분에 죔쇠가 달린 구두, 양단 조끼, 스토크,* 위쪽을 나비 모양으로 묶은 긴 머리가 되겠다. 이 얘긴 좀 더 일찍 해뒀어야 했나.

형은 대영제국을 수집했고 나는 '기타 세계'를 수집했다. 형은 우유를 먹고 자랐고 나는 모유를 먹고 자랐으며, 나는 이 사실에 근거해 우리 둘의 본성이 달라지기 시작한 지점을 추론했다. 형은 지적이며 나는 질척하다. 학교를 다니던 소년기에 우리는 매일 아침 미들섹스 주의 노스우드를 떠나 지하철을 세 번 갈아탄 끝에 런던 중심부에 있는 학교까지 가는 한 시간 15분짜리 여행을 했고, 오후 늦게 똑같은 경로를 거쳐 귀가했다. 4년 동안(1957년부터 1961년까지) 이렇게 공동 여행을

* 주로 성직자들이 두르는 폭이 넓은 스카프.

하면서 형은 나와 같은 찻간에 앉기는커녕 아예 다른 전철을 타기를 고수했다. 형제간에 으레 할 만한 행동이었다. 하지만 그것 말고도 뭔가 다른 이유가 있었음을 나는 나중에 가서야 알아차렸다.

이런 얘기가 한 가지라도 도움이 될까? 허구와 삶은 다른 것이다. 허구에선, 작가가 우리를 위해 노고를 아끼지 않는다. 허구 속 인물들은 유능한 소설가를 거느리게 되면 (그리고 유능한 독자를 거느리게 되면) 더 수월하게 '본다'. 그들은 특정한 거리에 놓이고, 이 방향 저 방향으로 옮겨지며, 조명이 비추는 자리를 배정받아, 그들의 깊이를 드러내게 된다. 이때의 아이러니는 적외선카메라가 어둠 속에서 쳐다보고 있는 사람이 있는데도 전혀 의식 못 하는 그들을 보여준다는 것이다. 그러나 삶은 다르다. 당신이 누군가를 알면 알수록 그들을 전만큼 제대로 보지 못하는 때가 잦아지고 (제대로 보지 못할수록 그들은 허구 속으로 자리를 옮겨 갈 수도 있다) 그들은 너무 가까이 있기 때문에 초점이 맞지 않는 것일 수도 있고, 흐릿해진 시야를 선명하게 해낼 소설가는 없다. 매우 친한 사람에 대해 얘기할 때 우리는 그들을 맨 처음 제대로 보게 된 때, 정확한 초점거리에서 가장 쓸 만한 (그리고 돋보이는) 자리에 있게 된 때로 거슬러 올라가 찾아보는 경우가 많다. 어쩌면 이런 이유가 일조한

웃으면서 죽음을 이야기하는 방법

덕에 어떤 부부들은 전혀 가능하지 않은 관계를 지속해 나가는지도 모른다. 통상적인 요인들(돈, 성적 권력, 사회적 위치, 버림받는 것에 대한 두려움)이야 응당 적용된다. 그러나 그 부부는 서로를 더는 볼 수 없게 되어버린 건지도 모르며, 아직도 구식 환상과 버전에서 관계를 끌어나가는지도 모른다.

간혹 기자들이 내가 아는 사람에 대한 자문을 구하려고 전화를 걸어올 때가 있다. 그들이 바라는 건 첫째, 그 인물에 관한 간결하면서 함축적인 설명과 둘째, 예시가 될 만한 일화다.

"그분을 잘 아시잖아요. 실제 성격은 어떤가요?"

간단한 질문 같지만 나는 날이 갈수록 어디서부터 얘기를 시작해야 할지 모르겠다. 친구가 소설 속 인물이라면 어려울 것도 없으련만. 그래서 목표물에 명중할 때까지 포격하는 사수처럼, 대충 들어맞는 형용사들을 줄줄이 늘어놓는 것부터 시작한다. 정작 그러기 무섭게, 그 사람, 그 친구가 살아 있는 존재에서 단순한 단어들 속으로 사라져 버리는 것을 느낀다. 어떤 일화들은 실증을 해주는 반면 어떤 일화들은 외따로, 연관성 없이 떨어져 있다. 몇 년 전에 한 기자가 나에 관한 글을 쓰려고 크뢰즈의 빤한 소식통에게 전화를 걸었다.

"난 내 동생에 대해서 아무것도 모릅니다."

이것이 그 기자가 얻어낸 유일한 답변이었다. 나는 이 대답이 형제애에서 우러나온 보호 심리라고 생각하지 않는다. 아마 짜증의 감정이었을 것이다. 그렇지 않다면 철학적 정직함이었던가. 형이야 나에 대해 알지 못한다고 단언한 것이 '철학자의 입장'에서 비롯된 것이라는 데 동의하지 않을 수도 있겠지만.

형과 나에 얽힌 한 가지 일화가 있다. 우리가 어렸을 때, 형은 나를 내 세발자전거에 태우고 눈을 가린 다음 벽을 향해 한껏 빨리 밀곤 했었다. 나는 제 아버지한테서 이 얘기를 들은 조카 C에게서 전해 듣고서야 알았다. 나 자신은 그 일화를 전혀 기억하지 못하는 데다가, 뭔가 다른 꿍꿍이속이 있었다 해도 캐낼 수 있을 것 같지 않다. 하지만 여러분이 섣불리 결론을 내리는 일은 없기를 바란다. 들어보니 내가 좋아했을 법한 놀이 같아서다. 자전거 앞바퀴가 벽에 부딪칠 때 좋아서 꽥꽥대는 내가 상상된다. 어쩌면 내 쪽에서 그 놀이를 제안했을지도 모르고, 한 번 더 밀어달라고 졸랐을 수도 있다.

나는 형에게 우리 부모를 어떤 사람들이라고 생각하는지, 형이라면 그들의 관계를 어떻게 설명할 것인지 물었다. 그런 질문을 형에게 한 건 그때가 처음이었건만, 형의 첫 반응은 꽤나 상투적이었다.

"아버지랑 어머니가 어땠냐고? 솔직히 별생각 없는데? 어렸

웃으면서 죽음을 이야기하는 방법

을 땐 그런 의문이 들었던 적이 없었던 것 같고, 나중에는 너무 늦은 뒤였고."

그럼에도, 그는 답변의 소임을 다한다. 그는 아버지 어머니가 훌륭한 부모였고 '우리에게 적정한 애정을 쏟았고' '더 좋은 의미에서 인습적이었고 속한 계층과 시대에선 전형적이었던 그들의 도덕적인 성격 안에서' 관대하고 자애로웠다고 한다. 하지만 그의 설명은 여기서 끝나지 않는다.

"두 분에게서 내가 보는 (당시엔 전혀 놀랍지 않았지만) 가장 놀라운 특징은 감정이 완전하게, 아니면 완전에 가까울 만큼 결핍되어 있었다는 거야. 그게 아니더라도 어쨌거나 감정을 공공연히 드러내지 않으셨어. 나로선 아버지나 어머니 어느 쪽도 심각하게 화를 내거나, 두려워하거나, 아니면 기뻐서 호들갑 떠는 것을 본 기억이 없어. 그래서 어머니가 늘 속 시원하게 드러냈던 가장 강렬한 감정은 격한 짜증이었고, 아버지는 의심할 여지 없이 권태에 관해선 속속들이 알고 있었다는 생각이 들어."

만약 누가 '우리가 부모에게서 배운 것'을 목록으로 만들어 보라고 한다면 형이나 나나 어리벙벙해질 것이다. 그들은 우리에게 '삶의 규칙'을 전수해 주진 않았지만, 우리가 직감으로 깨달은 규칙을 따르기를 기대했다. 섹스나 정치, 종교에 관해선 일절 언급하지 않았다. 우리가 학업에 최선을 다할 것이고, 그런 후 대학을 가고, 직장에 다니고, 잘하면 결혼하게 될 것이고, 또 형편에 따라 자식을 갖게 될 거라고 으레 짐작했었다. 어머니가 정한 (어머니가 입법자였을 테니까) 특별한 지시 사항이나 조언이 있었는지 기억을 뒤져봐도 구체적으로 나를 염두에 둔 게 아닌 금언들만 떠오를 뿐이다. 예를 들어 양아치들이나 남색 정장에 갈색 구두를 신는다고 했던 것, 시계나 손목시계의 바늘을 절대로 거꾸로 돌려선 안 된다고 했던 것, 치즈비스킷과 달콤한 비스킷을 같은 통 안에 넣어선 안 된다고 했던 말 같은. 당장에 베껴서 비망록으로 만들 가치는 없는 말들이다. 형 역시 뚜렷하게 기억하는 건 하나도 없다. 아버지 어머니 모두 교사였다는 사실을 감안할 때, 이런 사실은 더욱 묘하게 느껴질지도 모른다. 모든 것은 도덕적 삼투에 의해 일어나게 되어 있었다. 형은 덧붙여 말한다.

"당연하지만 난 조언이나 지시를 하지 않는 태도가 훌륭한 부모의 지표라고 생각해."

✝

유년기에 우리는 우리 가족이 독보적이라는 자족적인 망상을 품는다. 나중에, 다른 가족들과 비교해 파악하는 것은 계층,

웃으면서 죽음을 이야기하는 방법

인종, 수입, 이익과 결부되는 경향이 있다. 반면에 심리학과 관계 역학과의 연관성은 그보다 덜한 편이다. 형이 사는 곳이 쥘 르나르가 성장한 시트리레미네스에서 불과 130킬로미터 남짓 떨어져 있어서인지, 어떤 유사성들이 이제 스스로 모습을 드러낸다. 르나르의 페르 에 메르*는 우리 부모의 극단적이고 연극적인 버전 같다. 르나르의 어머니는 수다스럽고 고집불통이었다. 아버지는 말이 없고 권태에 젖어 있었다. 프랑수아 르나르가 맹세한 트라피즘**은 철두철미했던 나머지, 말을 하던 중에 아내가 방에 들어오면 한 문장을 다 말하기 전이라 해도 입을 다물었고, 아내가 자리를 뜬 후에만 다시 입을 열었다. 내 아버지의 경우는 어머니가 워낙 말이 많았던 데다가 자신이 선점을 해야만 직성이 풀리는 성격이었기 때문에 어쩔 수 없이 침묵을 지킨 것에 가깝다.

프랑수아 르나르의 작은 아들(로 나와 이름이 똑같은) 쥘은 어머니와 함께 있는 걸 좀처럼 견디지 못했다. 그는 어머니를 반겼고 입을 맞추는 것까진 허락했지만(화답으로 그가 어머니에게 입을 맞추는 일은 결코 없었다), 어머니가 꼭 해야 할 말 이상으로 말하는 건 참지를 못했고 방문하는 일도 피하려고 온

* père et mère. 프랑스어로 '아버지와 어머니'라는 뜻.
** 기도와 침묵을 강조하는 엄격한 수도회.

갖 핑계를 동원했다. 르나르가 자기 어머니에게 할애한 시간에 비하면 나는 내 어머니를 더 진득하게 버틴 편이었지만, 그건 어디까지나 딴 데 정신을 팔고 몽상에 빠져 있었기 때문에 가능했다. 그리고 홀몸이 된 어머니를 보면 가슴이 아프긴 했었지만, 그 후 어머니를 찾아가더라도 하룻밤을 자는 건 꿈도 꿀 수 없는 일이었다. 나는 온몸으로 권태의 징후가 나타나는 것을, 어머니의 지칠 줄 모르는 유아론에 내 생기가 빠져나가는 것을, 또 내 삶에서 시간이, 죽음의 이전으로도 이후로도 결코 되돌릴 수 없는 시간이 빨려 나가고 있다는 생각과 마주할 자신이 없었다.

사춘기 때 사건 자체는 매우 소소했으나 감정적 여파는 초자연적으로 크게 다가왔었던 일이 기억난다. 어느 날, 어머니가 나에게 말하길, 아버지가 독서 안경 처방을 받았는데 남우세스러워한다면서 내가 긍정적인 말을 하면 도움이 될 거라고 했다. 나는 분발해서, 아버지에게 새 안경을 맞추니 돋보인다고, 묻지도 않은 의견을 조심조심 모나지 않게 말했다. 아버지는 얄궂은 표정으로 나를 힐끗 쳐다볼 뿐 대답도 하지 않았다. 그 순간 나는 아버지가 이 공작을 처음부터 꿰뚫어 보고 있었음을 알아차렸다. 그리고 내가 어떤 면에서 그를 배신했음을, 내 거짓 칭찬 때문에 아버지는 더욱 남의 눈을 의식하게 될 것이며, 또 어머니가 날 이용했다는 생각이 들었다. 부연할 필요도 없지만, 안경은 어떤 가족들의 생명을 좌지우지하는 유독한 약리학에 비하면 동종 요법에 불과했다. 그리고 메시지를 전하는 것도 젊은 시절의 쥘 르나르가 한때 부득이하게 감내해야 했던 것에 비하면 아무것도 아니다. 쥘 르나르가 (극한상황에서조차 침묵의 맹세를 깨고 싶지 않았던) 그의 아버지의 분부대로 어머니에게 가서, 아버지의 간단한 요청 사항을 전달했을 때는 여전히 어린애였다. 아버지는 자신을 대신해 아들이 아내에게 이혼할 의사가 있는지 묻고자 했다.

르나르는 말했다.

"부르주아지의 두려움을 느끼는 건 부르주아적이다."

그는 말했다.

"후손들이여! 어째서 인간은 오늘이 아니라 내일이 되어야 그나마 덜 멍청해지는 건가?"

그는 말했다.

"나는 이제껏 절망에 물든 행복한 삶을 살아왔다."

그는 첫 책을 출간했을 때 아버지가 그에게 일언반구도 하지 않은 것에 상처받았던 기억을 기록한다. 그에 비하면 나의 부모는 그나마 좀 나은 편이었다. 열의를 과도하게 드러내선 안 된다는 탈리랜드의 금언*에서 감화를 받았었나 싶기는 했지만. 제목이 '날씨 얘기는 그만'이 되지 못한 책이 출간되자 마자 나는 두 분에게 한 권을 보냈다. 그 후 2주 동안 아무 반응이 없었다. 내가 전화를 걸었을 때 아버지는 책을 받았다는 말조차 하지 않았다. 하루 이틀쯤 지나서 나는 그들을 방문했다. 한 시간 남짓 별것 없는 (예를 들면 어머니의 얘기를 듣는 따위의) 것으로 보낸 후, 어머니가 내게 아버지를 차로 가게까지 데려다달라고 부탁했다. 보통 때와는 사뭇 다른, 실로 별난 부탁이었다. 차를 탔기 때문에 서로 눈을 마주치는 게 불가능해지자, 옆에 앉은 아버지가 재미있게 잘 쓴 책이라고 생각하며, 아쉬운 게 있다면 언어가 '다소 유연하지 못한 것 같다'고 말했다. 아버지는 또 내가 쓴 프랑스어 중 성姓을 틀리게 쓴 것도 고쳐주었다. 우리는 내내 길을 내다보았고, 쇼핑을 했고 방갈로로 되돌아왔다. 이제 어머니가 당신 의견을 말할 수 있게 되었으니, 내 소설이 '일리가 있다'는 건 인정하지만 읽는 동안 온갖 추잡한 것들의 '폭격'이라 견디기 힘들었다고 말했다. (이런 점에서 어머니는 남아프리카공화국의 검열국과 뜻을 같이 한 셈이었다.) 어머니는 친구들에게 내 책의 표지는 보여주겠지만 내용은 보여주지 않을 거라고 했다.

---

* 영국 작가 J. S. 플레처가 1920년 출간한 『탈리랜드의 금언Tallyrand's Maxim』.

"한 아들은 내가 읽어도 이해할 수 없는 책을 쓰고, 다른 아들은 내가 이해는 하지만 읽을 수 없는 책을 써."

형도 나도 '어머니가 바랐을 법한 책'은 쓰지 못한 셈이다. 열 살 때쯤이었나, 어머니와 함께 버스 2층에 앉아 가면서 당시 내 또래 아이들한텐 매우 쉽게 찾아오는 일련의 대수롭지 않은 환상에 대해 늘어놓은 적이 있었는데, 그때 어머니는 내 '상상이 도를 넘었다'고 말했다. 그때 그 말뜻을 이해한 것 같진 않지만, 부도덕하다고 명시하고 있음은 확실히 알았다. 몇 년 후, 그 폄하당했던 재능을 발휘하기 시작하면서, 나는 의도적으로 '마치 내 부모가 죽은 것처럼' 글을 썼다. 그럼에도 공고한 역설은, 대개의 글 이면에는 정도 차이는 있겠지만 자신의 부모를 기쁘게 하려는 욕구가 옅게 깔려 있다는 점이다.

작가는 자신의 부모를 무시하고, 심지어 모욕까지 하고, 부모가 넌더리를 낼 것을 알면서 굳이 쓸 수도 있다. 그러면서도 정작 부모가 마음에 들지 않아 하면 내심 낙심할 것이다. (하지만 반대로 부모가 마음에 들어 한다면, 그때는 또 다른 의미로 낙심할 것이다.) 작가들 본인은 빈번히 놀랄 만한 일인지 몰라도, 사실 흔히 있는 일이다. 클리셰인지 몰라도 내겐 클리셰처럼 느껴지지 않는다.

문득 '상상이 도를 넘었다'는 점에서 의심할 여지가 없었던 한 고수머리 소년이 기억난다. 소년의 이름은 켈리였고, 우리 집에서 길 아래쪽 멀리에 살았는데, 좀 별난 데가 있었다. 내가 예닐곱 살이었던 어느 날, 방과 후 집으로 가는 길에 그가 플라타너스 나무 뒤에서 걸어 나오더니 내 등 한가운데를 뭔가로 찌르고는 말했다.

"움직이면 전기 충격을 가할 거야."

나는 말 그대로 겁에 질려 얼어붙어선 그 자리에 서 있었고, 그의 힘에 압도당한 나머지, 그가 날 놓아줄까 싶었고, 짐작할 수도 없는 시간이 흐르는 내내, 내 등을 철석같이 찌르는 게 뭔지 알지 못했다. 그런 다음 걔가 뭐라고 또 말한 게 있었나? 없었던 것 같다. 그는 내 돈을 빼앗진 않았다. 그건 순수한 형태의 붙들어놓음, 붙들어놓는다는 행위 자체가 오롯이 핵심인 행동이었다. 진땀 나는 몇 분이 흐른 후, 나는 죽음도 불사하겠다는 각오로 도망쳤고, 그런 와중에도 뒤를 돌아보았다. 켈리는 한 손에 (구식의, 둥근 핀이 달린 15암페어짜리) 전기 플러그를 들고 있었다. 그런데 그가 아니라 내가 소설가가 되다니 요지경 아닌가?

르나르는 『일기』에서 어머니가 아버지를 두고 외도했었기를 바라는 복잡한 심경이 되었음을 토로했다. 그 복잡한 심경은 그저 심리적인 것뿐이었던 게 아니라 실제로 무겁게 존재하기도 했다. 그는 어머니가 부정을 저질렀다면 아버지의 징벌적 침묵에 대한 정당한 복수가 되었을 거라고 생각했던 걸까? 그랬다면 어머니가 좀 더 편하고 살가운 성격이 되었을 거라고 생각했던 걸까? 또는 어머니가 부정을 저질렀다면 그녀를 훨씬 더 얕볼 수 있었을 거라는 생각에 아쉬워했던 걸까? 어머니가 홀로된 시절, 나는 내 부모가 살았던 방갈로의 기본 평면도를 배경으로 단편을 하나 썼다. (부동산 중개업자들끼리는 그런 방갈로를 '슈퍼리어 샬레'라고 부른다는 걸 나중에야 알게 되었다.) 그것 말고도 나는 내 부모의 성격과 상호 대응 방식을 기본적인 평면도로 활용했다. 나이 지긋한 (말이 없고, 풍자적인) 아버지가 인근 동네에 사는 의사의 과부와 불륜 관계에 있다. (독설가에, 짜증이 많은) 어머니가 이 사실을 알고 묵직한 프랑스 소스팬으로 남편을 후려친다. 아니면 마땅히 그랬으려니, 넘겨짚은 바다. 실제로 그랬는지 독자 입장에선 알 수 없다. 그 행태(와 고통)는 아들의 시점에서 보는 것이다.

나는 어디선가 들은 적이 있는 몰락한 70대 노인에게 소재를 구했지만, 그런 다음 아버지 어머니의 가정생활을 접목했고, 내가 악의적이라는 사실을 스스로도 잘 알았다. 나는 회고조로 세상을 떠난 내 아버지에겐 추가된 인생과 분위기의 잔재미를 선사한 반면, 어머니는 미쳐서 펄펄 뛰며 범죄행위에 가까운 짓을 저지르는 사람으로 과장했다. 하지만 그래선 안 되었다. 아버지가 이런 허구의 선물을 받고서 내게 고마워 했을 리 없다는 생각이 든다.

†

내가 아버지를 마지막으로 본 것은 1992년 1월 17일, 당신이 죽기 13일 전, 두 분의 집에서 차로 20분 거리에 있는 위트니 병원에서였다. 어머니하고는 그 주에 각자 따로 아버지를 보기로 사전에 얘기해 둔 터였었다. 어머니는 월요일과 수요일에 가고 나는 금요일에, 그리고 어머니가 또 일요일에 가기로 했다. 그래서 계획상으론 내가 런던에서 차를 타고 가서 어머니와 점심을 먹고 오후엔 아버지에게 들렀다가 다시 런던으로 돌아오기로 했었다. 그러나 막상 집(따로 나가 산 지 오랜 후에도 나는 내 부모 집을 줄곧 집이라 불렀다)에 가보니, 어머니는 약속을 지키지 않았음을 알았다. 세탁물 때문일 수도 있고 혼동했을 수도 있지만, 주로 어머니의 아무도 못 말릴 망할 놈의 본색 때문이었다. 어른이 된 후의 기억을 통틀어 보아도 (가게까지 차로 가면서 소설 얘기를 하라고 미리 계획한 것을 빼면) 일정한 시간 동안 나와 아버지 둘만 있었던 적은 단 한 번도 없었다. 어머니는 방에 없을 때조차 언제나 거기 있었다. 당신

웃으면서 죽음을 이야기하는 방법

이 자리를 비운 사이에 자기 이야기를 할까 봐 두려워서였던 것 같지는 않다. (경우를 막론하고, 아버지와 어머니 얘기를 하는 것만큼 내가 바라지 않는 것도 없을 것이다.) 그보다는 집 안이건 밖이건 어머니가 있을 때 일어나지 않은 일은 유효하지 않아서였다. 그런 이유로 어머니는 자리를 비우는 법이 없었다.

병원에 갔을 때 어머니는 한 가지 제안을 했는데 역시나 전적으로 어머니다운 제안이었다. 당시의 나는 민망해했지만 그 이후론 내내 치밀어 오르는 화를 금치 못했었다. 아버지의 병실 앞까지 갔을 때, 어머니가 당신이 먼저 들어가겠다고 말했다. 나는 아버지가 '괜찮은' 상태인지 확인하려는 것이거나, 아니면 아내 입장에서 불특정한 용무가 있겠거니 싶었었다. 하지만 웬걸. 어머니 말로는 그날 내가 온다는 걸 아버지에게 말하지 않았다는 것이다. (안 그러면 어머니가 아니지. 장악하지 않으면, 정보를 장악하지 않으면 못 견디는 양반이니까, 별다른 이유가 없다면 그런 게 분명했다.) 그러면서 아버지에게 깜짝 선물이 될 거라나? 그래서 어머니가 먼저 들어갔다. 나는 뒤에 남아 있었지만, 고꾸라질 것 같은 자세로 의자에 앉아 고개를 가슴 쪽으로 떨구고 있는 아버지가 보였다. 어머니는 아버지에게 입을 맞추고 말했다.

"고개 좀 들어봐요." 그러더니 하는 말. "내가 누굴 데려왔는지 보라니깐."

'누가 당신을 찾아왔는지 봐요'가 아니라 '내가 누굴 데려왔는지 봐요'라니.

우리는 30분 정도 있었고, 아버지와 나는 둘 다 텔레비전으로 본 FA컵 경기(리즈 0, 맨체스터 유나이티드 1. 마크 휴스가 한 골 득점) 얘기로 2분간 함께했다. 그뿐, 나머지 시간은 46년째 살면서 보았던 그대로였다. 즉, 어머니가 늘 거하며 쭝얼쭝얼댔고 정리를 했고 법석을 떨었고 통제했기 때문에, 나와 아버지의 관계는 어쩌다 한번 눈을 찡긋하거나 흘긋 쳐다보는 것으로 쪼그라들었다.

그날 오후 내가 있는 앞에서 어머니가 아버지에게 처음 건넨 말은 이랬다.

"저번에 왔을 때보다는 그래도 꼴이 좀 낫네. 그땐 몰골이 어찌나 끔찍하던지. 끔찍했어."

그러더니 어머니는 아버지에게 물었다.

"그동안 뭐 하고 지냈어요?"

그런 질문을 하다니, 어쩜 저렇게 어리석을까 싶었다. 아버지도 그리 생각해서 무시해 버렸다. 그런 후 어머니는 텔레비전을 보고 신문을 읽는 문제로 시시콜콜한 얘기들을 늘어놓았다. 그러나 아버지의 속에선 이미 불붙어 버린 뭔가가 있어서,

웃으면서 죽음을 이야기하는 방법

5분 후 폭발했다. 그것도 말을 제대로 할 수 없는 불편함 때문에 두 배는 더 격앙된 상태에서 아버지는 어머니에게 대답했다.

"그동안 뭘 했냐고 자꾸 묻는데. 아무것도 안 했어."

그 말엔 좌절과 절망이 참혹하게 뒤섞여 있었다. (가장 진실하고, 가장 정확하며, 가장 많은 의미를 담고 있는 말은 '아무것도'였다.) 어머니는 아버지가 본의 아니게 격한 태도를 보인 거라고 생각했는지, 한 귀로 흘려버렸다.

병원을 나서면서 나는 늘 그랬듯 아버지와 악수를 하면서 다른 손을 그의 어깨에 얹었다. 그가 잘 가란 말을 두 번 했을 때 그 목소리는 섬뜩한 중저음으로 꺽꺽 갈라졌다. 그때는 후두 기능 이상 때문이려니 싶었다. 먼 훗날이 되어서야 둘째 아들을 다시는 못 볼 것임을 알았기 때문에, 아니면 그럴 거라는 강한 예감 때문에 그랬을는지도 모른다는 생각이 들었다. 내 기억으론 살면서 아버지한테서 사랑한다는 말을 들은 적이 단 한 번도 없다. 나 역시 그렇게 말한 적이 없다. 아버지가 죽은 후 어머니는 그가 두 아들을 '매우 자랑스러워'했다고 말했다. 하지만 그런 사실은 다른 많은 경우와 마찬가지로, 삼투압이 일어나듯 서서히 추론해야 하는 일이었다. 또, 어머니는 아버지가 '다소 외로운 사람'이었다고 말해서 나는 놀랐는데, 덧붙이기를 아버지의 친구들이 어머니와 친해졌고, 결국 아버지보다 어머니와 더 허물없는 관계가 되었다는 것이다. 나로선 이 말이 진실인지, 아니면 어머니의 가공할 허세의 일면인지 모르겠다.

돌아가시기 2년 전쯤이었나, 아버지가 생시몽*의 『회고록』이 있느냐고 내게 물었었다. 있었다. 진홍색 가죽 장정의 스무 권짜리로, 장식용이나 다름없을 만큼 단 한 번도 들춰본 적이 없었다. 그 첫 번째 권을 가져다주자, 아버지는 책에 코가 닿을 정도로 구부정한 자세로 읽었고, 그 후로 나는 아버지를 방문할 때마다 그의 요청대로 다음 권들을 가져다주었다. 어머니가 식사 준비를 하느라 자리를 비운 틈을 타서, 아버지는 휠체어에 앉은 채 루이 14세의 궁정에서 펼쳐지는 약육강식의 정치 공작에 얽힌 일화 몇 개를 들려주었다. 말기에 건강이 급격히 악화되던 어느 시점에, 또 한 번의 발작으로 아버지의 지적 기능이 얼마간 틀어졌다. 어머니는 화장실에서 아버지가 전기면도기에 대고 소변을 보려는 것을 세 번이나 봤다고 내게 말했다. 그러나 아버지는 계속해서 생시몽을 읽어나갔고, 숨을 거두었을 때 16권의 반 정도까지 읽은 상태였다. 빨간색 비단 서

---

* Saint-Simon(1760~1825). 프랑스의 공상적 사회주의자.

웃으면서 죽음을 이야기하는 방법

표 덕에 아버지가 마지막으로 읽은 페이지를 알 수 있었다.

아버지의 사망 증명서를 보니 사망 원인은 1) 발작, 2) 심장 문제, 3)폐의 농양이었다. 그러나 아버지는 생전 마지막 8주 동안 (그리고 그 전에도) 치료를 받았었으니, 사망 원인이라고 말하기는 어렵다. 아버지는 (의학적인 소견과는 상관없이) 너무도 지쳐서, 그리고 희망을 잃었기 때문에 죽은 것이었다. 그리고 '희망을 잃는다는 것'은 나에게 있어선 도덕적 판단이 아니다. 보다 더 정확하게 말하면 그것은 찬사를 곁들인 판단이었다. 아버지의 죽음은 회복 불가능한 상황을 맞이한 지성인의 올바른 대응이었다. 어머니는 내가 죽음을 목전에 둔 아버지를 보지 않은 게 천만다행이라고 했다. 아버지는 쪼그라든 모습으로, 먹지도 마시지도 않았고 말조차 하지 않았단다. 그렇지만 어머니가 마지막으로 찾아간 날, 자기가 누군지 알아보겠느냐는 질문에, 그는 아마도 마지막이었을 말을 했다.

"아무래도 내 마누라지 싶은데."

†

아버지가 돌아가신 날, 프랑스에서 형수가 내게 전화를 걸어선 그날 밤은 어머니를 혼자 있게 둬선 안 된다고 했다. 다른 사람들도 같은 말로 설득했고, 내게 수면제를 좀 사 가라고 조언했다. (잘 수 있도록. 즉, 자살하거나 어머니를 죽이란 소리가 아니었다.) 내가 (그리 내키지는 않았지만) 도착했을 때, 어머니는 괄괄한 태도로 비웃듯 말했다.

"지난 8주 동안 하룻밤도 빼놓지 않고 혼자 지냈는데 뭔 소리야. 지금 와서 뭐가 달라졌는데? 저들 생각엔 내가 행여⋯⋯."

어머니는 말을 끊고 문장을 맺을 말을 고르는 눈치였다.

"자살이라도?"

내가 운을 떼자, 어머니는 받아들였다.

"내가 자살할 것 같아서? 아니면 울음을 터뜨릴까 봐, 아니면 그 비슷한 바보짓을 할 것 같아서?"

그런 다음엔 기운차게 아일랜드식 장례식을 깎아내리기 시작했다. 수많은 조문객들에 대해서, 공식적인 통곡에 대해서, 그리고 남편을 잃은 여자를 부축하는 것에 대해서. (어머니는 아일랜드엔 한 번도 가본 적이 없었으니, 그곳 장례식에도 갔을 리 만무하다.)

"그 사람들은 내가 부축을 받아야 한다고 생각하나?"

어머니는 코웃음을 치며 말했다. 그러나 장례업자가 어머니를 찾아와 장례 때 필요한 것들을 의논하고 있었을 때 (되도록 간소한 관, 장미꽃 달린 작은 가지 장식을 제외하고 리본은

웃으면서 죽음을 이야기하는 방법

빼고 셀로판지는 일절 없어야 한다던) 어머니는 어느 시점에서 장례업자의 말을 막았다.

"이런다고 내가 남편에 대해 슬퍼하는 마음이 덜하다고는 생각하지 말아요, 왜냐면……."

이번엔, 어머니는 말을 끝까지 맺을 필요가 없었다.

홀몸이 된 후, 어머니는 내게 말했다.

"난 인생의 단맛은 다 봤으니까."

이때 어머니에게 '네, 그래도요'라고 예의 바르게 이의를 제기해 봤자 아무 소용이 없었을 것이다. 그보다 몇 년 전에, 아버지도 있던 자리에서 어머니는 내게 말했었다.

"말하나 마나, 네 아버지는 늘 사람보다 개를 더 좋아했던 양반이니까."

이 말에 아버지는 도전하듯, 사실인 양 고개를 끄덕였는데, 나는 그 행동을 (틀릴지도 모르지만) 어머니의 말에 대한 반박으로 받아들였다. (그리고 나는 또, 어머니가 그런 사실을 알면서도 '막심: 르 셍'이 집을 나간 후 40여 년 동안 다른 개를 키우지 않으려 했었던 걸 생각하게 되었다.)

그리고 그보다 오래전, 아주 오래전에 내가 10대였을 때 어머니는 말했었다.

"인생을 다시 살게 된다면 내 카누를 직접 노 저을 거야."

그때는 아버지를 겨냥한 말이라고만 생각했었지, 노를 젓는 인생을 살겠다는 말엔 우리 역시 낳지 않을 수도 있다는 뜻이 담겨 있다는 건 미처 생각하지 못했다. 어쩌면 나는 어머니가 했던 말들을 이리저리 모아서 얼토당토않은 개연성을 부여하고 있는지도 모르겠다. 그리고 어머니가 아버지를 잃은 슬픔을 견디지 못해 죽진 않았지만 이후 남은 5년 동안 노를 저을 최소한의 장비로, 자신의 카누를 탔다는 사실 역시 중요하지 않다.

아버지가 죽은 후 몇 개월이 지나, 어머니와 통화를 하고 있었을 때였다. 나는 어머니에게 친구들이 저녁을 먹으러 올 거라 이야기했고, 그러면서 내가 한 코스를 직접 요리하고 아내가 다른 코스를 요리할 거라는 얘기도 흘러나왔다. 그러자 어머니는 내가 한 번도 들어본 적 없는 부러움에 가까운 감정이 담긴 목소리로 말했다.

"너희 부부가 요리를 하다니 정말 멋지구나."

그러더니 평소와 거의 다름없는 어조로 돌아가 덧붙였다.

"난 네 아버지가 상을 차리는 것도 미덥지 않았는데."

"정말요?"

"그래, 손대는 족족 마구 떨어뜨리고 난리도 아니었어. 누가 그 어머니의 그 아들 아니랄까 봐."

그 어머니라고! 친할머니는 그때 이미 죽은 지 거의 반세기
가 다 됐었고, 할머니가 죽었을 당시 아버지는 전쟁 때문에 인
도에 있었다. 우리 가족들 사이에서 친할머니가 언급된 적은
거의 없었다. 외가가, 죽었건 살았건 최우선순위를 차지했기
때문이었다. 나는 목소리에 강렬한 호기심이 묻어나지 않도록
애쓰며 물었다.

"아, 할머니가 그러셨어요?"

"그래."

어머니가 50년 역사를 자랑하는 우월 의식을 끄집어내며 말
했다.

"나이프들을 반대 방향으로 놓으셨지."

내 형의 정신적인 삶은 분리되어 있으면서도 상호 연결된
일련의 생각들의 진행인 반면, 나의 정신적 삶은 이 일화 저
일화 사이를 비실비실 걸어다니는 것 같다고 나는 상상한다.
하지만 한마디 더 하자면, 형은 철학자이고 난 소설가이며, 복
잡하기 그지없는 구조의 소설이라고 해도 겉보기엔 비실비실
걷는 인상을 풍겨야만 한다. 인생의 행보가 비실비실 걷는 것
이니까. 그리고 나의 이런 일화들은 내가 이야기한다는 점에
서 곧이곧대로 믿어선 결코 안될 것이다.

또 다른 일화 수집가가 있어서, 내 부모의 말년을 기록하게

된다면, 어머니가 참으로 헌신적이고도 효율적으로 아버지를 보살폈고, 또 아버지를 감당하느라 말도 못하게 피폐해졌음에도 늘 빈틈없이 가사를 돌보고 텃밭을 가꾸었다고 말할 수도 있다. 사실 그 말 그대로일 것이다. 그래도, 어머니가 텃밭을 가꾸는 방식에 문법상의 변화가 생겼음은 도저히 그냥 넘어갈 수가 없다. 아버지가 병원에 입원해 있던 마지막 몇 달 사이에, 토마토, 콩을 비롯해 온실과 땅에 심은 그 밖의 모든 작물 이름이 '나의 토마토' '나의 콩' 등으로 바뀌었으니까. 그래서 아버지는 죽기도 전에 작물에 대한 소유권을 몰수당하기라도 한 것 같았다.

또 다른 일화 수집가는 이 집의 아들이 법 없이도 살 것 같은 자신의 어머니를 단편소설 속에서 폭력을 일삼는 아내로 그려내는 건 몹시도 부당한 처사라고 항의할지도 모른다. (르나르는 누군가 단평을 써놓은 『홍당무』 한 권이 시트리레미네스를 돌고 있음을 알게 되었다. 그 책엔 이렇게 쓰여 있었다. '서점에서 우연히 찾아낸 책. 작가가 자기 어머니를 헐뜯는 것으로 복수하는 책.') 게다가 자기 아버지의 육신의 쇠락을 묘사하는 아들이라니, 얼마나 야비한가. 이는 그가 애정을 느끼고 있다고 주장하는 것에 얼마나 모순되는가. 그래서 정신 나간 노인네가 자기 전기면도기에 대고 오줌을 싸려고 용쓰는 얘기처럼, 위신이

웃으면서 죽음을 이야기하는 방법

떨어지거나 비웃음을 살 만한 것만 찾아 나서는 그 아들은 불미스러운 진실만 직시하게 되는 것 아닌가.

그런데 이 또한 사실일지도 모른다. 그러나 전기면도기와의 용무는 더 복잡한 이야기이며, 그런 만큼 나는 이 자리에서 아버지의 행동이 합리적인 것에 가까웠다고 변호하고 싶다. 아버지는 평생토록 면도날과 브러시로 면도를 했었고, 비누 거품은 수십 년 동안 사발, 스틱, 튜브, 캔을 거쳤었다. 아버지가 세면기를 엉망으로 만드는 걸 어머니가 좋아했을 턱이 없다. '더러운 강아지 새끼도 아니고.' 이 말은 개가 없는 우리 집에서 불만을 표시할 때 쓰는 말이었다. 그래서 전기면도기가 도입됐을 때 어머니는 아버지에게 하나 사라고 누누이 다그쳤었다. 아버지는 요지부동이었다. 이것만큼은 그가 양보할 수 없는 영역이었다.

그리고 아버지가 병원에서 처음으로 쓰러지기 시작했을 즈음의 어느 날, 병원에 도착한 어머니와 나를 맞은 건 면도를 하겠답시고 손만 헛되이 놀리고 있던 아버지였다. 우리가 온다는 말에 단정해 보이려고, 힘이 빠져버린 손목으로 용을 썼지만, 날은 무디고 거품은 애먼 데 묻어 있었다. 그러나 당신의 기울어가는 말년의 한 시점에 이르렀을 때, 어머니의 캠페인이 통한 게 틀림없는 듯했다. 아마도 두 다리가 말을 듣지 않아서 세

면대 앞에 더는 서 있을 수 없게 된 점이 주효했을 것이다. 그래서 나는 이 전기면도기라는 물건에 분개했을 아버지를 익히 상상할 수 있다. (어머니가 그 물건을 사는 것도.) 그 물건은 아버지에게 퇴락한 육신과 함께, 기나긴 부부 싸움에서 최종적으로 패했음을 상기시키지 않았을까. 그렇다면 누구라도 거기에 대고 오줌을 싸고 싶지 않을까?

"아무래도 내 마누라지 싶은데." 그렇다. 본연의 성격을 유지한다는 것. 우리는 그러기를 희망하고 매달린다. 모든 것이 무너지는 앞날을 내다보며. (먼 길로 돌아서 오는 바람에 이제야 답하지만) 그래서 나의 때가 되었을 때 내가 유전 형질 묶음이 저절로 풀리기를 고대할 것이라고 생각하지 않는다. 망상과 고별한다는 것이야말로 이론적으로 안락한 망상이라고 생각하니까. 나는 내가 내 성격이라고 완강히 생각하는 걸 유지하고 싶을 것 같다. 베네치아에서 치러진 스트라빈스키의 장례식에 참석했었던 프랜시스 스티그뮬러는 스트라빈스키와 같은 나이에 사망했다. 그가 죽기 전 마지막 주에, 그는 자신의 아내이자 소설가였던 셜리 해저드에게 자기 나이가 몇인지 물었다. 그녀가 여든여덟 살이라고 말해주자 그는 말했다. "말도 안 돼. 여든여덟이라니. 내가 이 사실을 알고 있었어?"

더도 덜도 말고 딱 그다운 말이었다. '있었어'라는 말은 '있다'와는 완연히 다르지 않은가.

✝

"만약 내가 삼류 작가라면(이라고 몽테뉴는 썼다. 정작 자신을 그보다 더 높이 평가했는지 낮게 평가했는지는 알려진 바 없다) 나는 인간이 죽은 다양한 방식들을 일람표로 만들 것이다. (죽는 법을 가르쳐준 자라면 사는 법도 가르쳐줄 것이다.) 디케아르쿠스는 그런 제목으로 책을 한 권 썼으나, 목적이 달랐으며 효용 또한 떨어졌다."

디케아르쿠스는 소요학파 철학자였고, 그의 저서 『인생의 소멸』은 제목과 완벽한 한 몸인 듯 후대까지 살아남지 못했다.

몽테뉴가 의미하는 삼류 작가가 쓸 선집의 짧은 버전이 있다면 아마도 유명인의 유언 모음집이 아닐까? 헤겔은 임종 때 이렇게 말했다.

"지금껏 오직 한 사람만이 날 이해했다." 그리고 이렇게 덧붙였다.

"그리고 그는 날 이해하지 못했다."

에밀리 디킨슨은 말했다.

"들어가지 않으면 안 되겠다. 안개가 솟아오르고 있다."

문법학자 페르 부우르*는 이렇게 말했다.

"Je vas, ou je vais mourir: l'un ou l'autre se dit."

(거칠게 번역하면, '조만간 나는 죽고 말 테다, 아니면 조만간 나는 죽을 것이다. 이 두 문장 모두 문법적으로 정확하다'.)

때로 유언은 마지막 몸짓이 될 수도 있다. 모차르트는 「레퀴엠」을 작곡하며 팀파니를 대신해 입으로 막 소리를 내려던 참에 죽었고, 침대보 위에는 그가 미처 다 쓰지 못한 악보가 놓여 있었다.

이런 순간들이 본연의 성격을 유지한 채 죽은 증거일까? 아니면 이런 순간들은 본질적으로 미심쩍은 냄새를 풍기는 걸까? 보도자료, AP 통신, 즉흥인 척 준비해 둔 말 같은? 내가 열여섯 살 때였나, 열일곱 살 때였나, 국어 선생(앞서 언급했던 자살한 선생 말고, 우리에게 「리어 왕」을 가르쳐준 덕에 '숙성이야말로 가장 중요한 것'**이란 말을 깨우친 선생)이 수업 중에 자부심 이상의 뉘앙스를 풍기며 자신은 이미 유언을 써놓았다고 말한 적이 있다. 더 정확히 말하면 한 단어였다. 그는 그냥 "젠장!"이라고 말할 거라고 했다.

이 선생은 나를 늘 못 미더워했다. 성에 차지 않는 수업을

---

* Père Bouhours(1628~1702). 프랑스의 순수주의 언어 연구가.
** 셰익스피어의 「리어 왕」에 등장하는 대사.

웃으면서 죽음을 이야기하는 방법

마친 어느 날 나를 이렇게 자극한 적도 있었다.

"반스, 뒷줄에 앉은 주제에 비아냥대는 놈이 되진 않길 바란다."

제가요, 선생님? 비아냥대는 놈이라뇨. 에이, 무슨 말씀이세요. 저는 매애 우는 양*을 믿고, 생울타리의 꽃송이를 믿고 인간의 선을 믿는걸요, 선생님. 그러나 내가 이렇게 미리 계획한 자기 고별식이 꽤나 멋지다고 생각한 것만큼, 알렉스 브릴리언트도 같은 생각이었다. 우리는 1) 그 위트에 깊은 인상을 받았다. 2) 이 늙다리 낙오자 선생에게 그런 자의식이 있다는 것에 놀랐다. 그리고 3) 그와 똑같은 말로 종지부를 찍을 인생은 살지 않겠다고 결심했다. 그 후, 10여 년이 지나, 알렉스가 여자 문제로 약을 먹고 스스로 목숨을 끊었을 때 이 말은 이미 잊고 있었기를 바란다.

그와 비슷한 시기에, 기묘한 사회적 우연의 일치인지 이 선생의 말로에 관한 얘기를 전해 듣게 되었다. 선생은 뇌졸중으로 몸이 마비되고 말을 못 하게 되었다. 이후 그의 알코올중독자 친구가 가끔씩 방문했는데 (알코올중독자들의 생각이 으레 그렇듯, 누구나 일단 알코올이 몸에 들어가면 훨씬 더 강해진다고

---

* 원문의 'baa-lamb'은 어린아이들이 말하는 '양'을 의미한다.

믿었던바) 위스키 한 병을 남몰래 요양원 안으로 들여가선 이 늙은 선생이 두 눈을 휘둥그렇게 뜨고 그를 쳐다보는 동안, 선생 입안에 술을 부어주었다고 한다. 뇌졸중으로 쓰러지기 전 그는 유언을 말할 시간이 있었을까? 아니면 요양원에 누워서, 술이 자기 몸속으로 꿀럭꿀럭 넘어가는 가운데, 그 말을 기억해낼 수 있었을까? 그만하면, 뒷줄에 앉은 주제에 비아냥대는 놈으로 변하고도 남았을 상황인데.

현대 의학은, 죽어가는 기간을 늘리는 것으로 유명한 유언을 양산하는 데 일조해 왔다. 유언이 발화되려면 당사자가 그 말을 전할 시점을 알아야 가능하다는 점을 생각했을 때, 타당하지 않은가? 내 생각에 죽기 전 한 문장을 말하겠노라 결심한 사람이라면 그 말을 소리 내 말한 후 마침내 모든 게 끝날 때까지 신중한, 수도자 같은 침묵에 빠질 수 있을 것이다. 그러나 모든 유명한 유언들은 언제나 영웅적인 분위기를 풍겼고, 우리가 더는 영웅적인 시대에 살지 않는다는 점을 감안할 때, 그런 것들을 잃어버렸다는 데 그렇게 애통해하지 않을 것이다. 대신 거창하진 않아도 여전히 개성 넘치는 유언들을 기려야 할 것이다. 프랜시스 스티그뮬러는 나폴리의 한 병원에서 숨을 거두기 몇 시간 전에, 침대를 크랭크로 돌리고 있던 남자 간호사에게 (짐작건대 이탈리아어로) 말했다.

웃으면서 죽음을 이야기하는 방법

"손이 참 예쁘네요."

다른 사람도 아닌 자기 자신이 마지막을 고하고 있는 순간에도, 이 세계를 관찰하는 도락의 한순간을 마침내, 위대하게 포착한 것이다. A. E. 하우스먼*은 (아마도 고의적으로 충분한 양이었을) 정맥주사를 마지막으로 놓아주던 의사에게 유언을 남겼다.

"참 잘했어요."

엄숙함이 우위를 차지할 필요는 없다. 르나르는 『일기』에서 툴루즈 로트레크**의 죽음을 기록했다. 그 화가의 아버지는 내로라하는 괴짜였는데, 아들을 보러 와선 정작 환자는 나 몰라라 하면서 오자마자 병실을 빙글빙글 돌던 파리를 잡으려고 했다. 화가는 침대에 누운 채, 한마디 했다.

"이 멍청한 영감탱이!"

그리고 뒤로 넘어져 죽었다.

†

역사적으로, 프랑스 정부는 단 두 종류의 사람들에게만 입국을 허가했다. 바로 살아 있는 사람과 죽은 사람이었다. 그

---

* Alfred Edword Housman(1859~1936). 영국의 고전학자이자 시인.
** Henri de Toulouse Lautrec(1864~1901). 음주와 방탕으로 인해 요절한 프랑스의 화가.

중간은 결코 허가해 주지 않았다. 산 사람의 경우, 프랑스로 이주해 세금을 낼 수 있었다. 죽은 사람의 경우, 매장되거나 화장되거나 둘 중 하나를 택해야만 했다. 이런 방침은 쓸데없는 범주화까지는 아니더라도 전형적으로 관료주의적이라고 생각할 만하다. 그러나 20여 년 전, 이런 조처의 법적 진실성이 법정에서 시시비비를 가려야 하는 사안이 되었다.

한 여자가 중년에 접어든 지 얼마 되지 않아 암으로 죽게 되자, 남편이 부인을 인체 냉동 보존술로 냉동해 냉장 장치에 넣으면서 법적 공방을 낳게 되었다. 프랑스 정부는 그녀가 죽은 게 아니라는 주장을 수용하지 않았고, 남편에게 아내를 매장하거나 화장하라고 했다. 남편은 이 문제를 법정까지 끌고 간 끝에 아내를 자기 집 지하 저장고에 보존해도 된다는 허가를 받았다. 20년 후, 그 남편 또한 아직 죽지 않은 상태에서, 마찬가지로 냉동 보존술로 냉동되었고, 자신이 간절히 고대해 마지않는 배우자와 재결합할 때를 기다리게 되었다.

'다 쓰고 버려라'라는 인생관을 기치로 삼는 자유시장식 접근법과, '만민을 위한 영생'을 꿈꾸는 사회주의식 유토피아, 이 둘의 중간점을 찾는 죽음의 자유주의자들에게 어쩌면 냉소주의자들이 하나의 대답을 들려줄 수도 있겠다. '당신은 죽는다. 하지만 당신이 죽는 건 아니다.' 당신의 피를 체외로 빼내고

웃으면서 죽음을 이야기하는 방법

당신의 몸을 냉동시킨다. 그런데도 당신은 계속 살아 있다. 아니면, 최소한, 아주 죽은 건 아니다. 당신이 걸린 병이 치유 가능한 시대가 올 때까지, 혹은 기대 수명이 늘어나서 당신이 잠에서 깨어나 새로운, 긴 세월을 부여받아 살게 될 때까지. 기술은 종교를 재해석한다. (또한 인공 부활을 제시한다.)

이 프랑스인의 일화는 최근 음산하면서도 익숙한 방식으로 막을 내렸다. 전기 장치가 고장 나는 바람에 보존된 육신의 체온이 재생 불가능한 지경까지 상승했고, 그 바람에 부부의 아들은 냉동고를 가진 사람이 겪을 만한 온갖 악몽을 혼자서 다 견뎌야 했다. 그러나 내가 이 일화 자체보다 더 충격을 받은 건 신문의 그 기사와 나란히 실린 사진 때문이었다. 그 프랑스인 부부의 집 지하 저장고에서 찍은 사진엔 남편(이자 이후 수년 동안 '홀아비'로 살았던 사람)이 자기 아내를 보존해 둔 허름한 설비 장치 옆에 앉아 있었다. 냉동고 위엔 꽃 항아리와 함께 한창때의 고혹적인 모습을 한 부인의 사진이 담긴 액자가 놓여 있었다. 그리고 부조리한 희망으로 가득한 이 캐비닛 바로 옆에, 초췌하고 우울한 표정을 한 노인이 앉아 있었다.

어떻게든 성공하지는 못했을 것이다. 그렇지 않나? 그러니 우리는 그들의 실패에 고마워할 일이다. 시간을 멈춘다고? 시계를 거꾸로 감는다고? (아니면 시곗바늘을 거꾸로 돌린다고? 내 어머니가 절대 허락하지 않은 것이기도 한데.) 당신이 활기 넘치는 젊은 여자인데, 30대에 '죽게 되었다'고 상상해 보라. 잠에서 깨어나보니 믿음직한 남편은 자기 차례가 되어 냉동되기 전에 천수를 다했다고, 당신이 냉동돼 있는 동안 20년, 30년, 40년은 나이를 더 먹었다고 상상해 보라. 그런데 당신은 당신이 떠났던 시점 이후로 되돌아간다고? 최선의 시나리오를 상상해 보라. 당신 내외 둘 다 같은 연령대에 '죽는다'. 50대라고 해보자. 그 후 당신이 앓던 병을 치료할 수 있는 시대에 다시 살아난다고 해보자. 정확히 어떤 일이 일어났을까? 당신은 다시 살아났지만 장차 다시 한번 죽게 되었을 뿐이며, 이번에는 청춘을 다시 누리는 일조차 없게 되었다. 당신은 폼포니우스 아티쿠스의 사례를 명심하고 또 그대로 따랐어야만 했다.

젊음을 다시 누리게 된다는 것, 두 번째 죽음을 모면하는 것뿐 아니라 첫 번째 죽음까지 모면하는 것(몽테뉴가 두 가지 죽음 중에 더 힘들다고 판단했던 것). 이는 진정한 공상의 산물이다. 켈트 신화에 등장하는 영원한 젊음의 땅인 '티르 나 노그'에 거하는 것. 아니면 젊음의 수원지로 걸어 들어가는 것. 이는 중세 세계의 낙원에 이르는 일반적이고도 유물론적인 지름길이었다. 그곳의 물에 몸을 적신 즉시 피부가 분홍빛을 띠었고, 눈 밑의 처진 살이 올라가 붙었으며, 닭살 같은 부위가

웃으면서 죽음을 이야기하는 방법

팽팽해졌다. 먼저 거쳐야 하는 신의 심판과 영혼의 무게를 재는 요식 체계 따위는 없었다. 고작해야 미뤄놨던 노년을 전해주는 게 전부인 거추장스러운 냉동 보존술과 달리, 기술적 마력을 발휘해 젊음을 전해주는 회춘의 물. 그렇다고 친냉동보존파들이 단념하진 않을 것이다. 현재 냉동 보존되어 있는 사람들은 다른 유형의 '르 레베일 모르텔'을 받을 즈음에는 생체 시계를 되감기 위해서 줄기세포에 의존하고 있을 게 틀림없을 테니까. '오 이성적인 존재여/영생을 바라는 존재여.'

나는 서머싯 몸에 대해 지나치게 섣불리 판단했다.

"인생의 크나큰 비극은 사람이 죽어 없어지는 것이 아니라 더 이상 사랑하지 않는 것이다."

나는 그때 청년의 입장에서 이의를 제기했었다. 네, 나는 이 사람을 사랑합니다. 그 사랑은 계속되리라 믿고 있으며, 혹여 그렇게 안 된다 해도 또 다른 사람이 나에게, 그리고 그녀에게 나타나줄 것입니다. 그녀와 나 모두 다시 사랑하게 될 것이며, 어쩌면 불행을 통해 배운 덕에 다음번엔 더 잘해낼 것입니다, 라고. 그러나 서머싯 몸이 이런 입장을 부인한 건 아니었다. 그는 그 너머를 보고 있었다. 한 가지 교훈적인 일화가 떠오르는데(토마스 브라운 경의 일화인 듯하다) 연이어 친구들을 무덤으로 보낸 한 남자가, 매번 장례를 치를 때마다 슬픈 감정도

조금씩 줄어들었고, 마침내 평정심을 가지고 구덩이 속을 내려다볼 수 있게 되었으며, 또 그것이 자신의 무덤이라고 생각할 수 있게 되었다는 이야기다. 교훈은 구덩이를 응시하면 극복할 수 있다는 것이 아니라, 철학적으로 사유하면 우리는 죽는 방법을 터득하게 된다는 것이다. 이 일화는 차라리 느끼는 능력을 상실하는 것에 바치는 비가다. 처음엔 친구들에 대한 감정을, 그다음엔 자신에 대한 감정을, 그리고 결국 자신의 소멸에 대한 감정마저 상실하는 것에 바치는 비가 말이다.

이는 실제 우리의 비극이 될 것이며 그 비극에서는 죽음이 유일한 안도감을 준다고 해도 이상하지 않을 것이다. 노년이 되면 침착해진다는 생각에 대해 나는 늘 의혹을 거둘 수 없었는데, 노인 역시 젊은이와 마찬가지로 감정적인 고통을 받았지만, 이를 용인하는 건 사회적 금기기 때문이라는 생각에서다. (이는 내가 소설을 통해 아버지에게 70대의 연애 경험을 부여한 객관적인 이유다.) 그렇지만 만약 내가 틀렸다면? (그것도 곱절로 틀린 거라면?) 그리고 필요하다고 하는 이러한 침착한 겉모습이 감정의 교란이 아니라 그 반대인 무관심을 감추고 있는 것이라면? 예순을 넘긴 나이에 여러 친구들과의 관계를 돌아보니 몇몇은 우정이라기보다는 한때 우정을 나눈 관계였음을 추억한다는 걸 알겠다. (추억하는 것도 여전히 즐겁지만, 사실은

웃으면서 죽음을 이야기하는 방법

사실이니까.) 물론 새로운 친구들이 생겨나지만, 모종의 쓰라린 (행성의 죽음에 비견될 만한 감정의) 냉각이 도사리고 있다는 두려움을 비낄 만큼 많이 생기진 않는다. 귀가 커지고, 손톱이 갈라지면서, 심장도 쪼그라든다. 그래서 이 지점에서 또 하나의 '당신이라면 어떻게 할까?'라는 질문이 등장한다. 당신이라면 오래도록 사랑했던 사람들에게서 접질려 떨어지는 고통 속에서 죽겠는가, 아니면 감정적 삶을 완주했을 때 다른 사람들은 물론 자기 자신에 대해서도 무심히 볼 수 있을 때 죽겠는가?

소싯적 스타였다 하여
말년에 멸시받지 않으리라 장담할 수도
가혹한 죽음을 모면케 해주지도 않는다.*

투르게네프는 예순이 된 지 얼마 안 돼서 플로베르에게 이런 편지를 썼다.

"이로써 인생의 꼬리가 시작되었습니다. 스페인 속담에 '꼬리 부분이 껍질을 벗기기 가장 힘들다'는 말이 있습니다⋯⋯.

---

* 미국의 시인 로버트 프로스트(Robert Frost. 1874~1963)의 시 「대비하라 대비하라 Provide Provide」의 일부로, 한때 할리우드 최고의 스타였으나 궁색한 말년을 보내고 있는 한 여배우를 예로 들며 비참하게 늙을 바에야 차라리 일찍 죽으라고 일갈하고 있다.

인생은 전적으로 자기중심적이 됩니다. 죽음과 치열한 방어전을 벌이는 거죠. 이렇게 인성을 과장하는 것은 이 인성이 더는 관심거리가 되지 못함을 의미합니다, 그 당사자한테까지도."

힘든 건 단순히 구덩이를 응시하는 것이 아니라, 인생을 응시하는 것이다. 인생은 어마어마하게 위험한 사안으로, 그 근본적인 목적은 단순한 자기 영구 보존이라는 것, 인생은 공허 속에서 펼쳐진다는 것, 우리의 행성은 어느 날 얼어붙은 침묵 속에서 정처 없이 헤매리라는 것, 그리고 인류는 그 모든 격앙된, 지나치게 교묘히 계획된 복잡성 속에서 발전해 왔지만, 흔적도 없이 사라질 것이며, 우리를 그리워할 어떤 이나 그 어떤 것도 세상에 없기 때문에 고스란히 잊히리라는 확실성은 고사하고 그 가능성이라도 직시한다는 것이 우리에겐 힘든 일이다. 이것이 철든다는 의미다. 그리고 직접 고안해 낸 신에게 너무도 오랫동안 설명과 위안을 구해온 종족으로선 겁나는 예견이다. 여기 젊은이들의 마음과 정신에 해악을 끼친다는 이유로 리처드 도킨스를 질책하는 한 가톨릭 기자가 있다.

"증오의 신 도키*처럼 지성을 갖춘 괴물들은 허무주의, 요령 부득, 아둔함, 인생의 공허감, 언제 어디에도 의의를 찾지 못

---

* 도킨스의 별칭.

하는 결핍 상태, 그리고 이 유용한 단어를 모를까 싶어서 말하자면 경시floccinaucinihilipilification('무가치한 것으로 평가하는 것'을 뜻한다) 풍조로 이루어진 그들의 절망 어린 복음을 퍼뜨린다."

이렇게 과하게, 와전해 공박하는 태도 뒤에서 우리는 두려움의 냄새를 맡을 수 있다. 내가 믿는 것을 (신과 신의 의도, 그리고 영생의 약속을) 믿어야 한다. 다른 선택을 할 경우 이 갈리도록 무서운 상황이 기다리고 있으므로. 그 상황에서 당신은 한밤에 두려움에 떨며 오스트리아의 숲 속을 지나는 그 아이들과 다르지 않을 것이다. 그러나 오로지 하느님만을 생각하라고 권고했던 친절한 비트겐슈타인 씨는 없고 대신 불쾌하기 짝이 없는 늙은 과학 선생, 도킨스가 곰과 죽음의 이야기로 당신을 겁주고, 별들을 보며 감탄하는 것으로 잠시나마 불쾌한 것들을 잊으라고 명할 것이다.

✝

플로베르는 물었다.

"인생을 진지하게 받아들이는 것은 아름다운 태도인가, 아니면 바보짓인가?"

그는 우리에게 '절망의 종교'를 가져야 하며 '우리의 운명을 감당해야 한다고, 다시 말해서 운명처럼 무감해져야 한다'고 말했다. 그는 자신이 죽음을 어떻게 생각하는지를 알았다.

"자아는 살아남는가? 그렇다고 말하는 건 내게는 주제넘은 수작과 오만, 영원한 질서에 반기를 드는 태도를 드러내는 것에 불과해 보인다! 바야흐로 죽음은 인생만큼도 우리에게 비밀을 드러내지 않게 된 건지도 모른다."

그러나 플로베르는 종교를 불신한 반면 영적인 충동에 대해서는 유연한 태도를 보였고, 전투적 무신론에 대해선 의혹을 품었다. 그는 이렇게 썼다.

"내겐 모든 교리가 그 자체로 혐오스럽다. 그러나 나는 교리들을 인류의 가장 자연스럽고 시적인 표현으로 가공해 낸 기분은 헤아린다. 나는 교리가 우매와 허위라고 일축해 온 철학자들을 좋아하지 않는다. 내가 교리에서 발견한 건 절박함과 본능이다. 그런 의미에서 나는 내가 예수성심 앞에서 가톨릭식으로 무릎 꿇는 것과 마찬가지로 자신의 물신에 입 맞추는 흑인들을 존중한다."

플로베르는 1880년에 죽었고, 그해는 졸라의 어머니가 죽은 해기도 했다. 우연의 일치라고 할 수는 없지만, 알고 보면 그해는 졸라가 '르 레베일 모르텔'을 받은 해기도 했다. 당시 졸라는 마흔 살이었다. (이 점에서 내가 졸라보다 우월하다고 우길 수 있겠다.) 기억해 보니, 나는 그가 나처럼 자다가 두려워

울부짖다가 튕겨 나왔었던 거라고 줄곧 상상해 왔다. 그러나 이는 비슷한 꿈을 꾼 사람이 동화된 것에 지나지 않았다. 사실인즉, 당시 졸라는 뜬눈으로 밤을 새우는 날이 많았다. 졸라와 그의 아내 알렉상드린은 둘 다 죽음에 대한 공포 때문에 잠을 제대로 이루지 못했는데, 둘 다 털어놓기 민망스러워한 까닭에 칠흑 같은 암흑이 다가오지 못하도록 켜둔 야간등이 깜빡이는 가운데 나란히 드러누워 있었다고 한다. 그러다 졸라는 저도 모르는 새에 침대 밖으로 튕겨 나가 있는 자신을 발견했다. (그리고 이중 자물쇠가 부서져 있는 때가 한두 번이 아니었다.)

게다가 이 소설가는 메당에 있는 자기 집의 한 창문에 대한 집착이 나날이 커져가고 있었다. 그의 어머니가 죽었을 때, 계단이 너무 비좁고 꼬여 있어서 관을 옮길 수 없었기 때문에 장의업자들은 부득이하게 창밖으로 관을 내 가야만 했었다. 졸라는 오갈 때마다 어김없이 그 창문을 보게 되었고, 다음번엔 누구의 시체가 그 경로를 밟게 될 것인가 생각했었다. (그일까, 아니면 그의 아내일까.)

1882년 3월 6일 월요일, 도데, 투르게네프, 에드몽 드 공쿠르와 함께한 저녁 식사 자리에서 졸라는 '르 레베일 모르텔'의 이러한 영향들에 관해 털어놓았고, 공쿠르가 그의 이야기를 낱낱이 받아 적었다. 그날 저녁, 그들 중 넷은(플로베르가 빠

진 자리라 '다섯 명의 저녁 식사Dîner des Cinq'에서 한 명이 빠졌다)

죽음을 주제로 이야기를 나누었다. 도데는 새 아파트로 이사

를 갈 때마다 어느새 두리번거리며 자신의 관을 세울 만한 곳

을 찾아내지 않으면 직성이 풀리지 않을 정도로 죽음이 일종

의 박해, 삶의 해악이 되었음을 시인하는 것으로 대화의 물꼬

를 텄다. 졸라의 고백 후, 투르게네프의 차례였다. 원만한 성격

의 이 러시아인은 나머지 셋 못지않게 죽음에 대한 생각에 인

이 박이다시피 한 사람이었으나, 그에겐 대처법이 있었다. 투

르게네프는 이렇게 (살짝 손짓으로 시범을 보이면서) 그 생각을

떨쳐버린다고 했다. 그러면서 러시아인들은 골칫거리를 '슬라

브의 안개' 속으로 사라지게 할 줄 안다고 설명했다. 러시아인

들은 논리적이지만 성가실 정도로 끈질기게 떠오르는 상념들

로부터 스스로를 지키기 위해 이 안개를 불러 모은다고 했다.

가령 한 치 앞도 보이지 않는 눈 폭풍에 갇히게 되면 추위에

대해선 의도적으로 생각을 말아야지 안 그러면 얼어 죽고 말

것이다. 더 큰 사안에도 이와 똑같은 방법을 적용해 이겨낼 수

있었다. '이렇게' 떨쳐버리면 되었다.

20년 후, 졸라가 죽었다. 졸라는 자신이 한때 상찬했던 '아

름다운 죽음(난데없는 거인의 손가락에 짓눌려 으깨지듯 죽는

것)'을 이뤄내진 못했다. 대신 작가에게는 '본연의 성격을 유

지하며 죽는 것'에 별도의 선택권이 있음을 보여주었다. 그것은 작가 본연의 성격대로 죽거나, 아니면 그가 쓴 작품 속 인물처럼 죽을 수 있다는 것이다. 경우에 따라 그 두 가지를 동시에 이룰 수도 있는데, 자신이 가장 좋아했던 (애버크롬비 앤 피치에서 산 영국제) 보스 엽총에 탄약통 두 개를 밀어 넣은 후 총신을 입안에 넣고 죽은 헤밍웨이가 그 경우에 해당하는 사례다.

졸라는 자기 작품 속 어느 인물처럼 죽었는데, 그의 초창기 작품에 맞먹을 만한 사이코 멜로드라마의 한 장면과 같았다. 그와 알렉상드린은 예의 위협적인 창문이 달린 집을 떠나 파리로 돌아온 터였다. 9월 말이라 쌀쌀해서 그들 부부는 침실에 불을 피우라고 말해두었다. 그들이 오기 전 아파트 건물 옥상에서 진행되던 공사가 마무리된 터였는데, 바로 이 대목에서 이 이야기는 독자에게 한 가지 해석의 자유를 제공한다. 그들 침실에서 이어지는 굴뚝이 막혀 있었던 것이다. 서투른 기술공 아니면 (떠도는 음모론대로) 살의를 품은 반 드레퓌스파가 저지른 짓이었다. 부부는 침실로 들어가선 그들의 미신적인 습관에 따라 문을 걸어 잠갔다. 벽난로의 쇠살대 안에서 무연 연료가 일산화탄소를 뿜어냈다. 다음 날 아침, 문을 부수고 들어간 하인들은 죽은 채 바닥에 누워 있는 작가를, 그리고

(불과 몇 센티미터 떨어진 덕에 가스의 치명적인 집중을 피해) 침대에 무의식 상태로 있는 알렉상드린을 발견했다.

졸라의 체온이 남아 있었기 때문에, 의사들은 그를 되살리려고 5년 전 도데에게 썼었던 조처(혓바닥을 리드미컬하게 잡아당기는 방법)을 취했다. 졸라의 경우 이 방법(하수 가스에 중독된 희생자들에게 처치하는 방향으로 발전되어온 기술)이 어느 정도 더 합리적이었던 반면 효과는 그에 전혀 못 미쳤다. 알렉상드린은 회복되고 나서, 사고가 난 날 밤 부부는 잠에서 깨어났고, 그들 딴엔 소화불량이라고 생각하면서 힘들어했었노라 말했다. 그래서 하인들을 부르려 했는데 졸라가 만류했고, 그때 그가 한 말이 결국 그의 (현대식의, 영웅적이지 않은) 유언이 되었다.

"아침이 되면 괜찮아질 거예요."

졸라는 죽었을 때 예순두 살이었고, 내가 지금 쓰는 이 책이 출간될 시점의 내 나이와 똑같다. 그러니 다시 시작해 볼까? '런던 남자 사망. 애도하는 사람은 많지 않아……'의 이야기 말이다. 못해도 예순두 살이 넘은 어느 런던 남자가 어제 죽었다. 인생 대부분을 건강하게 잘 살아왔고, 마지막 병을 앓기 전까지 병원에는 단 하루도 입원한 적 없었다. 초년기의 경력은 더뎠고 돈 한 푼 벌지 못했지만, 이후엔 그의 본성이 허

　　　　　웃으면서 죽음을 이야기하는 방법

락하는 만큼의 행복("나는 이제껏 절망에 물든 행복한 삶을 살아왔다")을 성취했다. 그는 유전자가 이기적이었음에도 후손에 물려주진 못했는데, 더 정확하게는 그가 고사한 것이었다. 이런 거부가 생물학적 결정론에 맞서는 자유의지의 실천으로 이어진다는 믿음이 한층 더 강했기 때문이었다. 그는 책을 썼고, 그런 후 죽었다. 그의 한 풍자적인 친구는 그가 인생을 문학과 부엌(과 와인 병)으로 나눴다고 생각했지만, 또 다른 측면들도 있었으니 사랑, 우정, 음악, 예술, 사회, 여행, 스포츠, 농담이었다. 그는 고독이 언제 끝날지 아는 한 혼자 있을 때도 행복했다. 그는 자신의 아내를 사랑했으며 죽음을 두려워했다.

이만하면 나쁘지 않은 인생 아닌가, 안 그런가? 이 세계는 이보다 훨씬 더 열악한 인생들과 (그리고 이건 내 추측이지만) 훨씬 더 끔찍한 죽음들을 토해내는데, 그는 무슨 큰일이라고 호들갑을 떠는가? 자기 한 사람에게 이목을 집중시키는 행위는 영국에선 두말할 것 없는 중죄에 해당한다. 그리고 그는 다른 사람들도 자기 못지않게 죽음을 두려워한다는 생각을 못 했나?

음, 그는, (아니지, 다시 '나'로 돌아가자) 나는 나만큼 죽음을 생각하는 사람들이 아주 많지는 않을 거라고 생각한다. 그리고 죽음에 대해 생각하지 않는 것이야말로 죽음에 대한 두려움을 떨칠 확실한 방법이다. 죽음이 당도하기 전까지는.

"해악은 그것이 일어나게 될 것임을 아는 데 있어."

내 친구 H는 이따금 병적이라고 나를 질책하면서도 시인할 건 한다.

"나는 모든 사람들이 죽을 걸 알지만, 내가 죽을 거라는 생각은 결코 하지 않아."

이를 상식으로 일반화한다.

"우리는 우리가 반드시 죽는다는 걸 알면서도 정작 우리 자신은 불멸의 존재로 생각해."

정말로 사람들은 머릿속에 그런 희망에 찬 모순들을 채우고 있는 걸까? 그래야만 하고, 프로이트는 그게 정상이라고 생각했다.

"그때, 우리의 무의식은, 우리가 죽는다는 걸 믿지 않는다. 그래서 자신이 불멸인 양 행동한다."

그렇다면 내 친구 H는 지금껏 자신의 무의식을 부추겨서는 의식을 떠맡긴 것에 지나지 않는다.

그렇게 쏠쏠하게, 전술적으로 외면하는 행위와 내가 소스라치며 구덩이를 응시하는 행동 사이 어딘가 합리적인, 성숙한, 과학적인, 자유를 존중하는 중간점이 있다. 아니, 기필코 존재해야만 한다. 그런 의미에서 여기 미국의 사망학 연구자이며

『사람은 어떻게 죽음을 맞이하는가』의 저자, 셔윈 눌런드 박사가 발표한 내용을 인용한다.

"한 사람에게 할당되는 수명은 인간 종이 존속하는 데 필요한 정확한 허용치에 준해야만 한다. 이것을 받아들일 때 현실적인 예상 또한 가능하다. 우리가 죽어야 이 세상은 계속해서 살아나갈 것이다. 우리가 이제껏 인생의 기적을 누려온 건 수십 조에 달하는 생물들이 우리를 위해 미리 길을 내어주고 (어떤 의미로는 우리를 위해) 죽었기 때문이다. 우리 역시 차례대로 죽을 때 다른 이들이 살아나갈 수 있을 것이다. 한낱 개인의 비극은, 자연만물과 균형을 이루는 가운데 계속 나아가고 있는 삶의 승리가 된다."

토씨 하나 도리를 벗어나는 것 없을 뿐만 아니라, 두말할 것 없이 현명한 이야기며, 몽테뉴에 근간을 두고 있기도 하다. ("다른 사람들을 위해 자리를 마련하라, 다른 사람들이 당신을 위해 자리를 마련했듯이.") 그럼에도 내가 보기엔 설득력이 한참 떨어진다. 인간종의 존속이 나의 죽음, 혹은 당신의 죽음, 아니 다른 모든 사람의 죽음에 좌우지될 논리적인 근거는 전무하다. 아무래도 이 행성이 조금 복작거리고 있는 모양인데, 우주는 텅 비어 있지 않은가. 예의 묘소 표지판이 우리에게 상기시키듯 부지가 있단 말이다(묘소 부지 있음).

만약 우리가 죽지 않는다면, 세상도 죽지 않을 것이다. 오히려 정반대로 세상의 더 많은 게 여전히 살아 있을 것이다. '어떤 의미에서는(허약함을 폭로하는 이 문구 좀 보라지)' 우리를 위해 죽은 수십 조의 생물들은 어쩔 거냐고? 미안하게 됐네요. 난 내 할아버지가 '어떤 의미에서는' 내가 살 수 있도록 죽었다는 개념을 이해할 수 없어요. 하물며 '중국인 같았던' 내 증조부 그리고, 잊힌 선조들, 조상 전래의 유인원들, 미끈둥한 양서류와 원시 단계의 헤엄치던 것들이야 말할 것도 없겠지요. 그러니 내가 죽어야 다른 사람들이 살 수 있을 거라는 것도 인정할 수 없어요. 계속 나아가는 삶이 승리라는 것도요. 승리라니요? 해도 너무한 자축의 제스처, 충격을 줄이려고 쥐어짜낸 감상주의 같지 않나요. 만약 내가 병상에 누워 있는데 의사가 말하길, 내가 죽으면 다른 사람들이 사는 데 일익이 될뿐만 아니라 인류 승리의 조짐이 될 거라고 한다면, 나는 의사가 내 수액 양을 조절할 때 두 눈을 부릅뜨고 주시할 겁니다.

내가 받아들이길 거부하는 셔윈 뉼런드의 인정 넘치는 식견은 작가인 나보다도 훨씬 더 죽음을 두려워하는 직업이 의사라는 점에 기인하는 것이다. 이 점에 대해 나는 놀라움을 금치

웃으면서 죽음을 이야기하는 방법

못하는 바다. '전 직종 가운데 의료계가 죽음에 대한 개인적 불안감을 높일 확률이 가장 높다'고 밝힌 연구 결과들이 있다. 이는 한 가지 중대한 의미에서 희소식이다. '의사들이 죽음에 적대적이다'라는 것이다. 그들이 부지불식간에 자신들의 두려움을 환자에게 옮기고, 치유할 수 있다고 우기고, 죽음을 실패라고 생각해 기피할 수도 있다는 점에선 마냥 좋은 건 아니지만.

내 친구 D는 런던에 있는 한 의과대학 부속병원에서 수학했는데, 그곳은 전통적으로 럭비 경기 협회를 겸했었다. 몇 년 전, 한 학생이 줄줄이 낙제했음에도 계속 병원에 남아 있을 수 있었는데, 다름 아닌 럭비공 던지는 솜씨가 보통이 아니었기 때문이었다. 결국엔 이 솜씨도 녹슬기 시작하면서 데스크뿐만 아니라 경기장에서도 떠나라는 통보를 받았지만. 아하, 우린 다른 사람들에게 자리를 내줘야만 한다 이거지. 그래서 그 학생은 의사가 되기를 포기한 후 소설의 소재로 쓴다 해도 이유를 불문하고 지나치게 작위적이었을 진로를 택했으니, 다름 아닌 사토장이*였다. 몇 년이 더 지나서 그는 다시 병원에 복귀했는데, 이번엔 암 환자로서였다. D에게서 들은 얘기론 그

---

* 무덤 만드는 일을 직업으로 하는 사람.

가 병원 맨 꼭대기 층 병실에 입원했고, 그의 곁에 오려는 사람은 아무도 없었다고 한다. 인후암으로 괴사한 살에서 고약한 악취가 풍겨서만은 아니었다. 그보다 더 널리 퍼지는 실패의 냄새 때문이었다.

"저 어두운 밤 속으로 유순히 들어가지 마십시오."

딜런 토마스*는 죽어가는 자기 아버지를 (그리고 우리를) 이렇게 깨우쳤다. 그리고 '분노하십시오. 죽어가는 빛에 맞서 분노하십시오'라며 자신이 뜻하는 바를 되풀이했다. 이 유명한 시구들은 임상 지식에 근거한 지혜보다는 젊은이 특유의 비탄에 대해 (그리고 시적 자축에 대해) 더 많은 이야기를 한다.

뉼런드는 숨김없이 주장한다.

"죽어가는 과정을 두려워할 것 없다고 스스로 굳건히 확신하는 경지에 이른 사람이라 해도, 생애 마지막 병만큼은 두려워하며 맞이하게 될 것이다."

유순함을 (그리고 침착함을) 선택하진 못할 것 같다. 게다가 (양배추를 심던 도중에 죽는 시나리오처럼) 죽음이 우리가 바라는 대로 찾아오는 것과 전혀 달라 '대응하기 힘겨울 가능성'이 존재한다. 그럴 경우 우리는 그 방식, 장소, 친구 모두에 실망

---

* Dylan Thomas(1914~1953). 영국의 신낭만주의 시인.

웃으면서 죽음을 이야기하는 방법

할 것이다. 그런데도 더 나아가서, 그리고 엘리자베스 퀴블러로스*의 유명한 다섯 단계 이론(죽음은 연속적으로 부정, 분노, 타협, 우울, 마지막으로 수용의 절차를 거친다는 이론)에 모순되게도, 늘런드는 자신의 경험과 자신이 아는 모든 임상의들의 경험에 기대어 소견을 밝힌다.

"일부 환자들은 부정의 단계에서 다음 단계로 절대로, 적어도 명시적으로, 나아가지 못한다."

어쩌면 이 모든 몽테뉴적인 상황, 이 구덩이를 응시하는 행위, 죽음을 친구 삼거나, 그게 안 되면 최소한 익숙한 적으로 만들려는 이런 시도(죽음을 따분한 것으로 만들려는 시도, 심지어는 주의를 기울여 죽음 자체를 따분하게 만드는 것)는 어쨌거나 올바른 접근법이 아닐 수도 있다. 이럴 바엔 살아 있는 동안은 죽음을 무시하다가 삶이 막바지에 이르면 그때 완강히 거부하기 시작하는 편이 더 나을지도 모르겠다. 그러는 편이, 유진 오켈리가 남긴 괴상한 말을 빌리면 '죽음에 성공하는 길'을 가는 데 더 나을지도 모른다. 물론 내가 '더 나을지도'라고 말할 때 이는 '우리의 삶을 좀 더 쉽게 통과하는 데 도움이 된다'는 뜻으로 말한 것이지, '우리가 떠나기 전에 이 세계

---

* Elizabeth Kübler-Ross(1926~2004). 『생의 수레바퀴』 등을 집필한 미국의 정신과의사.

의 많은 진실을 발견하게 된다'는 뜻으로 말한 건 아니다. 어느 쪽이 우리에게 더 도움이 될까? 구덩이를 응시하는 사람들은 모르긴 몰라도 결국에 가서는 애니타 브루크너*의 여주인공들(인생에서 요란스러운 쾌락을 뽑아 먹으면서도 자신들의 자기기만에 대해선 끝내 대가를 치르지 않는 의기양양한 속물들에게 끊임없이 밀려나는 순종적인, 우울한 진실의 신봉자들)처럼 느끼게 된다 해도 무리는 아닐 것이다.

†

나는 인생의 의미가 죽음에 달려 있음을 이해한다(그렇게 생각한다). 먼저 붕괴하는 별들이 죽지 않는다면 우리에겐 행성도 없다. 게다가 당신과 나 같은 복잡한 유기체가 이 행성에서 살기 위해서, 스스로를 의식하고 스스로를 복제하는 생명이 존재하기 위해서, 까마득히 오래전부터 진화상의 돌연변이들이 시험적으로 이용되어야만 했고 또 폐기되어야만 했다. 나도 이건 알겠고, '왜 내게 죽음이 일어나고 있는 건가'라고 물을 때 신학자 존 보커의 건조한 답변에 박수를 칠 수도 있다.

"왜냐하면 우주가 당신에게 임하고 있기 때문입니다."

---

* Anita Brookner(1928~2016). 『호텔 뒤락』 등을 집필한 영국의 소설가.

그러나 이 모든 것에 대한 나의 이해는 때가 되었는데도 여전히 진화할 줄을 모른다. 다시 말해서, 편안한 건 고사하고 '수용'의 단계로 향할 줄 모른다. 그리고 나는 우주가 내게 임하도록 일조한 기억이 전혀 없다.

죽음에 대한 두려움은 없으나 자식은 있는 친구들은, 내가 부모였다면 다르게 느낄 거라고 넌지시 비출 때가 가끔 있다. 그럴지도 모른다. 친구 G가 권한 종류의 '단기적인 걱정거리' (또 '장기적인 걱정거리')로서 아이들이 단연 제격이라는 사실도 알 것 같다. 정작 죽음에 대한 인식은 인생에서 자식을 고려하기 오래전에 날 덮쳤다. 게다가 졸라, 도데, 아버지, 혹은 죽음을 혐오한 G는 인구학상 각자 채워야 할 몫의 두 배에 달하는 자손을 낳았음에도 그 두려움을 떨치지 못했다. 경우에 따라 자식들이 상황을 악화시킬 수도 있다. 예를 들어, 여자들은 자식들이 집을 떠날 때 자신이 죽을 날을 전에 없이 예민하게 받아들일지도 모른다. 자신의 생물학적 기능은 완료되었으니, 이제 우주가 그녀들에게 바라는 것이라곤 죽음뿐일 테니까.

그러나 주요한 논점은 당신이 죽은 후에 당신의 자식들이 '당신을 이어 살아나간다'는 것이다. 그래서 당신은 절멸하는 게 아니며 이런 선견지명이 의식적인 혹은 잠재의식적인 차원에서 위안이 된다는 것이다. 하지만 형과 내가 우리의 부모를 이어 살아나가나? 그게 지금 우리가 하고 있다고 생각하는 것이라고? 만약 그렇다면, '그들이 바랐을 법한 것'에 아주 조금이라도 근접하는 방식에서 그러한가? 의심할 여지 없이 형과 나 둘 다 형편없는 본보기다. 그러니 상기한 세대 간의 수송은 모두가 만족할 만한 방식으로 이루어진다고, 당신은 서로 사랑하는 세대들에겐 진귀한 수송물의 일부며, 각 세대는 그들 선대의 기억, 미덕, 유전인자를 영구 보존하려고 애쓴다고 상정해 보자. '대를 이어 살아나가는' 것은 어느 정도까지 계속되는가? 1세대, 2세대, 3세대? 당신이 죽은 후, 당신의 바로 뒤를 잇는 세대가 당신이란 사람을 접할 때 어떤 일이 일어날까? 당신에 대한 어떤 기억도 없는 그 세대에게 당신은 다만 옛이야기에 지나지 않는데. 그때도 당신은 그들을 통해 살아나가며, 그들 역시 당신의 뒤를 이어 살아가고 있는 것임을 알게 될까? 아일랜드의 위대한 단편 작가, 프랭크 오코너가 말했듯 옛이야기는 '무엇 하나 바로잡지 못'하는데?

어머니는 온갖 추잡한 것들의 '폭격'이나 다름없다고 생각했던 내 첫 번째 소설이 출간되었을 때, 내가 당신을 이어 어떻게 살아나갈지 의심을 품었을까? 안 그랬을 것이다. 그다음에 내가 발표한 소설은 익명으로 쓴 스릴러물*로 첫 번째 책이 무색하게 가히 온갖 추잡한 것들의 융단폭격이었기 때문에 부모에게 읽지 말라고 권했었다. 그러나 어머니는 결국 참지 못했고, 예상대로 나중에 소감을 말했는데 읽다가 몇몇 대목에서 '두 눈이 예배당 모자걸이 못처럼 튀어나왔다'고 했다. 그렇다면 그 책 때문에 건강을 해칠 수 있다고 말하니 어머니가 말했다.

"흥, 책을 서가에 모셔두고만 있을 수 있니."

나는 어머니가 두 아들을 우리 가족의 기억을 실어 나를 미래의 일꾼으로 봤을 거라고 생각하지 않는다. 어머니 본인은 회상하는 쪽을 선호했다. 어머니는 (대부분의 아이들도 마찬가지였지만) 세 살 정도부터 열 살까지의 형과 나를 가장 좋아했다. '더러운 강아지 새끼'처럼 굴지 않을 만큼 컸으면서, 10대들의 오만불손한 문제를 습득하기엔 이른 나이였기 때문이다. 물론, 어른과 똑같이 굴다가 도를 넘어서는 일 역시 한창 남은 때였고. 당연하지만, 형과 내가 성장이라는 진부한 죄를 저지르지 않기 위해서 할 수 있는 일은 아무것도 없었다. 비극적으로 요절한다면 모를까.

---

* 줄리언 반스는 1980년부터 댄 카바나(Dan Kavanagh)라는 필명으로 스릴러 소설을 출간하기도 했다.

라디오에서, 인간 의식을 연구하는 전문가가 '인간의 뇌에도, 컴퓨터상의 뇌에도 중심이 없다(자아가 있는 곳도 없다)'고 설명하는 것을 들었다. 그녀는 우리가 영혼이나 혼에 대해 생각하는 개념은 '분산된 뉴런의 절차' 개념으로 대체되어야만 한다고 말했다. 그녀는 더 나아가서 우리의 도덕의식은 상호 이타주의를 발전시켜온 인간종의 속성에서 유래한다고 설명했다. 그리고 '내면의 작은 자아가 의식적으로 결정을 내리는 경우'와 같은 자유의지의 개념은 폐기되어야만 한다고도 했다. 또한, 우리는 문화의 소소한 면모들을 복제하고 전수하는 기계들이라고도 했다. 그리고 이 모든 걸 수용하는 결과는 '정말로 괴상하다'고 말했다. 먼저 그녀가 말한 의미를 해석해 보면 이 순간 내 입에서 나오고 있는 이 말들은 내 몸 안에 있는 하나의 나에게서 발화되는 것이 아니라 제 할 일을 하고 있을 뿐인 전체 우주에서 발화되는 것이다.

카뮈는 인생이 무의미하다고 생각했다. '부조리'*라는 용어는 실로 더 나은 선택이었고, '존재할 정당한 이유가 없는' 존재라는 우리의 고독한 입지를 다각적으로 묘사해 주었다. 그

---

* 알베르 카뮈의 실존주의를 규정하는 중요한 개념.

럼에도 그는 우리가 살아 있는 동안 우리 스스로 규칙들을 만들어내야만 한다고 믿었다. 그는 더 나아가서 이렇게 말했다.

"나는 스포츠를 통해 죽음과 인간의 의문에 대해서 가장 첨예하게 깨닫게 된다."

카뮈는 특히 축구, 그리고 알제의 라싱 유니베르시테르*에서 골키퍼로 지낸 시절 덕을 톡톡히 보았다. 인생은 한 편의 축구 경기와 같고, 그 규칙은 임의적이지만 없으면 경기 자체를 할 수 없기 때문에 필수불가결하며, 또한 우리는 축구가(그리고 삶이) 안겨주는 아름다움과 기쁨의 순간을 결코 누릴 수 없을 것이다.

맨 처음 이 유사성을 알게 되었을 때 나는 객석의 팬처럼 박수를 보냈다. 비록 카뮈만큼 출중하진 못했지만 나 역시 골키퍼였던 시절이 있었다. 내가 살면서 마지막으로 출전한 경기는 《뉴 스테이츠먼》**과 슬로우*** 노동당의 시합이었다. 날씨는 엉망진창이었고, 골문 입구는 진흙탕이었으며 내겐 그에 대비할 부츠조차 없었다. 다섯 골을 내준 후 너무나 창피한 나머지 라커 룸으로 돌아갈 엄두도 나지 않았던 나는 흠뻑 젖고

* 1927년 알제리의 수도 알제에서 결성된 스포츠 클럽.
** 영국의 시사 정치 잡지.
*** 영국 남동부 버크셔의 자치청.

기죽은 채 곧바로 차를 몰아 아파트로 돌아갔다. 그날 오후 골대 뒤를 얼쩡대면서 슬로우 노동당을 막아보겠답시고 팔다리를 허우적대고 있던 나를 잠깐 관찰한 작은 남자애 둘 덕분에 신 없는 우주에서의 사회적 도덕적 행태에 대한 깨달음을 얻게 되었다. 날 관찰한 지 몇 분도 채 되지 않았을 때 한 남자애가 신랄하게 이렇게 평가했다는 것이다.

"골키퍼가 대타였네."

다름 아닌 자신의 삶에서 자신이 아마추어도 아니고 대타가 된 것 같은 기분을, 싫어도 맛볼 수밖에 없을 때가 가끔 있는 법이다.

이제 카뮈의 비유는 구식이 되었다. (스포츠가 나날이 부정행위와 불명예의 장이 되어버렸기 때문만은 아니다.) 자유의지의 타이어에선 공기가 빠져버렸고, 인생의 아름다운 경기에서 우리가 발견하는 기쁨은 문화 복제의 단순한 사례에 불과하다. 더는 없는 것이다. 저 바깥세상엔 신이 없고 부조리한 우주만 있을 뿐이니, 공 던질 곳을 표시한 후 공에 바람을 넣자. 대신에 '우리'와 우주를 갈라놓는 것은 없으며, 우리가 별개의 독립체로서 우주에 대응하고 있다는 생각은 망상임을 명심하자. 만약 정말로 이러하다면, 이 모든 것에서 내가 유일하게 위안 삼을 만한 것은 슬로우 노동당에게 다섯 골을 내줬다고 그렇게까지 낙심할 필요는 없었다는 것이다. 그건 다만 우주가 제 할 일을 하고 있었던 것뿐이니까.

인간 의식을 연구하는 그 전문가는 자신의 죽음을 어떤 시각으로 보느냐는 질문에 이렇게 대답했다.

"저는 침착하게, 죽음을 또 다른 단계로 바라볼 것입니다. 아, 이렇게 말해볼까요? '저는 지금 여러분과 함께 여기 라디오 방송국 스튜디오에 있습니다. 이곳은 참 멋진 곳이죠? 아, 저는 지금 임종의 침상에 누워 있습니다. 이곳은 지금 제가 누워 있는 곳……' 이런 식으로 세상사를 생각할 때 얻을 수 있는 최고의 결과는 '수용'일 거라고 말하겠습니다. 지금 이 순간, 여기에서의 삶을 가감 없이 사세요. 최선을 다해 사세요, 왜 그래야 하냐고 제게 물으신다면 전 모릅니다. 바로 이 지점에서 우리는 최후의 도덕성에 관한 의문에 봉착하게 됩니다. 하지만 그게 바로 이것(나)이 하는 일입니다. 그리고 나는 '이것'이 그 임종의 침상에 눕게 될 때 이렇게 하길 바랍니다."

이 말이, 그러니까, 필요할 때 수용(퀴블러로스의 죽음의 단계 중 다섯 번째이자 마지막 단계에 들어갈 수 있을 거라는 생각)이 가능하다는 논리가 적당히 철학적인가, 아니면 묘하게 태평스러운가? 부정, 분노, 타협, 우울을 건너뛰고 곧장 수용으로 나아가라고? 그리고 '아, 저는 지금 임종의 침상에 누워 있습니

다. 이곳은 지금 제가 누워 있는 곳……'이라는 대목을 미래의
유언으로 삼는 거라면 나로선 다소 실망스럽다. (여전히 "잊지
말고 베커의 아리스토텔레스 전집은 벤에게 줘"라고 한 형의 말이
더 마음에 든다.) 더군다나 라디오 방송국 스튜디오 같은 곳을
'참 멋진 곳'이라고 말하는 사람을 온전히 신뢰하기도 힘들 것
같다.

"그게 '이것'이 하는 일입니다. 그리고 나는 '이것'이 임종의
침상에 눕게 될 때 이렇게 하길 바랍니다." 이 말에서 인칭대
명사가 죽어버린 것을 주목하기 바란다. '나'가 '이것', '것'이
란 말로 변형되었는데, 놀랍고도 교훈적인 전환이 아닐 수 없
다. 인간의 성격을 다시 생각하고 있는 동안, 인간의 언어 역
시 다시 생각해야만 할 것이다.

인간 언어의 스펙트럼에서, 신문상 프로파일러가 묘사하는
성격의 세계(선택 범위가 정해져 있는 형용사들, 실례로 등장하
는 외설적인 비화들)는 한쪽 끝을 차지한다. 철학자와 뇌과학자
가 보는 성격의 세계(회전포탑 안에 잠수함 선장은 없고, 주변은
온통 연계성이 느슨한 바다뿐인 세계)는 그 반대쪽 끝을 차지한
다. 이 두 극단 사이 어딘가 상식이나 통용되는 범주에 의혹을
품는 일상의 세계가 놓여 있는데, 그곳은 당신이 소설가들, 즉
인생의 미숙한 면을 관찰하는 게 업인 사람들을 찾게 되는 곳

　　　　　　　　　웃으면서 죽음을 이야기하는 방법

이기도 하다.

　(내 소설을 포함해) 소설의 세계에서 인간존재는 간혹 이해하기 힘들 때도 있지만 근본적으로 이해할 수 있는 성격과 (그들은 어떤지 몰라도 우리는) 인식할 수 있는 성격을 가진 것으로 묘사된다. 이는 프로파일러 버전의 더 미묘한, 더 진실한 접근법이다. 그러나 실제로, 실상은 전혀 다르다면 어떻게 할 것인가? 나라면 '반사적 수비책 A'를 제출할 것 같다. 내용인즉, 사람은 자기에게 자유의지, 그리고 확립된 성격과 대체적으로 일관된 믿음이 있다고 생각하므로, 소설가도 마땅히 이에 준해 그들을 묘사해야만 한다는 것이다. 그러나 이는 몇 년 못 가서 현대의 사유와 과학의 논리적 결과를 감당하지 못하는 가운데 망상에 빠져 있는 휴머니스트의 순진한 자기합리화처럼 취급될 것 같다. 나는 아직까지도 나 자신을 (혹은 당신을, 혹은 내 소설에 등장하는 인물을) 분산된 뉴런의 한 절차로 인정할 각오가 서질 않는데, 하물며 '나' '그' '그녀'를 '그것'이나 '이것'으로 대체하는 건 어떻겠는가. 그래도 나는 지금의 소설이 일어날 법한 현실에 뒤처진다는 건 인정한다.

†

　플로베르는 '모든 것은 학습을 요한다. 독서부터 죽음까지'

라고 말했지만, 누가 우리에게 죽는 법을 가르쳐줄 수 있을까? 정의상, 우리 주변엔 죽음에 대해 이야기해 줄 (혹은 죽을 때까지 도와줄 만한) 노회한 전문가가 없으니 말이다.

몇 주 전에 나는 지역 보건의를 찾은 적이 있다. 그녀의 진료를 받은 지 20여 년이 넘었지만, 진찰실보다는 극장이나 콘서트홀에서 우연히 마주친 경우가 더 많았다. 이번에 방문했을 땐 나의 폐를 주제로 대화를 나눴다. 저번 주제는 프로코피예프의 〈교향곡 제6번〉이었다. 그녀가 근황을 묻길래 나는 죽음을 주제로 글을 쓰고 있다고 한다. 그러자 그녀는 자기도 마찬가지라고 한다. 그녀가 그 주제에 관해 쓴 논문을 메일로 받은 나는 처음엔 신경이 날카로워진다. 그 글엔 문학에서 참조한 것들로 가득하다. 이보세요, 이건 내 분야라고요. 경쟁심이 불러일으킨 불안감 때문에 속으로 웅얼거리면서 나는 생각한다. 그러나 이내 이런 반응이 정상임을 떠올린다. '죽음과 마주할 때 우리는 어느 때보다 책에 의지하게 된다.' 그리고 다행히 그녀가 참조한 의견들(베케트, T.S.엘리엇, 밀로즈, 제발트, 히니, 존 버거)은 내가 참조한 것들과 겹치는 데가 거의 없다.

어느 대목에선가 그녀는 파이윰의 초상화*를 논한다. 현대

---

* 5~6세기를 절정으로 이집트에서 발달한 그리스도교인 콥트인의 미술로, 미라 앞에 놓인 나무판에 자연주의 화풍으로 그린 초상을 가리키는 현대 용어.

　　　　　　　　　　　　웃으면서 죽음을 이야기하는 방법

인의 눈에도 강렬할 만큼 사실적으로 개개인의 존재를 재현한 콥트 시대의 그림들. 아니나 다를까, 정말로 그러했다. 그러나 그 그림들은 현세의 벽을 장식하려고 그린 게 아니었다. 앞서 등장했던 키클라데스 제도의 조각상들처럼 그 초상화들을 그린 목적은 전적으로 실용적이고 장례식에 쓰기 위함이었다. 그 초상화들을 미라로 만든 시신에 달아놓으면 내세에서 죽은 사람들의 혼령들은 신참들이 왔음을 알 거라고 생각한 것이다. 다만 내세가, 실망스럽게도 고작 몇 세기가 더해졌을 뿐 현세와 전혀 다를 바 없는 세계며 그곳을 관장하는 혼령들과 초상화 조사관들도 우리임이 밝혀지긴 했지만(영원의 최하급에 가까운 버전).

죽음을 앞두고 모델이 된 사람과 그 사람의 유일한 재현에 공들이는 화가라니, 틀림없이 기묘한 협력 관계였을 것이다. 실리적이고 사무적이었을까? 아니면 (죽는다는 것에 대해서만이 아니라, 그 그림을 보고 모델을 알아볼 만큼 정확하게 묘사해낼 것인가의 여부에 대한) 애절한 두려움이 묻어나는 분위기였을까? 그러나 그 사례가 지역 보건의에게 제시하는 건 하나의 유사한, 현대적인, 의학적인 처리 방식이다. 그녀는 이런 질문을 던진다.

"이것이 의사와 (죽음을 앞둔) 환자에게도 요구되는 관계인가? 만약 그렇다면 그런 관계를 맺기 시작할 때를 우리는 어떻게 알 수 있을까?"

그제야 나는, 우리 둘 다 놀랄지도 모르지만 우리가 이미 그 관계에 접어들었음을 알아차린다. 그녀는 내게 죽음에 관한 고찰을 보내왔고, 나는 이 책으로 화답할 것이기에. 만약 그녀가 내 죽음을 다루는 의사라는 게 확실해지면, 우리는 그때까지 적어도 서론 격의 대화를 나누게 될 것이고 우리의 견해가 어긋나는 지점도 알게 될 것이다.

나처럼, 그녀도 무교자다. 셔윈 뉼런드처럼, 그녀는 죽음을 과잉 치료의 대상으로 삼는 것에, 기술이 현명하게 사려하는 행위를 보이지 않는 곳으로 치워두는 바람에, 이제는 죽음이 의사뿐 아니라 환자에게까지도 치욕적인 실패로 비쳐지게 된 것에 질겁한다. 그녀는 고통에 대해 다시 생각해 보라고, 고통을 꼭 순수한 적으로 여길 필요는 없다고, 오히려 환자가 도움을 구할 수 있는 대상이라고 주장한다. 그녀는 '종교와 무관한 고해성사'를 할 여지, 해명을 마련할 여지, 용서와 그리고 (그렇다) 회한을 표현할 여지가 더 많아지기를 바란다.

나는 그녀가 쓴 글에 존경을 표하는 바지만, (어디까지나 우리의 마지막 대화를 일찍 시작하기를 바라는 마음에서) 한 가지 주요 주제에 이의를 제기하련다. 셔윈 뉼런드처럼 그녀도 인생을 하

382 　　　　　　　　　　　웃으면서 죽음을 이야기하는 방법

나의 내러티브*로 본다. 죽어가는 것은 죽음의 일부가 아니라 삶의 일부라는 게 그 내러티브의 결론이며, 죽음 직전의 시간은 곧 끝나게 될 이야기에서 우리가 의미를 찾아낼 수 있는 마지막 기회라는 것이다. 어쩌면 나는 소설가로서 무엇이 내러티브고 무엇은 내러티브가 아닌지 생각하며 살아왔기 때문에, 그런 사고방식을 거부하는 건지도 모른다. 레싱**이 역사란 사건들을 정돈하는 것이라고 말했는데, 나에게 인생은 다음 사건들의 축소판이라는 생각이 든다. 그러니까, 의식이 지속되는 한 기간이 있고, 그동안 이런저런 일들이 일어난다. 이 일들은 미리 내다볼 수 있는 경우도 있지만 그렇지 않을 때도 있다. 그 기간 동안 어떤 패턴들이 반복적으로 나타나고, 우연성이 작동하면서 한동안은 자유의지라 명명하는 게 좋을 상호작용을 한다. 그 기간 동안 아이들은 별 탈이 없는 한 성장해 자기 부모의 장을 치르고, 자기 차례가 오면 부모가 된다. 그 기간 동안 운이 좋다면 우리는 사랑하는 사람을 만나게 되어 함께 살거나, 아니면 달리 살 방도를 마련할 것이다. 그 기간 동안 우리는 일을 하고, 도락을 좇고, 신을 숭배하고(아니면 신을 믿지 않

---

* 저자는 비교적 단순한 의미에서의 이야기(story)와, 사건을 묘사하고 이야기(story)를 구성해 전개하는 데 동원되는 스타일과 형식을 포괄하는 의미에서의 이야기, 즉 내러티브를 구분해 쓰고 있다.

** Gotthold Ephraim Lessing(1729~1781). 독일의 사상가이자 극작가.

고), 한 개 혹은 두 개의 톱니 단위로 돌아가는 역사를 지켜본다. 그러나 내가 책을 쓸 때는 이런 식으로 내러티브를 구성하지 않는다. 아니, 살짝 수정해서 말하면, 이것도 내러티브일 수는 있지만 내겐 그렇게 느껴지지 않는다.

어머니는 어리바리한 잡역부들이나 손놀림이 서툰 수리공들이 제시간에 오지 않거나 부정행위를 저지른 것 때문에 머리끝까지 화가 날 때면 어김없이 자신이 만난 일꾼들 얘기로 '책 한 권은 족히 쓸 것'이라고 말했었다. 과연 그랬을 수도 있겠다. 그랬다면 또 얼마나 따분한 내용이었을까. 아마 일화들, 단편적인 장면들, 성격 묘사, 풍자도 모자라 경박한 분위기까지 한 수 거들었을 것이다. 그러나 이런 것들이 모여 내러티브가 되진 않는다. 우리의 삶에서도 마찬가지다. (배수구 교체, 세탁기 수리 같은) 빌어먹을 일들이 잇따라 터지는 건지는 몰라도 하나의 이야기가 될 수는 없다. 아니면 (나는 지역 보건의를 콘서트홀에서 만나게 될 때가 있으니 음악으로 예를 들자면) 전개부, 변주, 재현부, 코다를 이어 중대한 해결부*에서 나타나야 할 주제가 표출되어 있지 않다. 이따금씩 기분을 돋우는 아리아, 상당 부분 따분한 레시터티브**는 있어도 하나의 주제로

---

* 음악에서 주로 불협화음으로부터 협화음으로 옮기는 것을 의미.
** 오페라에서 낭독하듯 노래하는 부분.

웃으면서 죽음을 이야기하는 방법

이어지는 작품이라 보기는 힘들다. '인생은 길지도 짧지도 않다. 다만 지리멸렬한 대목들만 있을 뿐이다.'*

그러니 만약 죽음이 다가오는 가운데 지나간 생을 되돌아보며 우리가 '우리 자신의 내러티브를 이해한 후' 거기에 마지막 의미의 도장을 찍는다면, 내 생각에 그건 이야기를 꾸며내는 것과 별반 다르지 않다. 이는 이상하고 이해할 수 없으며 모순된 요소들을 가공 처리해 입력해서 어떤 종류의, 아니 종류를 불문하고 그럴싸하게 들리는 (그러나 주로 우리 자신의 귀에만 그럴싸하게 들리는) 이야기를 뽑아내는 것과 같다. 나는 이렇게 본원적으로 내러티브를 구하는 태도에 반대하는 건 아니다. 내 밥벌이 수단인데 그럴 리 있나. 하지만 미심쩍은 건 어쩔 수 없다. 나라면 죽음을 앞둔 사람이 '믿을 수 없는 화자'**라고 여길 것이다. 왜냐하면 우리에게 유용한 것은 일반적인 진실과 모순되기 때문이며, 또 그럴 때 유용한 것은 어떤 목적에 부합해서, 그리고 이해할 수 있는 플롯을 따라 살아왔다는 의식이기 때문이다.

* 인용된 문장은 미국의 박물학자이자 철학자인 존 뮤어(John Muir, 1838~1914)가 1911년 출간한 『시에라에서 보낸 첫 여름My First Summer in Sierra』에 나온다.
** 1인칭 관찰자 시점으로 진행되는 소설의 독자가 화자(내레이터)의 이야기를 신뢰할 수 없거나 의혹을 품도록 의도적으로 구성하는 내러티브의 한 양식. 에드거 앨런 포의 단편에서 대표적으로 찾아볼 수 있다.

의사들, 사제들, 그리고 소설가들은 다 함께 작당해서 인간의 삶이 유의미한 결론을 향해 전진하는 이야기라고 제시한다. 우리는 충실하게 우리의 삶을 세분화한다. 이는 마치 역사가들이 한 세기를 10년 단위로 나눈 후, 겉으로만 그럴싸한 인물들을 각 세기마다 즐겨 첨부하는 것과 같다. 어린 시절의 나에게 성년기는 도달할 수 있을 것 같지 않은 상태처럼 느껴졌었다. 갖추지 못할 것 같은 능력들과 부럽지 않은 우환들(연금, 틀니, 손발 치료사)이 뒤섞인 상태 같았다. 하지만 결국 성년이 되고 말았고, 막상 성년기의 안에 들어와보니 겉보기처럼 느껴지진 않았다. 성년이 된 것이 성취로 느껴진 건 더욱 아니었다. 그보다는 하나의 작당처럼 느껴졌다. 네가 날 어른으로 봐주면 나도 널 어른으로 봐줄게, 라는. 그런 후 인증받은 (아니면 최소한 본색을 들키지 않은) 성인으로서, 우리는 더욱 충만하고 더욱 숙성한 상태를 지향하게 되고, 바로 그때 내러티브가 명분을 세우게 되며, 우리는 '숙성이야말로 가장 중요한 것이다!'라고 공표하거나, 수줍게 인정하게 될 터다. 그러나 이런 과일의 비유가 몇 번이나 버텨줄까? 우리는 설익은 채 바람에 떨어지거나 햇빛에 시달려 말라 시들어버릴 수도 있고, 마찬가지로 여봐란 듯 부풀어 올라 숙성할 수도 있다.

웃으면서 죽음을 이야기하는 방법

한 남자가 죽음에 관한 책을 쓴다. 그가 첫 문장("이 죽음이라는 것을 정면 돌파해 보자")을 구상할 때부터 사실상 달라진 첫 문장을 타이핑할 때까지, 이 세계에서 대략 7억 5000만 명이 죽을 것이다. 그가 그 책을 쓰는 동안, 추가로 7500만 명가량이 더 죽는다. 그가 책을 편집자에게 보내는 때부터 책이 출간될 때까지, 4500만 명이 더 죽을 것이다. 이 수치를 보고 있으면, 에드몽 드 공쿠르의 주장("신이 우리 모두의 수명을 지금보다 더 연장한다면, 경리를 담당하는 신은 가히 상상도 할 수 없을 만큼의 과로에 시달릴 것이다")이 진실에 가깝게 느껴질 것이다.

나는 한 작품에서 무정한 양자택일, 즉 최후에 '당신이라면 어느 쪽을 택하겠는가?'라고 물으며 '1) 신은 존재한다 2) 신은 존재하지 않는다'라는 두 가지 가능성을 제시하는 것 말고도 또 다른 가능성들이 분명히 있을 거라고 상상하는 인물을 등장시킨 적이 있다. 그래서 다음과 같은 매혹적인 이설異說들이 있었다. 가령 '3) 신은 과거에 존재했으나 더는 존재하지 않는다'라는 설. '4) 신은 진정 존재하지만 이미 우리를 저버렸다'라는 설. 아니면 '8) 신은 과거에 존재했으며 미래에 다시 존재할 것이지만 현재에는 존재하지 않는다. 그분은 지금 신의 안식일 같은 휴가를 보내고 있는 것뿐이다(이러면 많은 의문이 해결된다)'라거나. 내가 만든 인물은 이런 식으로 15번(신은 없지만 영생은 있다)까지 가다가, 그만 둘 다 상상력의 극한에 이르고 만다.

우리가 미처 생각하지 못한 한 가지 가능성이 있으니, 신은 최후에 비아냥대는 존재라는 것이다. 과학자가 쥐를 대상으로 미로를 설치하고 정답인 문 뒤에 치즈 몇 조각을 놓은 후 실험을 하듯, 신도 실험 장치들을 설치한 다음 우리에게 쥐가 되는 놀이를 시킨 건지도 모른다. 우리의 임무는 뒤에 영생을 감추고 있는 문을 찾아내는 것이다. 정답일지 모를 한 출구로 우리가 가까이 갈 때 멀리서 천상의 음악이 들리고, 또 다른 문에선 향냄새가 훅 끼쳐온다. 세 번째 문은 황금빛으로 아른아른하다. 우리는 이 문들을 모두 밀어보지만 어느 것도 열리지 않는다. (우리가 어느덧 갇히게 된 이 교활한 상자의 이름이 '필멸'임을 알고 있기 때문에) 점점 다급해지는 가운데, 우리는 탈출하려고 애쓴다. 그러나 우리가 이해하지 못하는 건 이 실험의 핵심이 우리가 탈출하지 않는다는 데 있다는 것이다. 가짜 문은 많지만 진짜 문은 하나도 없다. 그도 그럴 것이 영생은 존재하지 않기 때문이다. 비아냥대길 좋아하는 신이 생각해 낸 게임의 개요는 이렇다. 불멸을 누릴 자격이 없는 피조물의 몸에 불

웃으면서 죽음을 이야기하는 방법

멸을 향한 열망을 주입한 후 그 결과를 관찰한다. 의식과 지성을 갖췄기에 두려워하며, 광란하는 쥐 떼처럼 이리 뛰고 저리 뛰는 인간들을 관찰한다. 그들 중 한 그룹이 다른 모두에게 자기들의 (정작 그들조차 열 수조차 없는) 문이 유일한 정답이라고 말하게 한 후, 다른 문에 돈을 거는 사람은 십중팔구 가차 없이 죽이기 시작하는 걸 본다면. 재미있을 것 같지 않나?

실험하는, 비아냥대길 좋아하는, 게임을 하는 신. 없으란 법 있나? 신이 자신의 형상을 본떠 인간을 만들었거나, 인간이 자신의 형상을 본떠 신을 만들었다면, 호모 루덴스*는 데우스 루덴스**기도 하다는 뜻이다. 그렇다면 신이 우리를 데리고 놀길 좋아하는 나머지, 한 게임의 이름은 '신은 존재하는가'일까? 신은 다양한 단서들과 주장들을 마련해 주고, 힌트들을 던져주며 양쪽 편에 첩자들을 심어두고(볼테르가 정말 잘하지 않았나)*** 그제야 희색이 만면하여 뒤로 물러나 앉아 우리가 해결하려고 애쓰는 걸 지켜본다. 그러니 재빨리, 비겁하게 받아들였을 때 (그래요, 신이시여. 태초부터 알려준 이 하나 없었어도,

---

* homo ludens. 놀이하는 인간.
** Deus ludens. 놀이하는 신.
*** 볼테르가 한 귀족을 비꼬는 언행으로 그 귀족의 지인이었던 정부 공작원에게 모욕과 멸시를 당하자, 이 싸움을 법정까지 끌고 갔고, 마침내 그를 수감시키는 데 성공한 일화를 빗대고 있다.

저희는 당신이 그곳에 계셨음을 늘 알았습니다. 당신이 최고입니다 요!) 이 친구가 좀 녹록해질 거라고 생각한다면 오산이다. 만약 신이 걸출한 존재라면, 내 생각에 신은 쥘 르나르의 의견에 찬성할 것이다. 신앙심이 돈독한 사람들 중에선 르나르의 전형적으로 프랑스적인 교권반대주의를 무신론과 혼동한 이들이 있었다. 그 점에 대해 그는 다음과 같이 답변했다.

당신들은 내가 무신론자라고 말한다. 내가 당신들 방식대로 신을 찾지 않는다는 게 그 이유다. 아니, 당신들은 신을 찾았다고 믿는다. 축하한다. 나는 아직도 신을 찾고 있다. 그리고 신이 내게 삶을 허하면, 앞으로도 10년 내지는 20년 동안 계속해서 신을 찾을 것이다. 신을 찾지 못할까 봐 두렵지만, 그래도 변함없이 찾고 있을 것이다. 신은 그런 노력을 가상히 여길지도 모른다. 그리고 독선적인 확신과 게으른, 순진한 믿음에 빠진 당신들을 가엾게 여길지도 모른다.

당연한 말이지만, 신의 게임과 죽음의 미로는 서로 잘 맞는다. 둘은 단순하기만 한 체스 게임에 싫증 난 사람들을 혹하게 할 만한 삼차원 퍼즐을 만든다. 신의 수직형 게임이 죽음의 수평형 게임과 교차하며 전대미문의 거대한 퍼즐을 이룬다. 그

웃으면서 죽음을 이야기하는 방법

러면 우리는 허둥지둥 삐걱삐걱 소리를 내며 사다리를 올라가지만 막상 다 올라가면 허공뿐이라서, 이번엔 모퉁이들을 돌고 돌며 달음질치지만 어디나 막다른 골목뿐이다. 기시감이 든다고? 그렇다면 당신은 신(이런 종류의 신)이 르나르가 쓴 『일기』의 그 대목을 읽고 있었음을 얼추 믿게 될 것이다.

"그리고 신이 내게 삶을 허하면, 앞으로도 10년 내지는 20년 동안 계속해서 신을 찾을 것이다."

이 건방진 놈 보게! 해서 신은 그에게 6년 6개월의 시간을 주었다. 인색하다거나 아량이 넓다고도 할 수 없었다. 그만하면 공정하다고 할 수 있었다. 그러니까, 신의 눈엔 공정했다.

인간으로서 나는 죽음을 두려워하고, 소설가로서 나는 그 반대 견해를 찾는 것을 업으로 삼고, 죽음의 편에서 주장하는 법을 배워야 한다. 그 일환이 다른 하나(영생)를 바람직하지 못한 것처럼 보이게 만든다. 물론, 전에도 이루어진 시도다. 그런 점이 죽음이 안고 있는 골칫거리 중 하나다. 한 번도 시도해 보지 않은 걸 하나라도 찾기가 이렇게 힘들어서야. 스위프트에겐 이마에 빨간 표지를 달고 태어나는 스트럴드브럭*이 있었다. 쇼에겐 「무드셀라로 돌아가라」의 알에서 태어나 네

---

* 조너선 스위프트의 『걸리버 여행기』에서 걸리버가 세 번째 여행에서 만나는 불멸의 생을 가졌으나 노화하는 종족.

살에 성년이 되는 그의 고대인들이 있었다. 두 경우 다 영생을 누리게 된들 결국 진저리치게 될 거라고, 그리고 쉼 없이 계속되는 삶은 박약해지다가 텅 비어버릴 거라고 말한다. 그래서 영생을 누리는 (즉, 버티는) 그들은 죽음의 안식을 열망하면서도 잔혹하게 거부당하고 만다. 이는 내겐 편향되고 선동적인 의견으로, 죽을 수밖에 없는 운명을 위로하려는 의도가 다소 과히 노골적인 기획 같다.

지역 보건의는 내게 좀 더 미묘한 버전으로 즈비그니에프 헤르베르트*의 시, 「코기토 씨와 장수」를 보라고 한다. 코기토 씨는 '노래하길 바란다/아름답게 흘러가는 시간에 부쳐'. 그는 주름살을 반겨 맞고, 생을 연장하는 묘약을 거부하며, '기억이 마모되어가는 것에 기뻐한다/기억은 그에게 고통을 주었기에'. 요약하면 '어린 시절 이후로 영생은/그를 두려움에 몸을 떨게 했기에'. 어찌하여 신들을 부러워하는가, 헤르베르트는 궁금해하며 냉담하게 답한다. '천상의 체스 경기가 부러운가/실패한 행정이 부러운가/채워지지 않은 욕정이/무시무시한 하품이 부러운가.'

태도는 매력적이나, 우리 대부분은 올림포스 산의 행정 업무

---

* Zbigniew Herbert(1924~1998). 폴란드의 시인.

쯤은 개선될 것임을 상상할 수 있고, 천상에서 체커를 두거나 조금 더 욕정을 채우는 게 그렇게까지 지루하지는 않을 것이다. 그러나 영생을 공격하는 것은 (마땅히 그래야 하는바) 인생을 공격하는 것이다. 아니면 적어도, 인생이 짧은 것을 축하하고 그에 안도감을 표현하는 것이다. 인생은 고통과 고생과 두려움으로 가득 차 있는 반면, 죽음이 이 모든 것에서 우리를 자유롭게 해준다. 시간은 영생이 우리에게 자비를 베풀기 위해 쓰는 수단이라고 헤르베르트는 말한다. 삶의 고해가 끊임없이 계속된다고 생각해 보라. 이제 끝을 내달라고 기도하지 않을 사람은 아무도 없을 것이다. 쥘 르나르도 동의했던 바다.

"죽음이 없는 인생을 상상해 보라. 절망에 차서 매일 자살하고 싶을 것이다."

영생의 영원성(나는—시간이 좀 더 주어진다면—영원의 기간도 정할 수 있다고 보는데)이 가진 문제점들은 내버려 두고 (명백하고도 볼만한 '죽지 않고 있는 상태' 말고) 구식의, 신이 관장하는 '죽은 후에도 살아남는 상태'의 한 가지 매력은 우리가 심판을 근원적으로 욕망하며 필요로 한다는 데에서 온다. 이는 확실히 종교가 직감에 호소하는 방식 중 하나다. (비트겐슈타인도 매혹되었던 바다.) 우리는 살면서 우리 자신과 다른 사람들을 단편적으로만 보게 되며, 이에 다른 사람들도 우리를 단편적으로 보게 된다. 우리가 사랑에 빠질 때 우리는 (자기본위적이면서 또한 이타적으로) 우리의 모습을 마침내 진실하게 보여주게 될 거라고 희망한다. 사랑이 우리를 판단하고 인정해 주리라 희망한다. 물론, 사랑한다고 늘 인정을 받는 건 아니다. 자신의 모습을 보여주어서 거부당한 후 지옥에서 한 철을 보낼 수도 있다. (문제점이자 역설은 다름 아닌 사랑하는 사람에게 있으니, 그는 사랑하는 사람을 인정할 만큼 호혜적인 판단력을 동원해 사랑하는 사람을 선택하는 판단력을 가졌다는 것이다.) 오랜 옛날, 우리는 인간의 사랑이 비록 짧고 불완전하더라도, 신의 사랑의 경이와 완전한 미래상을 미리 맛보는 것이라고 자위할 수 있었다. 이제 우리에게 남은 건 인간의 사랑뿐이라 추락한 입지에서 임시변통하지 않으면 안 된다. 그러나 여전히 우리는 우리 자신을 온전히 보여줌으로써 위로받기를, 진실을 얻기를 열망한다. 그래야 좋은 결과를 향해 갈 수 있을 테니까, 안 그런가?

그렇다면 우리는 바로 그 심판을 요청하되, 천국 부분은 건너뛸 수 있을 수도 있겠다. 그럴 때 경우를 막론하고 르나르가 상상한 질책하는 신이 껴들 수도 있다.

"놀려고 이승에 온 것이 아님을 너희도 알지 않느냐!"

어쩌면 이 모든 것을 다 챙길 필요도 없을지 모른다. 왜냐하면 (가능한 신의 시나리오 16b번대로) 분별 있는 신이 우리 인생에 관련한 서류 일체를 보고서 나타낼 반응을 잠깐만 생각해보라. 신은 이렇게 말할지도 모른다.

"얘야. 내 서류를 쭉 읽어보았고, 또 너의 참으로 기품 넘치는 종교 대변인의 탄원도 잘 들었다. 확실히 넌 최선을 다해 살려고 애썼구나. (지나가는 말로 한마디 하자면, 선동가들이 너희들에게 뭐라고 말했건 난 분명히 너희에게 자유의지를 주었다.) 너는 충순한 아이였고, 훌륭한 부모였으며, 자선사업에 돈을 냈고, 눈먼 개가 길을 건너는 것을 도와주었다. 네가 태어난 조건을 감안컨대, 다른 인간들이 하는 만큼 한 셈이다. 널 누가 봐주고 인정해 주길 바란다고? 하면 내가 네 인생에, 네 관련 서류 일체에, 그리고 네 이마에 '봤기에 인증함' 도장을 찍어주지. 그런데 정말 우리 서로 솔직히 터놓고 말 좀 해보자. 네 자신이 인간으로 산 대가로 영생을 얻을 자격이 있다고 생각하니? 고작 50년에서 100년만 투자한 주제에 대박을 노리는 심보가 막돼먹었다는 생각은 안 드니? 아무래도 너희 종은 영생을 누릴 자격이 없다고 말한 서머싯 몸이 제대로 본 것 같구나."

이 말에 반기를 드는 건 쉽지 않았을 것이다. 영생의 지루함과 인생의 고통에 관한 주장이 지지를 얻는 데 역부족이라면

'무가치함에서 촉발된 주장'은 여전한 설득력을 지닌다. 설령 ('질척'한 건 아니더라도) '인정 많은 신'이 있다 한들, 우리 존재의 영속엔 깊은 뜻이 있다고 객관적으로 주장할 근거가 우리에게 있을까? 어쩌다 한번 있었던 특례(셰익스피어, 모차르트, 아리스토텔레스…… 빼고 거기, 거기 벨벳 끈 뒤에 있는 당신들 나머지, 당신들은 이 바닥 문 밑으로 내려가!)를 대면 으쓱한 기분이 들지도 모르지만, 그렇다 한들 대단히 타당하다고는 할 순 없을 것이다. 안 그런가? 인생에는 모두 다 들어맞는 단 한 가지 사이즈만 있을 뿐이고, 판매 규정을 보면 환불할 방도는 없다.

†

내 부모의 유골은 프랑스 연안 상공으로 강하게 불어오는 대서양의 바람에 흩날려갔을 것이다. 내 조부모의 유골은 화장터에서 흩뿌려졌을 것이다. (함에 담아 엉뚱한 데 두지 않았다면.) 나는 내 가족 누구의 묘도 찾은 적이 없고, 형이 시키지 않는 한 앞으로도 갈 일은 없을 듯싶다. (형은 자기 정원에 이장할 계획이다. 라마들이 풀 뜯어 먹는 소리가 들리는 거리 안에.) 대신 나는 피 한 방울 섞이지 않은 친지들의 묘는 찾은 적이 있다. 플로베르, 조르주 브라셍, 포드 매독스 포드, 스트라빈스키, 카

웃으면서 죽음을 이야기하는 방법

뮈, 조르주 상드, 툴루즈 로트레크, 이블린 워, 드가, 제인 오스틴, 브라크…… 상당수는 찾는 게 꽤 힘들었고, 그렇게 찾아낸 묘들 중 어디에도 줄을 선 사람들이나 꽃 한 송이 놓인 걸볼 수 없었다. 카뮈의 묘는 바로 옆에 더 잘 관리된 카뮈 아내의 묘가 없었다면 못 찾았을 것이다. 포드Ford Madox Ford의 묘는 도빌*의 끝이 보이지 않을 정도로 넓은 절벽 꼭대기 묘지안에서 찾았는데 한 시간 반이 걸렸다. 내가 마침내 그의 낮고 소박한 석판을 발견했을 때, 이름과 생몰년은 알아보기 힘든 지경이었다. 내가 쭈그리고 앉아 렌터카 열쇠 뭉치로 오목새김 한 글자 위에 낀 이끼를 깨끗이 걷어내고 긁고 탁탁 털어낸 끝에 작가의 이름이 다시금 또렷이 드러났다. 또렷했으나이상했다. 프랑스인 석공이 메워야 할 틈새를 안 메운 건지, 아니면 내가 깔끔하게 손본답시고 뭔가 잘못 건드린 건지, 세단어 이름의 간격이 원래와 딴판으로 떨어져 있었다. 첫 단어포드FORD는 멀쩡했지만, 그다음엔 매드MAD 떼고 옥스퍼드OXFORD라고 되어 있었다. 아무래도 영국 소설가들이 '글 쓰는 데 환장한 노인네들'이라고 말한 걸 떠올린 로웰**이 내 인식에까지 여파를 남긴 모양이었다.

---

* 프랑스 서북부 르아브르 남쪽의 해변 휴양지.
** James Russell Lowell(1819~1891). 미국의 고백파 시인.

나는 이다음에 자라서 글 쓰는 데 환장한 노인네가 되고 싶다. (관료주의적으로 추정하면 이미 미친 노인네지만.) 누가 날 찾아와도 개의치 않을 것이다. 누군가 내 책을 읽고 화답할 생각으로 내 무덤을 찾아 나선다는 생각이 마음에 든다. 형은 당치 않은 바람이라고 생각할지도 모르겠다. 죽은 사람의 바람이나, 어쨌거나 미래에 죽을 사람들의 바람이니까. 이는 거의 예외 없이, 말 그대로의 허영이지만 그 속엔 맹목적인 미신이 숨어 있다. 신에 대한 어른거리는 기억, (가령 하해와 같은 아량을 베푸는 것처럼, 공정하다는 전제에서) 심판에 품는 환상을, 그리고 이 모든 것에 저 빌어먹을 천상의 뜻이 있을 거라는, 희망에 부푼 가망 없는 꿈을 완전히 떨쳐버리기가 힘든 것처럼, 죽음이 마지막이라는 앎을 부단히 짊어지고 있는 것도 똑같이 힘들다. 마음은 여전히 필멸의 상자에서 도망치고자 하며, 하잘것없는 SF에도 여전히 유혹을 느낀다. 그리고 만약 신이 그곳에 있지 않기 때문에 도움도 받을 수 없다면, 그래서 인체 냉동 보존술이란 걸 써도 해피엔드의 비극이 될 수 있을 거라는 희망에 기대 가스가 새는 냉동고 옆에 앉아 있는 슬픈 노인의 신세를 면할 수 없다면, 그때 우리는 다른 곳을 둘러보아야만 할 것이다. 내 첫 소설에서 (그 당시엔 정말 납득이 되고도 남을 만큼 자전적이었던) 화자는 모종의 복제 가능성에 대해 곰

웃으면서 죽음을 이야기하는 방법

곰이 생각한다. 당연하지만, 그는 일을 그르칠 경우에 대해서
도 상상해 본다.

"만약 넌 이미 죽었는데 후세 사람들이 널 복원하는 방법을
알아낸다고 생각해 봐. 그들이 네 관을 파냈는데 정작 네 시체
가 다 썩어버린 거야…… 아니면 화장을 했고, 뼛가루를 한 톨
도 놓치지 않고 다 찾아내지 못한다면……? '국가 인체소생위
원회'에서 넌 소생시킬 가치가 없다고 결정을 내린다면……?"

기타 등등에 대해서도 상상해 본다. (그 시나리오의 내용만
큼, 또 그 내용을 포함한 바, 당신은 두 번째 삶을 살아도 된다고 인
정받았고, 그래서 이제 곧 소생할 참인데, 그 순간 서투른 간호사가
그만 필수 검사 튜브를 떨어뜨리는 바람에 선명해지던 당신의 시야
가 영원한 안개에 뒤덮이고 만다면.)

"어쨌거나 미래에 죽을 사람들의 바람."

형은 냉담하게 지적한다.

"슬프구나, 우리가 바라는 건 죄다 미래에 죽을 사람들이 바
라는 거라니."

어쨌거나 나의 생각을 말하면, 그래요, 나를 매장해 주시길.
내 무덤을 찾아와 이름에 낀 이끼를 당신의 렌터카 열쇠로 긁
어내주길 바란다. 그런 다음 내 DNA 덩어리를 이용해 현세에
서 부활하라고 제안해 주길 바란다. 단 (이런 말을 한다고 고깝

게 받아들이지 말고 바라건대) 기술적 진보가 실로 완전무결해
진 다음에 제안하라. 그런 후 우리 함께 내 의식이 첫 번째 삶
을 살 때와 똑같은 상태인지, 이승의 전생에 있었던 일을 내가
낱낱이 기억하는지(이 문장이 내가 쓴 것임을 알아보는지), 그리
고 내가 옆에 놓인 타자기와 마주 앉아서 열과 성을 다 바쳐
내가 썼던 책들을 한 권도 빼놓지 않고 복기해 내는지 확인할
것이다. 그렇게 되면, 다른 건 다 차치하고 저작권 관련한 모
종의 흥미로운 문제들이 생길 것이다.

아니, 이쯤하면 될 대로 되라는 식 아닌가. 나는 사람들이 이
미 정육점에서 고기 떼듯 영구동토층의 털로 뒤덮인 매머드의
살점을 파냈고, 실험실에서 그 엄니가 달리고 터덜터덜 걸어
다녔던 종족 중 하나를 재생시키려 계획하고 있음을 알고 있
다. 그러나 애원하는 소설가들은 재생 계획 명단 어디서나 냉
대까나 받을 거라고 본다. (어쩌면 미래에, 작가들은 '중성지 인
쇄'처럼 소생을 계약의 한 항목으로 만드는 궁리를 하게 될지도 모
르겠다.) 이럴 바엔 차라리 프랑스 정부의 양자택일 방침에 찬
성을 표하는 게 낫지 않을까? '살든가 죽든가, 그 중간은 없다'
처럼. 10억분의 1 확률격인 '또 봐요'보다는 확실한 '아듀'*로

* adieu. 영원한 이별을 고할 때 쓰는 프랑스어 인사말.

마감하는 편이 속은 편할 것 같다. 도데를 예로 들면 '안녕히, 나의 아내여…… 가족이여, 내 마음에 간직한 것들이여'라고. 그런 다음 '안녕히, 나 자신이여. 소중히 했으나 이제는 너무도 흐릿하고, 너무도 희미해진 나라는 존재여'라고 말하는 것이다. 이게 더 현명하지 않나? 안 그런가?

✝

지혜란 어느 정도는 더 이상 꾸미지 않는 데, 계책을 저버리는 데 있다. 로시니*는 38년간의 은퇴 생활을 마치고 돌아와 「작은 장엄미사」를 작곡했다. 그는 말년에 작곡한 작품들을 '내 노년의 죄악'이라 불렀고, 이 미사곡은 '내 마지막 죄악'이었다. 악보의 맨 마지막에 그는 프랑스어로 헌정의 말을 썼다.

"하느님. 자, 여기 있습니다. 드디어 제가 「작은 장엄미사」를 완성했습니다. 제가 정말로 신성한 음악을 만들어낸 걸까요, 아니면 지금까지 줄곧 쌓아온 졸작 더미에 하나를 더 얹은 것뿐일까요? 하느님도 잘 아시듯, 저는 희가극이나 작곡하려고 태어난 놈입니다. 별다른 재주가 없어도, 감상만 좀 곁들이면 된다는 게 그런 음악의 핵심 아닌가요. 그렇게 볼 때 이 얼

---

* Gioachino Antonio Rossini(1792~1868). 이탈리아의 오페라 작곡가.

마나 놀랄 일입니까? 그러니 간청컨대 저를 낙원으로 이끌어 주소서. G. 로시니 – 1863년, 파시에서."

이 제사題詞는 천진할 만큼 희망으로 넘친다. 그리고 예술가가 노년이 되어 단순함을 내세우면 어쩐지 한없이 뭉클해진다. 이 예술가는 지금 이런 말을 하고 있는 것이다. 과시와 화려함은 젊은이들이 부리는 재주야, 그리고, 맞아, 으스대는 것도 야심이 있을 때 얘기지. 하지만 우리는 이제 늙었어, 그러니 자신감을 가지고 단순하게 말하자고. 이건 신심 깊은 사람들에게 천국에 들어가기 위해 다시 아이가 되는 걸 의미할 수도 있고, 예술가에게는 현명함으로 깊어지는, 그리고 평정심으로 깊어져 숨지 않는다는 걸 의미할 수도 있겠지. 음악이 뭐 그리 화려해야 하나? 캔버스에 뭘 그리 많이 표시해야 하나? 들끓어 넘치는 그 형용사들은 다 뭐고? 내 말은 영원 앞에서 겸손해지자는 것만 뜻하는 게 아냐. 내 말에는, 그러니까 단순한 것들을 보려면 한평생이 걸린다는 뜻도 있어.

'현명함으로 깊어지는.' 가끔 나와 동년배의 사람들이 얼떨떨한 기분을 내색하며 말한다. "웃기지, 나 자신은 나이를 더 먹었다는 생각이 들지 않으니." 나야말로 그러한데, 그래도 의심스러울 때 한 가지 방법이 있다. 가령, 학교 정문을 지나가다가 조숙하게 한 손에 담배를 들고 께느른하게 서 있는 열

웃으면서 죽음을 이야기하는 방법

두 살 먹은 애를 보게 되면 에누리 없이 계산이 나온다. 나는 2006년에 쉰 살이니, 연령상 저 아이보다는 제1차 세계대전에서 살아남은 최고령 군인에 더 가깝다는 생각이 든다. 전보다 더 현명해졌냐고? 그렇다, 조금은. 확실히 예전만큼 어리석진 않은 것 같다. (그리고 이젠 철부지 짓을 더는 못하게 된 나이에 한탄할 만큼은 현명해진 것 같다.) 현명해져서 단순해지기도 했냐고? 아이고, 하느님, 그 정도는 아니고요.

현명함은 인내심을 가지고 인간의 심장과 뇌의 작용을 시험하는 사람들, 경험을 받아들이고 그렇게 해서 인생에 대한 통찰을 얻는 사람들이 받는 고결한 포상이다. 안 그런가? 자, 현명한 사망학 연구자, 셔윈 눌런드가 이 문제에 대해 할 말이 있단다. 좋은 소식부터 들을까? 나쁜 소식부터 들을까? 안전한 작전을 펼치려면 언제나 좋은 것을 선택할 일이다. (나쁜 소식을 듣기 전에 죽을지도 모르니까.) 하여 좋은 소식부터 말하자면, 우리는 간혹 나이를 먹을수록 더 현명해지는 경우가 실제로 있다고 한다. 그리고 이제 (더 장황한) 나쁜 소식을 말하겠다. 우리 모두 우리의 뇌가 닳는다는 사실을 너무나 잘 안다. 뇌의 구성 요소가 미친 듯 자가 재생을 해봤자, 뇌세포들은 (심근육과 마찬가지로) 저장 수명이 정해져 있다. 50세 이후에는 10년마다 뇌의 원래 무게에서 2퍼센트가 사라진다. 그리고 크림빛

도는 노란 색조를 띠게 된다. ('노화마저도 컬러코드화*되어 있다.') 우리의 전두피질에서 운동 영역은 자체 뉴런을 20퍼센트에서 50퍼센트까지 잃을 것이며, 시각 영역과 신체감각 부분은 각 50퍼센트씩 잃을 것이다. 아니, 이건 나쁜 소식이 아니다. 나쁜 소식은 비교적 좋은 소식에 동봉되어 같이 온다. 바로 뇌의 보다 고차원적인 지적 기능들은 이렇게 널리 퍼지는 세포의 병적 상태의 영향을 그다지 많이 받지 않는다는 소식이다. 실제로 '특정한 피질 신경세포들'은 우리가 성숙한 후에 오히려 더 풍부해지고, 심지어는 알츠하이머에 걸리지 않은 노년들의 경우 (알츠하이머를 앓는다면, 넘어가도 좋다) 수많은 뉴런들에서 돌기들의 분지分枝(수상돌기)**가 계속 자라난다는 것도 입증되었다. 이를 통해 '신경생리학자들은 우리가 나이를 먹을지언정 축적할 수 있을 거라고 생각하고 싶은 현명함의 원천을 실제로 발견했는지도 모른다'. 저 문장에서 '축적할 수 있을 거라고 생각하고 싶은'이란 부분에 방점을 찍고 서러워할지어다. 자기 얘길 들어달라며 가끔씩 찾아오는 친구가 한 명 있는데 나를 '상담 센터'라는 별명으로 부른다. 반어적

---

* 정해진 색상의 조합을 이용해 디지털 정보를 기록, 저장하는 개념의 데이터 표현기술.
** 뉴런의 구성 요소로 하나의 신경세포에서 나뭇가지처럼 복잡하게 펼쳐지는 형태를 이룬다.

웃으면서 죽음을 이야기하는 방법

인 의도를 감안해도 내겐 엉뚱한 즐거움을 주는 꼬리표다. 그러나 알고 보면 나는 무성하게 가지를 친 돌기만 거느리고 있을 뿐, 정작 할 수 있는 건 아무것도 없다.

현명함, 철학, 평정. 이런 것들이 죽음의 공포에 얼마만큼 맞서줄 것인가? 1부터 10까지 눈금이 새겨진 저울에서 11? 일례로, 괴테의 사례를 들겠다. 동세대 가운데 가장 현명했던 위인 중 하나였던 괴테는 여든 살에도 출중한 능력들이 소싯적과 진배없었고, 건강도 더할 나위 없이 좋았으며, 명성은 가히 세계적이었다. 죽음 이후의 생존 개념에 대해서라면 언제나 인상적일 정도로 회의적이었다. 괴테는 불멸에 대한 관심은 안이한 정신의 집착 상태며, 그런 것을 믿는 사람들은 도에 넘치게 자신에게 빠져 있는 거라고 생각했다. 괴테가 즐겨 취한 실리적인 입장은 지금 삶을 다 산 후, 만에 하나 또 한 번의 삶이 있음을 발견한다면 당연히 기뻐하리라는 것이었다. 단, 이승에서의 시간을 불멸에 대한 믿음을 선포하고 다니는 것으로 허비한 그 지리멸렬한 인간들과 또다시 맞닥뜨리는 일은 없기를 열렬히 바라 마지않았다. 두 번째 인생에서 그들이 환성을 터뜨리며 떠들어대는 '우리가 맞췄지! 우리가 맞췄다고!'라는 소리를 참는 건 현생에서보다 훨씬 더 힘들 것이기 때문이었다.

이보다 더 온건하고도 현명한 입장이 또 있을까? 하여 괴테는 노년의 세월이 깊어가는 중에도 멈추지 않고 글을 썼고, 1831년 여름에 『파우스트』의 제2부를 탈고했다. 그로부터 9개월 뒤에는 병석에 자리보전을 하게 되었다. 괴테는 마지막 단 하루 동안만 극심한 고통에 시달렸고, 말할 능력을 잃은 후에도 담요를 덮은 무릎에 대고 계속 편지를 썼다. (변함없이, 구두점에 유의하면서? 본연의 성격을 간직하고 죽음을 맞이한 탁월한 본보기다.) 친구들은 의리 넘치는 태도로 괴테가 고결하게, 심지어 기독교인답게 죽음을 맞이했다고 단언했다. 주치의가 쓴 일지에서 밝혀진 진실은, 괴테가 '무시무시한 공포와 불안에 사로잡혀 있었다'는 것이었다. 그 마지막 날에 '공포'에 떤 이유는 그 의사에겐 빤한 것이었다. 괴테, 그 현명했던 괴테, 모든 것을 올바르게 보았던 위인마저도, 셔윈 눌런드가 장담했던 두려움을 피하지는 못했던 것이다.

✝

투르게네프는 참기 힘든 주제가 나오면 가벼운 손짓으로 슬라브의 안개 속으로 사라지게 만들었다. 요새 들어 그 손짓과 안개는 약으로 구할 수 있다. 어머니가 처음 쓰러졌을 때도 의사들이 의료 정례 사안으로 (외가에는 말하지 않고) 우울증 약을 처방했었다. 그래서 어머니는 화가 나고 심한 욕구불만에 시달리고, 가끔은 '완전히 미친 사람처럼' 굴었어도 우울하진 않았을 것이다. 어머니보다 먼저 그 길을 갔던 아버지의 경우 자주 우울한 것 같았고 두 손으로 머리를 움켜쥔 채 앉아 있곤 했었다.

나는 1) 그간 아버지가 겪었던 일들, 2) 아버지의 기질, 3) 아버지가 어머니와 결혼했다는 사실을 감안할 때 자연스럽고도 논리적인 대응이라고 생각했다. 어쩌면 약이 자신의 죽음을 생각하는 뇌의 영역을 제압하는 방법을 개발해낼지도 모른다. 환자 스스로 양을 조절할 수 있는 모르핀 정맥 투여기와 마찬 가지로, 우리는 엄지로 클릭만 하면 죽을 때의 기분과 느낌을 조절할 수 있게 될지도 모른다. 부정 클릭. 분노 클릭클릭, 타 협(아, 좀 살 것 같네. 다시 클릭해서 수용 따위는 넘어가고), ('아, 저는 지금 임종의 침상에 누워 있습니다. 이곳은 지금 제가 누워 있 는 곳……') 승인 단계로 가서 이 모든 일이 타당하고 자연스 러우며 바람직하기까지 하다는 것을 깨닫게 된다.

우리는 '에너지보존법칙'에서, 우주에서 영원히 버려지는 건 하나도 없음을 아는 데에서 위안을 받을 것이다. 수십 조에 달할 정도로 어마어마하게 많은 사람들이 태어날 가능성이 있 었음에도 태어나지 못한 걸 생각하면 우리가 운이 좋았음에 감사하게 될 것이다. 우리는 숙성이야말로 가장 중요하다는 걸 인정할 것이며, 우리 자신을 잔가지에서 떨어져 행복한 과일, 추수를 앞두고도 동요하지 않는 곡물로 생각하게 될 것이다. 우리는 다른 사람들이 우리에게 자리를 내주었듯 우리 역시 다른 사람들에게 자리를 내주게 될 것임을 자랑스러워하게 될 것이다. 우리는 불 켜진 홀 안으로 날아 들어갔다가 반대편으로 빠져나오는 중세 시대 새의 이미지를 확신하게 되고 그래서 위안을 받을 것이다. 어쨌거나, 죽어가는 동물인 우리에게 이보다 더 도움이 될 만한 게 있을까? 그런 의미에서 '행복의 꿈동산 병동'에 오신 걸 환영한다.

우리는, 당신과 나는 아마 병원에서 죽을 것이다. 현대적인 죽음이며, 전통적인 관례가 끼어들 여지가 거의 없다. 시트리 레미네스의 농민들은 죽은 사람의 매트리스 속 밀짚을 태웠고 옷은 보관했다. 스트라빈스키가 죽었을 때 그의 부인 베라는 방에 있는 거울들을 빠짐없이 덮개를 씌워놓았다. 그녀는 또한 남편의 시신을 만지지 않았는데, 죽은 후에도 영혼이 육신에 40일을 더 머문다고 믿어서였다. 영혼이 빠져나와 자유롭게 날아가도록 문과 창문을 열어놓는 관습은 여러 문화에서 찾아볼 수 있다. 똑같은 이유로 죽은 사람 위로 허리를 수그리거나 죽은 사람과 정면에 서지 않았다. 사람들이 병원에서 죽

웃으면서 죽음을 이야기하는 방법

게 되면서부터 그런 관습들은 사라져 가고 있다. 예전부터 행해지던 전통적인 관례가 없어진 대신 우리는 관료주의적인 절차를 따른다.

위트니의 출생 사망 신고소에 가면 문에 '노크하고 기다리시오'라고 쓰여 있는 걸 볼 수 있다. 내가 어머니와 함께 기다리고 있는 동안, 혼인 신고처 쪽에서 한 부부가 까불거리며 나와선 우리를 지나 복도를 따라 내려갔다. 호적 담당자는 30대 후반의 여성으로, 벽에 양배추 인형 두 개가 핀으로 꽂혀 있었고 그녀 옆엔 메이브 빈치*의 두꺼운 페이퍼백 한 권이 놓여 있었다. 책을 읽는 사람을 발견한 어머니는 자기 아들도 작가라고 한마디 했다. (그 순간 내 수명이 조금 줄어들었다.)

"줄리언 반스, 들어본 적 없어요?"

호적 담당자는 들어본 적 없다고 했다. 대신 우리는 텔레비전으로 각색된 멜빈 브래그**의 『춤 출 시간』을 주제로 얘기를 나누는 것으로 공통된 문학의 장을 찾아냈다. 질문이 오가고 말없이 서식을 채우는 절차가 뒤따랐다. 그런 후 문을 나서기 전에, 호적 담당자는 본인은 무심코 한 말인데 의식하지 못하는 사이에 어머니의 인정을 받는 일이 일어났다. 어머니가

---

* Maeve Binchy(1939~2012). 훈훈하고 서정적인 이야기로 유명한 아일랜드 작가.
** Melvyn Bragg(1939~). 영국의 방송인이자 작가.

아버지의 사망신고서에 서명하려고 몸을 앞으로 수그렸을 때, 호적 담당자가 외쳤다.

"이런, 손톱을 정말 완벽하게 관리하고 계시군요!"

늘 그랬었다. 어머니에게 손톱은 차라리 귀머거리가 될지언정 장님이 되어선 안 되는 이유였다.

5년 후, 내가 어머니의 사망신고를 했을 때 다른 여직원이 처리를 했는데, 사람을 마주하는 일에서 말투는 메트로놈 같았고 노련함(아니면 타고난 운)이란 전혀 없는 사람이었다. 모든 세부 사항들을 명시하고, 서명을 하고, 신고서의 사본을 받은 후, 일어나 막 자리를 뜨려는데 갑자기 그 여자가 생기 없는 목소리에 풀기 없이 객쩍은 네 마디를 내뱉었다.

"이로써 신고 절차 끝났습니다."

그녀는 축구 협회FA의 비인간적인 임원들이 벨벳 자루 속 상아 공들을 마지막까지 다 꺼냈을 때 '이로써 FA컵 준준결승전을 위한 추첨이 끝났습니다'라고 말할 때와 똑같은 기계적인 어조로 말했다.

그리고 그 절차가 내 가족의 전통적 관례에 종지부를 찍었다. 나는 사실 내 차례에는 이보다는 좀 더 옛 전통이 있었으면 좋겠다. 내가 죽을 때 당신이 지키고 서 있다 해도 개의치 않을 것이다. 표정이 상냥한 사람이면 참 좋겠지만,

웃으면서 죽음을 이야기하는 방법

새벽 두 시에 직원도 없는 병원에서는 여의치 않을 것이다. 내가 죽은 후 문과 창문이 열려 있을 거란 기대는 하지 않는다. 행여 도둑이라도 들면 보험회사 측에서 보상을 해줄 리 만무하니까. 그러나 저 묘석에 대해서라면 상관없다. 쥘 르나르는 생애 마지막 해에, 사형선고를 받았음을 알게 된 후 묘지를 찾기 시작했다. 어느 날 그는 몽마르트에 있는 공쿠르 형제의 무덤을 찾았다. 동생이 거기 묻힌 건 1870년이었다. 형인 에드몽은 1896년에 묻혔는데, 죽음을 두려워했던 졸라가 무덤 옆에서 추도 연설을 마친 후였다. 르나르가 『일기』에 쓴 바로는, 이 형제는 문학적 긍지가 대단했던 나머지 자신들의 직업을 언급하는 것조차 거부할 정도였다.

"이름 두 개, 날짜 두 개면 그들은 족하다고 생각했다. 에Hé! 에Hé!"

껄껄 웃는 소리를 특이하게 표기한 프랑스어를 곁들이며 르나르는 논평한다.

"그딴 건 우리가 의지할 만한 게 전혀 못 된다."

그러나 그런 명백한 태도가 뜻하는 건 허영(세상 사람 누구나 자기들을 알 거라는 생각)이었을까, 아니면 정반대로 뻐기지 않는 품격이었을까? 또 한 가지, 일단 역사 속으로 풀려

나면 작가의 이름 같은 건 전혀 보장되지 않는다는 걸 온건히 자각했던 것일까? 르나르의 묘비엔 뭐라고 쓰여 있을지 궁금하다.

✝

"우리는 아마 병원에서 죽을 것이다. 당신과 나는."

글로 쓸 필요도 없는 바보 같은 말이지만, 통계학적 가능성은 담고 있다. 죽게 될 장소는 물론 죽는 속도도 우리로선 알아낼 수 없으니 다행이다. 바라는 것이 있어도 다른 엉뚱한 걸 얻는 게 세상사다. 1908년 2월 21일에 르나르는 다음과 같이 쓰고 있다.

"내일 나는 마흔네 살이 된다. 그렇게 많은 나이는 아니다. 마흔다섯 살은 생각을 하기 시작할 나이다. 마흔네 살은 유리한 지위에 있게 되는 해다."

생일 당일이 되자, 르나르는 다소 침울해졌다.

"마흔넷. 앞으로 마흔네 해를 더 살 거라는 희망은 단념해야만 하는 나이다."

여든여덟 살까지 살지 못할 수도 있음을 인정하는 건 저항하겠다는 선언이라기보다는 겸손한 계산에 가까운 것 같다. 그런 태도가 무색하게 바로 이듬해가 되었을 때 르나르의 건

강은 이미 걷잡을 수 없을 만큼 나빠져 있었고, 튈일리 궁전*의 한쪽 끝에서 다른 쪽 끝까지 걸어서 가려면 중간에 자리에 앉아 은방울꽃을 파는 노인과 수다라도 떨어야 했다.

"앞으로 내 노년에 관해 기록하기 시작해야겠다."

르나르는 이렇게 글을 맺었고, 한 친구에게 쓴 편지에서 비참한 심정을 드러냈다.

"난 마흔네 살이네. 내가 나무라면 그리 많은 나이가 아닐 텐데."

한번은 신에게 너무 빨리 죽는 일은 없게 해달라고 간청한 적도 있다. 자기가 죽어가는 과정을 지켜보는 일이 싫지는 않을 거라고 하면서 말이다. 그때 그는 얼마나 오래 지켜봐야 할 거라고 생각했던 걸까? 그는 46년 3개월을 살았다.

르나르의 어머니가 뒤로 넘어가 우물 속에 빠져서, '동물을 물에 빠뜨려 죽인 적이 있는 사람이라면 익히 봤을 잔잔한 소용돌이'를 일으켰을 때, 르나르는 '죽음은 예술가가 아니다'라고 평했다. 죽음의 미덕은 기껏해야 장인 수준에 머문다. 근면하고, 고집스럽게도 모두에게 적용된다는 점과 더불어, 가끔은 아이러니의 수준으로 올라가는 모순을 보인다는 점에서 그

---

* 현재 파리의 루브르 박물관과 샹젤리제 사이에 있었던 궁전으로 1871년에 소실되었다.

렇다. 하지만 섬세함이나 모호함이 부족하며 브루크너*의 협주곡 한 곡보다도 반복적이다. 확실한 건, 장소에 있어서만큼은 더없는 융통성을 발휘하며, 관습과 미신을 아울러 예쁘게 진열하는 능력을 갖추었다. 하지만 이런 것들도 우리의 소관이지 죽음의 소관은 아니다. 르나르는 한 가지 사소한 것에 대해 썼는데, 이는 민간전승문화적인 힘을 잃어버린 내 가족에겐 금시초문이기도 하다.

"죽음이 다가올 때, 사람은 생선 냄새를 풍긴다." 자, 이건 주의해야 할 사항이다.

하지만 만약 우리가 르나르에 편승해 죽음을 예술가 길드에서 오만하게 제외시킨다 한들, 이에 죽음이 신경 써야 할 이유가 있을까? 도대체 언제부터 죽음이 예술의 승인을 구했나? 죽음은 동업자인 시간과 함께 다만 자기의 업무에 바쁠 뿐이며, 음산한 인민 위원은 백 퍼센트의 할당량을 듬직하게 채운다. 대부분의 예술가들은 죽음을 향한 경계의 시선을 거두지 않는다. 어떤 예술가는 죽음을 긴급 전화로 보기도 한다. 어떤 예술가들은 낙천적인 태도로 후손들이 혜안을 발휘해 그들을 지지할 거라고 믿는다. (하지만 '어째서 인간은 내일도 오늘만큼

---

* Anton Bruckner(1824~1896). 오스트리아의 작곡가.

웃으면서 죽음을 이야기하는 방법

멍청해선 안 된단 말인가'?) 다른 예술가들에게 죽음은 전직할 최고의 기회다. 쇼스타코비치는 죽음에 대한 두려움이 인간의 가장 강렬한 감정일지 모른다고 쓴 후 이렇게 덧붙였다.

"아이러니는, 그런 두려움의 영향을 받아서 사람들이 시를 짓고 산문을 쓰고 음악을 만들어낸다는 사실에 있다. 다시 말해서, 예술가들은 살아 있는 사람들과의 관계를 강화하고 그렇게 해서 그들의 영향력을 증대하려고 애쓴다."

우리가 예술을 탄생시키는 이유는 죽음을 무릎 꿇리려고, 안 되면 최소한 반항이라도 해보기 위해서일까? 죽음을 초월하기 위해서? 죽음에게 제 분수를 알게 해주기 위해서? 죽음아, 내 몸을 취하렴. 내 명석함과 상상이 남김없이 숨어 있는 내 해골 속 질척질척한 것들도 죄다 뽑아가렴. 하지만 넌 내가 그로 이뤄낸 것들은 뺏어가지 못할 거야. 이게 우리의 저의이며 동기인가? 아마도 대개는 비록 '영원의 관점에서'* (아니면 심지어 1000세기나 2000세기의 관점에서) 어리석기 그지없을 듯하다. 한때 나는 고티에의 자부심 넘치는 시("모든 것은 지나가지만 단 하나, 견고한 예술만큼은 남는다. 왕은 죽지만, 왕을 노래한

---

* sub specie aeternitatis sub specie aeternitatis. 라틴어로 '영원의 관점에서 보자면'이라는 뜻. 스피노자가 한 말로, 실제의 특정 시간에만 진실하거나 특정 맥락을 갖는 진실이 아닌, 보편적이며 영원한 진리를 서술할 때 쓰는 존경의 표현이다.

시는 청동보다 더 오래간다")를 꽤 좋아했었지만, 이제는 풋내나는 위로처럼 읽힌다. 취향은 변한다. 진실도 클리셰가 되어버린다. 모든 예술의 형태들은 사라진다. 심지어 죽음을 뛰어넘은 위대하기 그지없는 예술의 승리조차 실소가 나올 정도로 단명한다. 소설가는 다음 세대의 (운이 좋다면 2세대나 3세대의) 독자들에게 희망을 걸지 모르며, 그러는 것으로 죽음을 비웃는 기분이 들지도 모른다. 그러나 실상은 사형수 독방의 벽을 긁어대는 것에 지나지 않는다. 우리가 그러는 이유는 말하고 싶기 때문이다. 나도 여기 있었다, 라고.

†

우리는 죽음이, 신처럼 가끔 비아냥거리는 것을 내버려 둬도 괜찮지만 둘을 혼동해선 안 된다. 본질적인 차이는 남는다. 신은 죽을지 몰라도 죽음은 두 눈 부릅뜨고 살아 있다.

죽음은 냉소가다. '로쿠스 클라시쿠스'*는 천 년 전 이야기로, 나는 서머싯 몸을 읽다가 우연히 알게 되었다. 바그다드의 한 상인이 자기 하인을 시켜 양식을 사오게 한다. 시장에 간 하인을 한 여자가 밀치고 지나간다. 뒤돌아본 하인은 그 여자

---

* locus classicus. 라틴어로 '전거가 있는 글귀'라는 뜻.

웃으면서 죽음을 이야기하는 방법

가 죽음임을 알아본다. 그는 얼굴이 새하얗게 질려 온몸을 떨면서 집으로 달려간다. 그리고 주인에게 당장 사마라로 가서 죽음의 신이 결코 찾을 수 없는 곳에 숨어야겠으니 말 한 필을 빌려달라고 애원한다. 주인이 허락하자 하인은 말을 타고 떠난다. 그런 후 주인은 직접 시장에 가서 죽음에게 말을 걸고 자기 하인을 위협한 걸 질책한다. 이에 죽음은 답한다. 아, 나는 위협 같은 건 전혀 하지 않았다. 다만 좀 놀랐을 뿐. 그를 오늘 아침 바그다드에서 볼 줄은 몰랐기 때문에 깜짝 놀랐다. 그 사람은 오늘 밤 사마라에서 만나기로 약속했기 때문에.

그리고 여기 현대판 이야기가 있다. 파벨 아포스톨로프는 음악 전문가였고, 관악대의 작곡가였으며, 또 쇼스타코비치를 평생 박해한 사람이었다. 대조국 전쟁* 동안엔 한 연대를 이끄는 대령이기도 했었다. 전쟁 후 그는 중앙위원회 음악부의 핵심 일원이 되었다. 쇼스타코비치는 그에 대해 이렇게 말했다.

"그는 흰 말을 타고 다니며 음악을 말살했다."

1948년, 아포스톨로프의 위원회는 이 작곡가에게 그가 저지른 음악적 죄에 대한 자아비판을 강요했고 결국 자살하도록 몰아세웠다.

---

* 제2차 세계대전 중 독일과 소련이 벌인 전쟁으로 소련 측 명칭이며, 정식 명칭은 '독소 전쟁'이다.

20년 후, 쇼스타코비치가 작곡한 죽음의 기운이 감도는 교향곡 14번이 모스크바 예술학교 소강당에서 '제한적인 초연'을 열게 되었다. 이는 사실 새 음악이 더 많은 대중을 감화시킬 위험의 소지 없이, 소련의 음악 전문가들이 비공개로 심사하는 과정이었다. 콘서트 전에 쇼스타코비치는 청중에게 연설했다. 바이올리니스트 마크 루보츠키는 그의 말을 기억하고 있었다.

　"죽음은 사무치게 무섭습니다, 죽음 너머엔 아무것도 없습니다. 나는 무덤을 넘어선 인생이 있을 거라고 믿지 않습니다."

　그런 후 쇼스타코비치는 청중에게 연주를 녹음할 테니 가능한 한 정숙해 줄 것을 당부했다. 루보츠키는 작곡가들 전용 좌석에서 여성 행정관 옆에 앉아 있었다. 행정관 너머 저쪽 멀리에 나이 든 대머리 남자가 앉아 있었다. 교향곡이 한없이 고요한 다섯 번째 악장에 이르렀을 때, 그 노인이 뛰어오를 듯 일어나더니 요란한 소리를 내며 자리를 박차고 홀 밖으로 달려나갔다. 행정관이 속삭였다.

　"미친놈! 저놈이 1948년에 쇼스타코비치를 짓밟으려다 실패했었어요. 그런데 아직까지도 포기를 못 해서, 숨어 있다가 지금 작정하고 녹음을 망쳤네."

　그 노인은 당연하지만 아포스톨로프였다. 그러나 그 자리에 있었던 사람들은 녹음을 망친 노인이 치명적인 상태로 판명된 심장마비로 인해서 망가지고 있었다는 사실은 알지 못했다. 루보츠키가 일컬었듯 '불길한 기운이 깔린 죽음의 교향곡'은 실상 음산하게도 아포스톨로프를 죽인 것이었다.

사마라의 이야기를 통해 우리는 과거에 죽음을 어떻게 생각했는지 알 수 있다. 이리저리 배회하며 지켜보다가 일격을 가할 기회를 노리는 스토커. 긴 낫과 모래시계를 들고 검은 천을 뒤집어쓴 형상. 세상 밖에 있는 의인화가 가능한 존재. 모스크바의 일화는 일상 안에 있는 죽음을 보여준다. 그것은 잠재적으로 광포한 유전 물질 한 조각 안에, 결함이 있는 기관 속에, 우리를 이루고 있는 유효기간이 찍힌 조직 속에, 우리가 늘 품고 있는 것이다. 우리가 임종의 침상에 눕게 될 때 우리는 다시금 죽음을 의인화하고, 질병을 침입자인 양 대하고 맞서 싸우고 있다고 생각할 수도 있다. 그러나 실상 우린 다만 우리 자신에 맞서서 그것도 우리 자신의 몇몇 부분에 지나지 않는 것들이 나머지 다른 부분들을 다 죽이고자 싸우고 있을 뿐이다. 막판에 달하면서 (우리가 오래 살 경우) 우리의 쇠잔해짐과 동시에 썩어가는 기관들이 우리의 사망신고서 최상단을 차지하려고 저들끼리 경쟁을 벌이는 일이 심심치 않게 일어난다. 플로베르가 말했듯 '우리가 이 세계에 들어서기 무섭게 우리의 기관들은 줄어들기 시작한다'.

쥘 르나르를 죽인 기관은 자신의 심장이었다. 그는 기종과 동맥경화증 진단을 받았고, 생애의 마지막 해를 '침대와 하루 2.5리터씩의 우유au lit et au lait'와 함께 시작했다. 르나르는 말했다.

"병에 걸리니, 내가 심오하고도 역사에 남을 말, 훗날 내 친구들이 반복하게 될 말을 남기길 바란다는 것을 알겠다. 하지만 그러려니 너무나 흥분된다."

자신이 흥분한 것에 대해 그는 시트리레미네스의 작은 광장에서 자기의 상체를 일으켜준 여동생에게 장난 삼아 책임을 전가했다. 그는 작가가 의사보다 더 나은, 진실한 현실감각을 갖고 있다고 말했다. 그는 자기 심장이 무너진 탄갱에 갇혀 간헐적으로 벽을 두드려 자기가 아직 살아 있다는 신호를 보내는 광부처럼 구는 것을 느꼈다. 또한 자기 뇌의 일부가 민들레 솜털 머리처럼 날아가버린 것을 느꼈다. 그는 말했다.

"걱정 마! 죽음을 두려워한 우리들은 멋지게 죽으려고 늘 최선을 다하니까."

그는 이런 말도 했다.

"낙원은 존재하지 않지만 그래도 우리는 그곳에 갈 만한 위인이 되도록 노력해야 해."

종말은 1910년 5월 22일 파리에 찾아왔다. 르나르는 나흘 후 시트리에 묻혔고, 그 이전에 매장된 자기 아버지 그리고 형과 마찬가지로 그의 장례식에는 성직자가 입회하지 않았다. 작가답게 그는 자신의 시신에 대해 아무 말도 하지 말기를 당부했다.

왜 이렇게 프랑스인이 죽은 것만 많이 이야기하느냐고? 좋다, 그러면 여기 옛적의 영국식 죽음, 죽음의 공포에 관해선 이 나라의 국립 감정가라고 할 수 있는 필립 라킨의 죽음에 관해 이야기하겠다. 생애 초기 수십 년간, 라킨은 가끔이나마 절멸이, 마침내 때가 되어 찾아오면 자비로 판명될지 모른다고 확신할 수 있었다. 그러나 50대가 되자, 그의 전기 작가는 우리에게 이렇게 말한다.

"완전히 잊힌다는 두려움이 모든 것을 암울하게 했다."

그런 후 '60대가 되자 그의 공포는 빠르게 커져갔다'.

예순을 넘기면 견디기 쉬워진다고 확언했던 친구 G의 말은 이걸로 끝내자. 훗날 그가 죽은 때로 기록될 해에, 라킨은 한 시인 친구에게 편지를 썼다.

"난 '언제나' 죽음을 생각하는 건 아니야. 하지만 왜 그러지 말아야 하는지는 모르겠네. 사형수 독방에 갇힌 사람이라면 자나 깨나 교수대에 매달리는 생각에서 벗어나지 못할 거라고 생각하잖나. 그러니 왜 내가 비명을 지르지 않겠나?"

그는 자신의 시 「늙은 바보들」로 되돌아가 언급하며* 의문을 표했다. 라킨은 헐**의 한 병원에서 죽었다. 그 전날 문병했던 친구는 말했다.

"약물을 주입한 후였으니 망정이지 그렇지 않았더라면 필립 은 미친 듯 악을 쓰고 있었을 것이다. 그는 그 정도로 겁을 먹고 있었다."

새벽 한 시 24분, 죽음이 찾아오는 전형적인 시간에, 라킨은 자신의 손을 잡고 있던 간호사에게 마지막 말을 전했다.

"난 피할 수 없는 운명을 맞이하러 갑니다."

라킨은 친불파와는 거리가 멀었지만(그래도 짐짓 자인한 것 이상의 세계주의자였다) 이 말은, 원한다면, 라블레***가 이른바 임종의 침상에서 한 말("나는 '위대한 개연'을 찾으러 가야겠다")을 암시하면서 동시에 정정해 준 말로도 볼 수 있을 것이다.

라킨의 죽음에서 얻을 수 있는 건 오로지 오싹한 느낌뿐이다. 구덩이를 응시하는 행위는 평온이 아니라 더욱 큰 공포로 이끌었다. 그리고 그는 죽음을 두려워했으면서, 멋지게 죽지

---

* 라킨이 언급한 시 「The Old Fools」는 시간의 비가역성에 대한 허무함을 담은 내용으로 첫 연의 마지막 행이 'Why aren't they Screaming(그들이 비명을 지르지 않을 수 있을까)?'다.
** 잉글랜드 북동부의 한 도시.
*** François Rabelais(1483~1553). 프랑스의 풍자 작가.

웃으면서 죽음을 이야기하는 방법

도 못했다. 르나르는 멋지게 죽었을까? 프랑스 전기의 조심스러운 태도를 감안할 때 특기할 만한 세부 사실은 전혀 없다. 그러나 라킨의 친구이자 도데의 아들인 레옹은 르나르가 삶의 마지막 병석에서 '놀라운 용기'를 보여주었다고 썼다. 레옹은 다음과 같은 결론을 내렸다.

"훌륭한 작가들은 훌륭한 군인들과 마찬가지로 어떻게 죽어야 할지를 안다. 반면에 정치가와 의사들은 죽음을 두려워한다. 누구나 자기 주변을 살펴보면 이 말을 확실히 입증할 수 있을 것이다. 물론, 예외는 있다."

여기 젊고 건강했던 시절의 르나르가 표한 옛 주장을 보자.

"죽음은 달콤하다. 그 달콤함이 죽음을 두려워하는 우리를 구해준다."

이게 위안 아니냐고? 아니, 궤변이다. 궤변이 아니라면, 죽음과 그로 인한 공포에 맞서기 위해선 논리와 합리적인 주장 이상의 무언가가 필요함을 추가로 입증하는 것이다.

✝

우리가 죽은 후, 섬뜩하게도 머리칼과 손톱은 한동안 계속 자란다. 우리 모두 알고 있는 사실이다. 나는 그 사실에 '뭔가 그냥 넘겨버릴 수 없는 어떤 것'이 있는 게 틀림없다고 늘 믿어왔었다. 아니면 반은 그렇다고 믿었다. 아니면 반은 그럴 거라고 생각했다. 그렇다고 관 속에 누워 있는 동안 머리는 봉두난발이 되고 손톱은 뱀파이어 꼴이 될 거란 말이 아니다. 음, 머리칼과 손톱은 1~2밀리미터 남짓 더 자랄 것이다. 그렇지만 '우리 모두 알고 있는 것'은 대개 일부 틀리기 마련이며 통째로 틀릴 때도 있다. 나의 상냥한 사망학 연구자 셔윈 뉼런드가 지적하듯, 이 사안은 단순하고 반박의 여지가 없다. 죽을 때 우리는 숨을 멈춘다. 공기가 없으면 피도 없다. 피가 없으면 자라지 않는다. 심장의 고동이 멈춘 후 뇌가 일순 꿈틀하고 활성화될 순 있지만, 그뿐이다. 어쩌면 이런 특정한 신화는 생매장에 대한 우리의 두려움에서 비롯되는 건지도 모른다. 아니면 순전한 관찰상의 오류에 근거하는지도 모른다. 죽은 후, 몸이 움츠러드는 것처럼 보인다면(실제로 움츠러드는데) 그때 손가락의 살이 조여들면서 손톱이 자라는 것처럼 보인다. 한편 얼굴은 더 작아진 것처럼 보인다면 그 결과 머리칼이 더 풍성해 보일 수도 있다.

착오: 내 형이 실수한 비화. 어머니의 장례 후, 형은 부모의 유골을 프랑스의 대서양 연안으로 가져갔다. 생전에 두 분이 자주 휴가를 갔던 곳이었다. 형과 형수는 우리 부모와 막역했던 프랑스 친구 J의 도움을 받아 모래언덕에서 유골을 뿌렸다.

웃으면서 죽음을 이야기하는 방법

그들은 「심벨린」의 구절인 '뜨거운 태양을 더는 두려워말지어다'('모두 기어코 눈부신 소년소녀 들도/굴뚝 청소부처럼 먼지가 되고 말리니')를 읽었고, 또 자크 프레베르*의 시 「장례식에 가는 달팽이」를 읽었다. 형은 그런 행사에 '묘하게 감동받았다'고 진지하게 말했다. 그런 후, 저녁을 먹으면서 대화의 방향은 생전의 어머니와 아버지가 프랑스의 그곳을 매년 한 번씩 찾았다는 얘기로 흘러갔다.

"깜짝 놀랐던 기억이 나네." 형이 내게 말했다.

"아버지가 당신이 겪은 온갖 비화를 들려주셨고, 신이 나서 대화를 하시느라 다들 매일 밤부터 새벽까지 잠을 못 잤단 얘길 J한테서 들었을 때 말이야. 내 기억엔 아버지는 그 무시무시한 방갈로로 이사 간 후론 입 한 번 뻥긋 안 하신 것 같거든. 오죽했으면 어떻게 해야 즐거워지는지조차 다 잊어버리셨나 싶었다니까. 하지만 내가 단단히 착각한 게 분명해."

이에 대해 내가 제시할 수 있는 가장 그럴듯한 해석은 아버지가 어머니보다 프랑스어를 더 잘했기 때문에, 1년 중 그 두어 주만큼은 어학과 사교상의 우위를 차지할 수 있었다는 것이다. 그도 아니면 해외에 나갔을 때 어머니는 작정하고 보다

---

* Jacques Prévert(1900~1977). 프랑스의 시인이자 영화 각본가. 언급된 시의 원제는 「Les Escargots qui vont à l'enterrement」이다.

인습적으로 남편 말을 다소곳이 듣는 아내가 되었는지도 모른다. (하지만, 절대로 그랬을 리 없다.)

착오: 형에 이어 내가 실수한 비화. 나는 모유 수유로, 형은 인공 수유로 자랐다. 한때 나는 이를 토대로 형과 내 본성이 갈라진 지점에 대해 추론하기도 했었다. 그러나 마지막으로 어머니를 방문했던 어느 날, 평소와 달리 친밀하기까지 한 분위기가 잠깐 형성되었다. 모유 수유로 자란 아동이 인공 영양으로 자란 아동에 비해 더 지적이라는 얘기로 맺는 한 신문 기사에 관한 이야기가 나왔다.

"나도 읽었어." 어머니가 말했다.

"그리고 웃어줬지. 내 아들 둘은 아무 문제 없다고 생각했으니까."

그래서 그때 (어머니를 반대신문한 끝에) 나 역시 형과 마찬가지로 모유 수유를 받지 않았음을 확인하게 되었다. 어머니에게 이유를 묻진 않았다. 우리 형제는 삶을 동등하게 시작해야 한다는 결심에서였는지, 아니면 잠재적으로 지저분한 일엔 비위가 약한 탓이었는지('더러운 강아지 새끼도 아니고!') 그 문제를 넘어가더라도 여전히 정확히 똑같은 조건으로 삶을 시작하진 못했다. 어머니 말에 따르면 형과 나는 각자 다른 제품의 유동식을 먹었기 때문이다. 어머니는 상품명까지 알려줬지만 난 금세 잊어버리고 말았다. 시판되는 유아용 우유의 제품 차이에 근거한 기질 이론? 설령 내가 인정한다 해도 정말 끼워 맞추려고 별짓 다 하는 걸로 보일 것이다. 그리고 요새 들어든 생각인데 형이 병석에 드러누운 어머니한테 차를 갖다준 것이 내가 제멋대로 (그리고 짐작건대 게을러서) 담요 속으로 파고든 것보다 다정다감하지 않은 게 아니었다.

그리고, 마찬가지로 장기적으로 돌이켜볼 때 더 복잡한 착오가 하나 더 있다. 미스터 비지위지 이야기를 들려줬던 프랑스 대학생 어학교사 P는 두 번 다시 영국을 찾지 않았다. 하지만 그가 우리 부모에게 선물로 준, 액자도 없었던 조그만 풍경화 두 점은 그가 우리와 함께 살았던 몇 년을 기념해 주었다. 그 그림들은 다소 어두워서인지 독일의 분위기가 풍겼다. 한 그림엔 잎이 무성한 나뭇가지들을 난간 아래까지 풍성하게 늘어뜨린 다리가 금방이라도 무너질 것 같은 모습으로 강 위를 가로지르고 있었다. 다른 그림엔 거친 하늘을 등지고 있는 풍차 하나를 배경으로 소풍 온 세 여자가 흰색 머릿수건을 두른 채 있었다. 강과 하늘과 풀밭을 붓 자국을 두텁게 해서 표현한 걸 보면 예술적으로 그려졌음을 알 수 있었다. 유년기를 거쳐 소년기까지, 이 두 점의 그림은 거실에 걸려 있었고, 이후로 예의 '무시무시한 방갈로'에선 식탁에서 잘 보이는 위치에 떡하니 걸려 있었다. 나는 못해도 50년 이상을 정기적으로 봤을 게 분명한 그림들인데, 정작 P가 정확히 어디에서 유화물감 상자를 내려놓고 그리기 시작했는지 자문하거나 부모에게 물어본 적은 없었다. 프랑스, (그의 고향 코르시카, 아니면) 네덜란드, 영국?

어머니의 장례식 이후, 가재를 정리하던 나는 서랍에서 그 그림 두 점과 완전히 똑같은 풍경을 담고 있는 엽서 두 장을 발견했다. 맨 처음 직감적으로 든 생각은 P의 그림들을 광고할 목적으로 특별히 인쇄한 엽서라는 것이었다. P에겐 언제나 이론뿐인 돈벌이 계획들이 모자를 한 가득 채울 정도였다. 그런 다음 엽서를 뒤집어봤을 때 나는 그 엽서가 「클레뎅의 옛 방앗간Vieux Moulin à Cléden」과 「꽃이 많은 다리Le Pont fleuri」처럼 전형적으로 브르타뉴풍인 풍경들을 상업적인 그림 카드로 제작한 것임을 알아차렸다. 그때까지 내내 상당히 참신하다고 생각했던 그림은 어디까지나 상당히 그럴싸하게 모사한 작품에 불과했던 것이다. 그리고 더한 반전이 있었다. 카드 맨 아래 오른쪽에 '이봉'이라고 마치 화가가 서명한 것처럼 쓰여 있었다. 그러나 알고 보니 '이봉'은 카드 회사 이름이었다. 결국 그 그림들은 애초부터 오로지 엽서로 만들 목적으로 제작된 것이었다. 그래서 P는 거꾸로 그 엽서들을 그들은 한 번도 본적 없었던 '참신한' 그림들로 바꾼 것이었다. 프랑스 이론가라면 이 모든 정황에 즐거워했을 것 같다. 나는 황급히 형에게 우리가 50년 동안 착각하고 있었다고 말했고, 형 역시 즐거워할 거라고 생각했다. 그러나 전혀 즐거워하는 기색이 없었다. 형은 단순한 계기로 P가 그 그림들을 그리고 있었던 걸 분명히 기억하고 있었고, '그리고 머리로 구상해서 뭔가 만들어내는 것보다 베끼는 쪽이 훨씬 더 똑똑한 거라고 생각했었다'는 것도 분명히 기억하고 있었다.

이같이 사실을 정정하는 건 손쉬운 데다 심지어 후련한 마음이 들 수도 있다. 지금껏 자신이 성취한 거라 보아온 인식과 판단이 착오였음을 직시하는 게 더 힘들 것이다. 죽음을 받아들여라. 나의 감상적인 인생 내내 나는 죽음에 대한 생생한 두려움을 알아왔고, 또 나 자신이 존재하지 않는 상태가 영원히 계속되는 것을 가감 없이 상상할 수 있었다. (프로이트가 견지한 주장이 무색하게도 말이다.) 하지만 이런 내가 완전히 틀린 거라면? 프로이트의 견해는 어쨌거나 우리의 무의식은 우리의 불멸을 끈질길 정도로 확신한다는 것이다. 다름 아닌 본질상 반박 불가능한 논지다. 그런 의미에서 내가 구덩이를 응시하는 행위로 생각하는 것은 다만 진실을 시험한다는 망상일지도 모른다. 마음속 깊은 곳에선 구덩이를 믿지 않기 (그리고 못하기) 때문에. 그리고 '죽음과 맞닥뜨릴 때' 우리의 의식은 분할된다는 케스틀러의 주장이 옳다면 이런 망상은 생의 마지막 순간까지도 계속될 수도 있다.

그리고 또 다른 방면의 착오가 있다. 만약 우리가 미리 느끼는 두려움(우리로선 한 치도 의심할 여지가 없을 정도로 확실한 듯한 그 느낌)이 실제로 느끼게 될 두려움에 비하면 아무것도 아닌 걸로 밝혀진다면 어떻게 될까? 우리가 실속도 없이 상상하는 게 (괴테가 발견했듯) 몇 시간 남은 최후에 우리가 겪게 될 일을 맥없이 연습하는 것에 지나지 않는다면 어떻게 될까? 그리고 더 나아가서, 죽음이 다가오면서 전과 달리 말문이 막히는 바람에 진실을 전할 수도 없게 된다면 어떻게 될까? 지금껏 내내 잘못 알고 있었다는 깨달음. 뭐, 플로베르는 제자리에서 정신 차리고 있는 것이야말로 모순이라는 말을 남기긴 했다.

그리고 죽음을 넘어서면 신이 있다. 만약 게임을 하는 신이 존재한다면, 그는 신은 존재하지 않는다고 자신은 물론 다른 사람들까지 설득했었던 철학자들에게 실망을 안겨주며 실없이 즐거워하는 일에 각별한 재미를 느낄 것이다. A. J. 에이어는 서머싯 몸에게 죽음 이후엔 아무것도 없으며 무의 상태만 있을 뿐이라고 단언한다. 그 결과, 둘 다 자신들이 신이 주관하는 「부활한 무신론자가 분노하는 모습을 보라」라는 이름의 소소한 버라이어티쇼의 코미디 배우임을 발견한다. 신을 부정하는 철학자에겐 깔끔한 느낌의 '당신이라면 어떻게 할까?'인 셈이다. 당신은 죽음 후에 아무것도 없어서 당신이 옳다는 걸 증명하겠는가? 아니면 신나고 놀라운 소식이지만 당신의 직업적 명성은 무너지는 일을 감당하겠는가?

'무신론은 귀족적이다'라고 로베스피에르는 선언했다. 그의 20세기 영국판 위대한 화신은 버트런드 러셀이었다. 거기엔 러셀의 귀족적인 풍모도 한몫했음은 부연의 여지가 없다. 노년이 되어, 사방으로 뻗친 백발 덕에 러셀은 절반 정도는 신의 상태에 이른 현자처럼 보였고 실제로도 그런 대접을 받았다. 본인 자체가 「질문 있습니까?」에 등장하는 유일한 패널이었던 셈이다. 그의 불신은 단 한 번도 흔들리는 법이 없었고, 사근사근한 선동가들은 그에게 한평생을 무신론을 설파한 후, 정작 자기가 틀렸음을 알게 된다면 어떻게 대응할거냐고 열띤 질문을 했다. 천국의 문이 은유나 환상이 아니며, 늘 부정했었던 신과 마주한 자신을 발견하게 된다면? 러셀의 답변은 한결같았다.

"난 그분에게 다가가서 말할 겁니다. '우리한테 제대로 입증하신 적이 없잖아요'라고."

✝

심리학자들은 우리가 예전에 가졌던 믿음이 얼마나 흔들림 없었는지에 대해 과장한다고 말한다. 이는 우리의 불확실한 자아를 옹호하는 한 가지 방법일 것이다. 더불어, 우리가 그 믿음을 다시 생각할 때 (여분의 수상돌기가 싹을 틔우기 시작한 후 현명해지는 것에 뿌듯해하는 것과 마찬가지로) 우리 자신이 더 큰 성취를 이룬 것처럼 뿌듯해하는 방법이기도 하다. 그러나 안 볼 때라면 항상 유동적인 우리 자아, 혹은 우리의 인격은 차치하고라도, 우리를 더없이 견고히 에워싸고 있다고 즐겨 상상하는 전체 세계가 갑자기 요동칠 때가 이따금 있다. '착오하는 중'인 상태로는 이런 우주의 변화를 감당할 수는 없다. 최초의, 사적인 '르 레베일 모르텔'을 받는 순간. 그래서 (굳이 동세대일 필요도 없는) 다른 사람들도 모두 죽는다는 것을 우리가 파악하는 순간. 그래서 마치 태양으로 인해 끓다가 사라지는 대양처럼, 인간의 삶 그 자체가 끝난다는 깨달음. 그런 후, 더 넘어서서 행성도 죽는다는 것을 깨닫는 것. 이 모든 것을 우리는 평소 때처럼 균형을 이루려고 애쓰면서 이해하고 있다.

그러나 고찰해 봐야 할 또 다른 것, 훨씬 더 아찔한 것도 있다. 우리는, 하나의 종種으로서 역사적 유아론에 치우치는 경향이 있다. 과거란 지금까지 우리를 이끌어온 것이다. 그리고 미래는 우리가 지금 만들어나가고 있는 것이다. 우리는 가장 좋은 시기에 대해서는 의기양양하게, 또 가장 나쁜 시기에 대해선 자기 연민에 빠져 소유권을 주장한다. 우리는 과학과 기술의 진보를 도덕과 사회의 진보로 혼동하는 경향이 있다. 그리고 우리는 진화가 단순히 인종을 현재의 감탄스러운 경지까지 이끌어온 과정이라는 것 말고도, 우리의 도태를 논리적으로 암시하는 과정이기도 하다는 것을 좀 너무하다 싶을 정도로 쉽게 잊는다.

그럼에도 실리적인 근거에서, 우리는 얼마나 멀리 과거를 돌아보고 또 미래를 내다볼까? 나의 경우 (당연하지만 내가 속하는 서유럽 문화에 한해서) 19세기 중반까지는 합리적으로 명료하면서도 폭넓게 되돌아볼 수 있다고 생각한다. 그 이전의 과거는 개별적인 천재들, 도덕적이고 예술적인 본보기들, 핵심적인 사상들, 지식인 운동들, 그리고 역사적인 행위의 단편들이 있지만, 그냥 여기저기서 벌어지는 산발적인 사건들일 뿐이며 연속성이 있는 부분은 드문드문 나타날 뿐이다. 그리고 내가 거슬러 올라갈 수 있는 과거는, 그러니까 전에 얘기한 기원전 3000년에서 2000년경의 키클라데스의 조각상까지다. 미래를 내다보는 것도 대부분의 사람들과 마찬가지로 150여

년 정도에서 끝날 게 분명하다. 게다가 조심스럽고 초점이 맞지 않으며 후세에 큰 기대를 하고 있지는 않다.

체호프는 우리의 양방향 응시를 더없는 아량으로 이해했고 극화했던 사람이었다. 그는 한때 더 나은 삶을 꿈꿨으나 이젠 현실에 묶인 채 미래를 두려워하게 된 좌절한 이상주의자를 그려내는 데 발군이었다. 체호프의 희곡은 결말에 이를 즈음, 한 인물이 등장해 후손은 지금 세대보다 덜 고통스러운 삶을 누리게 되기를 소심하게 희망하면서 또 허망한 선조들을 다정하게 되돌아본다.

이를 알고서 낄낄거리는 웃음과 우월 의식이 밴 한숨이 청중을 구성하는 후세들에게서 이따금씩 들려온다. 그 중간 세기 동안 실제 일어났던 일들을 냉소적으로 인식하면서 용서의 부드러운 소리가 단칼에 베이듯 사라진다. (스탈린주의, 대량 학살, 강제 노동 수용소, 잔혹한 산업화, 벌목당한 모든 숲과 독을 푼 호수들을 몹시도 애처롭게 이야기하는 아스트로프 박사*와 그의 진정한 친구들. 그리고 파벨 아포스톨로프 같은 인간들에게 양도하고 마는 음악.)

그러나 우리는 지난날의 근시안적이었던 얼간이들을 되돌

---

* 안톤 체호프의 희곡 「바냐 아저씨」의 등장인물로 산을 사랑하는 이상주의자.

웃으면서 죽음을 이야기하는 방법

아보면서 정작 우리의 후임자들도 우리를 되돌아볼 것이며, 우리의 자아도취가 (우리에게가 아니라, 그들에게) 그럴 만한 가치가 있는지 심판하리라는 것을 잊는 경향이 있다. 우리를 위해 어떤 이해, 어떤 다정함, 어떤 용서가 마련되어 있을까? 우리의 후세들은? 이런 의문에 대해 조금이라도 생각하면, 우리시간의 척도는 체호프적으로 될 소지가 크다. 1세대나 2세대, 잘하면 한 세기 정도. 그리고 우리가 상상하기에 우리를 심판하게 될 이들은, 우리가 추정하기론 우리와 그리 많이 다르진 않을 것이다. 왜냐하면 향후 이 행성의 미래는 인간이라는 동물을 미세 조정하는 일을 관건으로 삼을 것이기 때문이다. 하여 우리의 도덕적 사회적 관념을 향상시키고, 우리의 공격적인 습성을 억누르고, 빈곤과 질병을 이겨내고, 기후변화에 앞서 조처를 취하고, 인간의 수명을 늘리는 등의 일을 추진할 것이다.

그러나 진화적 관점에서 볼 때, 이런 것들은 어디까지나 정치가들의 꿈일 뿐 믿기지 않을 만큼 일시적이다. 얼마 전에 다양한 학계의 과학자들이 일반 대중을 대상으로 좀 더 이해해주길 바라는 한 가지 개념을 설명해 달라고 요청받은 적이 있었다. 나는 다른 건 다 잊어버렸고, 잉글랜드 왕실 천문학자이자 케임브리지대학의 우주론 및 천체물리학과 교수인 마틴 리스가 한 말에 전에 알지 못했던 새로운 충격을 받았다.

나는 우리의 행성을 위해, 그리고 인생 그 자체를 위해, 앞으로 전개될 어마어마한 시간에 관한 대중의 인식 폭을 넓히고 싶다. 교육을 받은 사람들 대부분은 우리가 40억 년에 달하는 다윈 선택의 결과라는 것은 알고 있지만, 다수는 어쨌거나 그 정점이 인간이라고 생각하는 경향이 있다. 그러나 우리의 태양은 아직 제 수명의 반도 채 못 채웠다. 지금부터 60억 년 후에 붕괴될 태양을 지켜보게 될 존재는 인간이 아니다. 지금의 우리가 박테리아나 아메바와 다르듯, 그때 존재할 피조물 역시 우리와는 다를 것이다.

당연하지! 틀렸다. (틀려도 이만저만 틀린 게 아니라) 늘 틀렸었다. 그런 데다 그렇게 직설적으로, 위협적으로 중대한 것을 지금껏 생각해 보지 않았다니 이 얼마나 아마추어적인가. 60억 년 후에 멸종될 존재는 '우리'가 아니다. 우리를 훨씬 뛰어넘는 어떤 존재, 그렇지 않다 해도 아무튼 우리와는 완연히 다른 존재가 멸종될 것이다. 먼저, 우리는 이 행성에 또 한 번 찾아온 거대한 규모의 멸종과 함께 사라졌을지도 모른다. 페름기 멸종은 지구상 모든 동물의 90퍼센트를 없애버렸고, 백악기는 공룡을 포함해 모든 종의 3분의 2를 없애버림으로써 매머드를 우세한 육지 척추동물을 내세웠다. 어쩌면 세 번째 멸종기는 우리 차례라서 우리가 죽어 없어지고 이 세계의 지배자 자리는…… 누구한테 넘겨준다? 딱정벌레? 유전학자 J. B. S. 홀데인은 신이 있다면 '딱정벌레를 지나치게 총애하는 게 분명하다'는 농담을 했었는데, 35만에 달하는 딱정벌레의 종류가 그 근거였다.

그러나 새로운 멸종기가 오지 않더라도, 진화는 우리가 (감상적으로, 또 자기중심적으로) 희망하는 식으로 펼쳐지진 않을 것이다. 자연도태의 구조는 생존에 의존한다. 그러나 가장 강한 것의 생존도, 가장 지적인 것의 생존도 아닌, 가장 잘 적응하는 것의 생존에 의존한다. 최고의 존재니 가장 똑똑한 존재니 하는 건 잊어버려라. 진화가 모종의 웅대한, 비인간적인, 사회적으로 수용 가능한 버전의 우생학이라는 말도 잊어버려라. 진화는 우리를 자기가 원하는 곳으로 데려갈 것이다. 아니, 더 정확하게는 '우리'를 데려가는 일은 없을 것이다. 진화가 향하는 곳이 어디건, 그곳에 가기엔 우리가 부실하다는 사실이 금세 밝혀질 테니까. 진화는 엉성한, 적응하기엔 역부족인 원형인 우리를 저버릴 것이며, 그런 후 '우리(와 바흐와 셰익스피어와 아인슈타인)'를 고작 박테리아와 아메바처럼 여기게 될 정도로 까마득하게 다른 새로운 형태들을 향해 맹목적으로 나아갈 것이다. 고티에와 죽음을 제압하는 예술 입장에선 너무도 선험적*이다. '나도 여기 있었다'라는 궁상맞은 중얼거림은 그쯤 하자. 우리가 곧 알아볼 수 있도록 호소할 수 있는 것이나 사람은 전무하고, 반대로 우리를 알아봐줄 것도 없을 테니 '나도'라는 건 있을 수 없다. 어쩌면 미래의 생물 형태들은 지성을 보유하고 적응해 있을 것이기에 우리를, 습성 측면에선 흥미롭지만 역사생물학의 측면에선 관심을 끌 만한 점이 희박한 원시적 유기체로 볼지도 모른다. 아니면 그들은 보잘것 없는 지성을 지녔지만 신체적 적응 능력은 탁월한 생물 형태들이 될지도 모른다. 그것들이 지표면에서 우적우적 먹어 치우는 동안, 호모사피엔스가 짧게 생존했던 증거란 증거는 모두 땅 밑 화석 기록 속에서 잠들어 있다고 상상해 보라.

그 발달 과정의 어떤 시점에서, '실종된 신'은 나 때문에 테니스 코트에서 바람맞았다고 상상했던 때의 내 어머니의 상태 못지않게 망상적인 상태처럼 받아들여질 것이다. 아메바 가설이 부득이하게 신을 떠나보낸다는 것은 아니다. 그것은 그때에도 실험하는 신과 양립할 것이다. 만약 그런 신이 존재한다

---

* 원인이나 전제를 통한 인식을 의미하며, 결과나 결론을 통한 인식과 구별된다.

웃으면서 죽음을 이야기하는 방법

면 신은 영속적으로 안정적인 그룹의 연구 표본에 대해선 거의 관심을 갖지 않을 것이다. 향후 60억 년 동안 오로지 인간과 함께, 또 인간에 관해서만 연구한다는 건 이루 말할 수 없을 정도로 따분한 일일 테니. 그럴 경우 신은 권태에 시달리다 자살하고 싶은 심정이 될지도 모른다. 그럴 때, 우리가 이 행성을 딱정벌레들에게 넘겨주는 불상사를 방지하고, 더 똑똑하고 더 복잡한 존재를 향해 성공리에 진화한다면, '신의 가설 72b번'이 가동되기 시작할지도 모른다. 즉, 우리는 현재 불멸의 영혼을 갖고 있진 않지만 미래에는 갖게 될지도 모른다는 것이다. 신은 다만 '무가치함에서 촉발된 주장'이 더는 적용되지 않을 때까지 기다리고 있는지도 모른다.

질문 두 개. 아직 60억 년의 수명이 남은 진화 중인 행성의 관점에서, 우리가 아메바와 전혀 다를 바 없음을 자각한다면 우리에게 자유의지가 없다는 사실을 더 쉽게 받아들일 수 있을까? 만약 그럴 수 있다면 (아니 그렇지 않더라도) 이런 자각 덕에 좀 더 편히 죽게 될까?

✝

아버지를 떠올리면, 손톱이 손가락 끝 위로 둥글게 말려 있었던 아버지의 손이 생각나는 때가 많다. 아버지를 화장한 후 몇 주 지났을 때, 나는 당신의 얼굴이나 화로 속 당신의 유골이 아니라 익히 봤었던 그 손톱을 줄곧 떠올렸었다. 그 밖에 생각나는 것은 마지막을 향해 가면서 당신의 몸이 드러냈던 온갖 상흔들이다. 뇌졸중으로 손상된 뇌와 혀. 당신이 보라고 했으나 차마 볼 엄두가 나지 않았던 아래쪽부터 위로 길게 그어진 배의 흉터. 정맥 내 투여기 바늘을 찔러대느라 멍이 점점 넓게 번져가던 두 손등. 천운을 타고나지 않은 한, 우리의 몸은 우리의 진행 중인 죽음의 역사를 드러낼 것이다. 소소하게나마 앙갚음을 할 수 있는 한 가지 방법은 죽어서 막 죽은 징후를 보여주지 않는 것일지도 모른다. 쥘 르나르의 어머니는 우물에서 건져 올렸을 때 생채기도 흉터도 전혀 없었다. 그렇다고 죽음의 신(최후의 경리 담당)이 어떻게든 신경을 쓸 거라는 뜻은 아니다. 우리가 본연의 성격을 간직한 채 죽거나 말거나 신경 쓰지 않는 것과 마찬가지로.

우리는 살고, 우리는 죽고, 우리는 기억되고, 우리는 잊힌다. 즉시 잊히는 것이 아니라, 한 켜 한 켜씩* 잊힌다. 우리가 기억하는 우리의 부모는 대개 그들의 성인기를 통해서다. 우리가 기억하는 우리의 조부모는 그들 인생의 마지막 3분의 1이라

* 원문에선 프랑스어로 '절편, 박편'을 의미하는 'tranche'가 쓰였다.

할 수 있는 노년기를 통해서다. 그 외에 기억나는 다른 존재가 있다면 아마도 따끔거리는 턱수염에 지독한 냄새, 아마도 생선 냄새 같은 걸 풍기는 증조부 정도가 있지 않을까. 그다음엔? 사진들, 그리고 얼마간 우연히 발견하는 기록들일 것이다. 미래에는 내가 하는 일처럼 바닥이 얕은 서랍에 기록을 보관하는 일이 아니라 뭔가 기술상의 갱신이 있을 것이다. 그러면 수 세대에 달하는 조상들이 영화와 테이프와 디스크를 통해서 살아남아 움직이고 말하고 미소 짓고, 그들도 여기 있었음을 증명할 것이다.

10대 때 한번은 식탁 밑에 테이프 레코더를 숨겨놓은 적이 있었다. 어머니가 모든 식사 시간을 '사교 행사화'한다고 공표한 게 무의미함을 알려주려는 의도였다. 즉, 가족 중에 뭐든 약간이라도 재미나는 얘기를 하는 사람이 한 명도 없음을 입증하고, 그에 따라서 나는 대화에서 빠지겠으며, 내가 더 바라는 일이라면 책을 읽게 해달라는 뜻을 밝히려고 했다. 일단 테이프를 돌려서 포크와 나이프가 쨍그랑대고, 시시한 말과 그릇된 결론이 재생되면 그들이 어떻게 나올지 뻔하다는 생각에 나는 이런 사적인 취지를 설명하진 않았다. 일이 귀찮게 된 것이, 어머니는 그 테이프를 몹시 마음에 들어 했고 우리 가족 모두가 핀터*의 희곡에 나오는 사람들과 똑같이 말한다고 공표했다. (내 생각엔, 양방향으로 혼란스러운 칭찬이었다.) 그런 후 우리는 계속해서 사교 행사를 해야 했다. 그날 이후 나는 절대로 테이프를 보관하지 않았고, 그렇게 해서 부모의 목소리는 이 세상에선 멸종하다시피 해서 이제는 내 머릿속에서만 재생될 뿐이다.

나는 어머니가 병원에서, 초록색 드레스를 입고 침대 옆 휠체어에 비스듬히 앉아 있는 모습을 본다(또 듣는다). 그날 어머니는 나에게 화를 냈다. 테니스 때문이 아니라 치료받는 문제에 대해 의논해 달라는 부탁을 의사로부터 받았었기 때문이었다. 모든 불능 판정에 대해서, 어머니는 물리치료사의 말뿐인 낙관론에 대해 그랬던 것과 똑같이 분개했다. 손목에 찬 시계를 보고 정확히 몇 시인지 말해보라고 하자 어머니는 싫다고 했다. 눈을 뜨거나 감으라는 지시에도 무표정한 얼굴로 가만히 있었다. 의사들은 어머니가 할 수 없는 건지 하지 않는 건지 판단할 수가 없었다. 내 짐작엔 '하지 않는 것'이었고, 법조계 전문용어로 말하자면 '묵비권'을 행사하고 있었다. 그렇게 짐작한 건, 내 앞에선 문장 전체를 똑똑히 말할 수 있었기 때

---

* Harold Pinter(1930~2008). 영국을 대표하는 희곡작가로 불안감을 불러일으키는 세상, 소통이 단절된 관계로 인해 침묵이나 장광설로 일관하는 인물들을 그려냈다.

웃으면서 죽음을 이야기하는 방법

문이다. 고통스럽게(하지만 그때 당신이 말한 문장들 자체가 고통으로 가득 차 있을 때가 많았다), 가령 "한평생 자기 인생을 알아서 관리했던 여자가 이렇게 갇힌 것 같은 신세가 되는 게 얼마나 힘든 일인지 넌 모를 거다"라는 말처럼.

그날 오후 다소 거북하게 어머니와 있던 나는 몇 분 후 나가서 의사를 찾았다. 의사의 예후에 더없이 맥이 빠졌다. 그러곤 병동으로 돌아오면서, 어머니가 한 번 더 쓰러질 경우 십중팔구 죽게 될 것이라는 전문가의 판단을 들었지만 그렇다고 그 내용을 표정으로 다 드러내서는 안 된다고 스스로 다짐을 했었다. 그러나 어머니는 이미 나를 앞지른 터였다. 모퉁이를 돌자 2미터 남짓 떨어진 북적거리는 병실 건너편에서 두 눈을 반짝이며 이제나저제나 내가 오기만 기다리며 신경을 곤두세우고 있는 어머니가 시야에 들어왔다. 그리고 내가 머릿속으로 곧 말할 내용을 다듬으며 다가가고 있는데 어머니가 성한 쪽의 팔을 내밀더니 엄지를 밑으로 내리는 신호를 보내는 것이었다. 그것은 어머니가 내게 보여준 가장 충격적인 모습이었다. 그리고 가장 훌륭한 모습이기도 했으며, 어머니가 내 가슴을 찢어놓은 한 사례였다.

어머니는 병원 측이 부득이하게 당신의 '아무짝에도 쓸모가 없어'진 팔을 절단할 거라고 생각했다. 어머니는 아까부터 자신은 프랑스에 있었는데 내가 당신을 어떻게 찾아낸 건지 모르겠다고 생각했다. 어머니는 스페인 간호사가 어머니와 마찬가지로 옥스퍼드셔 마을 태생이고, 나머지 간호사들이 어머니가 그 전에 80년 동안 살았었던 영국 각지 태생이라고 생각했다. 어머니는 단 한 번에 숨을 거둬야지 그러지 못하는 건 '어리석은 짓'이라고 생각했다.

어머니가 "내 말 중에 하나라도 못 알아듣겠는 게 있니?"라고 물었을 때, 어머니는 동사의 음절을 하나하나 꼼꼼히 발음했다.

"아뇨, 엄마." 내가 대답했다.

"다 알아들어요, 하지만 엄마가 언제나 늘 일을 백 퍼센트 제대로 하시는 건 아니잖아요."

"하!"

어머니는, 마치 내가 얼굴에 '미소'라고 써붙이고 다니는 것 같은 물리치료사나 되는 것처럼 받아쳤다.

"많이 봐줘서 그런 말을 하는구나. 내가 어딜 봐서 제정신처럼 보이니?"

어머니의 거친 말과 명료한 통찰은 뒤범벅이 되어 주변 사람들을 끊임없이 곤경에 빠뜨렸다. 보통 때는 누가 찾아오든지 말든지 전혀 동요하지 않는 것 같았고 '이제 가거라'라고

웃으면서 죽음을 이야기하는 방법

말하게 되었는데, 지난 수십 년의 세월간 당신이 일관되게 보여주었던 태도를 생각하면 미치고 펄쩍 뛸 만큼 전혀 딴판이었다. 어느 날 어머니의 손톱을 내려다본 적이 있었다. 5년 전 위트니 출생 사망 신고소의 호적 담당자가 그토록 감탄해 마지않았었건만, 더는 다듬을 수 없게 된 지 오래됐음을 한눈에 알 수 있었다. 광택제를 듬뿍 바른 사랑스러운 모양의 손톱들이 그간 계속 자라고 자라서 소피* 밑 허연 부분이 매니큐어칠도 안 된 채 2센티미터가 넘게 자라 있었다. 한때는 귀머거리가 될지언정 변함없이 가꾸고 있을 거라고 생각했던 그 손톱들이. 나는 소피를 보던 눈을 들었다. 기능을 못 하게 된 당신 팔의 손가락들은 굵기도 그렇거니와 살결 역시 당근 같았다.

다시 차를 몰아 런던으로 돌아가며, 지는 해는 백미러에 걸려 있고 라디오에선 「하프너 교향곡」이 흐르는 가운데 생각에 잠겼다. 만약 이것이 한평생 자신의 뇌를 써왔고 적절하게 관리할 수 있는 능력을 지닌 사람에게 닥쳐올 만한 일이라면, 나는 원치 않는다고 생각했다. 그러자 그러는 내가 스스로를 기만하고 있는 건 아닌지, 정작 닥쳐오면 어떻게 해서든 바라

* 손발톱 뿌리 부분을 덮고 있는 단단한 피부 층. 일명 큐티클 층.

는 건 아닐까, 그렇지 않으면 모면할 셈으로 용기를 내거나 간계를 부리게 될까 싶었다. 그도 아니면 그런 일은 어떻게든 닥쳐올 것이고, 결국 처음부터 끝까지 직시하도록, 그것도 분노에 차 두려움에 떨면서 끝까지 직시하도록 선고할 것인가. 설령 살면서 기를 쓰고 부모의 그늘을 벗어나려고 해봤자 죽을 때가 되면 죽는 방식에 있어서 별수 없이 그들의 자식임을 깨닫게 될 공산이 크다. 소설가 메리 웨슬리*는 이렇게 썼다.

"내 가족들은 급사하는 편이다. 분명히 유전인자에 그렇게 새겨져 있을 것이다. 방금까진 멀쩡했다가 다음 순간 훅 간다. 깔끔하다. 나도 그 유전자를 물려받았기를 기도한다. 얼쩡대면서 침대와 한 몸이 되어 민폐를 끼치고 싶은 생각은 추호도 없다. 내가 사랑하는 사람들을 위해서 한순간의 날카로운 충격으로 끝나기를 바란다. 그들에게도 더 좋을 것이고, 나에겐 환상적일 것이다."

이는 일반적으로 피력하는 희망 사항이지만 나의 지역 보건의는 찬성하지 않는 사항 중 하나다. 이 대목을 인용하면서, 지역 보건의는 '어쩌면 죽음을 거부하는 현세대의 또 다른 징후', 그리고 '생애 마지막 질병이 주는 기회들에 일말의 가치

---

* Mary Wesley(1912~2002). 『마지막 날의 시작』 등을 집필한 영국의 작가.

웃으면서 죽음을 이야기하는 방법

도 부여하지 않는' 태도라고 말한다. 내 부모가 생애 마지막 질병이 '기회'를 준다고 생각했을 것 같지는 않다. 추억을 공유하고, 마지막 인사를 하고, 회한이나 용서를 구하는 기회라고 말이다. 한편 장례식 계획은 (즉, 비싸지 않고 사실상 조객 없이 화장하고자 하는 마음은) 그보다 좀 더 앞서 명시했었다. 만약 나의 부모가 감정적이고 고백적이며 질척해졌었다면, 그들은 '죽음에 성공'했을까? 이런 반응이 한평생을 바라왔던 것임을 그들 스스로 알아차렸을까? 그렇게는 도저히 생각할 수가 없다. 비록 아버지가 내게 사랑한다는 말을 한 번도 한 적이 없었던 것은 슬픈 일이지만, 그래도 날 사랑했음을, 그게 아니라면 날 사랑했었던 때가 있었을 테고, 이 문제나 다른 중요한 사안들에 대해 침울하게 침묵으로 일관했던 건 적어도 당신이 본연의 성격을 간직한 채 죽었음을 의미한다고 확신에 가깝게 생각한다.

어머니가 처음으로 병원에 입원했을 때, 옆 병상에 혼수상태의 나이 든 여자가 입원해 있었다. 그 여자는 등을 대고 누운 채 미동도 않는 듯했다. 어느 날 오후, 어머니가 거의 실성한 것 같은 상태였을 때, 그 여자의 남편이 병실에 도착했다. 그는 작은 체구에 차림새가 깔끔하고 점잖은 노동자로 60대 후반으로 보였다.

"나 왔어, 둘시, 앨버트야."

그는 병동을 가득 채울 것 같은 목소리로 말했다. 그렇게 성량이 풍부한 순수한 옥스퍼드셔 억양은 사라지기 전에 녹음해 두었어야 마땅하거늘.

"나 왔어, 우리 여보. 안녕, 내 사랑. 날 위해 눈 좀 떠볼래?"

그가 아내에게 입을 맞추는 소리가 병실을 울려댔다.

"앨버트가 왔어, 여보, 날 위해 눈 좀 떠봐." 그러고는 "당신 몸 좀 옆으로 돌릴게, 그래야 내가 보청기를 껴주지"라고 했다.

간호사가 병실에 들어왔다.

"내가 이 사람에게 보청기를 껴주려고요. 오늘 아침엔 내가 왔는데도 이 사람이 눈을 뜰 줄 모르네요. 이런, 빠져버렸네. 자, 당신 몸을 조금만 더 돌릴게. 나 왔어, 내가 왔어, 둘시. 안녕, 우리 예쁜이. 나 앨버트야, 날 위해 눈 좀 떠줄래?"

그는 이런 식의 말을 하면서 간격을 두고 이후 15분 동안을 간간히 쉬어가면서 "당신 방금 무슨 말 했지, 그렇지? 말한 거 다 알아. 뭐라고 말한 거야?"라고 계속해서 말했다. 그러다가 다시 아까처럼 "안녕 여보, 앨버트가 왔어. 날 위해 눈 좀 떠볼래?"라고 말을 걸며 드문드문 입을 더 맞췄다. 그걸 보고 있자니 심장이 (그리고 머리가) 아릴 정도였는데, 그나마

웃으면서 죽음을 이야기하는 방법

블랙코미디 같은 여운이 있어서 간신히 참을 수 있었다. 어머니와 나는 당연하지만 아무 일도 없는 것처럼, 들리는데도 아무것도 안 들린다는 듯이 행동했다. 아버지의 이름 역시 앨버트라는 사실은 어머니의 안중에 없었던 것 같다.

어머니가 못 쓰게 된 팔의 손톱은 어머니가 엄지를 아래로 내렸던 팔의 손톱과 똑같은 길이로 계속 자랐다. 그런 후 어머니는 숨을 거두었고, 일반적인 믿음과 정반대로, 열 개의 손톱 모두 일제히 더는 자라지 않았다. 아버지도 그랬듯, 어머니의 손톱은 손가락 안쪽 살을 덮을 정도로 둥글게 말려 있었다. 형의 손톱(과 치아)은 언제나 나보다 튼튼했는데, 형이 나보다 키가 작기 때문에 칼슘이 좀 더 농축된 덕이라고 생각했다. 과학적으로 보면 헛소리일 테지만. (그리고 답은 나와 다른 시판 유아용 우유 제품을 먹은 데 근거할 테다.) 어쨌거나 나는 예전부터 책을 읽을 때, 글을 쓸 때, 고민이 있을 때도 그랬지만, 지금 이 문장을 고치면서도 무의식적으로 앞니로 손톱을 잘근잘근 씹어대서 손톱이 얇아졌다. 아무래도 이 버릇을 끊어야만 나중에 내 손톱도 손가락 끝을 둥글게 말 정도로 자라나 나도 별수 없이 아버지의 자식이라는 걸 확인할 수 있겠다.

✝

몽마르트 묘지는 초록빛에 고양이들이 들끓는 곳으로, 파리의 뜨거운 대낮에도 시원하고 미풍이 불어온다. 정감 있고, 안락한 모양새에, 마음이 든든해지는 곳이다. 페르 라셰즈의 광막한 공동묘지와 달리, 이곳은 (묘지로선 흔치 않게) 환영을 빚어낸다. 이곳에 묻힌 사람들만이 진정으로 죽은 것만 같다. 더 나아가서, 그들은 한때 꽤 가까이, 어쩌면 다른 곳도 아닌 그 묘지 경계에 솟아 있는 집 곳곳에서 살았을 것만 같다. 거기서 더 나아가 죽음은 어쩌면 그렇게까지 나쁘지 않을지도 모른다는 생각마저 든다. 쥘 르나르는 죽기 다섯 달 전에 이렇게 썼다.

"죽음을 바로 앞에서 제대로 보면, 힘들이지 않고서도 이해할 수 있다."

여기 나의 죽은 동인들이 누워 있다. 대부분 작가들로, 낮은 지대에 묻혀 있는데 그곳은 상대적으로 더 값싼 부지를 의미한다. 스탕달은 산타 크로체 외곽에서 극심한 심계항진을 일으켰고 '생명의 원천이 말라버린 듯'한 느낌에 '고꾸라져 쓰러질지 모른다는 두려움을 내내 안고서 걸'은 지 30년 후에 이곳에 묻혔다. 우리는 본연의 성격을 간직하는 것만 아니라 우리가 나름대로 기대하는 방식대로 죽기를 바라는 걸까? 스탕

웃으면서 죽음을 이야기하는 방법

달은 과연 그런 행운을 타고난 사람이었다. 첫 번째로 찾아온 뇌졸중으로 고생한 후 그는 썼다.

"느닷없이 객사한다는 것은, 의도가 아니라면 결코 엉뚱한 일이 아님을 나는 깨달았다."

1842년 3월 22일, 외무부에서의 정찬을 끝낸 후 그는 자신이 추구했던 엉뚱하지 않은 종말을 맞이했으니, 뇌브데카푸생 거리의 인도에서 죽었다. 그는 '밀라노 사람 아리고 베일레'*로서 묻혔으니, 이는 그의 속을 헤아리지 못했던 프랑스인들에게는 질책이었고, 또 말똥 냄새에 눈물을 흘릴 뻔했을 정도로 그를 감동시켰던 도시에게는 헌사였다. 그리고 죽을 준비가 되지 않은 사람으로서(그는 스물두 통의 유서를 작성했다), 스탕달은 자신의 묘비명을 직접 썼다. "Scrisse. Amo. Visse." 그는 글을 썼다. 그는 사랑했다. 그는 살았다, 라고.

스탕달이 묻힌 무덤에서 몇 걸음 떨어진 곳에 공쿠르 형제가 묻혀 있다.

"이름 두 개, 날짜 두 개면 그들은 족하다고 생각했다. 에Hé! 에Hé!"

그러나 이는 내가 그들의 무덤을 보고 받은 인상과는 거리

---

* 원문은 이탈리아어로 'Arrigo Beyle, Milanese'이며, Arrigo Beyle은 스탕달의 본명인 Henry Beyle(앙리 벨)을 이탈리아식으로 쓴 것이다.

가 멀었다. 우선, 그건 가족묘여서 자식 둘이 그들의 부모와 함께 묻혀 있었다. 그들은 무엇보다 아들이었고, 그다음으로 작가였다. 그리고 짐작건대 가족 매장은 가족이 다 함께 모이는 식사처럼, 즉 내 어머니가 우겼던 식으로 말하면 '사교 행사'였을 것이다. 사교 행사의 하나라면 예를 들어, 뻐기지 말 것 같은 특정한 규칙들이 따른다. 그래서 그 형제의 명성을 나타낼 만한 것은 단 하나, 무덤의 윗면에 놓여 있는 얇은 돋을새김을 한 동판 초상화였고, 에드몽과 쥘은 떼어놓을 수 없었던 삶을 함께했던 것과 마찬가지로 죽어서도 마주하고 있다.

2004년을 기해서, 공쿠르 가족에겐 새 이웃이 생겼다. 오래된 무덤 하나의 권리 기간이 만료되면서 반짝이는 까만 대리석 묘석을 세운 다른 무덤이 들어섰고, 그 위에는 무덤 주인의 흉상이 놓여 있었다. 그 신참은 마거릿 켈리 리보비치였다. 미스 블루벨이라는 예명의 영국 여자로, 그녀는 음탕하게 외알 안경을 쓴 남자들을 위해서, 180센티미터가 넘는 키에 탄탄한 체격의 여자들에게 깃털로 치장한 채 회전하고 발을 쭉 뻗고 회전했다가 다시 발을 쭉 뻗는 법을 몇 세대에 걸쳐서 훈련시켰다. 혹시 그녀가 얼마나 대단한 존재였는지 의문이 들까 봐 덧붙이자면, 까만 대리석 묘비 위에는 그녀가 받은 (레지옹 도뇌르 훈장을 비롯한) 네 개의 메달이 비록 미숙한 솜씨이긴 하

웃으면서 죽음을 이야기하는 방법

나 실물 크기로 그려져 있다. 세심하고, 뼛속까지 보수적이며, 보헤미아를 혐오했던 유미주의자들 옆에, '리도'(다들 그녀의 예명이 '제겨'이라고 생각하지 않았을까?)* 출신에서 벼락출세한 극단 조련사가 누워 있다고? 주변에 묻힌 이들의 품격이 떨어진 게 분명하다. 어쩌면 '에Hé! 에Hé!'라고 해야 하는 일일지도. 하지만 우리는 죽음이 냉소하는 것을 그냥 가만히 두고 보기만 해선 안 된다. (혹은 르나르가 기세 좋게 껄껄 웃게 내버려 둬선 안 된다.) 공쿠르 형제는 그들의 『일기』**에서 섹스에 대해 논하고 있는데 그 태도가 지금 봐도 충격적일 정도로 솔직담백하다. 그러니 사후에 (한 세기가 지체되긴 했어도) 미스 블루벨과 삼자 동거를 하는 것만큼 적합한 예우가 또 있을까?

에드몽 공쿠르가 이곳에 묻히고 그의 혈통이 끊겼을 때, 졸라가 무덤 옆에서 연설을 했다. 6년 후, 졸라는 자신의 권리로 다시 이곳을 찾았고, 공쿠르 형제의 간소한 무덤에 대비될 만큼 화려한 무덤 속으로 들어갔다. 엑스***에서 가난한 고아로 태어나 이탈리아 이민 가족의 이름을 유럽 전역에 울려 퍼지게

* 리보비치는 일명 '블루벨 걸스'라는 여성 극단을 조직하여 파리의 리도에서 처음으로 성공을 거두었다. 리도는 지금도 카바레가 밀집한 파리의 유명 유흥 지구다.
** 공쿠르 형제는 1851년부터 1896년까지 일기를 썼고, 이는 『공쿠르 형제의 일기』로 엮여 일기 문학의 걸작이라 평가받고 있다.
*** 프랑스의 엑상프로방스.

했던 사람은 아르누보풍의 소용돌이무늬가 새겨진 적갈색 대리석 밑에 묻혔다. 묘 위를 장식한 작가의 흉상에 드러난 서슬 퍼런 인상을 보면, 흉상이 자신의 관과 작품 세계만이 아니라 묘지 전체를 수호하는 듯하다. 그러나 졸라의 명성은 사후에도 평화를 누릴 수 없을 만큼 본인에겐 버거운 것이었다. 6년 후 프랑스 정부는 그의 시신을 도굴해 팡테온*에 이장했다. 이럴 때만큼은 우리는 죽음에 얼마간의 아이러니를 허용해줘야 한다. 그날, 굴뚝이 막혀서 연기를 들이마셨는데도 살아남은 알렉상드린의 경우를 생각해 보라. 그녀는 남편을 잃은 후에도 23년을 더 살았다. 6년 동안은 남편을 찾아 녹음이 우거진 청명한 몽마르트에 왔을 것이다. 그런 후 17년 동안은 쌀쌀하고 우렁우렁한 팡테온까지 무거운 발걸음을 옮겼을 것 아닌가. 그런 후 알렉상드린도 죽었다. 하지만 팡테온은 명사들만을 위한 곳으로, 명사들의 아내들은 들이지 않았기 때문에 그녀는 공석이 된 남편의 전 무덤에 묻혔다. 생전에 그리될 것을 그녀도 분명히 알고 있었을 것이다. 그런 후 마담 알렉상드린의 자식들과 손주들도 차례차례 뒤따랐고, 그들은 가장을 위해 화려하게 꾸며진 둥근 지붕의 납골당 묘지가 무색할 만큼

* 프랑스 파리에 있는 사원으로 에밀 졸라뿐만 아니라 빅토르 위고, 장 자크 루소, 볼테르 등도 여기 묻혀 있다.

웃으면서 죽음을 이야기하는 방법

바로 그 가장이 부재한 묘지 밑을 채웠다.

우리는 살고, 우리는 죽고, 우리는 기억되고('나를 제대로 잘 못 기억해 다오'라고 우리는 가르쳐야 한다), 우리는 잊힌다. 작가에게 잊히는 과정은 명확하지 않다. '작가는 잊히기 전에 죽는 것이 나을까, 아니면 죽기 전에 잊히는 것이 나을까?' 그러나 여기서 '잊히는 것'은 어디까지나 비교상의 조건과 의미다. 즉, 후대에 이르러 유행에 뒤떨어지거나 고갈되거나 속속들이 간파되거나 지나치게 피상적이라고 평가받거나, 아니면 그 점에서는 너무 무겁거나 너무 진지하거나, 그러나 정말로 잊힌다는 것, 이것이야말로 훨씬 더 흥미로운 것이다.

먼저, 당신의 책은 출판 대열에서 떨어져나가 중고 서점과 온라인 중고 서점의 눈에 띄지 않는 자리에 꽂히게 된다. 그러다 일시적으로 부활하면, 운 좋을 경우 한두 작품이 재출간되기도 한다. 그런 후 다시 떨어져나가고, 몇몇 대학원생들은 논문 주제로 선택되었다는 이유로 심드렁하게 당신 책의 책장을 넘기며 당신은 어쩌자고 이렇게 터무니없이 길게 쓴 걸까 생각할 것이다. 결국, 출판사들도 잊고 학계의 관심도 줄어들고 사회도 변화하고, 진화가 우리 모두를 박테리아와 아메바와 동등하게 만드는 무목적적 목적을 이행하면서 인간성은 좀 더 진보한다. 이 과정은 피할 수 없는 것이다. 그리고 똑같은 관점에서 (반드시 논리상 필연적으로 일어나는 일인데) 작가는 최후의 독자 일인을 만나게 된다. 나는 동정을 구하는 게 아니다. 작가의 삶과 죽음에 있어서 이런 측면은 하나의 기정사실이다. 현재와 행성이 죽게 될 60억 년 이후의 시간 사이의 어느 시점에 모든 작가는 각자 최후의 독자를 갖게 될 것이다. 한평생 자신을 이해해 준 '행복한 극소수' 독자들을 위해 썼던 스탕달은 색다른, 새롭게 변형된, 어쩌면 전만큼 행복하진 못한 극소수에서, 마침내 행복한 (혹은 따분해진) 일인으로 줄어든 독자층을 발견하게 될 것이다. 그리고 우리 각자에게 작가와 독자라는 이토록 기묘하고 감지되지 않음에도 참으로 막역한 관계라는 단 하나 남은 끈이 끊어지는 날이 찾아올 것이다. 어느 시점에서 내게도 최후의 독자 일인만 남게 될 것이다. 그리고 그 독자도 죽을 것이다. 한편, 독자층의 어마어마한 민주주의 안에서는 이론상으로 모두가 평등한데, 그중 몇몇은 상대적으로 더 평등하다.

내 최후의 독자. 남자일지 여자일지 모르나(진화 과정상 우리 인간종이 아직도 존재하고 있는 세계에서 남녀 구분이 여전히 있다면) 그 사람에게 자꾸만 감상적이 되려는 것 같다. 실제로, 나는 이 책, 이 페이지, 이 행을 음미할 이 세상 마지막 두 눈에(만약 그 눈 역시 지금과 다르게 진화하지 않았다면) 작가로서 감사나

웃으면서 죽음을 이야기하는 방법

칭찬의 몸짓을 표하려던 참이었다. 그러나 논리가 치고 들어왔다. 내 최후의 독자란 규정상, 내 책을 다른 누구에게도 추천하지 않는 사람이란 뜻 아닌가. 이 개자식아! 그래, 내 책이 추천할 만큼 좋지는 않다 이거냐? 너한텐 네가 사는 피상적인 세기에 그런 하잘것없는 작품이 더 좋단 말이지? 아니면 어디 좋아하는 묵직한 작품이라도 있어서 그에 비하면 내 책은 하잘것없어 보이나보지? 아니, 묵직하든 하잘것없든 둘 다 내 책보다 더 좋다고? 난 네 죽음에 애도를 표하려던 참이었지만, 그런 감정은 하루 빨리 씻어낼 생각이다. 정말로 내 책을 누구한테도 권하지 않을 작정인 건가? 그 정도로 인색하고, 안이하고, 비평적판단력은 영 갖추지 못한 인간인 건가? 그렇다면 넌 내 책을 읽을 자격이 없어. 가버려, 내 눈앞에서 꺼져버려, 가서 죽어버리라고. 그래, 너 말이야.

그때쯤이면 나는 이미 오래전에 맛이 가서 죽어버린 후일 거다. 비록 어떤 연유로 죽게 될지 아직은 모르거나, 또는 스탕달처럼 예견할 수도 없지만 말이다. 전에는 나의 부모가 마지막 순간에 자신을 다잡기 위해 보이는 행동을 보면 나의 종말도 결정될 거라고 생각했었다. 그러나 언제나 부모에게 의존할 수는 없는 노릇이다. 부모가 죽은 이후라면 더욱 그러하다. 나의 지역 보건의가 반대 의견을 표명했었던 메리 웨슬리는 (쇼스타코비치의 현악 사중주 제15번을 듣다가 공중에서 뚝 떨어지는 파리처럼) 갑자기 삶을 정지시키는 자기 가족의 유명한 재능에 기대를 품고 있었다. 그러나 정작 때가 되었을 때, 그녀가 발견한 건 가족들이 이 대대로 전해져 온 기술, 혹은 반복된 행운을 물려주는 걸 잊어버렸다는 것이었다. 대신 그녀는 암에 걸려 자신이 바랐던 것보다 더 늦게 죽었다. 그럼에도 여전히 훌륭한 극기 정신을 보여주었다. 그녀를 지켜본 한 사람은 "불편한 침대나 딱딱한 음식은 물론 고통스럽고 피골이 상접한 몸 상태에 대해서도 일언반구 불만을 표한 적이 없었다. 이따금씩 '이런 썅'이라는 한마디를 내뱉는 것 말고는"이라고 전했다. 정황을 들어보니, 그녀는 본연의 성격을 간직한 채 죽은 것이고, 뇌졸중으로 쓰러져 말을 할 수 없게 되어버린 나머지 유언으로 말하겠노라 약속해서 유명해졌던 '젠장!'이란 말도 결코 할 수 없었던 내 국어 선생과 달리, 최소한 욕이라도 내뱉을 수 있었다.

†

요새, 피렌체 지역 산타 크로체의 교회를 (혹은 입장권에 즐겨 적는 바로는 '기념비적인 예술 단지'를) 구경하려면 5유로를 내야 한다. 입장객은 스탕달이 들어갔던 서쪽 입구가 아니라

북쪽 입구로 들어가게 되며, 그러기 무섭게 경로와 방문 목적을 체크해 제출하게 된다. 기도하고자 하는 사람들은 왼쪽 출구로, 관광객들, 무신론자, 유미주의자, 아무 생각 없는 놈들은 오른쪽 출구로 들어간다. 예배가 거행되는 이 교회의 거대하고 통풍이 잘 되는 본당 중심부엔 스탕달의 입지를 무색케 한 명사들의 무덤이 있다. 그 가운데 상대적으로 신참에 속하는 묘가 있으니 1863년, 신에게 낙원에 보내달라고 간청했었던 로시니의 묘다. 이 작곡가는 그렇게 간청한 지 5년 후에 죽었고 페르 라셰즈 묘지에 묻혔다. 그러나 자부심 강한 정부가 졸라 때와 마찬가지로 페르 라셰즈로 찾아와 그의 시신을 도굴해 팡테온으로 이장했다. 신이 로시니를 낙원에 보내주었을지 여부는 신이 공쿠르 형제의 『일기』를 읽었는지 안 읽었는지에 달려 있을 것 같다. 그 일기에서 1876년 1월 20일에 이런 대목이 나온다.

"내 노년의 죄악? 어젯밤, 마틸드 공작부인의 흡연실에서 대화를 나누다가 화제가 로시니로 옮아갔다. 우리는 그의 지속 발기증, 그의 취향, 사랑의 문제에서, 건전치 못한 행위들을 이야기했고 그런 다음 노쇠한 작곡가가 말년에 가졌던 이상하고 천진한 도락들에 대해 이야기했다. 그는 젊은 여자들을 허리까지 발가벗긴 후 상체를 음란하게 더듬어댔고, 그러는 동안 여자들에겐 자신의 새끼손가락 끝을 빨게 했다.”

스탕달은 1824년에 로시니의 첫 번째 전기를 썼다. 2년 후 그는 『로마, 나폴리, 피렌체에서』를 출간했고, 그 책에 앙리 혹은 아리고 베일레가 1811년에 피렌체에 오게 된 경위에 대해 썼다. 그는 1월 어느 날 아침, 아펜니노 산맥에서 내려와 '아득히 먼 곳에서' 도시 위로 솟아오른 브루넬레스키의 거대한 돔을 보았고, 마차에서 내려 순례자처럼 걸어 들어갔고, 그림들 앞에 서서 전율을 느끼다가 기어코 졸도했다. 만약 그가 한 가지를 잊지 않고 행하기만 했어도 우린 여전히 그가 한 말 한 마디 한 마디를 다 믿을지도 모르겠다. 그러니까, 그가 최초의 여행에서 쓴 그 일기장을 태워버리기만 했었어도.

스트라빈스키는 노년에 이렇게 썼다.

“나는 기억이 진실한 것인지 잘 모르겠다. 그리고 나는 기억이 진실할 수 없음에도, 사람은 추억에 기대어 살지 진실에 기대어 살진 않는다는 것을 안다.”

스탕달은 1826년의 기억에 기대어 살았고, 반면에 베일레는 1811년에 그 실상을 글로 썼다.

그 일기를 통해서, 우리는 그가 정말로 마차를 타고 아펜니노 산맥을 횡단했으며 도시로 내려갔음을 알 수 있지만, 기억이 택한 길과 진실이 택한 길은 서로 달랐다. 1811년 그는 브

웃으면서 죽음을 이야기하는 방법

루넬레스키의 돔을 봤을 리 없다. 날이 어두웠기 때문이라는 단순한 이유에서 그렇다. 그가 피렌체에 도착한 건 새벽 5시로, '어쩔 수 없이 우편마차의 앞자리를 사수하면서 옴짝달싹하기 힘든 자세로 앉은 채 잠을 자느라 노독이 쌓인 데다 몸은 젖어 있었고 충격까지 받아 맥을 못 추리고 있었다'. 놀랄 것 없이, 그는 곧장 여인숙인 '영국 호스텔Auberge d'Angleterre'로 들어가 침대로 직행했다. 그는 두 시간 후에 깨워달라고 했지만 관광을 하기 위해서가 아니었다. 깨어난 뒤에는 우체국으로 향했고 다음번 로마행 마차의 자리 한 석을 직접 예약하려 했다. 그러나 그날의 마차는 만원이었고, 다음 날도 마찬가지였다. 그리고 이것이 그가 미학적인 반응의 역사에 추가한 3일 동안 피렌체에 머문 유일한 이유였다. 양립할 수 없는 사항이 하나 더 나왔다. 책에선 1월에 방문한 것으로 되어 있는데 일기에는 9월로 적혀 있다.

여전히 그가 산타 크로체에 갔다는 것은 기억과 사실이 일치한다. 그러나 그는 무엇을 보았을까? 지오토는 봤을 것이다. 모두가 그 때문에 산타 크로체에 가니까. 「피렌체 스페타콜로」가 우리에게 상기시키듯, 지오토의 작품들은 니콜리니 예배당에 있다. 그러나 베일레도 스탕달도 자신들의 저작물에서 실제로 지오토를, 혹은 같은 맥락에서 현대 가이드북이 별을 달아가며 우리에게 떠나라고 부추기는 다른 걸작들(도나텔로의 「십자가에 못 박힌 예수」, 도나텔로의 「성 수태고지」, 타데오 가디*의 프레스코화, 파치 예배당)을 일절 언급하지 않는다. 2~3세기에 걸쳐 취향은 변한다고 우리는 결론을 내린다. 그리고 베일레는 니콜리니 예배당은 분명히 언급한다. 딱 한 가지 문제점은, 그곳엔 지오토의 작품이 없다는 것이다. 제단 앞에 서서, 그는 바르디 예배당과 페루치 예배당이 있는 오른쪽으로 돌았을 것이다(돌았어야만 했다). 대신, 그는 왼쪽으로 돌아서, 트랜셉트**의 멀리 떨어진 북동쪽 모퉁이에 있는 니콜리니 예배당으로 간다. 이곳에서 그를 '황홀경'에 빠뜨린 건 여성 예언자들을 그린 회화 네 점으로 볼테라의 작품들이었다. 당신은 당연히 볼테라가 누구냐고 물을 것이다. 나도 그랬으니까. (그리고 답을 찾았다. 그는 1611년 볼테라로 태어나, 1690년 피렌체에서 죽었다. 피에트로 다 코르토나***의 추종자였고 메디치 가문의 후원을 받았으며 피티 궁전****의 장식가였다.)

1826년의 기억엔, 한 수사가 그 예배당 문을 걸어 잠갔고,

---

* Taddeo Gaddi(1300?~1366). 이탈리아의 화가로 산타 크로체 성당의 바렌체리 예배당 장식이 대표작이다.
** 십자형 교회당의 본당과 부속 건물을 연결하는 공간.
*** Pietro da Cortona(1596~1669). 이탈리아의 건축가이자 화가.
**** 피렌체의 은행가 루카 피티의 궁전으로 현재는 박물관이다.

웃으면서 죽음을 이야기하는 방법

그래서 스탕달은 예배용 접의자의 발판 위에 앉아 머리를 뒤로 젖혀 한 책상에 대고 프레스코 천장을 응시했다. 1811년의 사실은, 수사도 없고 발판도 없다. 더 나아가서, 1811년과 1826년 모두, 그리고 어쨌거나 그 전후로도, 여성 예언자들은 예배당 벽 높은 곳에 있었지 천장에 있은 적은 없었다. 실제로 1811년의 일기에서, 볼테라의 작품들에 찬사를 바친 후 이렇게 이어진다.

"같은 예배당의 천장은 매우 인상적이지만, 내 시력이 좋지 못해서 천장을 감상할 수가 없다. 그래서 내 눈에는 매우 인상적으로 보이는 것에 그친다."

이제 니콜리니 예배당은 더 이상 잠겨 있지 않지만, 예술이 종교를 대체하기 시작하게 된 이 유명한 자리는 아이러니하게도 기도하는 사람들을 위해 밧줄을 쳐서 차단한 구역 안에 있다. 그래서 이젠 수사 대신 제복 차림의 공무원이 필요하다. 접이용 의자 대신 쌍안경이 필요하다. 나는 정장 차림의 한 남자에게 나의 세속적인 용무를 설명했다. 그리고 짐작건대 '나는 작가입니다'라는 뜻의 이탈리아어가 영어보다는 살짝 더한 무게감을 갖고 있는 모양이다. 그는 호의적인 태도로 나에게 가이드북을 호주머니에 넣고 '기도하는' 동안은 꺼내지 말라고 조언한 다음 밧줄의 고리를 풀어주었다.

나는 휴일에나 입는 옷차림으로 제한구역인 교회의 모퉁이를 가로지르면서 신뢰감을 주는 근엄한 표정을 지으려고 애썼다. 그러나 목요일 오후 두 시 30분의 이 신성한 공간에는 (신부나 수도사는 물론) 신자 역시 단 한 명도 없었다. 니콜리니 예배당에도 아무도 없었다. 볼테라의 작품 네 점은 여전히 목이 뻣뻣해질 정도로 벽 높이에 걸려 있었고, 최근에 소제를 해서 바로크의 정수이되 판에 박힌 표현 양식들을 훨씬 더 선명하게 드러냈다. 그러나 그때 내가 바란 모습도 그러했던 것 같다. 그림들이 평범할수록 이야기는 더 낫다. 뿐만 아니라, 당연하게도 우리의 현대적인 취향에 대한 함축적인 경고도 더 강렬하다. 조금만 더 있어봐, 라고 이 여성 예언가들은 경고하는 것 같다. 시간이 흘러봤자 지오토를 위해 볼테라의 그림이 재평가받는 상황은 없을지도 모르지만, 그럼에도 시간은 불가피하게 우리를 어리석은, 유행을 좇는 아마추어처럼 보이게 만든다. 그것이 시간의 업이다. 신이 심판의 업을 포기한 지금으로서는.

볼테라의 작품들 말고, 산타 크로체에서 스탕달을 더없이 흥분하게 만들었던 작품이 하나 더 있다. (바티칸이 바로 얼마 전에 폐기한 바로 그 장소인) 연옥으로 내려간 예수를 묘사한 작품으로 스탕달을 '두 시간 동안 안절부절못하게' 만들었다.

웃으면서 죽음을 이야기하는 방법

당시 이탈리아 회화사에 관한 책을 쓰고 있었던 베일레는 그 것이 구에르치노*의 작품이라는 말을 들은 터라 '그를 나의 가슴 가장 깊은 곳부터 숭앙했다'고 썼다. 두 시간 후에, 또 다른 권위자가 그 작품이 (정확히) 브론치노**가 그린 것이라고 하자, 그는 '나는 모르는 이름이었다. 이를 발견하고 나는 몹시도 속을 태웠다'라고 썼다. 그러나 그 그림이 불러일으킨 효과에 관해서는 모호한 구석이 전혀 없다. '나는 하마터면 눈물을 흘릴 뻔했다'라고, 그는 자신의 일기에 썼다. "지금 이 글을 쓰는 동안 눈물이 흐르기 시작한다. 그토록 아름다운 작품을 그전에는 미처 본 적이 없었다…… 회화에서 그만한 기쁨을 느낀 적은 이제껏 한 번도 없었다."

너무나 기쁜 나머지 그가 기절을 했다고? 만약 지오토의 작품 앞에서가 아니라면 (스탕달은 그렇다고 말한 적이 한 번도 없었건만, 훗날 그랬으면 좋겠다는 생각이 그에게 슬그머니 떠올랐다) 최소한 볼테라와 브론치노의 작품들 앞에서였다고? 여기엔 딱 한 가지 문제가 남아 있다. 1826년에 (아마도 명명되었을 것이며) 과시되고 전매특허를 얻게 된 스탕달 신드롬은 정

---

* Guercino(1591~1666). 이탈리아의 대표적인 볼로냐파 화가. 본명은 GiovanniFrancesco Barbieri.
** Agnolo Bronzino(1503~1572). 메디치 가문의 궁정화가였던 피렌체파 화가.

작 1826년에 일어난 것으로 보이지 않는다. 산타 크로체의 포치에서 일어난 그 유명한 일화(극심한 심계항진, 생명의 원천이 말라버린 듯한 느낌)는 당시 그의 일기의 표제어가 될 만큼 대단한 일로 여겨지지 않았다. 그에 가장 필적할 만한 내용은 '회화에서 그만한 기쁨을 느낀 적은 이제껏 한 번도 없었다' 라는 문장 다음에 온다. 베일레는 그 문장에 뒤이어 이렇게 쓰고 있다.

"나는 기진맥진해졌고, 새로 산 부츠 속의 두 발은 부어올라 따끔거렸다. 신을 가로막아 그의 영광을 찬미하지 못하게 할 만한 사소한 감각이었으나 연옥의 그림 앞에서 나는 어느새 잊고 말았으니, 나의 신이시여Mon Dieu, 이토록 아름다울 수가 있는 겁니까!"

이런 이유로 스탕달 신드롬을 뒷받침할 모든 증거는 우리의 눈앞에서 실상 흩어지고 만다. 그러나 중요한 건 스탕달이 허풍쟁이, 우화적 소설가, 허위 기억에 시달리는 예술가(그리고 베일레는 사실만 말하는 사람이라는 것)라는 게 아니다. 그 일화는 흥미가 떨어지긴커녕, 오히려 더 흥미로워진다. 내러티브와 기억에 관한 이야기가 되기 때문이다. 내러티브 면에서 보자면 이렇다. 한 소설가가 쓴 이야기의 진실성은, 마지막에 취하는 형태의 진실성이지 최초의 진실성이 아닌 것이다.

웃으면서 죽음을 이야기하는 방법

기억의 면에서 보자면, 우리는 베일레가 그 사건을 겪은 후 몇 시간 만에 썼건 15년 후에 썼건 똑같이 진실했음을 믿어야 한다.

또, 베일레가 브론치노의 작품 앞에서 '눈물을 흘릴 뻔'했던 반면, 그가 몇 시간 후에 여성 예언가들에 관해 글을 쓸 때는 '눈물이 흐르기 시작'했다는 데 주목하길 바란다. 시간은 내러티브를 변화시키는 것뿐만 아니라 감정을 고양한다. 그리고 만약 법의학적인 고찰이 산타 크로체 이야기의 신빙성을 떨어뜨리는 것처럼 보인다면, 그럼에도 심지어 애초의 이야기부터, 미학적 기쁨이 종교적 황홀보다 더 컸다는 점에 대해선 훼손되지 않은 버전을 그대로 유지하고 있다. 베일레가 기도를 하려고 교회에 들어간 것이라면 그는 고독과 꽉 끼는 부츠 때문에 신의 영광을 제대로 못 느꼈을지도 모른다. 그러나 예술의 힘은 따끔거리는 발가락도, 까진 발뒤꿈치도 능히 잊게 했다.

✝

나의 할아버지 버트 스콜토크는 남들에게 들려줄 만한 우스갯소리가 딱 두 개밖에 없었다. 하나는 1914년 8월 4일에 있었던 당신의 결혼식에 얽힌 이야기라서, 반세기 동안 (갈고 다듬어지지 않은 채) 반복해 듣게 되었다.

"우린 전쟁이 터진 날에 결혼했어. (부담스럽게 뜸을 들인 후) 그다음부터는 전쟁 같은 부부 생활이 이어졌지!!!"

다른 이야기는 카페에 들어가 소시지롤을 달라고 했던 녀석에 관한 이야기로, 할아버지는 한껏 장황하게 늘어놓았다. 그 녀석은 한 입 먹고 나선 빵 안에 소시지가 없다고 구시렁댔다.

"더 먹어야 소시지가 나와요."

카페 주인이 말했다. 그 녀석은 이번엔 한입 가득 베어 물고선 똑같이 구시렁댔다.

"방금 통째로 다 삼켰네요."

카페 주인은 이렇게 대답했다. (이 대답은 당시 할아버지가 즐겨 반복했던 회심의 표현이기도 했다.)

할아버지가 유머 감각이 없었다는 데에는 형도 동의한다. 그래도 내가 덧붙여 '지루하다 못해 좀 겁이 날 정도'였다고 말하면 반대한다. 그러나 당시 할아버지는 첫째 손주를 편애했었고 형에게만 끌을 가는 법을 가르쳐줬었다. 물론 당신이 키우던 양파들을 뽑아버렸다고 날 때린 적은 한 번도 없었던 게 사실이지만, 집안에서 교장다운 영향력을 발휘했으며 날 인정하지 않았던 기억을 쉽게 떠올릴 수 있다. 그 한 가지 예를 들어보겠다.

매년, 할아버지와 할머니는 우리 집에 와서 크리스마스를

웃으면서 죽음을 이야기하는 방법

보냈다. 할아버지가 60대 초반이었을 때, 어느 날 읽을거리를 찾아 내 침실의 서가까지 왔다가, 내겐 묻지도 않고 『롤리타』를 가져가 버린 일이 있었다. 지금도 보이는 코기 출판사 판본이 그 책인데 할아버지가 독서 중 목공과 원예를 했던 그 두 손으로 책등을 체계적으로 갈라놓은 것이 보인다. 마찬가지로 알렉스 브릴리언트도 그랬다. 비록 알렉스는 책등이 갈라지면 읽는 사람과 책의 내용이 지적으로 교감하고 있었음을 알 수 있기라도 한 것처럼 믿었지만. 반면에 할아버지의 (알렉스와 거의 똑같은) 행동은 그 소설과 작가 둘 모두를 경시한다는 표시로 보였다. 나는 할아버지가 페이지를 넘길 때마다 ('내 허리의 불꽃'부터 '소년들이 이렉터 세트를 갖고 놀 나이'*까지) 혐오감에 못 이겨 책을 집어던질 거라고 예상했다. 놀랍게도, 할아버지는 그러지 않았다. 일단 시작한 마당에 끝까지 읽을 작정이었다. 영국 청교도주의에 끌려 그는 러시아인이 말하는 타락한 미국 이야기를 끝까지 집요하게 헤쳐 나갈 수 있었다. 초조한 심정으로 할아버지를 지켜보는 동안, 나는 내가 그 책을 쓴 것 같은 기분마저 들기 시작했고, 그런 후엔 어린 여자애를 추

---

*『롤리타』에 등장하는 시의 한 구절로, 여기서 '이렉터'는 너트와 볼트로 이을 수 있게 구멍이 뚫린 금속봉 놀이 세트를 지칭하지만, 동시에 '발기하는 근육'을 암시하기도 한다. (김진준 역 참조)

행하다 들킨 것 같았다. 할아버지가 그것 말고 달리 어떻게 생각할 수 있었겠는가? 결국, 할아버지는 내게 수직으로 아문 상처들로 책등이 엉망이 되어버린 책을 돌려주며 이런 논평을 덧붙였다.

"좋은 문학작품인지 모르지만, 난 외설이라고 생각한다."

당시 나는 혼자서 히죽히죽 웃었고, 옥스퍼드에 가게 될 유미주의자들도 다 그랬을 것이다. 그러나 나는 할아버지에게 한 가지 몹쓸 짓을 했다. 그도 그럴 것이 그때 할아버지는 『롤리타』가 내 관심을 끈 이유를 정확하게 파악했었기 때문이다. 그것은 문학과 외설물의 활력 넘치는 조합이었다. (주변에서 찾아볼 수 있는 성에 대한—경험은커녕—정보도 부족해서 르나르의 개정판—'섹스와 마주할 때 우리는 어느 때보다 책에 의지하게 된다'—이 돌아다니는 지경이었으니) 난 그 전에도 할아버지에게 몹쓸 짓을 했으니 당신의 유서에서 내겐 아무것도 남겨주지 않았다는 식으로 말했던 것이다. 형 말로는 나의 착각이란다.

"할아버지가 돌아가셨을 때, 나에겐 (나는 결코 좋아한 적이 없었던) 짝퉁 치펀데일 책상을 물려주셨고, 너한텐 (내가 정말로 갖고 싶어 했었던) 황금 하프헌터*를 물려주셨어."

* 사냥 시 케이스를 보호하기 위해 유리 케이스가 장착된 회중시계.

웃으면서 죽음을 이야기하는 방법

내 기록을 보관한 서랍 속 해묵은 매체 스크랩은 그 책상이 슈롭셔의 다양한 지역에서 교장을 지냈던 버트 스콜토크가 1949년에 60세가 되어 매들리 모던 중등학교를 떠났을 때 받은 은퇴 선물이었음을 확증한다. 그는 또 안락의자도 받았다(다름 아닌 파커 놀 제품일 가능성이 다분하다). 거기다 만년필 한 자루, 라이터, 황금 커프스단추 한 쌍도. 가정학 센터의 여학생들은 할아버지에게 2단 케이크를 구워 선물했다. 한편 '목공 센터 남학생 그룹을 대표하는' 에릭 프로스트는 그에게 '견과 그릇과 나무망치'를 선물했다. 이 마지막 선물은 똑똑히 기억하고 있는데 조부모의 방갈로에 늘 진열되어 있었기 때문이다. 정작 조부모는 그것을 한 번도 쓴 적이 없었다. 결국 내것이 되었을 때 나는 그 이유를 알게 되었다. 그 물건들은 약이 오를 정도로 쓸모가 없었던 것이다. 나무망치는 온 방 안에 껍데기 파편을 흩뿌렸고 호두 알맹이는 가루로 만들어버렸다. 나는 할아버지가 그 물건을 분명 직접 만들었을 거라고 늘 생각했었다. 무리도 아닌 것이, 그러니까 원예용 바구니부터 V자형 서적 전시용 선반, 할머니의 시계 케이스 등, 집과 정원에 있는 목재로 된 물건들은 거의 다 할아버지가 직접 톱질하고 사포로 다듬고 쇠시리하고 은못으로 접합했기 때문이었다. 그는 목재에 대단한 존중을 표했기 때문에, 마지막으로 내린 결정은 다음과 같았다. 상품 오크 나무와 느릅나무 재목으로 공들여 만든 관이 하루이틀 후에 재가 된다는 생각에 충격받은 나머지 자신의 관을 제재목으로 만들어달라고 명시했던 것이다.

황금 하프헌터는 수십 년째 내 책상 맨 위 서랍에 들어 있다. 조끼에 달기 위한 황금 시곗줄과, 양복 옷깃의 단춧구멍에서 맨 위 호주머니까지 매달 때 사용할 가죽 끈이 하나 딸려 있다. 나는 하프헌터의 뒤 뚜껑을 연다. '18년간 근속하신 B. 스콜토크 교장선생님께 베이스톤 힐 영국국교회 부설 초등학교 이사, 교사, 학자, 친구 일동 드림. 1931. 7. 30.'

형이 그 시계를 한 번이라도 탐냈을지 나로선 전혀 알 도리가 없었고, 이 죄책감 때문에 40년 남짓 속을 끓다가 이제야 형에게 그 시계는 형 것이라고 말해준다.

"그 하프헌터에 관해서라면," 형은 답한다. "할아버지는 네가 가지길 바라셨을 거야."

할아버지가 '바라셨을 거'라고? 형은 지금 죽은 사람이 가정상 바랐을 것으로 날 약 올리고 있는 것이다. 그는 계속해서 말한다.

"더 중요한 건, 지금의 나는 네가 그걸 갖길 바란다는 거야."

그렇다, 실로, 우리는 '우리'가 바라는 것만 할 수 있을 뿐

　　　　　웃으면서 죽음을 이야기하는 방법

이다.

나는 형에게 '할아버지와 회한'의 주제를 밝혀달라고 도움을 청한다. 그는 두 가지로 설명한다. '첫 번째는 사소하기 그지없게 느껴질 텐데' 손자가 자기가 키운 양파를 뽑았다고 때린 것을 두고두고 부끄러워하는 마음이다. 두 번째로, 좀 더 중대한 제언은 이렇다.

"할아버지가 (제1차 세계대전에 관한) 이야기를 들려주실 때는, 배를 타고 프랑스로 가는 대목에 이르면 다시 처음으로 돌아와서 영국의 병원에서 시작되더라고. 전쟁에 관해선 한마디도 안 해주셨어. 내 생각에 할아버지는 참호에 있었던 것 같아. 받은 훈장도 하나 없는 것 보면 분명히 부상당한 적도 없을 거야(하다못해 '블라이티*'도). 그러니 할아버지는 참호족? 아니면 전쟁신경증? 뭐든, 영웅적인 부상하고는 별로 상관없는 병으로 상이군인 제대를 했을 게 분명해. 그래서 친구들을 실망시켰을까? 한때 나는 할아버지가 전쟁에서 실제로 뭘 했는지 알아보려고 한 적도 있어? (연대 기록은 분명 남아 있을 테니까.) 기타 등등. 기타 등등. 하지만 물론, 짬이 안 나서 아무것도 안 했지."

* 제1차 세계대전과 제2차 세계대전 때 우스갯소리로 영국을 지칭한 말이면서, 또 해외파병 영국군이 부상 때문에 본국으로 복귀할 경우를 가리키는 말이었다.

나의 기록보관 서랍 안엔 할아버지의 출생증명서, 결혼증명서, 그리고 그의 사진 앨범('고속도로와 샛길 풍경'이라는 제목의 붉은 천으로 덧씌운 장정)이 들어 있다. 이 앨범 안에는 1912년에 오토바이에 걸터앉은 할아버지와 그 뒤에 앉은 할머니가 있다. 그다음 해의 할아버지는 깡패처럼 할머니의 가슴에 머리를 기댄 채 한 손으로 할머니의 한쪽 무릎을 움켜쥐고 있다. 여기, 유럽이 분열될 조짐을 보이는 가운데, 결혼식을 올린 할아버지가 신부의 어깨에 한 팔을 두르고 흰색 조끼 앞으로 파이프 담배를 비스듬히 기울이고 있다. 그리고 신혼여행에서 찍은 사진들(스튜디오에서 찍어서 다른 사진에 비해 덜 바랬다). 그리고 결혼식 후 열 달 만에 태어난 '뱁스(어머니가 캐슬린 메이블이 되기 전에 불렸던 이름)'와 함께 찍은 사진. 파병군 시절, 휴가 때 찍은 사진들로 처음엔 두 줄짜리 계급장(1916년 8월 프레스타틴)이었다가 마지막엔 세 줄짜리로 변한다.* 이즈음, 스콜토크 병장은 본머스** 외곽의 그라타 키에스 병원에 입원해 있고 다른 입원자들과 함께 콘서트 파티***를 위해 변장한 후 포즈를 취한 모습이 눈에 띌 정도로 활력 넘쳐 보인다. 할

---

* 영국 육군 부대 계급상 두 줄은 일병을, 세 줄은 병장을 의미한다.
** 영국 잉글랜드 서남부 지역의 해변 휴양도시.
*** 20세기 초 영국에서 인기를 끌었던 일종의 버라이어티쇼 순회공연으로 피에로 등의 분장을 한 연예인들이 노래와 코미디를 선보였다.

웃으면서 죽음을 이야기하는 방법

아버지는 흑인 분장을 하고 있는데, 첫 사진은 (간호사 복장을 한) 어떤 남자 갑판 선원과 함께 찍었고, 그다음 사진은 (피에로 분장을 한) 풀우드*와 찍었다.

그리고 여기 또 한 여자의 얼굴만 찍은 사진이 있는데, 연필로 1915년 9월이라고 쓴 건 여전히 보이지만 이름(혹은 지명이었을 표시)은 지워져 버렸고, 얼굴 부분이 몹시도 긁히고 구멍이 뚫려 있어서 입술과 위타빅스 같은 머리 모양만 간신히 남아 있을 뿐이다. 이렇게 말소한 흔적 때문에 그 여자는 '간호사 글린'이나, 심지어는 '1915년 12월에 전사한 병장 P. 하이드' 사진보다도 더 호기심을 자아낸다. 나에게 말소는 흔하디흔한 두개골보다 훨씬 뛰어난 죽음의 상징처럼 다가온다. 유골에 진지하게 파고드는 건 시간이 지나 다 썩은 후에야 가능하다. 그리고 정작 파고들 무렵이 되면 이 해골이나 저 해골이나 별 차이가 없다. 장기간의 상징으로 양호하지만, 죽음의 행위 그 자체가 중요하다면, 찢겨 나가고 구멍 뚫린 사진 한 장 같은 걸 찾아보는 편이 좋다. 그러는 편이 사적이면서 동시에 즉각적으로, 철저히 파괴적인 것이며, 눈에서는 빛을, 뺨에서는 생명을 벗겨내는 것이다.

* Arbert Henry Fullwood(1863~1930). 제1차 세계대전 때 전쟁 화가로 활동한 영국의 화가.

할아버지의 참전에 관한 정식 수사는 애초에 당신의 소속 연대나 입대 년도를 알지 못했기 때문에 좌절된다. 처음 스콜토크라는 이름이 등장하는 것은 간단없이 '바보'라고 쓰여진 의사의 소견과 함께 상이군인으로서 제대한 상자제조병이다. (아, 공식 지정 바보가 우리 집안에 있다니.) 그렇지만 그다음으로 여기 1915년 11월 20일에 입대한 랭커셔 주의 보병 제17대대의 이등병으로 2개월 후 제104보병여단, 35사단과 함께 배를 타고 프랑스로 향했던 버트 스콜토크가 있다.

형과 나는 할아버지가 그렇게 늦게 입대했다는 사실에 놀란다. 나는 언제나 할아버지가 군복을 지급받았던 때는 할머니가 막 임신 중이었을 때라고 생각했었다. 그러나 이는 우리 부모의 삶에서 거슬러 올라가 떠올린 상상의 일부였던 게 틀림없다. 아버지는 1942년 당시 형을 임신 중이었던 어머니를 떠나서 입대해 인도로 파병되었다. 할아버지는 곧 세상에 나올 당신의 딸 때문에 1915년 11월까지 자원입대하지 않았던 걸까? 그의 하프헌터가 확증하는 바로는 그랬다. 그런 후 국교회 학교의 교장을 지냈으니 여전히 대기 상태였던 건지도 모르겠다. 1916년 1월 전에는 징병제가 도입되지 않았다는 사실을 감안할 때, 그런 분류법은 아직 생겨나기 전이었을까? 어쩌면 할아버지는 그런 전조를 내다보고 자원하는 쪽을 선호했던 건지도 모른다. 만약 할머니가 그때 이미 사회주의자였다면 할아버지는 아내가 정치적으로 의심이 많음에도, 자신은 애국자임을 보여주고 싶었던 건지도 모른다. 거리에서 그 의기양양한 여자 한 명이 할아버지에게 다가와서 흰 깃털*을 건네주었을까? 할아버지의 절친한 친구 하나가 입대했던 걸까? 최근에 결혼한 남자들을 대상으로 한 함정수사가 두려워 마음고생하고 있었던 걸까? 이 모든 게 터무니없는 망상에 지나지 않는 걸까? 어쩌면 할아버지가 회한의 감정에 대해 말한 날짜가 전혀 밝혀지지 않은 상황에서, 제1차 세계대전까지 거슬러 올라가 추적하려는 시도 자체가 잘못인지도 모르겠다. 한번은 어머니에게 할아버지가 전쟁에 대해 일언반구도 하지 않은 이유를 물어본 적이 있다. 어머니의 대답은 이러했다. "그게 정말 재미있는 얘기가 못 된다고 생각하신 것 같은데."

할아버지 개인에 관한 기록들은 (다른 많은 사람들의 기록과 마찬가지로) 제2차 세계대전 당시 적대 행위로 말소되고 말았다. 여단 일지를 보면 그들은 1916년 1월 말에 서부전선에 도착했음을 알 수 있다. 그때 폭우가 쏟아졌고 키치너**가

---

* 18세기 이래로 영국에서 전시에 군 입대를 하지 않은 남자들에게 주로 극우파 사람들이 수치심을 안겨주고 경각심을 일깨우기 위해 흰 깃털을 건네주었던 풍습을 의미한다.
** Horatio Herbert Kitchener(1850~1916). 제1차 세계대전 당초에 육군 대신을 지냈던 영국의 원수.

1916년 2월 11일에 그들을 사열했다. 그해 7월 그들은 마침내 작전에 참가했고(19~27일 사상자: 장교 8명 부상, 기타 부사관 34명 전사, 172명 부상) 다음 달, 할아버지의 소속 연대는 보, 몽테뉴, 그리고 몽토방의 최전선에 있었다. 할아버지는 더블린 참호에 있었을 것이고, 그곳에서 그의 연대는 자기들보다 못한 포병대에 포격을 당한 데 불만을 표했다. 이후, 앵글 우드의 서쪽 끝에 있는 침팬지 참호에 있었다. 그해 9월과 10월에 그들은 다시 최전선에 있었고 (9월 4일~10월 31일, 기타 병사 사상자: 1명 사망, 14명 부상—사고 3명, 순직 3명, 총유탄 4명, 공습 2명, 공중어뢰 1명, 총탄 1명) 여단장은 '대위, 여단부관 B. L. 몽고메리(이후 알라메인)'이란 사람으로 명단에 올라 있다.

알라메인의 몽고메리! 옛날에 우리는 난쟁이의 옷장에서 (형이 '흑백 화면 속에서 좌충우돌 바보짓을 하던 섬뜩한 몬티'라고 말했던) 그 사람이 제2차 세계대전에서 어떻게 승리했는지를 보지 않았나. 우리는 그가 'r' 발음을 못 하는 걸 흉내내곤 했었다.

"난 그때 옴멜에게 와이트 훅을 날렸습니다."*

---

* 정확하게는 'Rommel'과 'right hook'이지만 'r' 발음을 못 해서 'Wommel'과 'wighthook'으로 들리는 것을 음가 그대로 표기한 것.

웃으면서 죽음을 이야기하는 방법

이것이 형과 내가 조롱을 섞어 '사막 군사작전'*을 요약한 바였다. 할아버지는 몬티 밑에서 복무했었다는 사실을 우리에게 한 번도 말한 적이 없었다. (우리가 그 프로그램을 시청할 때마다 어머니가 가족사의 단면으로 언급한 적이 없었던 것을 보면, 당신 딸에게조차도 말하지 않은 게 분명하다.)

그 연대 일지의 1916년 11월 17일자에 이렇게 쓰여 있다.

"군사령관은 최근 한 보병대대에서 근시가 심한 군인 한 명을, 또 다른 보병대에서는 귀머거리 군인 한 명을 보았다. 이들은 최전선에선 위험 요소가 될 것이다."(『당신이라면 어떻게 할까?』라는 소설이 한 편 있다. '제1차 세계대전에 참전하게 되었습니다. 당신은 귀머거리가 되는 쪽을 택하겠습니까? 아니면 장님이 되는 쪽을 택하겠습니까?'라는 내용이다.)

사령관이 진술하는 또 다른 기록이 있다.

"1916년 12월 1일 이후로 지금까지 지켜봐왔던 사단에서 열린 수많은 군법회의들은 본 사단 내의 훈육 상태가 절대 기준에 미치지 못했음을 보여주는 경향이 있다."

바로 그 기간 동안 랭커셔 주의 보병 제17대대에선 탈영

---

* 일명 사막 전쟁으로, 제2차 세계대전 당시, 독일의 롬멜 장군이 이끄는 군대에게 패배를 거듭하며 북아프리카의 엘 알라메인까지 후퇴한 영국은 이후 몽고메리를 새 사령관으로 임명한 후 첫 승리를 거두게 된다.

1건, 초소 경계 근무 중 졸음 6건, 그리고 사고로 인한 (짐작건 대 자초했을) 부상 2건이 있었다. 할아버지가 이 통계에 특별 히 일조한 증거는 없다(그런 증거가 있을 리가 없다). 할아버지 는 자원입대한 평범한 군인이었고, 전쟁 중기 동안에는 배를 타고 프랑스로 전속되었고 이등병에서 병장으로 진급했다. (그 리고 내가 항상 이해했던 바로는) 한 발 또는 두 발 다 '물이나 진 창 속에 오랫동안 담가둔 원인으로 부종, 수포, 일정 정도의 괴 사 상태에 이르는 고통스러운 상태'인 참호족에 걸려 상이군 인 제대를 하게 되었다. 그는 명시되지 않은 날짜에 영국으로 왔고, 1917년 11월 13일에 같은 연대의 스무 명의 다른 군인 들과 함께 '신체적으로 더는 군복무에 적합하지 않기' 때문에 제대하게 되었다. 그때가 그의 나이 스물여덟이었고, 이상하 게도 (내가 보기엔 착오가 있었던 것 같은데) 제대상 기록엔 일 병에 열거되어 있다. 그리고 내 형의 기억이 무색하게, 할아버 지는 사실 훈장을 (최저급 훈장이라면) 여러 개 받았다. 그냥 전 쟁에 얼굴을 비친 사람이라면 다 받을 수 있는 종류로 전투 현 장 참전병에게 수여하는 '영국 전쟁 훈장', 그리고 전투 작전 현장에 복무한 적임요원에게 수여하는 '승리 훈장'을 받았다. 승리 훈장의 뒷면에는 '1914~1919년 문명을 위한 제1차 세계 대전'이라고 새겨져 있다.

웃으면서 죽음을 이야기하는 방법

거기서 모든 것, 기억과 지식은 끝이 나고 만다. 이것들이 참고할 만한 스크랩들이며 이 이상으론 알 수 있는 방법이 없다. 그러나 가족의 충성이 나에게 동기부여가 된 건 아니기 때문에 실망스럽지는 않다. 나는 하나의 예로서 할아버지의 복무 사실과 그에 얽힌 비밀, 그리고 그의 침묵을 이야기하고 있다. 첫 번째로는, 착오가 있었던 점에 관해서다. 그 결과 '버트 스콜토크라는 이름으로 세례를 받았고, 그 이름으로 불렸으며, 그 이름으로 화장된' 사람이, 실상 1889년 4월에 요크 주 드리필드의 등기소에서 '버티'라는 이름으로 인생을 시작했음을 발견했다. 그리고 1901년에 실시된 인구조사에서도 여전히 이름이 버티였음을 알게 되었다. 두 번째로는, 어느 정도까지 알아낼 수 있는지, 그리고 어느 지점에서 찾는 사람은 손을 놓게 되는지에 대한 예로서 이야기하고 있다. 자신이 찾아낼 수 없는 것, 그래서 손을 놓게 되는 지점이 소설가의 시작점이기 때문이다. 우리(여기서 의미하는 바로는 '나')는 많이도 아니고 약간만 필요로 한다. 많이 있어봤자 과하기만 하다. 우리는 침묵, 수수께끼, 부재, 모순과 함께 출발한다. 만약 내가 할아버지가 초소에서 졸았던 세 병사 중의 한 명이었고, 그가 조는 동안 적군이 기어 올라와 같은 연대 소속 보병 몇몇을 살해했으며, 그로 인해 그는 엄청난 회한에 시달리게 되었고, 그 감정을 무덤까지 가져갔음을 알게 되었다면 (그리고 만약 내가 오래전의 은행예금 상자를 비우다가 친필로 쓴─회한에 찬 나머지 떨리는 손으로 서명한 표시가 있는─선서 진술서를 읽고서 이 모든 사실들을 알게 되었다면) 나는 그의 손자로서는 몰라도 소설가로서는 만족하지 못했을지도 모른다. 그 이야기, 혹은 이야기가 될 가능성이 있는 소재는 폐기했을 것이다. 내가 아는 한 작가는 공원 벤치들을 얼쩡거리며 남의 대화에 귀를 기울이길 좋아하는데, 그렇게 엿듣다가 행여 자신이 직업상 필요한 것 이상의 내용이 누설될 위협이 있을 경우 곧바로 자리를 뜬다. 이제 더는 필요 없어. 부재, 수수께끼, 이런 것들은 우리가 (그러니까 그 친구와 내가) 풀어야 할 숙제다.

그렇기 때문에 '고속도로&샛길 풍경'을 볼 때면 블랙풀*의 종조부 퍼시나 간호사 글린이나 1915년 12월에 전사한 병장 P. 하이드가 아니라 '1915년 9월'의 입술과 머리칼과 흰색 블라우스와 날짜 옆의 지워진 흔적에 눈길이 간다. 그렇다면 무슨 이유로 그 사진을 앨범에서 아예 없애버리거나 아니면 최소한 다른 사진 뒤에 붙이지 않았을까? 여기 몇 가지 짐작 가능한 설명이 있다. 1) 그것은 할머니의 사진이었고, 할아버지

* 영국 잉글랜드 랭커셔에 있는 휴양지.

웃으면서 죽음을 이야기하는 방법

가 좋아했는데도 나중에 할머니가 싫어하게 되었다. 하지만 이 경우 그 사진만이 아니라 그 밑의 앨범 페이지까지 구멍이 뚫릴 만큼 폭력적으로 여겨지는 가해의 이유는 설명해 주지 못한다. 만약 1-1) 사진을 그 모양으로 만든 건 노인성치매가 온 후였고, 할머니는 다만 자기 얼굴을 못 알아본 거라면 몰라도. 이 여자, 이 침입자, 이 요부는 누구일까? 그런 입장이라서 그 여자가 자기 사진을 긁어낸 것일까? 하지만 그럴 경우, 왜 다른 사진이 아닌 이 사진을 골랐을까? 그리고 날짜 바로 옆의 정보를 긁어서 없앤 이유는 무엇일까? 2) 혹시 이것은 다른 여자의 사진이기 때문에 할머니가 구멍을 뚫은 것일까? 만약 그렇다면, 대충 언제였을까? 극적인 부부 관계 파업의 일환으로 할머니가 문제의 앨범을 본격적으로 파헤치기 시작한 직후? 아니면 먼 훗날이지만, 할아버지가 살아 있는 동안? 아니면 할아버지가 세상을 떠난 후, 오랜 세월 묵혀둔 복수의 흔적일까? 3) 이것이, 만에 하나라도, 어머니에게 이름을 준 '메이블이라는 정말로 멋진 여자'는 아닐까? 예전에 할머니가 내 어머니에게 뭐라고 말했던가? (이 세상에 나쁜 여자가 없으면 나쁜 남자도 없다고 하지 않았던가?) 4) 할아버지는 그 사진에 구멍을 뚫고 찢어버리려고 했다. 이 가능성은 희박한 것이 4-1) 이건 다름 아닌 할아버지의 앨범이다. 4-2) 수공예, 가죽 세공,

제본술에 능한 할아버지라면 지금 이 상태보다는 훨씬 더 제대로 망쳐놨을 것이다. 그리고 4-3) 내 생각에 사진을 훼손하는 건 대개 여자들의 범행이다. 5) 그러나 어떤 경우건 상관없이 거기 적힌 날짜에 대해 생각해 보라. (1914년에 할아버지의 이름이 된) 버트와 넬은 전쟁이 발발한 그날 결혼식을 올렸다. 그리고 같은 달에 그들의 딸을 잉태했고, 1915년 6월에 출산했다. 이 불가사의한 사진에 적힌 날짜는 1915년 9월이다. 할아버지는 1915년에 자원했다. 자원하지 않았다 해도 몇 달 내로 징병제가 도입될 예정이긴 했지만. 어쩌면 이것이 그가 회한이 뭔지 알게 된 이유일까? 그리고 당시 내 어머니는 물론 어린애에 불과했다.

버티에서 버트로 개명한 남자. 늦은 나이에 자원입대했던 남자. 입을 열지 않았던 목격자. 일병으로 제대한 병장. 손상된 사진 한 장. 회한에 사무칠 이유가 될 만하다. 이 지점이 우리 소설가들이 거하는 곳, 무지의 틈새, 모순과 침묵의 땅이다. 외견상 알려진 것으로 당신을 설득하겠노라고, 혹은 그 모순을 해결하겠노라고, (혹은 유용할 정도로 생생히 밝히겠노라고) 그래서 그 침묵을 깨고 말을 하게 만들겠노라고 계획하는.

†

웃으면서 죽음을 이야기하는 방법

할아버지가 제안한다.

"금요일. 정원에서 일했다. 감자를 심었다."

할머니가 받아친다.

"헛소리는. 하루 종일 비가 내렸다."

그리고 우긴다.

"비가 너무 많이 와서 정원에서 일할 수 없었다."

할아버지는《데일리 익스프레스》에서 '세계를 지배할 붉은 음모'란 기사를 읽으며 고개를 설레설레 저었다. 할머니는《데일리 워커》에서 '미 제국주의 전쟁광들, 인민민주주의 사보타주에 나서다'라는 기사를 보며 혀를 쯧쯧 찬다. 우리 모두—그들의 손자(나), 독자(당신), 심지어는 내 최후의 독자(그래, 그래, 당신, 너 말이야, 이 개자식아)—는 두 가지 사이 어딘가 진실이 있음을 확신한다. 그러나 소설가(다시 나)는 진실의 정확한 본성에는 별 관심이 없고, 진실을 믿는 사람들의 본성, 그들의 신념을 공고히 하고, 서로 경쟁하는 내러티브들 사이의 지층에 더 관심이 있다. 허구는 전적인 자유와 철저한 통제를 결합하는 과정, 정확한 관찰과 상상의 자유로운 유희의 균형을 잡는 과정, 거짓말을 이용해 진실을 말하게 하고 진실을 이용해 거짓말을 하게 하는 과정에서 만들어진다. 허구는 구심성이면서 또한 원심성이다. 허구는 그들의 모든 모순들, 당착들, 그리고 해결 불능의 가운데에서 모든 이야기를 하길 원한다. 동시에 허구는 하나의 진실한 이야기, 다른 모든 이야기들을 용해하고 정제하고 해결하는 이야기를 하길 원한다. 소설가는 비트겐슈타인의 준엄한 주장과 스탕달의 농담을 즐기는 후안무치에 힘입어 뒷줄에 앉은 주제에 비아냥대는 놈이면서 또 서정 시인이다.

한 소년이 구멍 난 푸프에 몸을 던지자 터진 솔기 사이로 조각조각 난 부모의 연애편지들이 뿜어져 나온다. 그러나 소년은 어떻게 한다 해도 그 불가사의와 수수께끼를, 혹은 그 상투성과 통속성을, 혹은 그들의 사랑("다들 나더러 클리셰라는데, 내겐 클리셰로 느껴지지 않거든")을 하나로 이어 붙이지 못한다. 반세기가 흘러 바야흐로 노년을 바라보게 된 소년은 이야기들과, 이야기들의 의미, 이야기들을 만드는 일로 성인기를 보내온 터라 힘이 넘치는 행동, 조각조각 난 단서들, 단편적인 것만 알고 있을 뿐인 이야기를 하나로 잇는 작업을 내켜하지 않거나 할 수 없는 것이 우리네 인생의 은유라고 생각한다. 남는 것은 파란색으로 물든 종잇조각들, 우표가 붙어 있어서 (고로 소인이 찍혀 있는 우표에) 증기를 쏘여 떼어낸 엽서들, 그리고 바구니 밑으로 떨어지면서 무지근하니 딩동, 소리를 내는 스위스 카우벨이다.

웃으면서 죽음을 이야기하는 방법

나는 눈을 가린 채 형에게 떠밀려 벽에 부딪쳤던 어린 꼬마 시절은 전혀 기억하지 못한다. 그럴뿐더러, 나로선 미덥지 않지만 정신요법을 동원해 중재하지 않는 한, 내가 기억하지 못하는 이유가 고의적인 억압(정신적 외상! 공포! 형에 대한 두려움! 형에 대한 사랑! 아니면 그 둘 다!) 때문인지 아니면 그 사건의 평이함 때문인지 도저히 알 도리가 없다. 첫 조카 C와 내 어머니의 마지막 노쇠 현상에 대처하던 때에 C가 처음으로 내게 그 이야기에 대해 설명해 주었다. C와 동생은 어렸을 때 그것이 '웃기는 이야기'라고 들었단다. 하지만 그것 말고도 C는 '그건 특히 좋은 방식의 행동이 아니었고, 그런 의미에서 그(조카의 아버지, 그러니까 나의 형)는 일종의 경고로서 이야기하고자 했다'라고 이야기를 맺었던 걸 기억하고 있었다. 그렇다면 무엇이 교훈이 될 수 있을까? 당신의 형제자매를 나처럼 대하지 말라? 인생이란 눈을 가린 채 벽으로 떠밀리는 것과 같음을 알라?

나는 형에게 그가 생각하는 교훈을 이야기해 달라고 청한다. 그는 답한다.

"세발자전거 이야기 말이지. 내가 했어. 그 이야기의 변형판을 얘기한 것일 수도 있고. C와 C더러 웃으라고 한 건데 정말 웃더라고, 무섭게. (내 기억엔 애들한테 이야기할 때 단 한 번도 교훈을 담아서 한 적은 없었거든…….)" 봐라, 이게 철학자를 아버지로 뒀을 때 일어나는 일이다.

"내 기억으론, 악튼의 뒤뜰 정원에서 너랑 나랑 했던 놀이였어. 잔디밭에 (통나무들, 빈 깡통들, 벽돌들로 이루어진) 장애물 코스가 설치되어 있었어. 그 게임은 세발자전거를 타고 심각한 부상 없이 코스를 한 바퀴 도는 거였어. 둘 중 하나가 자전거를 타고 다른 하나가 밀었지. (내 생각에 그 자전거는 체인이 빠져 있었는데 아무래도 자전거를 미는 행위가 그 놀이의 가학적인 쾌락을 한층 고조시켰던 것 같아.) 자전거 탄 사람의 눈을 가렸어. 서로 번갈아서 자전거를 타고, 또 밀기로 했던 건 똑똑히 기억나. 하지만 네가 날 밀었던 것보다 내가 널 더 빨리 밀었던 것 같아. 큰 사고가 난 적은 한 번도 없었던 것으로 기억해. (심지어는 벽에 부딪친 사람도 하나도 없었던 것 같아. 그 정원의 배치를 생각해 보면 실제로 벽까지 미는 게 그리 쉽지는 않았을 거야.) 네가 겁을 집어먹었는지도 기억이 나지 않아. 내 생각에는 우린 그게 재미있다고, 좀 버릇없는 짓인 것 같다고 생각했던 것 같은데."

조카가 처음에 그 게임을 요약한 것(형이 내 눈을 가리고 날 벽으로 떠민 것)은 아이들 특유의 속기 기억인지도 모른다. 조카 자신이 가장 무서워했을 만한 걸 강조했거나, 아니면 추후

웃으면서 죽음을 이야기하는 방법

에 생략했거나, 자기 아버지와의 관계를 감안해서 다시 상상한 건지도 모른다. 더 놀라운 건 나 자신의 기억에 눈가리개가 씌워져 있다는 것이다. 특히나 그 일련의 행위들이 상세히 밝혀졌음에도. 나는 우리의 아주 작고 깔끔한 교외 정원에서 형과 내가 어떻게 통나무들과 빈 깡통들과 벽돌들을 다 구했는지 궁금하다. 누가 알고 주목하고, 허락을 하거나 못 하게 하는 일 없이 그런 코스를 배치한 것도 그렇지만. 그러나 조카는 내 의견을 무시한다.

"장담하는데 할아버지 할머니가 저한테 그 얘기는 한 번도 안 해주셨어요. 사실, 제가 봤을 땐 할아버지 할머니는 그 일에 대해 전혀 모르셨을 거 같아요."

나는 둘째 조카에게 의견을 구한다. 둘째 역시 장애물 코스와, 눈을 가린 것과, 자주 그 놀이를 했었다는 것을 기억한다.

"그때 삼촌이 장애물들을 쏜살같이 지나쳐서 질주했는데 정원 벽을 들이받으면서 경주가 끝났대요. 아빠와 삼촌 두 분에겐 '진짜 재미난 놀이'였다고 말씀하시던데요. 엄마라면 당연히 반대할 만한 짓을 하는 짜릿함도 한몫했었다고 하셨고요. 엄마들이 반대하는 이유는, 제 생각엔 삼촌이 받을 상처 때문이라기보다는 정원 도구들을 함부로 쓰고 정원에 널어둔 빨래들을 더럽혔으니까 그런 것 같고요. 아버지가 왜 이런 얘길 우리에게 해주셨는지 (아니면 제가 왜 이걸 기억하고 있는지) 저도 잘 모르겠어요. 제 생각엔 삼촌에 관해 하실 만한 유일한 얘기라서 그런 것 같아요. 사실 우리 가족에 대해 할 얘기가 그것밖에 없으니까 그런 것 아닐까요? 할머니가 배를 타셨을 때 요거트 병에 대고 계속 토했다는 얘기 말고는 없잖아요. 제 생각에 아버지가 아이들은 하고 싶은 건 뭐든, 특히 어른 눈엔 바보 같고 화가 나는 건 뭐든 다 해야 한다는 걸 저희에게 입증하시려고 한 것 아닐까 싶어요……. 그래서 웃긴 얘기처럼 들려주셨고 저희도 그 일화의 모든 게 막 나가는 분위기라서 웃고 박수를 쳐야 하는 게 마땅해 보였고요. 저희가 그 일이 정말 있었던 일인지 아닌지 궁금했던 적은 없는 것 같아요."

내가 (어느 정도는) 소설가인 이유를 (새삼) 알 만하지 않나? 똑같은 사건에 대한 세 가지 설명이 서로 어긋난다. 한 가지는 사건의 참여자가 직접 얘기한 것이며, 두 가지는 30년 전에 들었던 회고담에 대한 기억에 근거한다. (그리고 가장 먼저 이야기를 해줬던 사람은 잊어버렸을지도 모를 이후에 담겨 있는 세부 사실에도 근거한다.) 그리고 '정원 도구를 함부로 쓰는 것'과 '빨래를 더럽히는 것'처럼 느닷없이 끼어드는 새로운 요소도 있다. 조카들이 강조한 것 중에는 형이 부인하는 놀이의 제의적 클라이맥스(내가 벽 쪽으로 떠밀린 일)도 있다. 그리고 사건의

웃으면서 죽음을 이야기하는 방법

두 번째 참여자로 통나무들을 굴려 옮기고 벽돌을 모아온 장본인임에도 사건 자체를 완전히 잊어버리는 것, 조카의 이야기에선 빠졌지만 내가 세발자전거를 밀게 되는 설욕전도 있다. 그리고 무엇보다도, 형이 이야기했을 때 애초 의도했던 바(순수한 즐거움)라고 말한 것과, 형의 딸들이 각자 그리고 다르게 아버지의 이야기에 결론을 내린 바 사이에서 벌어진 도덕적 변화를 보라. 내게 정보를 제공한 그 사람들은 구전의 역사가 갖는 신빙성에 의혹을 제기하려고 그렇게 대답들을 꾸며냈는지도 모른다. 그리고 내겐 나의 행동에 대해 새롭게 제기된 규정이 맡겨졌다. 바로 소설가는 아무것도 기억하지 못하지만 그가 기억 못 하는 것의 서로 다른 버전들을 조작하는 사람이라는 규정이다.

지금 이 사례에 처한 소설가라면 다음과 같은 걸 보완할 필요가 있다. 누가 그 놀이를 만들어냈나? 세발자전거는 어쩌다 체인이 빠진 건가? 자전거를 민 사람은 앞 못 보는 사람에게 어떻게 자전거를 모는 법을 가르쳐주었나? '어머니는 실제로' 알았을까 몰랐을까?

정원 도구 중에 어떤 것을 사용했나? 빨래는 어떻게 더러워졌나? 그 놀이를 통해 느낀 가학적인 즐거움, (그리고/혹은) 사춘기 전의 성적 쾌락은 어떤 것이었나? 그리고 왜 그 이야기는 한 철학자가 자신의 유년 시절에 관해 주로, 아니 거의 유일하게 말한 이야기인가? 그리고, 만약 그 소설이 여러 세대에 걸쳐서 일어난다면, 처음에 그 이야기를 들은 두 자매는 이후 자기들의 딸들에게도 똑같이 이야기했을까? (그저 재미있으라고, 아니면 교훈적인 목적으로?) 그리고 그 이야기는 그대로 사라져 버릴까, 아니면 이후의 세대들의 입에서 입을 거치며 다시금 변형될까?

젊은이(그리고 특히 젊은 작가)에게 기억과 상상의 경계는 꽤 뚜렷한 편이며, 서로 다른 범주 안에 속한다. 전형적인 첫 소설을 보면 다른 영향을 받지 않은 기억의 순간들(전형적으로, 잊을 수 없던 그 성적 당혹감), 상상이 기억을 미화하도록 간섭해 온 순간들(짐작건대 그 장에서 주인공은 인생이 주는 중요한 교훈을 깨닫게 되지만, 애초의 경우 소설가는 어떤 것도 깨닫지 못할 것이다), 그리고 작가로선 놀랄 일이지만, 상상이 느닷없는 상승기류를 타게 되어 허구가 유쾌하게 발생하는 근거가 되는 무중력의, 경이로운 비약을 하게 되는 순간들이 등장하기 마련이다.

이렇게 각기 다른 종류의 진실성은 젊은 작가의 눈에는 속이 다 들여다보일 정도로 뚜렷하며, 그런 것들을 어떻게 하나로 합쳐야 하는가의 문제가 그의 걱정거리일 것이다.

웃으면서 죽음을 이야기하는 방법

그보다 나이 든 작가에게 기억과 상상은 날이 갈수록 서로 구분하기 어려워지는 듯하기 시작한다. 이는 상상한 세계가 작가가 인정하려고 애쓰는 것(허구를 해부하는 사람들이 흔히 저지르는 실수) 이상으로 그의 삶과 실제로 훨씬 더 가까이 있기 때문이 아니라, 정확히 그와 정반대의 이유 때문이다. 다시 말해서 기억 그 자체가 전과 비교할 수 없을 정도로 상상의 행위에 가까이 다가가기 때문이다. 나의 형은 대부분의 기억을 불신한다. 나는 기억을 불신하지 않으며, 오히려 상상의 활동으로서, 자연주의적인 진실과 반대되는 상상력이 풍부한 진실을 담고 있는 것으로서 기억을 신뢰한다. 포드 매독스 포드는 동시에, 그리고 같은 문장 안에서 위대한 거짓말쟁이자 위대한 진실의 발화자일 수 있다.

†

시트리레미네스는 베즐레에서 남쪽으로 30킬로미터 남짓 떨어진 곳에 있다. 바랜 파란색 양철 표지판은 주도로를 벗어나 오른쪽으로 가면 쥘 르나르의 생가가 나온다고 안내한다. 소년 쥘이 묵언 전쟁을 벌이는 부모 밑에서 자라나 몇 년 후 청년이 되어서 침실 문을 부수고 자살한 아버지를 찾아낸 그곳이다. 두 번째 표지판을 따라 다시 한번 오른쪽으로 꺾어 가다 보면 쥘 르나르의 기념비에 이르게 된다. 그는 죽기 몇 달 전에 자신의 여동생에게 장난스럽게 건립의 책임을 맡겼었다.

"오늘 아침 동생과 나는 시트리의 작은 광장에 내 흉상이 세워지는 것을 보게 될 사람이 누구일까 궁금해했다. 우리는 곧바로 너한테 맡기면 되겠다고 생각했다……."

교회 앞, 라임 나무를 심은 삼각형 모양의 그 '작은 광장'은 부득이하게 쥘 르나르 광장이 되었다. 작가의 청동 흉상을 떠받치고 있는 돌기둥 밑단에는 생각에 잠긴 우울한 표정에 조숙해 보이는 '홍당무'가 앉아 있다. 돌로 조각한 나무 한 그루가 기둥 반대편에서 뻗어 올라와 작가의 양어깨에 잎을 틔우고 있다. 생전에 그랬듯 죽어서도 자연은 그를 에워싸고 보호하고 있다. 동상은 근사하고, 1913년 10월에 (약사이자 전직 사회당 의원이었고 쥘 르나르의 먼 사촌이었던) 앙드레 르나르가 동상에 덧씌운 덮개를 벗긴 순간은 이 무명의 촌 동네가 필요로 했을 전무후무한 순간임에 분명했을 터다. 동상의 크기는 광장과 잘 어울리고, 그 때문에 불과 2~3미터 거리에 놓인 제1차 세계대전 기념비는 그 자리에 있게 됐음을 거의 사과라도 해야 할 것 같으며, 시트리 입장에선 동맥경화증으로 죽은 연대기 작가를 잃은 것에 비하면 거기 새겨진 명단의 전사자들은 어쩐지 사소해 보일 정도다.

웃으면서 죽음을 이야기하는 방법

제멋대로 뻗어 있는 이 동네에는 가게나 카페는커녕, 손때 묻은 급유 펌프조차 없다. 이방인이 이곳에 들르는 이유는 딱 하나, 쥘 르나르 때문이다. 근처 어딘가에 오래전에 메워버렸으나 거의 한 세기 전에는 르나르의 모친이 빠졌던 그 우물이 분명히 있을 것이다. 교회 반대편 건물의 세 가지 색깔은 프랑수아 르나르와 그의 아들이 시민의 임무를 수행한 메흐리*임을 나타내는데, 그곳에서 쥘은 그가 막 참석한 결혼식에서 신부의 입맞춤 세례를 받았었다. ("키스의 대가로 나는 20프랑을 지불해야 했다.") 메흐리와 에글리즈 사이의 타맥 포장도로를 따라 마을 밖으로 300미터가량 가면 여전히 탁 트인 시골에 자리 잡은 묘지에 이른다.

7월 한여름의 열기 가득한 날, 그리고 광장, 비탈진 묘지는 축제가 끝나버린 공터처럼 황량한 분위기에 먼지가 인다. 입구에 명단과 구역의 번호들이 게시되어 있다. 이것이 곧 권리가 만료될 대상과 관련한 것임을 깨닫지 못한 채, 처음에 나는 엉뚱한 부지에서 엉뚱한 르나르를 찾는다. 나 말고 이 묘지에 있는 (살아 있는) 사람은 물뿌리개를 들고 자신이 아끼는 무덤들 사이를 천천히 오가는 한 여자뿐이다. 나는 그 여

---

* mairie. 프랑스어로 '시청'과 '시청의 직'을 뜻. 여기서는 두 번째 뜻으로 쓰이고 따라붙는 다음 문장에서는 '교회'를 뜻하는 에글리즈(église)와 함께 '시청'이라는 의미로 쓰였다.

자에게 어딜 가야 그 작가를 찾을 수 있겠느냐고 묻는다. 그
녀가 대답한다.

"저쪽 아래 왼편에 있어요, 수도꼭지 바로 옆요."

과연 이 마을의 가장 유명한 주민은 묘지의 모퉁이 쪽 한
적한 곳에 있다. 나는 르나르의 아버지가 종교의식 없이 이
곳에 묻힌 최초의 사람이라는 사실을 떠올린다. 어쩌면 그
때문에 그의 가족묘가 말단에 가까운 곳, 혹은 수도꼭지(그
당시에도 같은 자리에 수도꼭지가 있었다면) 바로 옆에 있게
된 건지도 모른다. 그 터는 네모지고, 경계 벽에 기대고 있
으며, 초록색 칠을 한 낮은 철제 난간의 보호를 받고 있다.
중앙의 작은 문은 몇 번이고 재도장을 한 탓에 끈적히 달
라붙어 있어서 힘을 좀 주어야 열렸다. 땅딸막한 무덤은 부
지 뒤편에 수평으로 걸쳐지듯 놓여 있고, 책 모양으로 세공
한 커다란 석조물이 그 밑을 받치고 있다. 펼쳐진 책 페이
지 위에는 그 아래 묻힌 사람들의 이름이 새겨져 있다. 어
쨌거나 여기에 그들 여섯 명 모두가 있다. 40년의 결혼 생
활 중에 30년 동안 아내에게 단 한 마디도 하지 않았으며,
권총 자살을 할지도 모른다는 말을 웃어넘기고선 그 대신
엽총으로 자살한 아버지. 회사 사무실의 중앙난방 장치가
자신을 죽일 적이라고 상상했고, 더는 움직이지 않는 머리

　　　　　　　　　　　웃으면서 죽음을 이야기하는 방법

밑에 파리 시 전화번호부를 괸 채 소파 위에 누워 있었고, 그렇게 죽음으로써 쥘을 '죽음, 그리고 죽음의 아둔한 술수'에 분노하게 만들었던 형. 생전에는 수다스러웠으나 '불가해한' 죽음으로 마침내 입을 다물게 되었던 어머니. 부모 모두를 활용했던 그 작가 남편과 사별한 후 남편의 일기 3분의 1을 불태워 버린 아내. 미혼으로 평생을 살다가 별명인 '바이에Baïe'란 이름으로 여기 묻힌 딸. 쥘이 형 모리스를 매장하던 날 뽐내며 기어가는 통통한 구더기 한 마리를 봤었던 가장자리 아래 깊은 지하의 뚜껑을, 그 딸이 마지막으로 열었다.

그 둥근 지붕을 바라보며, 르나르 가족 모두가 함께 채우고 있음을 생각하며(작가의 누나 아멜리에와 아들 팡텍만이 탈출했다), 또 언쟁과 증오와 침묵으로 점철된 그들의 역사를 떠올리면서, 나는 공쿠르 형제가 '에Hé! 에Hé!'를 그의 후배에게 돌려줘야 마땅하다는 생각이 든다. 그와 함께 있는 사람들에 대해서, 민망할 정도로 진부한 펼친 책의 조각물에 대해서, 촌스러운 화분들에 대해서. 그러고 나면 르나르가 누워 있는 그 위에 새겨진 글이 있다. 놀랄 것도 없이 그 글은 '문인'으로 시작한다. 그다음엔 효심이 깃든 '시트리 시장'이겠거니 예상할지도 모르겠다. 대신, 작가의 부수적 신분을 증명하는

'아카데미데공쿠르'*의 회원이라고 새겨져 있다. 그날 일기에서 '……그들은 족하다고 생각했다'라고 쓴 데 대한 복수의 작은 불꽃처럼 느껴진다.

나는 다시 돌 화분들을 본다. 하나는 비어 있다시피 하고, 다른 하나엔 성장을 저해당한 누런 침엽수가 담겨 있는데 그 색은 초록빛으로 기억을 간직하려는 생각을 닥치는 대로 조롱하는 듯하다. 공쿠르 형제의 무덤과 마찬가지로 이 무덤 역시 더는 찾는 이가 없다. 수도가 가까이 있어서 지나가던 차 몇 대가 오긴 하겠지만. 나는 그 돌 책에 아직도 공간이 넉넉해서 몇 대목을 더 수록할 만하다는 것을 눈치채고, 아까 마주친 물뿌리개를 든 여자에게 다시 가서 이 마을이나 그 주변에 르나르의 자손이 아직 살고 있는지 물어본다. 그녀는 회의적이다. 나는 1945년 이후로 둥근 책 페이지에 추가된 사항이 아무것도 없다고 말한다.

"아." 그녀가 딱히 내 말에 반응한 거라고는 볼 수 없을 대답을 한다.

"전 그때 파리에 살았어요."

당신의 무덤에 사람들이 무엇을 집어넣는지는 중요하지

---

* 프랑스의 우수한 소설작품을 선별해 그 문학적 공로를 치하하고자 했던 에드몽 공쿠르의 유지에 따라 그의 사후 6년 만인 1900년에 창립된 아카데미.

웃으면서 죽음을 이야기하는 방법

않다. 망자의 위계를 결정하는 건 방문객의 숫자다. 아무도 찾는 이 없는 무덤만큼 슬픈 게 또 있을까? 모리스의 사망 1주기가 되던 날, 시트리에서 그를 추모하는 미사가 열렸다. 그러나 미사에 참석한 마을 사람은 여자 세 명뿐이었다. 그리고 쥘과 그의 아내는 진흙으로 빚어 유약을 발라 구운 화환을 들고 무덤을 찾았다. 『일기』에서 쥘은 쓰고 있다.

"우리는 망자에게 금속 꽃을 선물했다. 시들지 않는 꽃을."

그는 계속해서 쓴다.

"망자에겐 일정 기간이 지난 후 발이 끊기는 것보다 차라리 처음부터 아예 찾는 이가 없는 쪽이 낫다."

여기서 우리가 발을 딛고 있는 영역은 '그들이 바랐을 법한 것'보다는 '그들이 알았다면 어떤 반응을 보였을까?'에 더 가깝다. 형이 죽고 정원에서 풀을 뜯던 라마들과 형수까지 죽어서 집이 팔리면, 정원의 무덤 속 형은 어떻게 될까? 아리스토텔레스 전문가가 썩어서 서서히 뿌리 덮개가 되기를 바라는 사람이 과연 있을까?

찾는 이 없는 망자보다 더 잔인한 것이 있다. 당신은 직접 돈을 지불하고 소유를 영속화한 묘 아래에 잠들 수도 있지만, 아무도 찾는 이가 없을 때, 지방자치제 당국에서 영속적인 권리가 언제나 혹은 반드시 영속성을 의미하진 않는다고 결정할 때 변호사를 고용해 당신을 옹호할 사람도 없다. (그런 이유로 공쿠르 형제 옆에 누워 있던 망자는 미스 블루벨에게 터를 빼앗긴 것이다.) 그럴 때, 당신마저도 다른 사람들에게 자리를 내주라는 요구를 받아들이게 될 테고, 결국 지상의 공간에 거하는 것을 단념하게 될 테며, '나도 여기 있었다'라는 말을 하지 못하게 될 것이다.

그런 의미에서 여기 또 다른 논리적 필연이 존재한다. 모든 작가가 최후의 독자 한 명을 갖게 되는 것과 마찬가지로 모든 시신 역시 최후의 방문객을 갖게 될 것이다. 나는 지금 교외 주택 건설 때문에 묘지가 팔릴 경우, 땅 파는 인부를 시켜서 당신의 잔해를 다 퍼내게 할 사람을 말하는 게 아니다. 내 말은 아득히 먼 후손, 아니면 내 경우는 (독서 대신 더 영특한 수단이 내러티브, 사상, 정서를 전달하게 된 지 오래된 후에도 여전한 애서가로) '인쇄 시대'에 속하는, 잊힌 지 오래된 소설가들에게 의고적이고 고독한 (더 정확하게는, 이루 말할 수 없이 기특한) 애정을 간직하고 있는 모습이 유쾌해 보이는 괴짜 (더 정확하게는, 매력 넘치게 지적인) 대학원생이다. 그러나 최후의 방문객은 내가 꺼져버리라고 말했던 최후의 독자와는 판이하게 다르다. 무덤을 찾는 것은 경쟁적인 취미가 아니다. 당신은 우표를 교환하듯 제안을 주고받지는 않는다. 그런 의미에서 나는 내

웃으면서 죽음을 이야기하는 방법

무덤까지 찾아와줄 내 제자에게 미리 고마움을 표하고자 한다. 그리고 그 혹은 그녀가 내 작품들, 혹은 한 작품, 혹은 선집에 수록된 대목, 혹은 이 문장을 솔직히 어떻게 생각하는지 묻지 않겠다. 어쩌면, 공쿠르 형제를 보러 몽마르트 묘지를 찾았던 르나르처럼 나를 찾게 될 최후의 방문객 역시 의사에게 시한부 경고, 파이윰의 시대와 다름없는 시기를 선고받은 후 터덜터덜 걸어 묘지를 찾기 시작했을지도 모른다. 그런 경우라면 심심한 동정을 표하겠다. 만약 내가 그런 선고를 받게 된다면, 망자를 찾아 나서진 않을 것 같다. 그건 이미 아쉽지 않을 만큼 한 데다, 그들과 함께 영원을 (아니면 최소한, 영속성이 더 이상 기존의 의미로 받아들여지지 않을 때까지는) 누리게 될 테니 말이다. 그보다는 살아 있는 사람들과 함께 시간을 보내겠다. 그리고 책이 아닌 음악과 함께하겠다. 그리고 그 마지막 날들 동안 이것저것 확인할 게 많다. 우선, 나도 생선 냄새를 풍기게 될지, 두려움에 사로잡히게 될지 확인해 볼 것이다. 의식이 새어 나가는지, 그럴 경우 내가 알아차릴 수 있을지 확인할 것이다. 나의 지역 보건의와 함께 그녀가 말한 그 여행을 하게 될지, 그리고 용서를 하고, 기억을 불러내고, 장례식을 계획할 마음이 생기는지도 확인해 봐야겠다. 회한의 감정이 내려와 앉는지, 그리고 그런 감정을 몰아낼 수 있을지도. 인간의 삶은 결국 전부 다 하나의 내러티브며 한 편의 훌륭한 소설에 상응하는 만족감을 안겨준다는 생각에 혹하게 될지, 아니면 기만당하게 될지도.

용기가 다른 사람을 두려워하지 않는 것이나, 위대하기 그지없고 그래서 어쩌면 다다를 수도 없는 어떤 걸 의미하는 것인지. 내가 이 죽음이라는 놈을 이해한 건지, 아니면 그보다 좀 더 명쾌하게 이해한 건지를 말이다. 그러면 뒤늦게 도착할 정보를 감안해서, 이 책에 후기('후'라는 글자를 전과 비교할 수 없을 만큼 힘주어 강조하는 후기)가 필요하게 될지 확인할 것이다.

자, 이상이 여기까지, 지금까지의 나의 견해, 만약 내가 운이 좋다면, 만약 내 부모가 일말이라도 지침이 된다면, 내 일생의 4분의 3을 채운 지점에서 피력한 나의 견해. 그렇다 한들 우리는 죽음이 모순적임을 알기에, 어떤 기차역이, 인도가, 지나치게 더운 사무실이, 혹은 스쳐 지나가는 보행자의 이름이 사라질 수 있음을 염두에 두어야만 할 것이다. '안녕히, 나여.' 이렇게 쓰는 것이 시기상조이기를 바란다. '나도 여기 있었다.' 독방 벽을 긁어가며 이렇게 휘갈겨 쓰는 것 또한 시기상조이기를. 그러나, 이제 깨닫는 바지만 예전엔 한 번도 책에 쓴 적이 없었던 말들을 쓰는 것은 시기상조가 아니기를. 하다못해, 여기, 이 마지막 페이지에서만큼은.

웃으면서 죽음을 이야기하는 방법

THE END

좀 유난떠는 것처럼 보이나? 아무래도 대문자와 소문자를 같이 쓰는 게 더 낫겠다.

The End

아니, 왠지…… 끝이라는 느낌이 들지 않는다.
마지막으로 묻는 '당신이라면 어떻게 할까?'라는 질문. 단, 이번만큼은 대답할 수 있는 것으로.
인쇄 담당자 보시길: 작은 대문자로 해주세요.

THE END

옳거니, 이게 훨씬 더 좋아 보인다. 여러분 생각은?

줄리언 반스
2005~2007년 런던에서

죽음을 기억하라,
울되 웃고 분노하되 겸손해질 것이니

인간 조건의 부조리에 관한 가장 솔직하고도
지적이며 유머러스한 고백 또는 고찰

죽음은 줄리언 반스가 오랫동안 천착해 온 주제다. 소멸(죽음)에 대한 생각으로 '온몸이 마비되는 공포'에 사로잡히는 소년이 등장하는 그의 첫 소설, 『메트로랜드』(1980)부터 죽음은 그의 의식을 사로잡았다. 노년을 주제로 한 단편집 『레몬 테이블』(2004), 기억과 진실의 문제를 다룬 『예감은 틀리지 않는다』(2011), 사별과 살아남은 삶의 슬픔을 다룬 에세이 『사랑은 그렇게 끝나지 않는다』(2013) 등으로 이어지면서, 죽음이 그의 작품 세계를 관통하는 강령이 되었음을 확인하는 것은 어렵지 않다. 그리고 2008년 에세이 『웃으면서 죽음을 이야기하는 방법』은 반스의 '죽음의 계보'에서도 남다른 의미를 갖는다. 죽음에 대한 사유의 지평을 픽션의 영역을 넘어 본인의 사적 영역까지 아우른다는 점에서.

500페이지에 달하는 내용의 상당 부분이 반스 자신의 가족과 친구, 지인들(과 죽음을 주제로 그가 호명한 예술가들)에 관한 일화로 채워져 있다는 점에서 『웃으면서 죽음을 이야기하는 방법』은 사적인 에세이로 보인다. 그러나 아내와 사별 후 쓴 『사랑은 그렇게 끝나지 않는다』가 그랬듯, 『웃으면서 죽음을 이야기하는 방법』 역시 사적인 경험에 근거한 삶의 묵직한 주제를 정면 돌파한다. 그것은 그의 내로라하는 지성과 깊은 사유로도 끝내 극복할 수 없었던 본원적인 공포의 대상인 죽음이다.

20대 때 무신론자였던 그는 60대로 넘어오면서 불가지론자로 전향했다. 그러면서 죽음에 대한 사유 또는 딜레마는 그가 무신론자였던 시절보다 더욱 복잡해진다. 그에게 죽음의 공포는 기정사실이다. 그는 매일 죽음을 생각하며, 때로 죽음이 극화된 악몽에 시달리다 울부짖으며 잠에서 깨어나기도 한다. 타나토스에 사로잡힌 그의 눈에 노화는 죽음의 냄새를 풍기는 두려운 징후다. 특히나 그의 부모는 그가 '임상적으로' 관찰하고 경험한 죽음의 사례다. 그의 눈에 아버지와 어머니는 은퇴 후 방갈로에 갇힌 채 죽어가는 비참한 노인들이었다. 학교장까지 지낸 지성인이었으나 전권을 장악하는 아내의 횡포에 맞서는 대신 침울하게 침묵했으며, 서서히, 괴롭게, 병원에서 홀로 죽어간 그의 아버지. 자기중심적이고 자신만만했으나 아이러니하게도 반신불수로 자기통제력을 잃게 된 그의 어머니. 반스는 그들의 죽음에 이르는 과정을 부조리 극작가 같은 시선으로 우습고도 황폐하게 그려낸다.

자기 가족의 계보를 "점잖지만 덜떨어진 것처럼 보였던" 가족이라고 냉정하게 평했고, 그들을 벗어나고자 평생을 노력했지만, 그는 역시 죽음에 다가갈수록 그들의 일원임을 자각한다. 부모의 최후를 전하면서 그들이 나름대로 "자신의 성격을 유지"하며 죽어갔음에 존중을 표하지만, 여전히 그 사실은 인간의 필멸성에 대한 그의 두려움을 덜어주지는 못한다. 오히려 부모의 죽음은, 기실 그를 확고한 타나토포브(죽음혐오자)로 만드는 직접적인 동인이다. (그는 이 지점에서 어쩌면 자전적인 글쓰기가 자가 치유의 한 방법이 될 수 있다는 일설이 허위임을 드러내는 것처럼 보인다.)

'가족과 죽음'과 함께 '예술(가)과 죽음'은 이 작품을 지탱하는 중요한 축이다. 반스는 죽음을 테마로 짐작상 그간 '집착적으로' 수집한 예술가들의 일화와 인용문을 잡다하게 펼쳐놓는다. 과량의 진정제가 없다면 헛소리를 지껄이다 죽었을 필립 라킨, 내세가 없다는 소신을 유수 철학자에게 인증까지 받을 정도로 철두철미했으나 말년에 소파 뒤에서 바지를 내리고 똥을 누는 것으로 절멸의 공포에 투항한 서머싯 몸, 자신이 작곡한 음악이 연주되어도 알아듣지 못하고 죽은 라벨, 그 밖에도 그가 각별히 존경하는 작가 쥘 르나르, 스탕달, 플로베르, 괴테, 쇼스타코비치, 스트라빈스키, 로시니 등등이 필멸의 존재라면 누구도 죽음의 공포를 근원적으로 치유할 수 없음을 강조한다.

불가지론자인 그가 신을 믿지 않음에도 신을 그리워하는 것은 그러므로 당연한 것이다. 철학자인 그의 형은 그런 그가 "질척하다"고 일갈하지만, 그는 자기와 달리 내세를 믿고, 그래서 '르 레베일 모르텔'(죽음의 엄존성과 삶의 필멸성에 눈 뜨는 계기)에 시달릴 일 없는 신자들(구체적으로는 기독교도들)을 부러워한다. 그 부러움은 종교예술 애호가로서 느끼는 부러움이기도 하다. 그는 그들의 영지주의를 선망한다. 종교예술을 그는 기껏해야 미학으로 즐기고 말뿐이지만, 기독교들은 애초 거기 깃든 신념의식과 함께 갑절의 감동을 느낄 것이 부럽다. 이때 기독교리의 진실 여부는 그에겐 중요하지 않다. 『예감은 틀리지 않는다』에서 그가 본격적으로 탐구한 바 있는 기억과 실제의 문제가 여기서 먼저 다뤄진다. 과거를 기억할 때 반스와 그의 형의 기억은 판연하게 갈린다. 스탕달이 그러했다. 반스는 스탕달의 이탈리아 미술을 접했을 때의 황홀경(그 유명한 '스탕달 신드롬')을 직접 기록한 자료들을 제시하며 기억과 실제의 괴리에 주목한다. 그리고 중요한 건 그가 기억을 왜곡하고 거짓말을 한 '사실'이 아니라 그가 느낀 감정의 크기임을 강조한다. 그런 점에서 그는 기독교가 진실이 아니라 생각함에도 진실이길 바란다. 그것은 기독교가 소설처럼 "아름다운 거짓말"이자 "위대한 거짓말"이며 "해피엔드의 비극"이기 때문이다.

'르 레베일 모르텔'을 벗어나기 위한 그의 노력은 과학에까지 가닿는다. 과학은 기독교와 달리 인간은 모두, 반드시 죽을 것이며, 현 인류는 진화를 거듭한 끝에 먼 미래에 미지의 종이 될 것이지만, 정작 선대가 이룬 예술과 학문적 성취가 무無로 돌아간대도 눈 한 번 깜짝하지 않을 것임을 확인한다. 우주가, 현 인류가 말살을 향해 가고 있는데 고작해야 신경다발 묶음에 불과한 인간이 무슨 자격으로 소멸을 불평하는가? 뇌는 고깃덩이에 지나지 않으며 영혼도 망상에 찬 뇌의 혼잣말일 뿐이다. 우리는 사유를 만들어낼 수 없고, 사유 역시 우리를 만들어내지 못한다. 기독교의 내러티브를 벗겨낸 자리에서 그는 쿨하지만 희망은 제거된 살벌한 삶의 조건과 마주한다.

그가 이렇게까지 집요한 건 어쩌면 작가로서 절멸하는 게 두려워서인지도 모른다. 그는 자신의 소설이 완전히 잊힐 가능성을 상상한다. 마침내 자신에게 최후의 독자 일인만 남게 될 어떤 미래를 가정하고 고마워하지만 이내 그가 다른 이들에게 자신의 소설을 추천하지 않을 거라는 심증에 열받아 저주를 퍼붓는다. 또, 작가로서 바라는 죽음의 시나리오는 의사가 그가 정확히 책 한 권을 더 쓸 수 있는 시간을 주고 죽게 될 병을 진단해 주는 것이라고 고백한다. 그때 그는 '몇 달'이 아니라 '몇 페이지'라고 묻게 될 것이라면서. 그가 보기에 작가(소설가)는 한 가지 점에서 기독교도와 같다. 실제와 진실의 거리는 그들에게 의미도, 재미도 없다. 흥미롭지도 못하다. 그들의 열망이 기우는 쪽으로 변형과 확장을 거듭하는 내러티브가 유의미하며, 그 궁극에서 진실도 '개발'될 것이기에.

죽음과 그에 대한 두려움에 대한 반스의 도저한 탐사는 얼마간 싱거운 결론, 아니 화해로 맺는 것처럼 보인다. 그는 단한 명의 독자도 남지 않게 될 작가의 절멸을 굳이 상상하고 가공적으로 받아들인다. 더불어 자신의 죽음이 그의 선배 중 하나와 겹칠 가능성에 대해, 처음부터 그랬듯 자신을 열어둔 채, 긴 여정을 함께한 독자에게 손을 내민다.

『웃으면서 죽음을 이야기하는 방법』은 죽음이라는 엄혹하고도 막막한 주제를 줄리언 반스 개인과 주변의 경험을 토대로 윤리, 예술, 과학까지 종횡무진하며 사유하는 전방위적 에세이다. 자전적이되 일체의 자기현시 없이 사뭇 진지하면서도 능숙한 유희와 허를 찌르는 유머로, 아카데미즘과 대중 속 학문의 경계를 유연하게 허무는 솜씨는 시종일관 독자를 매혹시킨다.

2023년 10월

최세희

옮긴이의 말

입담이 아주 예술이라서 독자도 여러 번 웃게 된다. 설교 조가 아닌 푸념 조라서 더 미덥고 사랑스럽다. 나는 이 책을 읽었다는 사실을 잊고 종종 장바구니에 담곤 한다. 웃으며 살고 싶고, 죽음을 잊지 않고 싶고, 그런 이야기를 다른 사람들과 나누고 싶다.

_장강명(소설가)

아름답게 완성된 작품이다. 인간의 죽음에 대한 깊이 있는 명상을 제공하면서, 냉정하지도 않고 거짓으로 위로하지도 않는다. 대신 재치 있고 우울한 작가는 우리의 가장 보편적인 두려움에 대해 대화를 나눈다. 누군가 줄리언 반스의 일상을 이렇게 요약했다. '일어났다. 책을 썼다. 외출해서 와인 한 병을 샀다. 집에 돌아와서 저녁을 요리했다. 와인을 마셨다.' 별 볼 일 없는 삶이라고 말할지도 모른다. 하지만 철학자 에피쿠로스는 이와 같은 조용한 일상이 죽음에 대한 최선의 대응이라고 주장한다. 관심 있는 일을 열심히 하고 적당한 즐거움을 누리는 것. 인간의 불안정한 마음에는 너무나 현명한 조언이다.

_워싱턴 포스트

이 책은 죽음을 주제로 한 우아하며 유희적이고 세련된 명상으로, 사투를 벌이는 일 없이 죽음이라는 주제를 맴돌며 민첩하게 춤을 춘다. 죽음은 두렵지만 이 책을 두려워할 필요는 없다.

_텔레그래프

죽음에 대한 두려움으로 인해 우왕좌왕하는 사람들에 대한 줄리언 반스의 애정은 이 책에 생명력을 부여하고 독자들을 행복한 마음으로 나아가게끔 만든다. 이 책이 선전하길 기도하겠다. 아름다우면서도 익살맞으며 머릿속에서 기운차게 울려대는 책이므로.

_뉴욕 타임스

줄리언 반스가 죽음을 생각하지 않는 날은 단 하루도 없다. 그의 마음은 노년, 필멸, 소멸 위를 맴돈다.

_가디언

옮긴이의 말

줄리언 반스가 한국 독자들에게
부치는 조금 긴 주석

죽음에 관하여

『웃으면서 죽음을 이야기하는 방법』은 가족에 대한 얘기이자 가족 회고록입니다. 제 형은 철학자입니다. 고대 전문 철학자죠. 저는 형에게 메일을 보냈어요. "우리 가족과 어린 시절에 대한 책을 쓰려고 해. 형만 괜찮으면 우리 어린 시절에 대해 물어보고 싶어." 형은 친절하게 대답했죠. "그래 내가 아는 건 다 말해 줄게. 만약 서로 기억이 다르다면 네 기억으로 써. 그게 맞을 거야." 이야기 도중 형이 그러더군요. "기억은 정말 믿을 게 못 돼. 진실인지 확인하려면 다른 증인도 필요하지." 그때 형이 철학자라는 걸 실감했어요.

저는 예순 즈음이었는데 언제나 기억을 어린아이처럼 생각했거든요. 어떤 일이 일어나면 그걸 기억해서 기억 저장소에 보관하고 열쇠로 잠그는 거죠. 그러다 기억이 필요해지면 저 장고를 열어서 꺼내요. 그러면 넣었을 때와 같은 기억이 나오죠. 기억의 작동에 대한 논리적인 가정이잖아요. 그런데 나이가 들면 그게 아니라는 걸 알게 되죠. 기억은 얘기할 때마다 달라져요. 다시 얘기하면 또 바뀌고 결국 허구가 되기도 합니다. 결국 형과 이렇게 합의했어요. 기억이란 실제 사건을 복원하는 작업이지만 그만큼 상상력도 관여한다고요. 소설가로선 좋지만 인간으로선 좋지 않죠.

제게 죽음은 늘 평행선상에 있어요. 저 위 어딘가 있는 게 아니죠. 제가 죽음에 대해 인식한 게 아마 열 살인가 열한 살 때일 거예요. 기억이 잘 안 나네요. 봐요, 또 기억이 안 나죠. 여덟 살인가 아홉 살일 수도 있어요. 그때 더는 존재하지 않는 게 어떤 느낌인지 선명히 깨달았고 공포가 몰려왔죠. 저는 죽음이 독자들처럼 늘 옆에 있다고 생각해요.

삶이라는 길을 가는데 그 옆에 철로가 있는 거예요. 철로 위로는 죽음이라는 기차가 달리고요. 언제일지 모르지만, 어느 순간 기차가 당신 쪽으로 방향을 틀겠죠. 죽음은 친구가 될 순 없지만 항상 그곳에 있죠. 예전에 한밤중에 잠에서 깬 적도 있어요. 공포에 질려 땀을 흘리고 비명도 질렀죠. 나이가 드니 죽음의 기차가 늘 옆에 있다고 느껴져요. 하지만 두려움은 줄었죠. 어쩔 수 없는 거니까요. 코로나 시기를 경험한 덕분에 이렇게 될 수 있었죠. 또 몸이 노쇠해지면 죽음의 가능성을 받아들일 수 있게 됩니다. 몸이 힘들고 여기저기 아프게 되면 받아들여야죠. 물론 몸이 뇌보다 먼저 망가지는 걸 전제한 겁니다. 현대인에게 중요한 양자택일 문제예요. 예전보다 지금 훨씬 더 오래 사니까요. 멀쩡한 정신이 쇠약한 몸에 있는 것과 쇠약한 정신이 멀쩡한 몸에 있는 중 뭘 선택하실 건가요? 대답은 간단할 겁니다. 정신이 멀쩡한 게 좋겠죠. 하지만 정신이 건강하다면 망가진 신체에서 오는 고통을 모두 감내해야 하죠. 우리가 선택할 수 있는 문제는 아닙니다. 그냥 일어나는 거죠. 다행히 영국 정부가 안락사 허용을 검토할 것 같습니다. 그러면 이제 스위스나 벨기에에 갈 필요가 없죠. 저는 항상 제 마지막 여정이 스위스 도시 외곽의 허름한 창고나 벨기에에 있는 좀 더 인간적인 장소일 거라고 생각했어요. 그곳이 어디든 제 마지막 말은 이걸 겁니다. "한 잔 더 할게요."

◆ 2022년에 방영한 EBS 「위대한 수업」 '줄리언 반스: 소설가의 글쓰기' 편의 강연 일부를 편집했습니다.

옮긴이 **최세희**

대학에서 영문학을 전공한 후 번역을 해오고 있다. 『우리가 볼 수 없는 모든 빛』 『예감은 틀리지 않는다』 『렛미인』 『사랑은 그렇게 끝나지 않는다』 『사색의 부서』 『깡패단의 방문』 『맨해튼 비치』 등을 우리말로 옮겼으며, 공저로 『이수정 이다혜의 범죄 영화 프로파일』 1, 2가 있다.

웃으면서 죽음을 이야기하는 방법

초판 1쇄 발행 2016년 5월 27일
초판 7쇄 발행 2023년 4월 1일
개정판 1쇄 인쇄 2023년 9월 25일
개정판 1쇄 발행 2023년 10월 25일

지은이 줄리언 반스
옮긴이 최세희
펴낸이 김선식

경영총괄 김은영
콘텐츠사업본부장 임보윤
책임편집 박하빈 **디자인** 윤신혜 **책임마케터** 배한진
콘텐츠사업2팀장 김보람 **콘텐츠사업2팀** 박하빈, 이상화, 채윤지, 윤신혜
편집관리팀 조세현, 백설희 **저작권팀** 한승빈, 이슬, 윤제희
마케팅본부장 권장규 **마케팅3팀** 권오권, 배한진
미디어홍보본부장 정명찬 **영상디자인파트** 송현석, 박장미, 김은지, 이소영
브랜드관리팀 안지혜, 오수미, 문윤정, 이예주 **지식교양팀** 이수인, 염아라, 김혜원, 석찬미, 백지은
크리에이티브팀 임유나, 박지수, 변승주, 김화정, 장세진
뉴미디어팀 김민정, 이지은, 홍수경, 서가을 **재무관리팀** 하미선, 윤이경, 김재경, 이보람
인사총무팀 강미숙, 김혜진, 지석배, 황종원 **제작관리팀** 이소현, 최완규, 이지우, 김소영, 김진경, 박예찬
물류관리팀 김형기, 김선진, 한유현, 전태환, 전태연, 양문현, 최창우

펴낸곳 다산북스 **출판등록** 2005년 12월 23일 제313-2005-00277호
주소 경기도 파주시 회동길 490
대표전화 02-702-1724 **팩스** 02-703-2219 **이메일** dasanbooks@dasanbooks.com
홈페이지 www.dasanbooks.com **블로그** blog.naver.com/dasan_books
종이 스마일몬스터 **인쇄·제본** 상지사피앤비 **코팅·후가공** 제이오엘앤피

ISBN 979-11-306-4616-9 04840
       979-11-306-4611-4 (전5권)